Ann-Sophie Kaiser

Worte und Wunder

W0472216

Ann-Sophie Kaiser

WORTE UND WUNDER

Schicksalsroman einer Buchhandlung

dtv

Zitat auf S. 305: Auszug aus *Erstes Insulanerlied, »Es liegt eine Insel im roten Meer« (25. Dezember 1948),* mit freundlicher Genehmigung der Günter-Neumann-Stiftung.

MIX
Papier aus verantwortungsvollen Quellen
FSC® C083411

Originalausgabe 2021
© 2021 dtv Verlagsgesellschaft mbH & Co. KG, München
Umschlaggestaltung: www.buerosued.de
Umschlagmotive: mauritius images/Matteo Omied/Alamy
und www.buerosued.de
Satz: Uhl+Massopust, Aalen
Gesetzt aus der Adobe Garamond
Druck und Bindung: CPI books GmbH, Leck
Printed in Germany · ISBN 978-3-423-26309-2

Für meine Großeltern

Prolog

»Fette Kuh!« – Das hatten die Mädchen und die Jungen ihrer Klasse ihr nachgerufen, als sie jünger war. Und sie hatten sie während des Unterrichts gehänselt, immer wenn der Lehrer sich zur Tafel wandte. Die gemeinen Reden hatten Ruth nicht abgehalten. Genauso wenig wie die dummen abschätzigen Blicke ihres jüngeren Bruders Friedrich, wenn sie bis abends spät am Schreibtisch saß und las.

Nein, das war jetzt Vergangenheit. Den Abschluss hatte sie so gut wie in der Tasche, und ihr Kopf würde bald platzen, so viel Wissen, so viele Worte und Geschichten hatte sie darin gespeichert.

Ruth stand mit durchgedrücktem Rücken vor ihrem Vater und registrierte, wie seine dichten Augenbrauen sich zusammenzogen.

Der Vater war ganz ruhig, nur sein rechter Zeigefinger tippte auf den Bücherstapel vor ihm auf der Theke. Zuoberst lag Hitlers ›Mein Kampf‹.

Die Mutter mochte dieses Buch nicht, am liebsten hätte sie es aus dem Sortiment verbannt, das wusste Ruth genau. Und auch der Vater wusste das.

Freilich verlor niemand ein Wort darüber. Überhaupt wurde immer weniger gesagt in diesen Zeiten. Offen und redselig waren eigentlich nur noch die Bücher. Auch deshalb liebte Ruth sie so.

Jetzt gab sie sich einen Ruck.

»Ich wollte mir dir darüber sprechen, ob es wohl sinnvoller wäre, wenn ich im Herbst auf eine Handelsschule ginge.«

Zwischen den mächtigen Augenbrauen des Vaters war jetzt kein Fleckchen Haut mehr. Ruth dachte an eine geschlossene Gewitterdecke über einer kargen Landschaft.

»Ich könnte aber auch bei einem Verlag oder einer anderen Buchhandlung in die Lehre gehen«, schob sie unsicher hinterher.

»Eine Handelsschule? Ein Verlag?«

Einen Moment lang sah er aus wie sein eigener Vater, Ruths bereits verstorbener Großvater. Auch Ruths Großvater war Buchhändler gewesen. Und Ruth würde die Tradition fortführen. Darum zermarterte sie sich schließlich den Kopf darüber, was als Nächstes käme.

Ruth war mit dem Rascheln und Knacken der Bücher, der staubigen Luft und der Liebe zu Geschichten aufgewachsen. Und anders als ihre beiden jüngeren Brüder Friedrich und Georg, die sich nur selten im Buchladen blicken ließen, hatte sie sich immer redlich bemüht, das buchhändlerische Handwerk, das Organisationsgeschick mitzulernen, indem sie half, wo sie nur konnte.

»Ich will ja bestens vorbereitet sein und alles lernen, was es braucht, um Buchhändlerin zu werden«, sagte sie, etwas mutiger geworden.

Wovon sie im Geheimen träumte, würde sie nicht verraten, nicht einmal der Mutter. Eines Tages würde sie diese Buchhandlung führen.

Und ihr Vater würde es verstehen – schließlich waren sie sich ähnlich. Er hatte den ehemals kleinen Buchladen seines Vaters vergrößert und zu einem richtigen Palast der Bücher gemacht. Keine andere Buchhandlung in Berlin war so schön wie die der Klingers!

Nun, zumindest bevor die Buchauswahl so schmählich verkleinert worden war.

»Ach so.« Jetzt klärte sich der Gesichtsausdruck ihres Vaters. Er wirkte erleichtert, als hätte er endlich begriffen, was sie von ihm wollte. »Da brauchst du doch keine Handelsschule, du bist uns auch so schon eine große Hilfe. Ist es, weil Willi jetzt auf der Handelsschule ist? Ruth, lass dem Jungen etwas Freiraum.«

Ruth klappte empört den Mund auf. Willi, ihr Freund aus Kindertagen, spielte bei diesem Gespräch doch überhaupt keine Rolle! Für ihren Vater war es seit jeher eine ausgemachte Sache, dass sie eines Tages heiraten würden. Und Ruth mochte Willi wirklich gern. Aber heute ging es nur um sie.

»Oh, die Jungs kommen.« Ihr Vater hatte sich schon abgewandt.

Ruth schaute entsetzt nach draußen. Musste Friedrich ausgerechnet jetzt hier auftauchen? Aber tatsächlich: Vor dem Schaufenster ging ihr jüngerer Bruder in einem Pulk seiner Freunde. Die Jungen kicherten über irgendetwas und schubsten sich lachend den Gehweg entlang. Georg, Ruths anderer Bruder und Friedrichs Zwilling, hielt sich etwas abseits. Er sah wie immer so aus, als wüsste er nicht so recht, was er hier sollte. Wer konnte es ihm verdenken? Ruth konnte Friedrichs Freunde von der HJ nicht ausstehen – das waren grobschlächtige, dumme Kerle, die Friedrich aus unerfindlichen Gründen um sich geschart hatte. Außer dummen Sprüchen brachten sie wenig über die Lippen. Erst neulich hatte einer von ihnen Witze über Ruth gemacht, nur weil sie einen hebräischen Vornamen trug – dabei war Ruth einer der beliebtesten Vornamen in ihrem Jahrgang gewesen, und Ruth liebte ihn. Sie konnte beim besten Willen nicht verstehen, warum ihr Vater beim Anblick seines Sohnes Friedrich immer so ein Leuchten in den Augen bekam. Genau wie jetzt. Dabei waren sie doch gerade mitten in diesem wichtigen Gespräch gewesen!

Ruth versuchte die Aufmerksamkeit ihres Vaters wieder auf sich zu lenken, aber da verabschiedete sich ihr Bruder schon von seinen Freunden und kam in den Laden, Georg im Schlepptau.

Obwohl sie Zwillinge waren, war Georg um einiges größer als Friedrich. Alles an ihm wirkte zu groß, die schlaksigen Arme, die Beine, und seine Kleidung dementsprechend zu klein. Eigentlich wirkte die ganze Welt für Georg zu klein. Jetzt stand er unbehaglich in einer Ecke, die Arme verschränkt, und wippte von einem Bein aufs andere.

Aber genau wie Ruth für ihren Vater sofort vergessen war, wenn Friedrich auftauchte, ignorierte er auch seinen jüngeren Sohn.

»Komm her, Friedrich, gleich kriegen wir wichtigen Besuch, den ich dir vorstellen will«, sagte Ruths Vater.

»Aber ich wollte …«, hob Ruth an, doch ihr Vater ging rüde dazwischen. »Später, Ruth, geh lieber deiner Mutter helfen.«

Hilfesuchend wandte sie sich um. Von Georg war keine Unterstützung zu erwarten. Ruth suchte den Blick ihrer Mutter, die neben dem Tresen stand. Die aber schaute sie nur an, in ihren Augen stand eine Mischung aus Mitleid und Resignation. Ihre Mutter war eine fantastische Buchhändlerin – auch wenn sie natürlich nur den Titel einer Buchhandelsgehilfin trug –, sie kannte alle Bücher, wusste immer instinktiv, was ihre Kundinnen und Kunden wollten. Ruth bewunderte sie für ihre Eleganz und ihre Klugheit. Und trotzdem hatte sie schon lange beschlossen, sich niemals so wie sie abspeisen zu lassen. Niemals würde sie es nur stumm geschehen lassen, wenn jemand anderes über sie bestimmte.

»Es ist aber wichtig«, beharrte Ruth deswegen. Langsam wurde sie wütend. Sie hatte so auf dieses Gespräch hingefiebert, und dann das.

Doch da betrat ein Besucher den Laden und sofort kam Leben in ihren Vater. »Heinrich, komm herein!«

Ob das wohl Heinrich Trebner war? Ruth musterte den Mann. Ihr Vater hatte vor Kurzem erwähnt, dass ein neuer Verleger nach Schöneberg gezogen war, einer, der das Geschäft aufmischen könnte. Es war immer wichtig, die Kontakte zu den Verlegern, Kommissionären und Antiquaren in der Nähe zu halten. Hinter dem Mann huschte ein blondes Mädchen in den Laden, einige Jahre jünger als Ruth und mit geflochtenen blonden Haaren. Das Mädchen sah aus wie eine Puppe und schenkte Ruth ein künstliches Lächeln. Ruth lächelte schmallippig zurück. Dieser Verleger interessierte sie deutlich mehr. Wer weiß, vielleicht konnte sie ja auch bei ihm in die Lehre gehen?

»Darf ich dir Friedrich, meinen Ältesten, vorstellen?« Der Vater hatte seinen Sohn schon mit nach vorn gezogen und Ruth klappte den Mund auf, um zu protestieren. Sie war das älteste Kind der Familie! Und als zukünftige Buchhändlerin sollte doch lieber sie bei dem Treffen dabei sein. Friedrich interessierte sich kein bisschen für den Buchladen. Mit seinen fünfzehn Jahren hatte er nichts anderes als Mädchen im Kopf.

»Ach, wie schön. Der Nachfolger also. Meine Tochter Rosemarie.« Der Mann griff nach der Hand des Mädchens. Sie schenkte Ruths Bruder gleich einen lieblichen Augenaufschlag, was dieser mit einem charmanten Grinsen quittierte.

»Na, dann wollen wir mal, oder?« Ihr Vater hatte schon seinen Hut genommen und wandte sich an Ruth und ihre Mutter. »Ihr passt kurz auf den Laden auf, wenn ich mit unseren Geschäftspartnern einen Kaffee trinken gehe.«

Es war keine Frage. Ruth hatte das Gefühl, sie müsse gleich platzen vor Wut. Dahin war all die hoffnungsvolle Aufregung. Jetzt fühlte es sich an, als hätte sich eine große Faust um ihr wild schlagendes Herz geschlossen.

Der Vater hielt seinem Besucher schon die Tür auf. Aber Trebner drehte sich noch einmal um, als wäre ihm erst jetzt aufgefallen, dass sie auch noch da waren. »War mir ein Vergnügen, die Damen. Auf bald. Heil Hitler!«

Und schon fiel die Tür hinter den Männern ins Schloss.

Nur Georg blieb verloren neben dem Eingang stehen, schaute der Gruppe hinterher, als wüsste er nicht, was da gerade passiert war. Ruth wusste es schon. Und in ihren Augen brannten Tränen der Zurückweisung.

Kapitel 1

Mai 1948

Ruth drehte das Reichsmarkstück in der Hand. Die Ladenglocke war gerade verklungen und durch das kleine Fenster neben der Tür sah sie Herrn Hagenbrink noch die Straße hinaufhumpeln. Das kostbare Buch, das er – mürrisch wie immer – gerade gekauft hatte, unter den Arm geklemmt. Der Stock, auf den er sich stützte, machte klackernde Geräusche auf dem Asphalt. Brummend und ratternd fuhr ein Lastwagen der Amerikaner vorbei. Dann war es wieder still im Laden, wenn man einmal vom Rascheln der Seiten absah – Frau Saalmann saß in dem Plüschsessel am großen Fenster und blätterte in einer Ansichtsbestellung. Sie saß fast jeden Tag hier und las sich durch eines der Bücher. Anders als der griesgrämige Herr Hagenbrink, der wenigstens regelmäßig seine Spardose köpfte, um in der »Buchhandlung Klinger« eine neue Kostbarkeit zu erwerben – heute war es die deutsche Erstausgabe von Camus' »Die Pest« gewesen –, kaufte Frau Saalmann nie etwas. Sie forderte bei Ruth immer nur ein Buch an, das sie, wie sie immer mit ernster Miene versicherte, diesmal ganz bestimmt kaufen wolle, und machte es sich dann stundenlang in dem einzigen Sessel bequem.

Normalerweise würde Ruth jetzt wieder den Kopf darüber schütteln und überlegen, wie sie Frau Saalmann unauffällig dazu bewegen könnte, den einzigen guten Platz im Laden am großen Fenster, das hinaus auf die Kufsteiner Straße zeigte, auch einmal einem anderen Kunden zu überlassen, am besten einem, der auch wirklich etwas kaufte. Und normalerweise würde ihre stets viel zu freundliche Schwägerin Rosa, die manchmal im Laden aushalf, sie davon abhalten und sich stattdessen auf ein Schwätzchen zu Frau Saalmann gesellen. Aber Rosa war heute nicht da. Und Ruth war ausnahmsweise gut gelaunt. Mal abgesehen davon, dass sowieso kaum weitere Kunden zu erwarten waren, gab Frau Saalmann, die da konzentriert vor sich hin blätterte, diesem kleinen, düsteren Laden zumindest etwas von dem Zauber wieder, den die Buchhandlung der Klingers einst besessen hatte.

Wie wenig war ansonsten von dem Laden übrig, den Ruth in ihrer Kindheit und Jugend gekannt hatte. Dabei war das noch gar nicht so lange her. Und doch lag dazwischen ein ganzes Leben.

Damals hatte in der großräumigen Buchhandlung am Fenster ein ganzes Sesselarrangement gestanden und immer hatten Kunden darauf gesessen und waren in die schönsten Bücher vertieft gewesen – und zwar nicht in diese sperrigen, durch das harte, holzhaltige Papier wenig eleganten Bücher von heute, sondern in herrliche leinengebundene Ausgaben. Die Luft war immer ein wenig staubig gewesen, weil sie gar nicht hinterhergekommen waren, das große Lager in den hinteren Räumen jeden Tag zu entstauben.

Aber das war, bevor der Krieg kam und alles in Schutt und Asche legte, auch den Laden der Klingers. Bevor Ruth ihren Vater in einem anderen Licht zu sehen begann, bevor ihre Mutter verstummte, bevor Ruth, statt ihre Ausbildung zu beenden, überstürzt heiratete, nur um dann ihren Mann Willi an den Krieg zu verlieren, genau wie ihren Bruder Friedrich und schließlich auch den Vater.

Mit aller Kraft wehrte sie sich gegen die Beklemmung, die sie jetzt überfiel.

Sie war nun kein Kind mehr, sondern eine erwachsene Frau von siebenundzwanzig Jahren, Mutter eines kleinen Jungen, und vor allem war sie keine Träumerin, die nur der Vergangenheit nachhing. Nein, Ruth träumte nicht, Ruth hatte Visionen und sie hatte schon längst begonnen, sie in die Wirklichkeit umzusetzen: Sie würde den Buchladen, den ihre Familie seit Generationen führte, wiederaufbauen. Ob sie die erste Wahl ihres Vaters dafür gewesen wäre und ob sie überhaupt über die erforderliche Ausbildung verfügte, würde dann keine Rolle mehr spielen. Wenn der Wirtschaftsaufschwung, der früher oder später einsetzen musste, erst in Gang kam, würde die Buchhandlung so erfolgreich sein wie nie zuvor.

Bis dahin allerdings war es ein langer Weg.

Noch einmal betrachtete Ruth die Reichsmark in ihrer Hand, dann öffnete sie die Registrierkasse, um sie zu den anderen ins Fach zu legen. Kaum zu glauben, dass all diese klimpernden Münzen und die zerfledderten Scheine schon bald nichts mehr wert sein würden. Dabei war genau das der Grund für Ruths Optimismus.

Auch wenn die Besatzungsmächte ihre Pläne natürlich streng geheim hielten, mehrten sich seit Wochen die Gerüchte, dass bald eine Währungsreform stattfinden würde, die die alte, unnütze Währung fortnehmen und ihnen mit einer neuen Währung neue Hoffnung und einen Wirtschaftsaufschwung bringen würde.

Natürlich, die derzeitige schwierige Situation der Wirtschaft und damit auch der Buchhandlung lag nicht nur an der alten Währung, die Leute benutzten sie ohnehin kaum. Lebensmittel wurden streng rationiert und nur gegen Lebensmittelmarken ausgegeben, da brachte einem ein ganzes Vermögen an glänzenden Reichsmark nichts. Und alles Weitere bekam man auf dem Schwarzmarkt – aber nicht gegen Geld, sondern gegen Zigaretten.

Nein, auch die Produktionsstätten waren nach dem Krieg zerstört worden, und das hatte den Buchmarkt weit zurückgeworfen. Über die Hälfte aller Druckereien und Buchbindereien waren verloren, das wichtige Buchhandelsviertel in Leipzig, Deutschlands Buchhandelsstadt, war nahezu dem Erdboden gleichgemacht worden. Das hatte sie auch hier in Berlin schwer getroffen. Dazu kamen die harten Reparationen und dass die Sowjets alle Maschinen und alles aus den Fabriken, was nicht niet- und nagelfest gewesen war, abtransportiert hatten.

Aber der Krieg war nun drei Jahre her und Ruth spürte ganz deutlich, dass ein Umschwung bevorstand. Das sagte ihr schon die Vernunft. Denn die Amerikaner, die auch hier in Berlin-Schöneberg das Sagen hatten, würden ja wohl mitnichten vorhaben, die Deutschen für immer durchzufüttern. Wiedergutmachung konnten sie schließlich nur leisten, wenn ihre Wirtschaft wieder prosperierte.

Und jetzt hatte ausgerechnet der sonst eher schweigsame Herr Hagenbrink ihr den entscheidenden Hinweis gegeben, dass sie mit ihren Vermutungen richtiglag: Er hatte von einem ehemaligen Arbeitskollegen, dessen Nichte mit einem Amerikaner verheiratet war, gehört, dass die Amerikaner bereits angefangen hätten, eine neue Währung, Tonnen voller Banknoten, nach Westdeutschland zu transportieren. Auf das Gerede des alten Mannes, das meist nur seinen Unmut verriet, gab Ruth normalerweise nichts, aber es waren noch mehr von solchen Informationen durchgesickert, und so viele Gerüchte konnten nicht lügen. Die Ergebnisse davon waren hier in Schöneberg überall sichtbar.

Unwillkürlich schaute Ruth aus dem Fenster, zum Gemischtwarenladen auf der anderen Seite der Kufsteiner Straße. Dort gab es schon seit Wochen kaum anderes als Karotten und Kartoffeln zu kaufen – selbstverständlich nur gegen Lebensmittelmarken. Für Ruth war es offensichtlich, dass die Müllers, die den Laden betrieben, auf die gleiche Strategie setzten wie Ruth selbst: Jetzt, wo die neue Währung schon in den Startlöchern stand, hielten sie alle kostbaren Stücke zurück, um dann, sobald die Menschen die neuen Scheine in den Händen hielten, ihre Auslage mit den erlesensten Waren füllen zu können. Frau Müller war schließlich eine genauso gerissene Geschäftsfrau wie Ruth. Vermutlich stapelten sich in ihrem Lager die Dosenpfirsiche. Genau wie in Ruths Lager die besten Bücher, die sie selbst am meisten liebte, auf jenen glorreichen Tag in der Zukunft warteten, an dem endlich alles besser werden würde.

Frau Saalmann blätterte geräuschvoll um und seufzte dabei leise. Und vor dem Fenster klappte Frau Müller die Kreidetafel zusammen, auf der immer das Tagesangebot stand – vermutlich war heute schon alles ausverkauft.

Zwei kleine Jungen stürmten die Straße entlang und rannten Frau Müller beinahe über den Haufen. Ruth schüttelte den Kopf. Sie hatte ihrem siebenjährigen Sohn Peter und seinem besten Freund Lutz eingebläut, dass sie Rücksicht nehmen sollten, wenn sie auf der Straße spielten. Ein paar Passanten mussten ihnen ausweichen, als die beiden, einer Blechdose hinterherjagend, über den Bürgersteig flitzten. Peters dunkles Haar wirbelte im Wind, seine Wangen waren vor Aufregung gerötet und Ruth sah, dass seine offenen Schnürsenkel ihm beim Rennen beinahe um die Waden schlugen. Lutz' Hemd hing aus der Hose heraus und war dreckbeschmiert.

Aber was sollte sie machen, hier in der Buchhandlung konnte sie schlecht auf die beiden aufpassen. Ihr Sohn war ein echter Wirbelwind und sein Freund Lutz nicht besser. Zwar hätte Ruth es deutlich lieber gesehen, wenn Peter bei ihr im Laden geblieben wäre und Lesen geübt hätte – immerhin war er der Spross einer traditionsreichen Buchhändlerfamilie! –, aber wenn er so wenigstens seine gute Laune behielt, sollte ihr das recht sein. Der Krieg hatte schon für genug Entbehrungen gesorgt.

Peter war zum Glück ebenso zäh wie seine Mutter. Trotzdem hatte er eine bessere Kindheit verdient, und es machte Ruth traurig und wütend zugleich, dass sie ihm die nicht bieten konnte. Sie alle, ihre ganze Familie, die Mutter Elisabeth, Ruths aus dem Krieg zurückgekehrter Bruder Georg und sogar ihre nervtötende Schwägerin Rosa – die Frau von Ruths im Krieg gebliebenen Bruder Friedrich – hatten eine bessere Zeit verdient. Eine bessere Zukunft. Und Ruth würde dafür sorgen, dass sie sie erhielten.

Sie blickte nach unten, wo noch immer ein ungeöffnetes Paket von ihrem Zwischenhändler auf sie wartete. Sie hatte so viel bestellt, wie es nur irgend ging. Das war natürlich trotzdem nicht genug, die Papierbeschränkung war noch immer nicht aufgehoben und jede Buchhandlung erhielt nur ein bestimmtes Kontingent an Büchern. Aber sie wollte eben reichlich Vorrat haben, wenn die Leute endlich richtiges Geld in den Händen hielten. Die Bücher, die sie bekam, gab sie vorerst nur an Stammkunden heraus oder behielt sie für sich selbst.

Gerade wollte sie sich bücken, um die Buchkiste aufzuheben und nach hinten in das viel zu enge Lager zu bringen, das sie sich mit Rosas Vater Heinrich Trebner teilte – dem Verleger, der ihnen diese Räumlichkeiten nach der Zerstörung ihres alten Ladens überlassen hatte –, da klingelte das Glöckchen über der Tür.

Rosa hatte darauf bestanden, dass so ein Glöckchen die Atmosphäre im Laden viel geselliger mache und es außerdem viel praktischer sei, wenn man gleich merke, dass ein neuer Kunde eingetreten sei. Und ausnahmsweise musste Ruth ihr einmal zustimmen.

Frau Saalmann hob interessiert den Kopf und blinzelte zum Eingang.

Ingrid, Lutz' Mutter, steckte ihren blonden Schopf zur Tür herein. »Hallo, Ruth! Na, wo treiben sich unsere kleenen Racker herum?«

Ruth schaute aus dem Fenster und musste mit einem kurz aufflackernden schlechten Gewissen feststellen, dass Peter und Lutz nirgendwo mehr zu sehen waren. Wahrscheinlich hüpften sie weiter oben die Straße entlang und spielten mit ein paar anderen Kindern Fangen. Oder sie kraxelten schon wieder in einer der vielen Trümmerruinen herum, die noch immer Berlins Straßen säumten. Das war gefährlich, schließlich brach nicht selten noch irgendwo eine Mauer ein, krachten lose Ziegel herunter. Wenn die beiden hier bei ihr spielten, sollte sie eigentlich ein Auge auf sie haben.

Aber Ingrid schien ihr zum Glück nicht übel zu nehmen, dass Ruth die Aufsicht über ihre Söhne mal wieder vernachlässigt hatte. Stattdessen kam sie in den Laden und lehnte sich an die Theke.

»Wo ist denn Rosa? Ick wollt mir bei ihr bedanken für den tollen Tipp mit dem Trockenei. Diese CARE-Pakete, die die Amerikaner schicken, sind ja schön und gut, aber bei manchen Sachen da drin weeß ick einfach nich weiter.«

Ruth bemühte sich, nicht die Augen zu verdrehen. Rosa gab den Leuten ständig Tipps für alles Mögliche, meistens ungefragt.

»Sie kommt heute nicht«, antwortete Ruth und stopfte das schwere Buch, das sie schon aus dem Paket herausgeholt hatte, wieder zurück. Ihre Schwägerin war zwar mitverantwortlich dafür, dass sie in diesem kleinen Laden ein neues Quartier gefunden hatten, aber von Büchern verstand sie nicht viel – und deswegen war Ruth ganz froh, dass sie nur jeden zweiten Tag im Laden mithalf oder vielmehr herumstand. Auch wenn die Leute Rosa zu lieben schienen.

Selbst Frau Saalmann, die ihnen interessiert zugehört hatte, machte ein enttäuschtes Gesicht. »Schade, dass Frau Klinger heute nicht kommt!«

Ruth zuckte wie immer, wenn jemand Rosa »Frau Klinger« nannte, leicht zusammen. Aber so war es eben, Rosa hatte in ihre Familie eingeheiratet und trug nun den Namen Klinger, während Ruth ihn bei ihrer Hochzeit schon vor Jahren abgelegt und Willis Nachnamen Hohmann angenommen hatte. Und dennoch fühlte sie sich als einzige Klinger, als diejenige, die das Familienerbe bewahrte, während Rosa ihr nicht dafür würdig erschien.

Kurz darauf ertönte ein Rascheln, weil Frau Saalmann wieder umgeblättert hatte.

Ingrid war zum Glück schon zum nächsten Thema übergegangen.

»Du, ick gloob, da braut sich was zusammen im Osten.« Sie stützte sich mit ihren Ellenbogen auf die Theke. »Ick muss jetzt immer extra zeitig los, weil die in der S-Bahn ständig die Ausweise kontrollieren«, sagte sie und runzelte die Stirn. »Dabei muss ick eh schon um fünfe in der Bäckerei sein!«

Ingrid, deren Mann im Krieg schwer verletzt worden war, musste allein für ihre Familie sorgen und hatte deshalb eine Stelle in einer kleinen Bäckerei in Friedrichshain angenommen, weil sie hier in Schöneberg nichts finden konnte. Solche Grenzgänger, die zwischen einem der Westsektoren der Stadt und dem Sowjetsektor hin- und herfuhren, hatten es immer schwerer.

»Meinste, det hat was mit der Währungsreform zu tun? Erst die angeblichen Betriebsausfälle in der Bahn, und dann das? Oh, und natürlich, dass die Sowjets einfach den Kontrollrat verlassen haben. Da brodelt es doch gewaltig!«

Ruth zuckte mit den Achseln. Ja, die Währungsreform war ein heikles Thema, das bei den Besatzungsmächten sicher für Spannungen sorgte. Und die Sowjets hatten in den letzten Monaten auch schon mit den Säbeln zu rasseln begonnen.

»Ach, die Amis werden uns sicher beschützen«, sagte Ingrid und strich über eine Hemingway-Ausgabe des Rowohlt Verlags. Diese sogenannten Rotationsromane – gedruckt wie eine Zeitung und auch auf entsprechendem Papier – hatte Ruth immer griffbereit an der Theke liegen. Die fünfzig Pfennig dafür konnte sich schließlich fast jeder leisten. Ruth hatte in den letzten Jahren vor allem solche Romane verkauft, so traurig es auch war, dass gute Literatur über Zeitungswalzen gezogen werden musste und nicht in edles Leinen gekleidet wurde.

»Ein Land, das so tolle Autoren hervorbringt, kann doch nur mutig und tapfer sein, denkste nicht?«, sagte Ingrid, einen schwärmerischen Ton in der Stimme.

Die meisten Leute standen den Besatzern, ob es nun Amerikaner oder Sowjets waren, noch immer äußerst misstrauisch gegenüber. Aber Ingrid schien in letzter Zeit geradezu für die Amerikaner zu schwärmen. Das war ein wenig naiv, wie Ruth fand. Nicht zuletzt hatten die Amerikaner die Papierzuteilungen für Verlage gleich nach dem Krieg so organisiert, dass vor allem diejenigen Verlage mit genügend Papier bedacht worden waren, die amerikanische Autoren veröffentlichten. Und zwar solche, die von den Amerikanern eigens ausgewählt wurden und ein gutes Licht auf ihr Land warfen. Außerdem war Literatur, so wichtig sie auch war, nicht alles.

»Deutschland hat auch schon viele tolle Autoren hervorgebracht. Und hat uns das geholfen?«, fragte Ruth trocken, und die Begeisterung in Ingrids Augen erlosch.

»Hast recht«, antwortete sie geknickt. »Na jut, dann such ick mal unsere beeden Flitzpiepen. Bis dann, Ruth!«

Und schneller, als Ruth gucken konnte, war Ingrid schon aus der Tür.

Einen Moment lang schalt Ruth sich selbst wegen ihrer ruppigen Art. Wäre Rosa hier gewesen, dann hätte Ingrid sicher noch eine Weile weitergeplauscht. Aber was sollte sie machen, so war Ruth eben nicht. Sie konnte gut mit Büchern umgehen, doch mit Menschen und emotionalen Dingen war es etwas schwieriger. Aber wer konnte ihr das verdenken, nach all diesen furchtbaren Jahren? Und Klatsch und Tratsch würde den Laden, wie er einst war, auch nicht wieder zurückbringen, dafür brauchte man schon Ruths Geschäftssinn.

Kaum dass Ingrid draußen vernehmlich nach Lutz rief, stand Frau Saalmann ächzend auf und trappelte auf ihren kurzen Beinen zur Theke.

»Ich glaube, das ist nichts für mich«, sagte sie wenig überraschend und legte den teuren Bildband über die Kunst der Renaissance auf den Tresen. »Vielleicht ja nächstes Mal.«

Ruth musste ein Seufzen unterdrücken. Aber sie hatte heute schon genug Leute vergrault, da wollte sie diese Frau nicht auch noch vor den Kopf stoßen.

»Kein Problem, Frau Saalmann. Bis bald!«

»Grüßen Sie mir Ihre liebe Schwägerin«, sagte Frau Saalmann und ging dann zur Tür.

»Werde ich ausrichten«, murmelte Ruth in sich hinein. Der Gedanke an Rosa versetzte sie in schlechte Laune, dabei war sie eigentlich so guter Dinge gewesen. Am besten, sie begann rasch mit der Buchhaltung für heute. Ach ja, und nach Peter sollte sie wohl auch schauen. Draußen zog sich der Himmel zu.

*

Rosa saß auf ihrem Bett und horchte auf die Geräusche in der Wohnung. Ein wenig langweilig war ihr schon. Ihre Lieblingszeitschrift, die *Constanze*, hatte sie bereits ausgelesen, sie lag jetzt zerfleddert neben ihr. Und mit dem Pullover, den sie aus einem alten Kleidungsstück von Friedrich für den kleinen Peter gestrickt hatte, war sie schon gestern Nacht fertig geworden. Jetzt besserte sie ihr Lieblingskleid aus. Eigentlich aber lauschte sie, ob sich vor ihrer Tür etwas tat. Und tatsächlich, kurz darauf rannte Peter durch den Flur. Es musste Peter sein, schließlich war der Sohn ihrer Schwägerin Ruth das einzige Kind in der Wohnung, und die Art, wie er die Arme beim Laufen immer gegen die Wände schlug, war typisch für den ungestümen Jungen.

Rosa lächelte. Darauf hatte sie gewartet, schließlich war Peter der Einzige im Haushalt der Klingers, der manchmal gern Zeit mit ihr verbrachte. So bitter es auch klang, und Rosa war kein bitterer Mensch, sondern einer, der immer nur das Gute sah. Sie fühlte sich selbst nach all den Jahren in der Wohnung der Klingers, im zweiten Stock des alten Berliner Mehrfamilienhauses, noch immer wie eine Fremde, ein Eindringling eigentlich.

Elisabeth Klinger, die Mutter des Hauses, war zwar recht freundlich zu ihr, aber die ältere Frau lebte zurückgezogen und hatte etwas ebenso Verschlossenes an sich wie Ruth. Ruth, deren Freundin Rosa so gern gewesen wäre. Hatte sie sich nicht immer eine Schwester gewünscht? Genau die hatte sie sich erhofft, als sie bei den Klingers eingezogen war, damals, mit blutjungen achtzehn Jahren und bis über beide Ohren in den charmanten Friedrich verliebt. Die Klingers, sie waren ihr immer wie eine Familie vorgekommen, die zusammenhielt wie Pech und Schwefel, und genau das hatte Rosa so angezogen. In ihrer eigenen Familie sprach man kaum miteinander, ihr Vater hatte sie und ihre Mutter nie wirklich für voll genommen, das war erst in den letzten Jahren besser geworden. Vater Klinger aber – Friedrich senior – hatte Ruth sogar von klein auf erlaubt, im Buchladen der Familie mitzuhelfen.

Rosa erinnerte sich noch gut an das erste Mal, als sie die Buchhandlung betreten hatte. Sie hatte ihren Vater begleitet, der den Klingers seinen Verlag vorstellen wollte. Sie hatte in seinem Schatten gestanden und versucht, über seine breite Schulter zu linsen. Da sah sie Ruth, wenige Jahre älter als sie und so viel erwachsener, die ganz geschäftig hinter der Verkaufstheke stand. Wie hatte Rosa sie beneidet! Ruth wirkte so selbstbewusst! Am selben Tag hatte Rosa auch Friedrich und seinen ungleichen Zwillingsbruder Georg kennengelernt.

Die ganze Familie Klinger war ihr wie eine Einheit vorgekommen – Vater und Mutter Klinger führten eine wunderbare Buchhandlung und ihre drei Kinder waren gemeinsam inmitten all dieser schönen Bücher groß geworden.

Rosa hatte sich nichts sehnlicher gewünscht, als dazuzugehören. Und nur wenige Jahre später gehörte sie dann tatsächlich dazu.

Doch das fröhliche Treiben dieser Familie hatte bald ein Ende genommen, denn ihr Oberhaupt, Friedrich Klinger senior, war beim Bombardement der Stadt gestorben, das so viele Berliner das Leben gekostet hatte. Auch Rosas Friedrich war vom Krieg verschluckt worden und sie lebte fortan hier bei seiner Familie, in der es still geworden war.

Nun, zumindest der kleine Peter war eine wahre Freude, und deshalb griff Rosa jetzt rasch den fertigen Pullover und öffnete ihre Tür. Sie wollte sehen, ob ihm ihr neuestes Werk auch so gut passte wie die Hose, die sie ihm neulich umgenäht hatte.

Aber Peter war im Flur nicht mehr zu sehen. Rosa warf einen Blick zu Elisabeths Zimmer, dessen Tür wie so oft geschlossen war, genau wie die Tür zu Ruths und Peters Reich. Ruth war wahrscheinlich schon im Laden. Ganz am Ende des Flurs befand sich Georgs Kammer. Seine Tür stand meistens offen, weil er fast nie zu Hause war. Anders als Rosas Mann Friedrich und Ruths Mann Willi war Georg aus dem Krieg zurückgekehrt, doch er war selten anwesend. Rosa hatte keine Ahnung, wo er sich den ganzen Tag lang herumtrieb. Dabei hätte sie auch mit ihm nur zu gern ein Band geknüpft. Schließlich war er der jüngere Zwilling ihres Mannes, ihre engste Verbindung zu Friedrich. Aber Georg mied Rosa, als hätte sie eine ansteckende Krankheit.

Rosa seufzte, dann hörte sie tatsächlich Peters Stimme, direkt aus der kleinen Küche rechts von Rosas Zimmer. Ein Glück, er war noch da! Gleich musste er los in die Schule, aber für ein kurzes Gespräch war vielleicht noch Zeit.

Wieder drang Peters Stimme in den Flur. Redete er mit jemandem? Rosa lauschte, dann hörte sie, eher gemurmelt zwar, aber trotzdem, eine Antwort. War das etwa Georg? So musste es sein, einen anderen Mann gab es in diesem Haushalt ja nicht. Rosa konnte es kaum fassen. Meistens kam Georg erst spätnachts zurück, woher auch immer, und verschwand schon früh.

Tatsächlich lümmelte Peter an dem großen Küchentisch, während sein Onkel direkt vor dem kleinen Fenster saß, das auf den Innenhof ging, und an dem Küchenradio herumdrehte.

Georg ignorierte Rosa, wie nicht anders zu erwarten, als sie das Zimmer betrat. Aber Peter hob sofort den Kopf.

»Onkel Georg repariert das Radio«, erklärte ihr der Junge und schaute dann wieder zu Georg, der konzentriert seinen Mund zusammengepresst hatte.

»Ich wusste nicht, dass es kaputt ist«, sagte Rosa und lehnte sich an den Herd. Hatte sie nicht erst gestern Nachmittag noch das

RIAS-Programm gehört? Manchmal schaltete sie auch den amerikanischen Soldatensender AFN ein. Da gab es ziemlich aufregende Musik zu entdecken, mit Rhythmus, das gefiel Rosa.

»Ich hab es gestern Abend runtergeschmissen«, gab Peter kleinlaut zu.

»Ist nicht schlimm, Kleiner, ich hab's gleich.«

Das war tatsächlich Georg gewesen. Rosa hatte ihn so selten sprechen hören, dass sie es fast nicht glauben konnte. Vor allem nicht in ihrer Anwesenheit. Auch wenn Georg und Friedrich sich äußerlich sehr ähnlich gewesen waren, ihre Stimmen klangen unterschiedlich. Zumindest soweit Rosa sich an Friedrichs Stimme erinnerte. Sie war tiefer und entschlossener gewesen. Georg klang, als wäre er sich keines Wortes, das er sagte, sicher, als testete er es immer erst kurz an, bevor er sich traute weiterzureden.

Vermutlich hatte auch der Krieg dazu geführt, dass Georg so eingeschüchtert und leise wirkte, er hatte, seit er zurückgekommen war, nicht darüber gesprochen. Aber Rosa erinnerte sich auch daran, dass er schon immer eher zurückhaltend gewesen war. Als Friedrich sie bei einem ihrer Besuche gefragt hatte, ob sie mit ihm ausgehen wolle, hatte Georg gedankenverloren hinter seinem Bruder gestanden, in dessen Schatten, und schien sie nicht einmal wahrzunehmen. Das war bis heute so geblieben.

»So, jetzt haben wir's!«

Ein Rauschen erklang aus dem Radio und dann der Nachrichtensprecher: *»Hier ist RIAS Berlin – Eine freie Stimme der freien Welt.«*

»Siehst du, geht wieder.«

Georg warf Peter ein kleines Lächeln zu und stellte das Radio leiser. Das Lächeln erreichte seine Augen kaum, trotzdem veränderte es etwas in seinem Gesicht, das dadurch lebhafter wirkte, die Augenringe nicht ganz so dunkel. Er sah fast ein wenig aus wie Friedrich, der immer so gestrahlt hatte.

Rosa räusperte sich. Sie hatte plötzlich einen Kloß im Hals.

»Musst du nicht los zur Schule, Peter?«

»Oh ja, stimmt.«

Der Junge sprang hastig auf und begann, seine Sachen zusammenzusuchen, die überall verstreut lagen: sein Schal auf dem Küchenstuhl, seine Jacke quer über der Garderobe, und seine Schuhe standen an zwei verschiedenen Orten. Rosa musste schmunzeln. Sie liebte diesen kleinen Lausbuben mit seinen Sommersprossen und seiner wilden Art.

»Heute Abend mache ich uns Griesgrütze, ja?«

Peter schaute sie aus runden Augen an. Im Gegensatz zu den typischen blauen Klinger-Augen und dem kastanienbraunen Haar, das jedes Familienmitglied besaß, hatte er als Einziger braune Augen und eine fast schwarze Mähne. Vermutlich ein Erbe seines Vaters Willi, den Rosa nur flüchtig gekannt hatte. Das war einer der weiteren Gründe, die sie für Peter einnahmen – so fiel sie selbst nicht mehr als Einzige aus dieser Familie heraus.

Rosa überlegte, ihn noch rasch ihren Pullover anprobieren zu lassen, entschied sich aber dagegen. Dafür war später noch Zeit.

Peter nickte, dann war er auch schon zur Tür hinaus. Im Hausflur hörte man seine hastigen Schritte verhallen.

Unangenehme Stille breitete sich in der Küche aus, nur das Radio dudelte leise vor sich hin. Rosa war sich Georgs Anwesenheit nur allzu bewusst. Sicher würde er jede Sekunde aufspringen und schnell verschwinden, das tat er schließlich immer.

Aber nein, diesmal würde sie ihn nicht so leicht davonkommen lassen! Es konnte doch eigentlich nicht gut sein, dass er sich immer in sein Schneckenhaus zurückzog – egal, was er in den grausamen Zeiten des Krieges auch erlebt haben mochte.

Also drehte sie sich rasch um, griff nach dem kleinen Wasserkessel, stellte ihn auf den Herd und suchte den Gasanzünder.

»Möchtest du auch einen Muckefuck? Ich kann ihn so zubereiten, dass er gar nicht schlecht schmeckt«, sagte sie über die Schulter, wie beiläufig, und bemühte sich, nicht zu Georg zu schauen. Bloß nicht verschrecken, dachte sich Rosa. Sie hätte fast die Luft angehalten, als würde sie mit einem scheuen Tier reden.

Georg schwieg, dann räusperte er sich unbehaglich.

»Ich will bald los und du musst dir wegen mir keine Umstände machen«, sagte er schließlich.

»Ach was, ich würde mir sowieso einen kochen«, log Rosa.

Jetzt sah sie vorsichtig zu ihrem Schwager hinüber, und zum ersten Mal an diesem Tag trafen sich ihre Blicke.

Georg nickte. Ein größeres Zugeständnis würde sie von ihm wohl nicht bekommen.

Schnell füllte Rosa das Pulver, das sie schon vorbereitet hatte, in eine Kanne. Dieses Getränk hatte wirklich nichts mit einem echten, herrlich starken Kaffee gemein. Der Muckefuck schmeckte zwar auch etwas bitter, dazu aber ein wenig staubig, mehlig beinahe. Rosa hatte herausgefunden, dass er deutlich leckerer wurde, wenn sie das Pulver zuvor mit etwas Zucker anröstete. Zucker musste natürlich äußerst sparsam verwendet werden, aber es half schon ein kleines bisschen, den Kaffee-Ersatz schmackhafter zu machen.

Georg blieb tatsächlich sitzen, drehte allerdings das Radio noch etwas leiser und begann, mit einer Zeitung zu rascheln. Für einen Moment fühlte Rosa sich an alte Zeiten zurückerinnert. So sollte es doch eigentlich sein: ein gemütlicher Morgen in der Küche, frischer Kaffee und draußen vorsichtige Sonnenstrahlen, die auf das Fensterbrett und die Kräuter fielen, die Rosa dort zog.

Der Wasserkessel pfiff und Rosa goss den Kaffee auf. Der Geruch, der vom Muckefuck aufstieg, zerstörte ihre Illusion etwas, denn natürlich roch echter Kaffee anders, aber einen Moment lang erlaubte sie es sich dennoch, zu träumen. In ihrem Traum saß Friedrich hinter ihr, nicht Georg, und würde sie gleich liebevoll anschauen.

Rosa blinzelte. Sie dachte häufig an Friedrich, redete sogar mit ihm, schließlich, da hatte sie die Hoffnung noch nicht aufgegeben, würde er eines Tages zu ihr zurückkehren, und so konnten sie in Verbindung bleiben. Denn vielleicht merkte er ja, dass sie an ihn dachte, wo auch immer er war. Und trotzdem legte der Gedanke an ihn sich manchmal wie ein schwerer Stein auf ihre Brust. Während andere Frauen schon längst über das Rote Kreuz direkte Nachrichten von ihren Liebsten erhalten hatten, die in russischen Kriegsgefangenenlagern waren, oder zumindest über deren Verbleib informiert worden waren, hatten sie von Friedrich und auch von Ruths Mann Willi bisher nichts gehört. Doch während sich die Angelegenheit für Ruth anscheinend damit erledigt hatte – sie sprach nie von Willi, für sie schien er nach all den Jahren der Vergangenheit anzugehören –, konnte Rosa die Sache nicht einfach auf sich beruhen lassen. Es war keine Option für sie, ihre Träume aufzugeben.

Rosa drehte sich um, und natürlich war es nicht Friedrich, sondern Georg, der da saß und sie unruhig beobachtete, als wäre sie das scheue Tier und nicht er.

Rosa stellte eine Tasse vor ihn auf den Tisch.

»Danke«, sagte Georg und nahm einen vorsichtigen Schluck.

Gespannt beobachtete Rosa seinen Gesichtsausdruck.

»Etwas Milch dazu wäre gut, aber wir haben gerade keine«, sagte sie entschuldigend.

»Ich könnte mal schauen, ob ich welche auftreiben kann.« Georg sah sie noch immer mit diesem lauernden Blick an, ein wenig ängstlich. Aber er sah sie an, und das war doch schon etwas.

»Das … wäre toll«, sagte Rosa vorsichtig.

Und tatsächlich, jetzt schenkte er ihr sogar ein Lächeln.

Wenig später verschloss sich seine Miene wieder. »Ich gehe dann mal los.«

Er nahm noch einen kräftigen Schluck aus seiner Tasse, faltete die Zeitung zusammen und stand auf. Rosa erhaschte einen kurzen Blick auf die Titelseite.

»Du liest die *Berliner Zeitung*?«, fragte sie überrascht. »Ist die nicht verboten?« Soweit Rosa wusste, waren seit April alle Zeitungen aus der Sowjetzone in den Westsektoren zumindest nicht mehr gern gesehen.

»Die ist aus dem Osten«, antwortete Georg, schon im Stehen, und wieder lag ein kleines Lächeln auf seinen Lippen. Dann aber drehte er sich um und war aus der Küche verschwunden, noch bevor Rosa etwas erwidern konnte.

Rosa blieb am Herd stehen, die warme Tasse in den Händen. Sie fühlte sich ein wenig zittrig. Während die Anspannung von ihr abfiel, merkte sie erst, wie sehr es sie angestrengt hatte, hier mit Georg in der Küche zu sein. Sie hatte sich so sehr gewünscht, dass er mit ihr sprach! Jetzt, wo er es getan hatte, fühlte es sich an wie ein kleiner Triumph.

Und er hatte ihr einen Hinweis gegeben, wo er sich den ganzen Tag herumtrieb.

»Im Osten also«, murmelte Rosa vor sich hin. Das war interessant. Vielleicht konnte sie noch mehr herausfinden.

*

Lore saß auf ihrem kleinen Koffer und schloss für einen Moment die Augen, um sie herum herrschte geschäftiges Treiben. Sie war erschöpft vom vielen Laufen, nein, eigentlich war sie heute schon am Morgen erschöpft gewesen, als Renate Schmidt ihr die Hiobsbotschaft überbracht hatte. »Du kannst nicht mehr bei uns bleiben, Lore«, hatte sie gesagt und Lore dabei nicht einmal in die Augen geschaut, sondern nur auf ihre weiße Schürze hinunter, an der sie unablässig ihre sowieso schon sauberen Hände abgewischt hatte.

Lore hatte sprachlos in der Küche gesessen, das jüngste Kind der Schmidts, die kleine Hildegard, auf ihrem Schoß. Und während Hildegard stillvergnügt in ihrem Brei herummatschte, hatte Lore den Mund auf- und zugeklappt und dann genickt.

Denn was hätte sie auch dagegen einwenden können? Und eine Überraschung war es sowieso nicht. Die Schmidts hatten sie nur aufgenommen, weil sie das Gefühl hatten, es Lores Mutter schuldig zu sein – der alten Freundschaft wegen. Aber Freundschaft war nach dem Krieg auch nur eine Ware, die einen begrenzten Wert hatte. Das hatte Lore recht schnell feststellen müssen. Von Anfang an hatte sie gemerkt, dass Renate Schmidt sie nicht wirklich leiden konnte. Es war klar gewesen, dass sie die erstbeste Gelegenheit ergreifen würde, um Lore wieder loszuwerden. Dass sie so lange damit gewartet hatte, war erstaunlich und lag vermutlich nicht nur daran, dass die kleine Hildegard Lore vergötterte und ständig mit ihr spielen wollte, sondern vor allem an Lores Schwarzmarktkontakten. Ebenjene, die Frau Schmidt heute Morgen vorgeschoben hatte, um Lore hinauszuwerfen. Oder vielmehr dass Lore sich nicht nur aufs Handeln gut verstand, sondern auch wusste, wie man mit den Amerikanern umging. Das hatte zwar dazu geführt, dass Hildegard ihre Zähnchen gelegentlich in ein Stück Hershey's Schokolade versenken konnte, aber eben auch dazu, dass in ihrer Straße im beschaulichen Steglitz ordentlich getuschelt wurde. Und Tuscheln konnte Renate Schmidt gar nicht leiden.

Ein Windhauch strich über den Platz und zerzauste Lores Haar. Sie öffnete die Augen. Hier, in der Nähe vom Bahnhof Zoo, strömten die Menschen nur so an ihr vorbei. Die Luft war angefüllt von aufgeregtem Geplauder, klackernden Absätzen, Kindergeschrei. Aber niemand beachtete sie. Und Lore war froh darüber. So warf ihr wenigstens nicht noch jemand Gemeinheiten an den Kopf.

»Veronika Dankeschön« – diese Beschimpfung wollte Renate Schmidt heute Morgen vor ihrer Jüngsten zwar nicht in den Mund nehmen, das hatte Lore gespürt, aber das hatten die Nachbarn der Schmidts ohnehin schon längst erledigt. Mehrmals hatten sie Lore als Ami-Flittchen bezeichnet. Einmal wurde sie auf der Straße sogar bespuckt! Und das alles nur weil sie, um zum Lebensunterhalt der

Schmidts etwas beitragen zu können und ihnen ihre Freundlichkeit zu vergelten, eben getan hatte, was getan werden musste. Und damit war sie bei Weitem nicht die Einzige gewesen. So manche junge Dame machte sich mit den Amerikanern gut Freund, um über die Runden zu kommen, und ging dabei deutlich weiter als Lore. Und wenn sie es tatsächlich riskierten, sich eine VD einzufangen, eine *venereal disease*, wie die Amerikaner die gefürchteten Geschlechtskrankheiten nannten, von denen sich die Bezeichnung »Veronika Dankeschön« ableitete, interessierte das niemanden.

Jetzt, wo Lore einmal Pause gemacht und sich auf ihr Köfferchen mit ihrem wenigen Hab und Gut gesetzt hatte, merkte sie erst, wie wütend sie über den Rauswurf bei den Schmidts noch war, ob sie ihn schon geahnt hatte oder nicht. Dabei hatte sie sich, als sie sprachlos vor dem Wohnhaus der Schmidts gestanden und mit den Tränen gekämpft hatte, sofort geschworen, dass die Schmidts keine dieser Tränen wert waren. Es war doch ohnehin nur eine Frage der Zeit gewesen, bis sie von selbst weitergezogen wäre. Eigentlich konnte sie den Schmidts sogar dankbar sein! In den letzten Monaten, beinahe Jahren, hatte sie unwillkürlich das aufgegeben, weswegen sie überhaupt hierhergekommen war, zu sehr war sie damit beschäftigt gewesen, den Schmidts ein angenehmer Gast zu sein. Das konnte nun endlich anders werden!

Und doch war sie enttäuscht und vor allem erschöpft.

Sie würde sich auf die Suche nach einer neuen Bleibe machen müssen. Ein wenig Geld hatte sie noch, sie könnte also gut ein oder zwei Tage in einem Pensionszimmer unterkommen. Außerdem hatten viele Kneipen in Berlin die ganze Nacht lang auf und die Tage wurden wärmer. Sie würde sich schon zu helfen wissen, das hatte sie bis jetzt immer geschafft. Aber Zeit für eine kleine Verschnaufpause musste sein. Und da hatte sie sich heute den Bahnhof Zoo ausgesucht.

Lore ließ ihren Blick über den grauen Asphalt schweifen.

In der langen Zeit, die sie jetzt schon in Berlin lebte, hatte sie es sich, immer wenn sie den Kopf freibekommen musste, zur Gewohnheit gemacht, die Orte zu besuchen, die in ihren liebsten Büchern aus Berlin eine Rolle spielten. Das war eine schöne Art, die Stadt zu entdecken. Aber an diesem einen Ort aus ihrem Lieblingsbuch war sie noch nicht gewesen – als hätte sie geahnt, dass die wirklich schwierigen Zeiten erst noch kommen würden.

Hinter Lore ratterte es, vermutlich fuhr ein Zug ein, und eine Taube flatterte über ihren Kopf hinweg.

Hier, am Bahnhof Zoo, war es gewesen, wo Emil die Verfolgung des Diebs aufgenommen hatte. Emil war genau wie Lore neu in Berlin eingetroffen und hatte sich erst an die große Stadt gewöhnen müssen. Nur war von dem Bahnhof Zoo, den Erich Kästner in »Emil und die Detektive« beschrieben hatte, heute nicht mehr viel übrig. Das Gelände glich einer Kraterlandschaft, und dennoch wuselten die Menschen hier geschäftig herum, völlig unbeeindruckt von den vielen Trümmerbauten, die wie verdorrte Bäume um den Platz standen, oder von der riesigen Ruine der Gedächtniskirche, die sich in der Ferne schartig und kantig in den Himmel reckte.

Aber dass es hier in Berlin, an den Schauplätzen von Erich Kästners Büchern, die Lore schon immer geliebt hatte, so aussehen würde wie zu Kästners Zeiten, hatte sie sowieso nicht erwartet. Dafür hatte sie auf ihrer Reise hierher schon genug Schlimmes gesehen. Bald nach dem Kriegsende war sie von Magdeburg aus aufgebrochen, hatte ihren kleinen Koffer gepackt und versucht, einen Zug nach Berlin zu bekommen. Am Bahnhof drängten sich die Menschen. Ganz Deutschland war in Bewegung, fast niemand war nach dem Krieg da, wo er sein sollte oder wollte: Vertriebene, Ausgebombte, Kriegsheimkehrer, Witwen – und Waisen wie Lore. Die Züge waren so voll gewesen, dass sich einige Menschen auf das Dach setzen mussten. Immer wieder musste der Zug halten, weil Schienen fehlten, immer wieder musste Lore ihren Weg ein Stück zu

Fuß fortsetzen. Bis sie irgendwann hier gelandet war, in einer Stadt, die schon längst nicht mehr Kästners Berlin war.

Aber auch Lores Welt war eine andere geworden. Seit ihre Mutter in den Kriegstagen von einem einstürzenden Haus begraben worden war, hatte sich alles verändert. Lore war beinahe noch ein Kind gewesen, sie hatte nie eine andere Familie besessen als ihre Mutter, und einen festen Wohnsitz hatten sie sowieso nicht gekannt. Ihre Mutter war ruhelos gewesen und ständig umgezogen.

Lore hatte in ihrem Leben so viel verloren. Aber genau wie Kästners Emil würde sie nicht aufgeben. Sie war nicht in Trauer versunken, hatte sich vom Krieg nicht aushöhlen lassen.

Lore stand auf. Die Zeit für eine Pause war vorbei! Entschlossen nahm sie ihr Köfferchen in die Hand. In den letzten Monaten war es bereits um einiges leichter geworden – das Silberbesteck ihrer Mutter hatte sie auf dem Schwarzmarkt eingetauscht, ebenso deren vergoldete Uhr. Bis auf die vier Bücher, die sie behalten hatte, besaß sie nun fast nichts mehr. Aber der Inhalt des Köfferchens war unendlich kostbar, zumindest für sie. Und was darin am schwersten wog, war der Grund, warum sie überhaupt nach Berlin gekommen war: Es war der Brief ihrer Mutter, den sie aus den Trümmern geborgen hatte und der bewies, dass sie Lore jahrelang angelogen hatte. Dieser Brief war Lores Antrieb.

So gesehen hatte der Krieg ihr also doch etwas gegeben – die Wahrheit. Hatte ihre Mutter nicht stets erzählt, sie wisse nicht, wer Lores Vater sei? Nun, ihr Brief, den sie nie abgeschickt hatte, bewies das Gegenteil. *»Du hast eine Tochter und ich verlange, dass du angemessen für sie sorgst«*, hatte ihre Mutter darin geschrieben.

Das waren die Worte, die Lores Leben eine entscheidende Wendung gegeben hatten. Denn seit sie diese Zeilen gelesen hatte, wusste sie: Irgendwo da draußen – oder vielmehr, irgendwo in Berlin – lebte ihr Vater. Zumindest vermutete Lore das. In diesem Brief erwähnte die Mutter nämlich ein Treffen in Berlin, bei dem Lore offenbar entstanden war. Leider nannte sie keine Adresse, nur einen Namen.

Und das war auch schon alles, was Lore über ihren geheimnisvollen Vater wusste, über diesen Mann, von dem sie sich das erhoffte, was sie sich ihr ganzes Leben lang gewünscht, aber nie bekommen hatte: eine echte Familie.

Lore war nicht naiv, schon lange nicht mehr, Berlin war riesig und sie wusste, dass sie mit lediglich einem Namen nicht weit kommen würde. Die Ämter und Behörden, die sie hier schon abgeklappert hatte, konnten ihr nicht weiterhelfen. Vieles war im Krieg zerstört worden, Unterlagen waren verbrannt, Melderegister verloren, und den meisten Menschen ging es nur um das nackte Überleben. Auch deswegen war Lore etwas von ihrer Mission abgekommen und hatte sich von den Schmidts vereinnahmen lassen. Ihr war klar geworden, wie wahnwitzig ihr Plan war, einen einzigen Mann in einer solchen Menge von Menschen aufzuspüren.

Aber jetzt war es Zeit, neuen Mut zu fassen und ihre Kräfte für das zu verwenden, was wirklich zählte. Auch wenn sie jeden einzelnen Berliner befragen musste!

Lore schaute sich um, blickte noch einmal zu der zerstörten Gedächtniskirche und zu den Tauben, die am Himmel flogen. Ein Gustav mit der Hupe, der Emil im Roman geholfen hatte, wäre jetzt nett. Aber sie würde es auch allein schaffen!

Lore griff den Henkel ihres Köfferchens fester.

Es war Zeit, diesen Friedrich Klinger endlich ausfindig zu machen.

*

Ruth schreckte aus dem Schlaf hoch. Ihr Herz raste, ihre Hände fühlten sich klamm an. Schon wieder ein Albtraum.

Mit zittrigen Fingern tastete sie neben sich. Da lag Peter, ihr kleiner Peter, und schlief ganz fest. Erleichtert setzte Ruth sich auf. Im schwachen Licht des Mondes, das durch das Fenster fiel, sah sie

Peters geschlossene Augen, das dunkle Haar auf dem Kopfkissen. Ruth beugte sich über ihren Sohn, lauschte auf seinen Atem. Der Junge schien friedlich zu schlummern. Vorsichtig streckte sie ihre Hand aus, strich über Peters Kopf. Sein Haar war so weich, kitzelte ihr zwischen den Fingern. Peter murmelte etwas im Schlaf und drehte sich auf die andere Seite.

Langsam beruhigte sich Ruths Herzschlag. Das war nicht der erste Albtraum in dieser Woche gewesen. Jede Nacht lag sie schlaflos da, und wenn die Müdigkeit sie schließlich doch überwältigte, kamen die Träume und Erinnerungen an eine Vergangenheit, die Ruth verfolgte.

Worum war es im heutigen Traum gegangen? So richtig konnte Ruth es jetzt nicht mehr sagen, die Bilder vermischten sich, unterschiedliche Traumsequenzen verbanden sich miteinander.

Da waren Gitty und sie gewesen, wie fast jede Nacht, Gitty, ihre beste Freundin aus Kindertagen. Ruth und sie standen hinter der Theke und taten so, als würde der Buchladen der Klingers ihnen gehören. Gitty lachte, wenn die Registrierkasse auf- und zuschnappte. Gitty und Ruth lümmelten in den weichen Plüschsesseln am Fenster, bevor die Szene sich verdunkelte, Fratzen an den Scheiben auftauchten und mit roten Augen hereinstierten. Gitty rannte fort, aber Ruth konnte sich nicht bewegen. Nein, sie war einfach nicht von der Stelle gekommen, wie festgeklebt waren ihre Füße gewesen, während sich das Dunkel von draußen näherte. Und Rosa hatte hinter der Kasse gestanden und schallend gelacht.

Ruth öffnete die Augen, vertrieb die Geister. Sie war hier, sie lebte, der Krieg war vorbei und sie hatte eine Aufgabe. Sie durfte nicht schwach werden. Das brachte niemandem etwas.

Ruth strich noch einmal sanft über Peters Kopf. Wieder murmelte der Junge etwas im Schlaf.

Sie schob sich vorsichtig zum Bettrand. Sie würde das tun, was sie immer tat, wenn sie nicht schlafen konnte: sich in irgendeine

Ecke verkriechen und lesen. Wozu hatten sie schließlich eine Buchhandlung und damit Zugriff zu beinahe dem Kostbarsten, das sie sich vorstellen konnte? Und wenn das nicht half, um die Geister zu vertreiben, blieb ihr ja immer noch die Buchhaltung.

Ruth schlüpfte in ihre Pantoffeln und schlich zur Tür, die wie immer unschön knarrte. Sie kniff die Lippen zusammen. Hoffentlich hörte sie keiner! Doch Peter schlief ungestört weiter und auch aus den Tiefen der Wohnung drang kein Laut zu ihr. Vorsichtig schloss sie die Tür hinter sich.

Die Küche lag im Dunkeln. Da das Fenster auf den Hof hinausging, spendete keine Straßenlaterne Licht und selbst der Mond war nicht mehr zu sehen. Ruth schaute auf die Küchenuhr. Tatsächlich, es war schon früher Morgen, die Sonne würde bald aufgehen.

Sie knipste das Licht an und stellte sich an den Herd. Sie würde sich einen Muckefuck zubereiten.

Die Gasflamme loderte auf und Ruth stellte mit einem leisen Klirren den Kessel auf den Rost. Dann hielt sie inne. Irgendwo in der Wohnung hatte sie ein Rumpeln gehört, kurz darauf leise Schritte. Ruth schloss resigniert die Augen. Das war es wohl mit ihrem gemütlichen Lesestündchen! Das konnte eigentlich nur Rosa sein, denn Ruths Mutter Elisabeth und ihr Bruder Georg kamen höchst selten um diese Zeit aus ihren Zimmern.

Doch wenig später betrat tatsächlich Elisabeth die Küche.

Die ältere Frau ließ sich wortlos auf einem Stuhl nieder und beobachtete Ruth mit ihren hellen blauen Augen, die denen ihrer Tochter so ähnlich waren. Ihr Blick hatte etwas Einschüchterndes.

»Willst du auch einen Kaffee?«, fragte Ruth und wartete die Antwort ihrer Mutter gar nicht ab. Elisabeth schwieg sowieso meistens, sie schwieg, seit Ruths Vater Friedrich bei einem Bombardement gestorben war und seit Friedrich Klinger junior, Ruths kleiner Bruder, nicht mehr aus dem Krieg zurückgekommen war. Nur mit ihrer Schwiegertochter Rosa redete Elisabeth gelegentlich, natürlich, mit wem sonst? Rosa liebten alle, ihr fiel es leicht, mit den Menschen ins Gespräch zu kommen, während Ruth hilflos danebenstand. Das war sogar bei ihrer eigenen Mutter nicht anders. Und es tat weh. Früher waren Ruth und Elisabeth einmal enger gewesen. Als Ruth noch jünger war, hatte sie ihre Mutter immer bewundert, sie hatte eine ebenso gute Buchhändlerin werden wollen wie sie. Schließlich hatte Elisabeth mit Leib und Seele für die »Buchhandlung Klinger« gelebt, sie war das Herz des Ladens gewesen, auch wenn Friedrich Klinger das Sagen gehabt hatte. Aber seit die Buchhandlung in den letzten Kriegstagen ausgebrannt war, hatte Elisabeth sich in sich selbst zurückgezogen. Den neuen Laden, den sie bezogen hatten, besuchte sie nie.

Ruth holte den letzten Laib Brot hervor und schnitt ihnen zwei Scheiben davon ab. Sie stellte die Teller auf den Tisch und setzte sich. Schweigend zog Elisabeth einen der Teller zu sich.

»Du siehst müde aus«, sagte sie und biss bedächtig in ihr Brot.

Ruth nickte.

»Es ist viel zu tun im Laden«, sagte sie.

Wieder breitete sich Schweigen aus. Nur das leise Kauen der beiden Frauen war zu hören.

Ruth überlegte, ob sie sich ein Buch holen sollte, denn in ihrer Familie galt das Lesen in Anwesenheit eines anderen nicht als unhöflich, und von ihrer Mutter schien keine weitere Konversation zu erwarten. Doch da räusperte sich Elisabeth.

»Peter macht sich gut«, sagte sie.

Vermutlich würde jetzt irgendein kritischer Kommentar zu Ruths Erziehung folgen, denn wenn Elisabeth etwas zu sagen hatte, dann waren es meist hingeworfene Anmerkungen zu Peter oder zu Ruths Art sich zu kleiden. Dass ihre Mutter heute ausnahmsweise einmal wohlwollend klang, war irritierend.

Ruth nickte knapp.

Aber ihre Mutter war noch nicht fertig. »Und der Laden … Ich denke oft an unsere Buchhandlung, wie sie früher war.«

Ruth schaute überrascht hoch. Es war selten, dass Elisabeth über ihre Gefühle sprach.

Doch dann hörte man plötzlich Rosas Stimme. »Darf ich hereinkommen?«

Mit perfekt onduliertem Haar und einem hübschen Kleid stand Rosa in der Tür und lächelte, als wäre es ein wundervoller sonniger Tag und nicht kühl und in aller Herrgottsfrühe. Dabei zog sich der Schein der Morgenröte tatsächlich langsam über die gegenüberliegenden Häuser und tauchte alles in ein sanftes rotes Licht.

»Ihr seid ja wach! Ich hoffe, ich störe nicht? Oh, fein, ihr frühstückt schon.« Rosa kam unbekümmert in die Küche und nahm sich eine Tasse und einen Teller.

Ruth verdrehte die Augen. Rosa störte tatsächlich. Es wäre interessant gewesen, sich endlich einmal über die berufliche Situation der Klingers mit der Mutter auszutauschen. Ruth könnte ihren Rat in so vielen Dingen gut gebrauchen. Doch Elisabeth und sie kamen selten dazu, sich in Ruhe zu unterhalten.

Rosa werkelte in der Küche herum, als wäre es ganz normal, dass sie sich alle zu einem frühen Frühstück hier versammelten.

»Du hast ja nur dein halbes Brot gegessen«, bemerkte sie und zeigte auf Elisabeths Teller.

Die ältere Frau zuckte die Schultern. »Ich habe heute keinen großen Hunger, und so kann Peter etwas mehr haben.«

»Ja, er hat gerade einen Wachstumsschub, scheint mir«, antwortete Rosa fröhlich. »Ich denke, ich lass ihm auch etwas von meiner Ration übrig.«

Ruth hatte Mühe, sich auf Rosas Geplapper zu konzentrieren. Schon wieder holten sie die Bilder aus ihrem Traum ein: Rosa hatte hinter der Theke gestanden und schallend gelacht, als würde der Laden ihr gehören – Rosa in ihrer schicken Uniform vom Bund deutscher Mädel, Friedrich und Rosa, ein stolzes Paar, Arm in Arm, höhnisch lachend. Und Ruth war wie erstarrt gewesen, mitten im

Laden ihrer Eltern, in *ihrem* Laden, und konnte sich nicht von der Stelle rühren.

Ruckartig stand sie auf, sodass ihr Stuhl laut über die Küchenfliesen kratzte. »Ich gehe Peter wecken.«

Im selben Moment schlug draußen die Wohnungstür zu.

Das konnte nur Georg sein, der von seinem nächtlichen Ausflug nach Hause kam. Ruth konnte ihren Bruder verstehen, auch wenn sie es nicht guthieß, was er tat. Seit dem Krieg waren sie alle nicht mehr dieselben. Während Ruth sich in die Arbeit stürzte, suchte Georg Ablenkung im rastlosen Herumstromern – zumindest vermutete sie das.

Ruth wartete darauf, dass Georg in seinem Zimmer verschwand. Dort blieb er dann meistens für ein paar Stunden und kam nicht einmal heraus, wenn Rosa etwas aus den wenigen Zutaten backte, die ihnen zur Verfügung standen, und wenn ein verführerischer Duft durch jede Ritze der Wohnung drang.

Doch heute hörte man Georgs Schritte auf dem Flur, wie sie sich der Küche näherten, und kurz darauf erschien er auch schon in der Tür. Er wirkte atemlos, seine Augen waren groß.

Sofort war Ruth nervös. Sie hatte Georg erst einmal so unruhig und verängstigt erlebt – am Tag seiner Einberufung. Für eine Sekunde fühlte sie sich wieder zurückversetzt in diese furchtbare Zeit, als ihre Brüder verschwanden und auch ihr Mann. Ruth stand stocksteif da, Angst kroch ihr in jede Faser.

Doch auf Georgs Gesicht breitete sich ein Lächeln aus.

»Sie bringen es gleich überall!«, rief er und seine Augen leuchteten. »Die neue Währung kommt endlich!«

Ruths Herz begann aufgeregt zu klopfen.

»Bist du sicher?« Sie war unwillkürlich einen Schritt nach vorn getreten.

»Ja«, sagte Georg und nickte. »Ein Journalist hat es mir erzählt. Die neue Währung steht schon bereit, es ist alles geregelt. Übermorgen kriegt jeder im Westen ein Kopfgeld von vierzig Mark. Deutsche Mark, das ist der neue Name.«

»Auch wir in Berlin?«, fragte Rosa, und Ruth bemerkte, wie Georgs Blick kurz zu ihr huschte, bevor er zu Ruth zurückkehrte.

»Das wird sich noch zeigen«, sagte Georg, jetzt zögerlich. Man sah deutlich, dass er Ruth die guten Neuigkeiten nicht verleiden wollte. »Oh, und ich habe euch was mitgebracht.«

Er stellte eine Literflasche Milch auf den Tisch, dazu drei Eier. Sein Blick wanderte wieder zu Rosa.

»Wie toll! Wo hast du die denn her?«, fragte Rosa begeistert. Ihr Gesicht leuchtete förmlich.

Aber Georg zuckte nur mit den Schultern. »Man tut, was man kann.«

Ruth war es herzlich egal, wo Georg die Milch herhatte. Sie fühlte sich plötzlich wie auf Kohlen. Was es noch alles zu erledigen gab! Die Währungsreform war da! In zwei Tagen mussten ihre Auslagen voller Ware sein. Ohne sich noch weiter um die anderen zu kümmern, eilte sie aus der Küche.

*

Einige Tage später, es war der 24. Juni, spazierte Rosa gemächlich die Landshuter Straße entlang.

Es war ein herrlicher Tag, und wenn man in den blitzblauen Himmel schaute, an dem nur hier und da ein paar weiße Wölkchen hingen, konnte man wirklich meinen, sie wäre wieder im Berlin ihrer Kindheit angelangt. Es lag etwas in der Luft, eine aufgeregte, vorfreudige Stimmung. Genau deswegen liebte Rosa ihre morgendlichen Spaziergänge so sehr: Seit Monaten konnte man diese Veränderung schon überall in den Straßen sehen. Begonnen hatte es tatsächlich gleich nach dem Krieg. Eben hatten sie noch im Luftschutzbunker gesessen und sich nicht getraut, nach draußen zu gehen, wo die letzten Verzweifelten versucht hatten, die russischen

Panzer zu beschießen, während andere in großer Hast alles verbrannten, was sie als Nazis hätte ausweisen können. Rosa hatte ja selbst dafür gesorgt, dass ihre und Friedrichs Abzeichen aus HJ-Zeiten in den Trümmern eines benachbarten Wohnhauses verschwanden. Aber kaum war der Krieg vorbei, schien die Stadt wie ausgewechselt. In der Luft lag der Trümmerstaub, aber auf den Straßen spielten Kinder und die Nachbarn standen schwatzend beieinander. Alle hatten die Ärmel hochgekrempelt und packten mit an.

Rosa, Elisabeth und Ruth hatten sich sofort freiwillig gemeldet und, wie viele andere Frauen auch, Schaufel um Schaufel Schutt beiseitegeschafft. Was für ein Anblick das gewesen war: Frauen in ihren Sonntagskleidern (schließlich hatte jede nur ihre schönste Garderobe aus dem Haus gerettet), in einer Kette, schwitzend, stöhnend, aber wild entschlossen. Das war ein Zusammenhalt gewesen, direkt nach dem Krieg, der sich schon bald, als die Kälte des Winters kam und nur wenige Männer versehrt zurückkehrten und viele andere verschwunden blieben, in Bitterkeit verwandelte.

Das war hart gewesen und Rosa war so manches Mal von Verzweiflung und Angst übermannt worden.

Aber jetzt tauchte fast jede Woche irgendwo in Berlin, irgendwo in Charlottenburg oder in Schöneberg, wo Rosa sich zu Hause fühlte, ein neuer Laden, ein neues Café auf. Am Ku'damm, der einst der Prachtboulevard Berlins gewesen war und dessen Häuser zerstört worden waren, saßen schon im Juli 1945 wieder Leute an Tischen vor den Cafés und ließen sich, wer es sich leisten konnte, Kuchen schmecken.

Das erfüllte Rosa mit Hoffnung, und genau deshalb halfen ihr diese morgendlichen Spaziergänge dabei, gut gelaunt zu bleiben: Ja, es lag in der Berliner Luft, dass es jeden Tag besser wurde. Und wenn man Ruth glaubte, und das tat Rosa, denn Ruth hatte immer recht, dann würde es bald bergauf gehen!

Rosa wünschte nur, diese positive Veränderung würde sich auch auf die Stimmung der Familie Klinger auswirken. Ein bisschen war es schon so: Schließlich hatte Ruth in letzter Zeit häufig mit Georg und Rosa in der Küche gestanden und über politische und tagesaktuelle Fragen diskutiert. Jetzt, wo es an die Währungsreform ging, war Berlin erst recht so etwas wie der Zankapfel zwischen den ungleichen Besatzern geworden.

Rosa hatte keine Ahnung von Politik. Trotzdem war es immer schön gewesen, ein wenig Zeit mit den beiden zu verbringen. Dann war Georg natürlich rasch wieder verschwunden und Ruth hatte auf Rosas Nachfragen zwar freundlich, aber nicht allzu ausführlich geantwortet.

Dennoch war Rosa mit diesen kleinen Erfolgen zufrieden. Georg hatte nun schon einige Male morgens ihren Muckefuck getrunken, und dass er ihr gestern Abend Milch mitgebracht hatte, war doch ein gutes Zeichen, oder? Hatte er nicht kurz zu ihr geschaut? Das zeigte, dass er durchaus Interesse an ihr hatte! Rosa spornte das jedenfalls an, nicht lockerzulassen. Sie würde jetzt jeden Morgen an seine Zimmertür klopfen, um ihm einen Kaffee zu bringen.

Ruth hatte ihr immerhin anvertraut, dass sie heute einen besonders aufregenden Tag vor sich habe, wo doch morgen die neue Währung endlich auch an die Berliner ausgeteilt werde. Zumindest an die Berliner in den Westteilen, im Osten würde es vermutlich eine andere Währung geben. Das machte Ruth offenbar Sorgen. Sie hatte heute Morgen, obwohl sie die ganze Zeit behauptete, sehr optimistisch zu sein, was die Währungsreform anbelange, grimmig in ihr Brot gebissen und sogar vergessen, Peter seine Stulle für die Schule zu schmieren.

Rosa hatte deshalb beschlossen, heute in Richtung Süden zu spazieren und nicht wie sonst nach Charlottenburg. Sie würde Ruth unter die Arme greifen, ob diese sich nun darüber freute oder nicht. Schließlich musste der Laden so gut wie möglich für den großen Tag hergerichtet werden. Vielleicht würde sie das ja auch etwas enger zusammenschweißen. Das wünschte sich Rosa zumindest.

Sie war mittlerweile am Rathaus Schöneberg angekommen, wo sie abbiegen musste. Heute war eigentlich Markttag, aber bis auf drei mit Brettern zusammengeschusterte Stände war der Markt ziemlich leer. Ganz Westberlin wartete darauf, dass hier dasselbe geschehen würde, was man aus Westdeutschland schon gehört hatte. Dort war die Währung ja bereits ausgegeben worden, und von einem Tag auf den anderen waren die Auslagen der Geschäfte voll gewesen, das kostbare neue Geld konnte schnell gegen die erlesensten Köstlichkeiten eingetauscht werden. Es war ein Gefühl wie vor dem Krieg! Rosa konnte es kaum erwarten, dass es auch in Berlin so werden würde.

Bald war sie in der Kufsteiner Straße angekommen. Auf der rechten Seite war der Asphalt des Bürgersteigs an vielen Stellen noch geborsten, die linke Seite war schon gut repariert. Sie sah fast wieder aus wie vor dem Krieg – wenn man von den Trümmerbauten absah, die zwischen den intakten Häusern standen.

Gott sei Dank war der Verlag von Rosas Vater in dieser Straße unbeschädigt geblieben! Ganz im Gegensatz zu der ehemaligen Buchhandlung der Klingers, ein paar Straßen weiter. Da war es ein Glück, dass Rosas Vater mit seinen Sprachlehrbüchern so großen Erfolg hatte, dass er in die große Kreuzberger Druckerei einziehen und den Klingers seine kleinen Verlagsräume anbieten konnte. Rosa wusste wohl, dass Ruth nicht begeistert davon war. Der Laden bot keinen Anlass für Freudensprünge. Selbst im strahlenden Sonnenschein heute sah er ein wenig kläglich aus. Er war beengt und es gab neben dem Fenster, vor dem der Plüschsessel stand, nur ein winziges weiteres Schaufenster. Aber ein Anfang war es allemal!

Rosa musterte die etwas bröckelige Fassade. Ein neuer Anstrich würde wahrlich helfen, aber Farbe aufzutreiben war im Augenblick noch zu kompliziert. Ihr Blick glitt zu dem kleinen Schaufenster rechts, das immer noch leer war. Rosa runzelte die Stirn. Sie hatte ja verstanden, dass Ruth ihre Ware zurückhalten wollte, aber so viel Kargheit machte wirklich keinen guten Eindruck.

Rosa drückte die Türklinke hinunter. Das fröhliche Klingeln des Glöckchens empfing sie, es war ein wenig dunkel im Laden, wie immer.

Ruth stand hinter dem wuchtigen Verkaufstresen und schaute kaum hoch, als ihre Schwägerin hereinkam. Rosa glaubte einen leicht missbilligenden Zug in Ruths Miene zu sehen, es war aber auch gut möglich, dass sie es sich nur einbildete.

In dem großen Plüschsessel am Fenster saß wie immer Frau Saalmann, sie spähte zur Tür.

»Ach, Frau Klinger, wie schön, dass Sie heute kommen!«

Ruth verzog das Gesicht. Rosa verstand, dass Frau Saalmann nicht unbedingt eine beliebte Kundin war, aber sie hatte es nicht gerade leicht, und deswegen, fand Rosa, sollte man nett zu ihr sein. Weil sie Witwe war und eine große Wohnung bewohnte, hatte man ein junges Pärchen bei ihr einquartiert, das sich in der Wohnung breitmachte und Frau Saalmann mit ständigen Streitereien vertrieb. Das war einer der Gründe, warum die Frau so gern bei den Klingers am Fenster saß. Ein zweiter war, dass sie sich furchtbar einsam fühlte.

Rosa nickte Frau Saalmann freundlich zu und schlenderte dann zu Ruth, die sich in ihr Kassenbuch vertieft hatte. Als Rosa näher kam, sah sie allerdings, dass Ruth gar nichts aufschrieb, sondern nur mit angestrengter Miene vor sich hin kritzelte. Aha, Ruth war offenbar missmutig, weil Rosa hier auftauchte, ohne sich angekündigt zu haben.

Rosa bemühte sich, einen fröhlichen Ton anzuschlagen.

»Hallo, Ruth! Schön, dich zu sehen. Heute ist viel zu tun, nicht wahr?«

Ruth schaute hoch und musterte ihre Schwägerin.

»Ich dachte, weil morgen ja der große Tag ist, könnte ich dir ein wenig Arbeit abnehmen«, machte Rosa tapfer weiter und bemühte sich um ein freundliches Lächeln. Es war gar nicht so leicht, zu lächeln, wenn Ruth so finster dreinschaute. Doch zu Rosas Überraschung erwiderte sie das Lächeln zögerlich.

»Das ist… nett«, sagte Ruth. »Aber so viel gibt es gar nicht zu tun. Ich warte auf eine Lieferung, die bisher leider noch nicht eingetroffen ist.«

Damit beugte sich Ruth wieder zu ihrer Buchführung hinunter.

»Wir könnten das Schaufenster dekorieren«, schlug Rosa vor. »Hast du schon eine Idee, womit wir morgen werben wollen?«

Unwillig schaute Ruth wieder auf. Sie presste die Lippen zusammen. »Hm, ja, ich hab schon ein paar Bücher in die engere Auswahl genommen.«

»Na, das kann ich mir doch mal genauer ansehen«, bot Rosa schnell an. Ruth musste man immer etwas überrumpeln. Wenn man sich ihr aufdrängte, vor allem, wenn sie insgeheim wusste, dass es sinnvoll war, die Hilfe anzunehmen, dann klappte es manchmal. Und es war definitiv sinnvoll, Rosa in diesen Bereich mit einzubeziehen. Rosas Schaufenster wurden von den Kunden immer sehr gelobt. Sie hatte ein Händchen für solche Dinge.

Ruth sah nicht begeistert aus, nickte aber schließlich und ging mit Rosa ins Lager. Ruth schwieg, während sie in ein paar Kartons kramte. Mit ihr eine Unterhaltung zu führen war manchmal wirklich, als ob man versuchte, eine zähe Flüssigkeit aus einem Einmachglas zu kratzen, dachte Rosa. Also probierte sie es mit dem Thema von gestern Abend.

»Hoffentlich machen die Sowjets das alles mit«, sagte Rosa. »Bisher wollten sie ja unbedingt durchsetzen, dass wir ihre Währung für Groß-Berlin verwenden. Glaubst du, sie werden in Ostberlin dann die Westwährung gar nicht gelten lassen? Wie das wohl sein wird, mit zwei verschiedenen Währungen in der Stadt…?«

Ruth drehte sich zu Rosa um. Im schwachen Licht der Lampe, die von der Decke baumelte, sah man, dass sie einen kleinen Schmutzstreifen auf der Wange hatte. In den Händen hielt sie ein dickes, in braunes Leinen gebundenes Buch. Doch ehe Ruth etwas erwidern konnte, wurde es plötzlich dunkel um sie. Die Lampe über ihnen war erloschen.

»Verdammt, das schon wieder«, murmelte Ruth, und Rosa öffnete rasch die Tür. Doch im Laden war es ebenfalls finster.

Frau Saalmann sah sich in ihrem Sessel bereits suchend nach ihnen um.

»Plötzlich sind die Lichter ausgegangen«, beschwerte sich die ältere Frau. »Hier in der Buchhandlung ist es wirklich viel zu dunkel, nur mit den kleinen Fenstern da. So ruiniere ich mir noch die Augen! Tun Sie doch was, Frau Hohmann!«

»Ja, das passiert eben manchmal, das haben wir gleich, Frau Saalmann«, antwortete Ruth genervt und begutachtete die Lampe, die direkt über der Kasse hing, ehe sie mehrmals den Lichtschalter betätigte. Es blieb immer noch dunkel.

Rosa sah durch das Schaufenster auf die Straße. Mehrere Leute waren aus ihren Häusern getreten und schauten sich um. Ein paar Menschen diskutierten miteinander.

»Ich glaube, das betrifft die ganze Straße«, sagte Rosa, während sie zur Tür ging. Auch die Müllers vom Gemischtwarenladen standen mit verschränkten Armen auf dem Bürgersteig, und eine Frau mit eingedrehten Lockenwicklern zeterte aus einem Fenster direkt über ihnen.

»Ich war gerade am Bügeln, und jetzt komm ich heute gar nicht mehr zu Potte, na bravo!«, hörte Rosa sich eine weitere Frau lautstark beschweren.

»Mit den Besatzern geht doch alles den Bach runter«, antwortete ihr eine andere. »Ham die uns jetzt den Hahn abgedreht? Ick kann ja nich so viel fressen, wie ick kotzen möchte!«

Direkt neben dem Laden der Klingers hatte sich ein kleines Grüppchen gebildet. Mehrere Passanten standen neugierig um eine junge Frau, die aufgeregt etwas erzählte. Rosa und Ruth traten auf den Bürgersteig, um zu hören, was gesprochen wurde.

»Und die Wasserwege sind auch komplett gesperrt! Alle Lastkähne mit Lebensmitteln und Kohlen mussten direkt wieder umkehren«, berichtete die junge Frau gerade. »Gleich kommt eine Sondersendung im RIAS, da werden wir alles genau erfahren. Angeblich gibt es eine technische Störung, sogar der Zugverkehr ist lahmgelegt. Generalmajor Kwaschnin will alles schnell wieder in Ordnung bringen. Aber ich glaube das nicht. Die Sowjets hungern uns jetzt aus!«

»Das ist doch ein Ding«, polterte Herr Schumann, der direkt über dem Laden wohnte. Er war ein beleibter Mann mit einer tiefen, rumpelnden Stimme.

»Meinst du, das mit dem Strom waren auch die Sowjets?«, fragte Rosa, an Ruth gewandt, die nur die Lippen zusammenpresste. Sie war ziemlich blass geworden und zuckte mit den Schultern.

»Wer weiß. Aber so was kann schließlich vorkommen, also dass der Strom ausfällt, meine ich.«

»Das waren mit Sicherheit die Sowjets!«, zeterte Frau Saalmann, die hinter ihnen aus dem Laden getreten war und jetzt den trotz ihrer kleinen Körpergröße erstaunlich langen Hals reckte. »Die sollen gefälligst das Licht wieder anmachen!«

»Bestimmt werden als Nächstes die Wasserleitungen gesperrt«, warf ein junger Mann ein. »Die wollen uns mürbe machen, damit Berlin ihnen allein gehört, das ist doch klar! Die nutzen aus, dass wir in Westberlin von Ostberlin und vom Umland abhängig sind.«

»Dann geh ich jetzt besser nach Hause und fülle meine Badewanne auf, und vielleicht ein paar Eimer noch dazu«, murmelte Herr Schumann und eilte davon.

Tatsächlich schien sich bei den wartenden Menschen jetzt so etwas wie Panik auszubreiten.

»Das mache ich auch!«, hörte Rosa von allen Seiten.

Wenig später standen Ruth und Rosa schon fast allein auf dem Bürgersteig. Sogar Frau Saalmann war davongetrippelt.

»Ach, das ist doch nur Angstmacherei«, versuchte Rosa, die Stimmung etwas aufzulockern.

Doch Ruth schien für Optimismus keinen Sinn mehr zu haben. Sie runzelte die Stirn.

»Und wenn nicht«, sagte sie düster, »dann ist das eine echte Katastrophe.«

Kapitel 2

Sommer 1948

»Hey, hübsches Mädchen, darf ich dir was zu trinken spendieren?«

Lore blickte von ihrem Buch hoch und schaute in die Augen des Mannes, der sich einfach neben sie gesetzt hatte. Dabei saß sie doch extra weit von der riesigen Tanzfläche entfernt, damit niemand sie ansprach. Der Wirt hatte ihr schon zu verstehen gegeben, dass sie langsam mal wieder etwas bestellen oder besser verschwinden sollte. Und da sie schon lange kein Geld mehr hatte, blieb ihr kaum etwas anderes übrig, als sich tatsächlich etwas spendieren zu lassen. Die beiden Schwestern, Helga und Erika, bei denen Lore auch heute wieder übernachten durfte, tanzten irgendwo weiter hinten. Sie wollte ihnen nicht noch mehr zur Last fallen – es war schon nett genug, dass sie ihr seit Tagen einen Unterschlupf boten.

Kennengelernt hatte Lore die Schwestern in einem Tanzsaal wie diesem, allerdings in Steglitz, im Offiziersclub *Lightning Lounge*, wo die GIs und zahlreiche junge Mädchen ihr Vergnügen suchten. Helga und Erika waren eindeutig auf Männerfang gewesen, und obwohl Lore als Konkurrenz anzusehen war, hatten sie sich ihrer angenommen. Dass Lore nur übergangsweise in ihrer Badewanne nächtigen konnte, war klar, allein schon weil diese furchtbar unbequem war, trotzdem war sie für jede Hilfe dankbar. Deshalb nahm sie es auch in Kauf, dass sie bis spät in der Nacht mit den beiden um die Häuser ziehen musste.

Da konnte sich Lore nur selten eine Pause gönnen, auch wenn sie, wie jetzt gerade, nichts lieber täte, als einfach nur in Ruhe in ihrem Buch zu lesen.

Nun, etwas zu trinken wäre schon nett.

Also wandte sich Lore seufzend dem Fremden zu. Er musterte sie, zum Glück nicht anzüglich, wie sie erleichtert feststellte, eher interessiert. Anzügliche Männer hatte sie in den letzten Tagen in den GI-Clubs in Steglitz und Zehlendorf nämlich schon genug gesehen.

Tatsächlich schien dieser Mann hier sogar ihren leichten Unwillen bemerkt zu haben – den bemerkten die Männer, je später der Abend wurde, immer weniger, und jetzt war es schon weit nach Mitternacht.

»Hey, ich wollte dich nicht bedrängen oder so«, sagte er fröhlich. »Du sahst nur so traurig aus. Da dachte ich, vielleicht kann ich dich ein wenig aufmuntern.«

Der Mann war ein gutes Stück älter als Lore, kleine Fältchen umgaben seine Augen. Vermutlich war er nur auf der Suche nach einer jungen Eroberung für eine Nacht.

»Ich bring dir eine Limonade, in Ordnung?« Und damit stand er auf und machte sich auf den Weg zur Theke.

In dem schummrigen Licht der Kerzen auf den Tischen, das den Tanzsaal erhellte, sah Lore mit einem Mal seine Kleidung. Die Farbe war kaum zu erkennen, ließ sich aber erahnen, zusammen mit dem prägnanten Schnitt. Verdammt, auch das noch! Als er so nah neben ihr gesessen hatte, war es ihr nicht aufgefallen. Dafür reichte das Licht hier einfach nicht, schließlich war gestern um Punkt Mitternacht endgültig der Strom in den Westsektoren abgestellt worden. Er trug die Uniform eines GI. Ausgerechnet heute, wo Lore ganz besonders schlecht auf die Amerikaner zu sprechen war, traf sie natürlich schon wieder auf einen von ihnen. Dabei war sie am Morgen gezwungen gewesen, einen ihrer kostbarsten Schätze, eines ihrer Bücher, die sie bisher immer zurückgehalten hatte, mit einem amerikanischen Soldaten auf dem Schwarzmarkt zu tauschen. Und daran wollte sie nicht mehr erinnert werden. Hätte sie gewusst, dass der Mann, der sie gerade angesprochen hatte, ein Amerikaner war, sie hätte ihn sofort abgewimmelt. Aber sein Deutsch war tadellos. Sie hatte überhaupt keinen Verdacht geschöpft.

Der Amerikaner schob sich wieder neben sie und stellte ein Glas vor ihre Nase.

»Ich bin übrigens Robert«, sagte er. Er sprach seinen Namen amerikanisch aus.

»Lore«, sagte sie unwillig, griff aber nach dem Getränk.

Es war, wie Lore in den letzten Wochen festgestellt hatte, schwierig, etwas Ordentliches zu essen und zu trinken zu bekommen. Essen gab es ausschließlich gegen Lebensmittelmarken, und die bekam man nur, wenn man eine vernünftige Arbeit hatte – und einen Wohnsitz brauchte man auch. Und jetzt, da Westberlin durch die russische Blockade von der Außenwelt abgeschnitten worden war, geizten die Leute hier noch viel mehr mit dem wenigen, was sie besaßen. Die beiden Schwestern, die Lore aufgenommen hatten, arbeiteten in einer Bügeleisenfabrik und hatten deshalb einigermaßen ausreichende Rationen. Doch sie mussten ihre kranke Mutter versorgen und sich auch Vorräte anlegen. Wann die Russen ihre Blockade beenden würden, mit der sie Berlin in ihren Machtbereich zu bringen versuchten, war nämlich fraglich.

Lore trank genüsslich einen Schluck aus ihrem Glas. Sie wollte den Amerikaner jetzt nicht auch noch um etwas zu essen bitten, dafür war sie zu stolz. Er sollte lieber wieder verschwinden, damit sie weiter in ihrem Buch lesen konnte. Es waren Gedichte von Annette von Droste-Hülshoff, die Lore ein wenig Trost spendeten. In Bücher einzutauchen war für sie, als fiele sie geradewegs in eine andere Zeit, eine ruhigere, in der ihr nichts Schlechtes widerfahren konnte.

Leider löste sich der Amerikaner, sobald sie seine Limonade ausgetrunken hatte, nicht einfach in Luft auf. Stattdessen lachte er überrascht, als er sah, wie sie, den Kopf geneigt, darauf wartete, dass auch noch der letzte Tropfen aus dem Glas in ihren Mund fiel.

»Du bist echt durstig, was?«

»Und du kannst echt gut Deutsch«, erwiderte Lore. Sie gab sich nicht gerade Mühe, nett zu klingen. Er sollte rasch das Interesse an ihr verlieren. Außerdem hatte sie sich eine gewisse Direktheit angewöhnt. In Berlin genügte es, wenn man sagte, was man dachte. Das gefiel Lore.

»Meine Mutter war Deutsche«, sagte der Amerikaner und trank nun seinerseits einen Schluck.

Lore nickte. Ihr war Schweigen schon immer unangenehm gewesen, auch wenn die Band hier im Hintergrund gerade laut und schwungvoll einen *jitterbug* spielte. Lore fühlte sich gezwungen, die Unterhaltung am Laufen zu halten.

»War?«, fragte sie deshalb.

»Ja, sie ist leider schon verstorben«, antwortete Robert und für einen Moment trafen sich ihre Blicke.

Lore überlegte kurz, ihm, ebenso beiläufig, zu antworten, dass auch ihre Mutter gestorben war, entschied sich aber dagegen. Das war gefährliches Terrain, sie wollte nicht, dass es zu persönlich wurde. Sie suchte keine Aufmerksamkeit, und schon gar nicht die eines Mannes, der bestimmt zehn Jahre älter war als sie.

Robert räusperte sich.

»Und du, Lore, was treibst du so den ganzen Tag?«, wechselte er das Thema.

Wie er ihren Namen sagte, gefiel ihr.

»Nicht viel«, antwortete sie ausweichend. »Ich suche jemanden«, fügte sie dann aber doch hinzu. Es fiel ihr nach Tagen der Rückschläge zunehmend schwer, aber sie hatte sich vorgenommen, ihre Suche in jedem Gespräch zu erwähnen – sonst konnte sie die Hoffnung auch gleich aufgeben, ihren Vater jemals zu finden.

In den letzten Wochen war sie frustrierend erfolglos gewesen. Anfangs hatte sie sich vorgenommen, die Stadt systematisch nach ihrem Vater zu durchkämmen. Aber Berlin war so groß, und immer wenn sie nach Friedrich Klinger fragte, erntete sie Unverständnis.

»Nie gehört!«, oder »Klinger? Das könnte ja jeder sein!«, waren meist die Antworten. Und dann hatte sich auch ihre bisher beste Idee, Aushänge in Gemischtwarenläden zu verteilen – denn wo sonst hielten sich die Berliner häufig auf? –, als unrealistisch erwiesen. Es gab kaum noch Papier, und wenn, dann brauchte man dafür natürlich Geld, und das nicht zu wenig. Geld, das sie nicht besaß.

So blieb Lore nur die Mundpropaganda übrig, aber da alle Welt mit der Blockade beschäftigt war, konnte sie auch damit nichts erreichen. Die Berliner interessierten sich im Augenblick nur noch dafür, wo jetzt das Essen herkommen sollte, die Kohlelieferungen und alle anderen Waren. Und nur weil das Wasser – allen Gerüchten zum Trotz – nach wie vor aus den Leitungen floss, bedeutete das nicht, dass es nicht sogar noch schlimmer werden könnte.

»Friedrich Klinger«, gab Lore sich jetzt einen Ruck und warf Robert wieder einen Blick zu. »So heißt der Mann, den ich suche. Ist eine Familienangelegenheit«, fügte sie noch hinzu.

»Friedrich Klinger«, sagte Robert langsam, als ließe er sich den Namen auf der Zunge zergehen. »Hast du schon beim Deutschen Roten Kreuz gefragt?«

»Was soll mir das denn bringen? Die suchen doch nach Kriegsgefangenen. Wenn der Mann, den ich suche, irgendwo in Russland festsitzt, ist mir damit nicht geholfen.«

Wenn Robert verdutzt war über Lores vehemente Reaktion, ließ er es sich nicht anmerken.

Natürlich hatte er recht mit seinem Vorschlag, das wusste Lore. Schließlich hatte sie selbst ja schon vor der Westberliner Suchstelle des Roten Kreuzes gestanden, dann aber wieder umgedreht. Sie konnte es sich nicht ganz erklären, aber sie hatte nicht hineingehen wollen. Zu erfahren, dass er längst tot war, gestorben irgendwo in Sibirien, hätte ihr jede Hoffnung genommen. Hoffnung, die sie dringend brauchte. Was hatte sie denn sonst noch im Leben als ihre lächerliche Suche? Und abgesehen davon war ihr Vater gewiss zu alt gewesen, um noch im Krieg zu kämpfen. Nein, sie wollte weiter durch Berlin ziehen, weiter einem Phantom hinterherlaufen und daran glauben, dass sie ihn eines Tages, wie aus dem Nichts, fand.

»Dann hättest du wenigstens Klarheit«, beharrte Robert.

»Du kennst ihn also nicht«, stellte Lore fest, ohne auf seinen Einwand einzugehen. Sie wollte nicht weiter über seinen Vorschlag nachdenken. Vor allem aber konnte sie es absolut nicht leiden, belehrt zu werden. Nur weil er älter war als sie, hieß das noch lange nicht, dass sie seine Ratschläge entgegennehmen musste!

»Nein, tut mir leid.« Robert schüttelte den Kopf. »Der Name Klinger kommt mir aber trotzdem bekannt vor. Hmm ..., warte mal einen Moment, ich frage meinen Freund dahinten.«

Er zeigte in die Menge der Kneipengäste. Jetzt sah Lore auch den anderen GI, er tanzte mit einem Mädchen, eng umschlungen. Robert schien das nicht abzuhalten, mit schnellen Schritten war er bei seinem Freund und zupfte ihn am Ärmel.

Lore beobachtete, wie Robert sich nah zu seinem Freund beugte, er schien zu schreien, damit dieser ihn über die Musik hinweg hörte. Kurz schauten beide zu Lore, dann sprachen sie wieder miteinander. Und Lore sah in diesem Moment noch etwas ganz anderes: Robert hatte seine Jacke auf dem Stuhl neben ihr liegen lassen. Aus der Seitentasche lugte seine Geldbörse heraus. Er hatte tatsächlich auch ein paar von den neuen Westmarkscheinen dabei, die erst vor Kurzem an die Berliner ausgeteilt worden waren.

Lore wusste, dass es falsch war, trotzdem war in ihrem Kopf plötzlich dieser Gedanke: Warum nicht das Geld nehmen? Robert war Amerikaner, er brauchte es nicht, durfte es vermutlich nicht einmal haben. Er hatte doch alles, was er wollte.

Es waren Ausreden, sie wusste es selbst, und doch hatte sich ihre Hand, wie von einem eigenen Willen geleitet, bereits ausgestreckt. Ein kurzer Blick zu Robert genügte – er redete noch immer mit seinem Freund, lachte. Einen Moment nur, und Lore hatte die Geldbörse geöffnet, zwei knisternde Zehnmarkscheine herausgenommen und die Börse rasch in seine Jackentasche zurückgesteckt. Das Geld verschwand in der Tasche ihres alten Rockes.

»Na, Lörchen, was guckst du so verschämt?«

Lore zuckte so sehr zusammen, dass sie auf dem Stuhl fast einen Satz machte. Erika und Helga standen kichernd vor ihrem Tisch, beide waren so beschwipst, dass sie sich gegenseitig stützen mussten. Vom Tanzen war ihr Haar zerzaust, ihre Wangen leuchteten rot.

»Ein schmucker Amerikaner, was?«, kicherte Erika. »Hast dir einen schnieken Kerl an Land gezogen. Bist eben 'ne richtige Loreley.«

Erika griff lachend nach Lores Haar und zupfte an den langen Strähnen.

Lore war noch immer viel zu erschrocken darüber, dass die beiden sie fast beim Klauen erwischt hätten, dass sie keinen Versuch unternahm, Erika davon abzuhalten. Helga setzte sich, ebenfalls kichernd, auf den Stuhl links von Lore.

»Nun sag schon, willste heute Abend lieber mit ihm mitgehen?«, lallte Helga höchst undamenhaft in Lores Ohr.

Die schüttelte schnell den Kopf. »Quatsch, ich komm wieder mit zu euch, wenn das in Ordnung ist.«

»Aber klar«, sagte Helga grinsend.

»Die Damen.« Jetzt stand Robert wieder am Tisch. Doch zu Lores Überraschung hielt er sich nicht lange mit den neuen jungen Frauen auf, sondern beugte sich direkt zu Lore herunter.

»Mein Freund hat sich tatsächlich an einen Klinger erinnert.«

Sofort saß Lore kerzengerade auf ihrem Stuhl. Konnte das wahr sein? Sie suchte schon so lange erfolglos, dass sie gar nicht damit gerechnet hatte, ausgerechnet jetzt gute Nachrichten zu bekommen.

»Er erinnert sich an einen jungen Mann, der in einer Kneipe gar nicht weit von hier manchmal die Nächte durchmacht. Jason hat nur einmal mit ihm gesprochen, aber er meint, dass sein Name Georg Klinger ist.«

Georg Klinger … Das war nicht Friedrich Klinger, aber immerhin … Lores Herz klopfte. Nach ewigem Herumfragen war das ihre erste Spur! Vielleicht waren die beiden ja verwandt. Dieser Georg Klinger, er könnte mein Bruder sein, schoss es Lore durch den Kopf. Oder mein Cousin!

»Wie heißt die Kneipe?«, fragte Lore. Sie war näher an Robert herangerückt, um auch wirklich jedes Wort verstehen zu können. Die feixenden Blicke von Helga und Erika waren ihr jetzt egal.

»›Ruine‹ heißt sie«, sagte Robert. »Am Winterfeldtplatz, hier in Schöneberg. Du kannst sie nicht verfehlen, sie ist, na ja, eben in einer Ruine.«

»Danke.« Lore war aufgesprungen und griff nach ihrem kleinen Koffer, den sie immer bei sich trug.

»Moment!« Robert hielt sie fest. »Du kannst da jetzt nicht hinspazieren. Es ist mitten in der Nacht.«

»Und ob ich das kann!«, sagte Lore und riss sich los.

»Nein, ich meine, alles hat bald geschlossen«, erwiderte Robert und deutete auf die Uhr an der Wand.

Verdammt, er hatte recht. Es war fünf Uhr morgens.

»Und ich will ins Bett«, jammerte jetzt Helga.

Enttäuschung machte sich in Lore breit. Aber nun gut, sie suchte schon so lange, dann würde sie diesen Georg Klinger eben morgen ausfindig machen.

»Danke dir für deine Hilfe«, wandte sie sich an Robert, ehe sie die beiden betrunkenen jungen Frauen an den Armen fasste. »Lasst uns schnell nach Hause gehen.«

»Warte mal«, wieder hielt Robert sie fest. »Wie kann ich dich erreichen? Ich meine, falls ich noch irgendwas höre?«

»Ich …«

Lore klappte den Mund auf und wieder zu. So, wie er sie ansah, so ehrlich an ihrem Schicksal interessiert, drückte es ihr das Herz zusammen. Sie hatte es fast vergessen, aber jetzt fiel ihr wieder ein, was da in ihrem Rock knisterte. Er wollte ihr helfen, welche Hintergedanken auch immer er dabei haben mochte, und sie hatte ihn bestohlen. Aber es war zu spät, um es rückgängig zu machen.

»Dann hinterlass einfach hier eine Nachricht für mich«, sagte sie deswegen nur rasch und drehte sich um.

Erst am nächsten Morgen traute sich Lore, das gestohlene Geld aus ihrem Rock zu ziehen.

*

Ruth schaute auf die blitzsauberen Scheine – Deutsche Mark, Westmark, in der Mitte ein kleines B aufgedruckt, für Berlin. Sie waren ein Sonderfall, sie hatten ihre eigenen Scheine.

So hatte Ruth sich das nicht vorgestellt, ganz und gar nicht. Statt voller Lebensmittelläden und Wirtschaftsaufschwung gab es wieder nichts zu kaufen. Stattdessen standen die Menschen unruhig auf der Straße und blickten nach oben, während der Himmel röhrte. Das allerdings waren gute Nachrichten. Die Amerikaner ließen die Berliner nämlich nicht im Stich und versorgten sie schon einen Tag nach Beginn der russischen Blockade mit Lebensmitteln. Ihre klare Ansage war im *Berliner Tagesspiegel* zu lesen gewesen: *»Die Russen können uns auf keine Art aus Berlin vertreiben, außer durch einen Krieg.«* Und auf diese Worte hatte General Lucius Clay sogleich Taten folgen lassen. Da es über die Land- und Wasserwege nicht möglich war, nutzten die Amerikaner die Flugkorridore nach Westberlin, und bald darauf entschieden sich auch die Briten, bei der sogenannten Luftbrücke mitzuwirken. Über Tausend Tonnen Lebensmittel waren so bereits nach Berlin gebracht worden.

Dennoch war das Essen für alle knapp. Und weil auch Kohlen nach wie vor fehlten, war die Stromzufuhr für die Berliner Haushalte auf zwei Stunden täglich begrenzt worden. Jetzt gingen die

Lichter meist irgendwann in der Nacht an. Mit einem Klacken wurde es plötzlich hell und alle sprangen aus ihren Betten, um die kurze Stromzeit zu nutzen, während das Radio in der Küche bereits vor sich hin plapperte.

Wenigstens war die Familie in diesen Zeiten mehr beisammen, das wusste auch Ruth zu schätzen. Schließlich machten sie nur in der Küche Licht, um Strom zu sparen, und während Georg, Elisabeth und Ruth gebannt den Nachrichten lauschten oder leise Musik durch die Küche schallte, bügelte Rosa rasch die komplette Familienwäsche und kochte dann das Essen vor – denn die Gasversorgung war ebenfalls gedrosselt worden. Von außen mussten sie merkwürdig aussehen, diese Familienzusammenkünfte um halb zwei Uhr nachts. Aber für die Berliner waren sie jetzt, im Juli 1948, längst gelebter Alltag geworden.

Doch Ruth war enttäuscht. Ihr Plan hätte so gut aufgehen können! Stattdessen stand sie hier, im dunklen Laden der Klingers, und betrachtete die neue Währung. Und nichts von dem, was sie sich erhofft hatte, war eingetreten.

Wenigstens war die »Buchhandlung Klinger« seit Beginn der gnadenlosen sowjetischen Blockade gut besucht – auch wenn sich keiner der vermeintlichen Kunden für Bücher interessierte. Seit der RIAS mit einem Lautsprecherwagen durch die Straßen fuhr, um die wichtigsten Nachrichten über Ausrufe zu verkünden, war der Klinger'sche Laden zu einem beliebten Treffpunkt geworden. Denn hier, in der Kufsteiner Straße, wo der RIAS seinen Sitz hatte, kam der Wagen immer zuerst vorbei. Der Plüschsessel, den Frau Saalmann erbittert verteidigte, war seit Neuestem ein überaus begehrter Platz.

Normalerweise hätte Ruth sich über diese Entwicklung maßlos geärgert, schließlich sollte es doch um Bücher gehen! Aber sie zügelte ihren Unwillen. Sie gab es nur ungern zu, aber in diesen Zeiten fühlte sie sich so verloren, dass sie die Gesellschaft in ihrem Laden sogar schätzte. Wenn man gemeinsam auf den Lautsprecherwagen des RIAS wartete und die aktuellen Nachrichten gemeinsam besprach, dann war man zumindest ein wenig abgelenkt. Abgelenkt auch davon, dass so viele Berliner ihre Arbeit verloren hatten, jetzt, wo keine Güter mehr kamen, die weiterverarbeitet und verkauft werden konnten. Und da es keine Arbeit gab, gab es auch kein Geld, und niemand konnte Ruths Bücher kaufen. Dabei hatte sie so viele gehortet!

Bis auf Herrn Hagenbrink und Herrn Schumann, der sich offenbar durch Rosas beständige Freundlichkeit gedrängt fühlte, für seine Frau Marianne einen Rowohlt-Rotationsroman zu kaufen, hatte in dieser Zeit keiner ein Buch erstanden. Aber was brachten all ihre Schätze, wenn sich niemand dafür interessierte? Und wenn gleichzeitig klar war, dass sowieso keine neuen Bücher geliefert werden würden.

Dieser traurige Gedanke spukte Ruth immer wieder im Kopf herum. Die Blockade zwang sie alle in einen Wartezustand, in eine Starre, sie waren den Amerikanern ausgeliefert und auf ihre Freundlichkeit und ihr politisches Interesse angewiesen. Denn dass die Luftbrücke kein reiner Akt der Nächstenliebe war, schien Ruth bei aller Dankbarkeit natürlich klar. Der Konflikt um die Währung war nur vorgeschoben, denn es ging eigentlich um viel wichtigere Dinge. Es ging um den Krieg zwischen zwei politischen Systemen, die um die Vorherrschaft kämpften. Und auch wenn bisher niemand zu herkömmlichen Waffen gegriffen hatte, wurde dieser Krieg auf dem Berliner Territorium mit der sowjetischen Blockade bereits erbittert geführt.

Ruth trat hinter ihrer Theke hervor und gesellte sich zu Ingrid, die an der Tür stand. Gleich würde es neue Nachrichten geben. Und kaum dass Herr Hagenbrink mit klackendem Gehstock den Laden erreicht hatte, brummte in der Ferne auch schon der Lautsprecherwagen, und die Stimme aus dem Megafon ertönte: *»Hier ist RIAS Berlin – eine freie Stimme der freien Welt.«*

Sofort saß Frau Saalmann kerzengerade, Herr Schumann stapfte zur Tür, und auf der Straße blieben die Passanten stehen.

Ruth allerdings sah noch etwas anderes: Direkt hinter dem großen Lautsprecherwagen, der jetzt vor dem Laden der Klingers hielt und die neuesten politischen Entwicklungen in dröhnenden, stakkatohaften Sätzen wiedergab, sah sie Rosa die Straße entlangspazieren. An ihrem Arm schritt Elisabeth.

Ruth wollte ihren Augen kaum trauen. Ihre Mutter auf dem Weg in den Laden, den sie normalerweise mied? Vielleicht wollte sie ja nur kurz Luft schnappen und machte dann gleich wieder kehrt. Elisabeth und Georg zogen sich sonst den ganzen Tag lang zurück und kamen nur zu der familiären Strom-und-Gas-Runde aus ihren Zimmern. Georg ging jetzt nicht einmal mehr nachts aus, er verkroch sich meistens in seiner Kammer.

Jetzt aber kam Elisabeth mit Rosa die Straße herauf, dem plärrenden Lautsprecherwagen entgegen, als wäre es das Normalste der Welt.

Ruth war so verblüfft, dass sie sich erst einige Augenblicke später auf das konzentrieren konnte, was der RIAS verkündete. Aber es schien sowieso nichts wirklich Neues zu sein.

Dabei kam ihr das alles schon längst nicht mehr so schlimm vor wie in den ersten Tagen der Blockade, wo sie noch gehofft hatte, es handele sich um einen Irrtum und das Ganze wäre so bald vorbei wie einer ihrer schrecklichen Albträume. Doch diese Hoffnung war in den letzten zwei Wochen immer geringer geworden.

Auch in der heutigen Durchsage ging es wieder nur darum, wie viele Tonnen Lebensmittel und ab morgen auch Kohle über die Luftbrücke herübergeschafft werden würden, dass die Flugfrequenzen erneut gesteigert würden und dass neue Landebahnen gebaut werden müssten, eine Aufgabe, für die sich arbeitssuchende Berlinerinnen und Berliner melden könnten.

Ruth drehte sich um und ging zurück in den Laden. Sie wollte nicht, dass jemand die lächerlichen Tränen der Enttäuschung sah, die sich in ihre Augen gestohlen hatten. Wie albern! Eines Tages würde schon alles wieder gut werden, sie durfte jetzt nicht ungeduldig sein wie ein kleines Kind. Aber was hatte sie auch erwartet? Die Blockade würde sicher noch eine Weile andauern.

Da spürte sie eine Hand auf ihrer Schulter.

Ruth rechnete damit, Rosas Gesicht mit den rosigen Wangen hinter sich zu sehen, vermutlich mit einem strahlenden Lächeln und dieser unendlichen Freundlichkeit in den Augen, und wappnete sich. Stattdessen aber war es Elisabeth, die hinter ihr stand.

Ihre Mutter trat einen Schritt zurück. »Hallo, Ruth.«

»Hallo.« Ruth wusste nicht recht, was sie zu ihr sagen sollte, so merkwürdig war es, sie plötzlich hierzuhaben, merkwürdig und beklemmend. Ihre Mutter hatte sich ihren neuen Laden, diesen traurigen Abklatsch der alten schönen Buchhandlung der Klingers, erst ein einziges Mal angeschaut und war dann nie wiedergekommen. Wahrscheinlich ertrug sie es nicht, daran erinnert zu werden, wie tief die Familie gesunken war. Sofort fühlte auch Ruth sich noch jämmerlicher. Es war ihr wichtig, dass ihre Mutter sah, wie sie sich bemühte, die Familientradition zu wahren. Wie sehr, merkte sie erst jetzt, wo ihr das Herz so schwer wurde, weil sie ihrer Mutter so wenig Positives zu berichten, so wenig Erfreuliches zu zeigen hatte.

Elisabeth schaute sich schweigend um, sie schien mit ihren Augen alles zu erfassen: den dunklen Raum, den alten Plüschsessel am Fenster, den abgewetzten Boden. Dann glitt Elisabeths Blick zu den Bücherregalen hinter Ruth.

»Hier hat sich ja einiges getan. Du hast es tatsächlich geschafft, die Regale zu füllen«, stellte ihre Mutter fest. Und zu Ruths Überraschung zeigte sich der Hauch eines Lächelns auf Elisabeths Gesicht. Sie, die seit sie ihren Laden verloren hatten, kaum eine Gefühlsregung mehr gezeigt hatte, lächelte, zumindest ein wenig.

Ruth merkte erst jetzt, dass sie die Luft angehalten hatte.

Nun aber drehte auch sie sich um und betrachtete die Regale hinter der Theke. Ihre stetigen Bemühungen, an Bücher zu kommen, hatten sich ausgezahlt. Sie verfügte mittlerweile wirklich über eine beachtliche Auswahl.

Und mit einem Mal war es Ruth, als sähe sie den Laden mit anderen Augen. Ihre Mutter hatte recht. Sie hatte es geschafft, das Wichtigste war hier vorhanden: Bücher. Es waren so viele, dass sie sogar in einem größeren Laden nicht erbärmlich aussehen würden.

In einem größeren Laden …

Ruth wandte sich an ihre Mutter, unsicher, ob sie ihren Gedanken wirklich aussprechen sollte oder nicht. Schließlich trug sie ihn schon so lange mit sich herum, ohne sich jemandem anvertraut zu haben. Aber wann, wenn nicht jetzt, wo ihre Mutter endlich einmal hierhergekommen war?

»Meinst du«, sagte sie langsam, »meinst du, es macht trotz der Blockade Sinn, sich nach einem größeren Geschäft umzuschauen? Die Zeit hätten wir ja jetzt, da der Verkauf ohnehin schleppend läuft.«

»Oh, was für eine tolle Idee!« Dieser begeisterte Ausruf kam natürlich nicht von Elisabeth, die Ruth nur nachdenklich musterte. Rosa war neben sie getreten und blickte strahlend von Ruth zu ihrer Schwiegermutter. »Dann würden wir hier nicht nur untätig herumsitzen, sondern könnten endlich etwas tun! Ich könnte euch bei der Suche helfen, und ich wüsste auch schon, wie wir einen neuen Laden offener und freundlicher gestalten könnten.«

Man musste Rosa zugutehalten, dass sie den letzten Satz etwas leiser und vorsichtig und nur in Ruths Richtung geäußert hatte, als wäre ihr bewusst, dass sie damit weit vorpreschte.

Ruth seufzte. »So leicht wird es nicht sein, einen neuen Laden zu finden. Wir müssen uns das erst einmal leisten können.«

Doch Rosa war taub für Ruths kaufmännische Einwände. Sie schien in Gedanken bereits neue Möbel anzuschaffen. Strahlend blickte sie zu Herrn Hagenbrink, der hinter ihr stand und begehrlich zu den Ansichtsexemplaren auf der Theke schielte.

»Das wird sicher großartig. Herr Hagenbrink, Sie kommen doch trotzdem zu uns, auch wenn Sie uns dann woanders vorfinden, oder?«

Ruth erwartete nicht, dass Herr Hagenbrink antworten würde, er war meist wortkarg oder hatte einen schlecht gelaunten Berliner Spruch auf den Lippen. Der Mann schaute Rosa aus seinen wässrig blauen Augen grimmig an.

»Bleibt mir ja nix anderes übrig«, brummte er. »Jetzt, wo allet den Bach runterjeht, haben wir doch nix außer den Büchern. Und in Berlin versteht keener so viel davon wie Sie, Frau Hohmann.«

»Oh, wie lieb von Ihnen! Das finden wir auch, nicht wahr, Ruthi?«, zwitscherte Rosa, während Ruth völlig perplex dastand.

Doch so überraschend seine Freundlichkeit gekommen war, so schnell war der Moment auch schon wieder vorüber, und Herr Hagenbrink verzog erneut das Gesicht, während er mit seinem Stock zur Tür humpelte.

Ruth schaute zu ihrer Mutter. »Was denkst du?«

Da war es wieder, das feine Lächeln in Elisabeths Gesicht.

»Ich denke, du könntest recht haben«, sagte sie.

Und mit einem Mal fühlte Ruths Herz sich leichter an. Vielleicht, dachte sie plötzlich, war ja wirklich noch nicht alles verloren.

»So ist es richtig«, brummte Herr Hagenbrink von der Tür aus. »So machen wir Berliner das! Immer den Kopp hoch, wenn der Hals ooch dreckig ist.«

*

Rosa stand vor der geschlossenen Tür und zögerte anzuklopfen. Mit der rechten Hand balancierte sie ein kleines Tablett, auf dem sie eine Tasse Ersatzkaffee und etwas Gebäck von gestern Nacht angerichtet hatte. Die Kerze, die in der Mitte des Tabletts stand, flackerte. Bis auf ihren gelben Schein blieb es düster im Flur. Obwohl es draußen noch hell war, drang das Abendlicht nicht bis in die hinterste Ecke der Klinger'schen Wohnung, dorthin, wo Georgs Zimmer lag.

Hinter seiner Tür regte sich nichts, dabei war sich Rosa recht sicher, dass Georg da war. Sie hatte ihn schließlich nicht weggehen hören. Schlief er etwa? In letzter Zeit hatte Rosa den Eindruck, dass Georg viel häufiger zu Hause war, allerdings nicht um mit irgendeinem Mitglied seiner Familie Zeit zu verbringen. Nein, er schien seine Erkundungen, oder was auch immer er draußen trieb, größtenteils eingestellt zu haben.

Rosa wusste nicht, woran es lag, aber sie wollte es herausfinden. Entschlossen klopfte sie nun an die Tür und horchte. Doch bis auf das altbekannte Röhren, das sie seit Wochen in den Schlaf begleitete, hörte sie nichts – vermutlich flog gerade wieder ein Flugzeug über das Haus der Klingers.

Rosa drückte vorsichtig die Klinke hinunter.

In Georgs Kammer war es noch dunkler als im Flur. Es gab hier nur ein einziges kleines Fenster ganz oben in der Wand.

Rosa blinzelte. Georg saß auf seiner Pritsche, die Beine angewinkelt und einen Block auf den Knien.

Er schaute hoch und sah sie an, als erwachte er gerade aus einem tiefen Schlaf.

»Oh«, sagte er.

In der Kammer war es furchtbar stickig, überhaupt wirkte der kleine Raum, in dem nicht einmal eine Kerze brannte, so eng, dass Rosa unwillkürlich den Atem anhielt.

»Ich habe dir einen Kaffee gemacht. Und ein Stück von dem Butterkuchen mitgebracht, den ich gestern gebacken habe. Na ja, was man heutzutage halt so Butter schimpft.«

Sie merkte selbst, dass sie plapperte, aber während Georg sie anschaute, mit diesen glasigen Augen, fühlte sie sich so unwohl, dass sie gar nicht anders konnte.

Trotzdem trat sie in den Raum und stellte das Tablett auf Georgs Nachtschrank. Jetzt wäre der Moment gewesen, in dem sie einfach wieder hätte umdrehen und gehen können. Offensichtlich wollte er ja allein sein. Rosa war schon im Begriff kehrtzumachen, doch dann überlegte sie es sich anders. Nein, die Atmosphäre in dieser Kammer war so erdrückend, dass sie ihn nicht einfach so zurücklassen konnte.

Wieder dröhnte ein Flugzeug über das Haus hinweg und Georg zuckte zusammen. Rosa selbst nahm das Dröhnen meistens kaum mehr wahr, es gehörte mittlerweile wie selbstverständlich zu den Berliner Geräuschen. So zusammengekauert, wie Georg dasaß, zog sich Rosas Herz vor Mitleid zusammen.

Ohne seine Erlaubnis abzuwarten, setzte sie sich neben ihn auf den Rand seines Bettes.

»Schreibst du etwas?«

Georg schaute zu ihr, dann auf den Block, als fiele ihm jetzt erst auf, was er da auf dem Schoß hielt.

»Äh ja«, sagte er verlegen. »Nichts Wichtiges. Hier in meiner Kammer habe ich sowieso kaum Einfälle.« Er verstummte und rutschte unbehaglich ein Stück zur Seite.

Rosa musste ein Lächeln unterdrücken. Da hätte sie auch selbst draufkommen können, dass Georg heimlich ein Schriftsteller war, auch wenn er das jetzt zu überspielen versuchte. Es passte so gut zu ihm!

Wieder brummte es. Wieder zuckte Georg zusammen.

»Der Flugzeuglärm ist ein Problem für dich«, stellte Rosa fest.

Georg nickte und räusperte sich. Schließlich sagte er: »Es erinnert mich an …«

Er musste gar nicht weitersprechen, Rosa hatte schon verstanden. Er hatte nie erzählt, wie der Krieg für ihn gewesen war und was genau er dort erlebt hatte. Und sie würde ihn jetzt nicht danach fragen. Sein Gesichtsausdruck zeigte deutlich, dass er nicht darüber sprechen wollte.

»Gehst du deswegen jetzt kaum noch auf die Straße?«, fragte Rosa vorsichtig.

Wieder nickte Georg. »Es klingt albern, aber draußen habe ich Angst. Als könnten diese Flugzeuge jeden Moment Bomben vom Himmel werfen.«

Rosa musste schlucken. Tatsächlich konnten die fliegenden Maschinen über ihnen, über dieser Stadt, die von aus der Luft abgeworfenen Bomben zerstört worden war, durchaus beängstigend sein. Dabei war die Luftbrücke für sie alle so wichtig!

»Wenn wir die Geräusche nur übertönen könnten«, murmelte Rosa. »Ich könnte etwas singen. Das Problem ist nur, dass ich wie eine sterbende Katze klinge.«

War das ein Lächeln gewesen? Georgs Mundwinkel zuckten.

»Ich weiß, ich habe dich im Badezimmer gehört«, sagte er und Rosa blieb fast der Mund offen stehen. Er konnte ja Witze machen!

»Na warte«, sagte sie. »Noch ein Wort, und ich mach dir nie wieder einen Kaffee.«

Georg sah zu dem Tablett mit der dampfenden Tasse. Sein Bett knarrte, als er sich vorlehnte.

Aber obwohl ihr Lachen die Atmosphäre spürbar aufgeheitert hatte, beendete das Dröhnen des nächsten Flugzeugs diesen unbeschwerten kurzen Moment.

Während Georg in das Stück Kuchen biss, musste Rosa an Friedrich denken, ihren geliebten Friedrich, der schon so lange fort war, dass es ihr zunehmend schwerfiel, sich sein Gesicht in Erinnerung zu rufen. Sie waren so jung gewesen, als sie geheiratet hatten, ein spontaner Entschluss bei einem seiner Heimaturlaube. Sie hatten nur eine kurze gemeinsame Zeit gehabt. Falls er noch lebte, was wusste sie dann schon von ihm? Hatte auch bei ihm der Krieg solche Spuren hinterlassen?

Aber Rosa wollte diese schwermütigen Gedanken nicht länger zulassen.

»Ruth will einen neuen Laden für die Buchhandlung suchen«, sprach sie freiheraus das Thema an, das sie zurzeit am meisten beschäftigte. »Ich finde das eine gute Idee«, fuhr sie fort. »Ruth will natürlich meine Hilfe nicht, aber ich habe schon begonnen, mich einmal umzuhören. Meinst du, sie wird sich darauf einlassen und sich anschauen, was ich gefunden habe?«

Georg hörte ihr aufmerksam zu, während er kaute.

»Wenn es etwas Gutes ist, muss sie ja«, sagte er dann. »Ruth wirkt vielleicht wie ein Eisblock, aber nur weil sie glaubt, sie müsse alles mit sich alleine ausmachen. Wenn du sie vom Gegenteil überzeugst, wird sie es schon irgendwann einsehen.« Georg zuckte mit den Schultern.

»Ja, das denke ich auch immer.« Rosa konnte nicht anders, als Georg anzustrahlen. Natürlich, es war nicht überraschend, dass er Ruth so gut kannte, immerhin war sie seine große Schwester, aber dass er sie so treffend analysierte, das verblüffte sie. Sieh mal einer an, dachte sie, vielleicht konnte sie mit Georg sogar noch richtig gut befreundet sein!

Nach dieser kurzen Unterhaltung breitete sich wieder Stille zwischen ihnen aus. Georg, der mittlerweile aufgegessen hatte, rutschte unruhig auf seinem Bett hin und her. Sofort spürte Rosa einen Hauch von schmerzlicher Enttäuschung.

»Du hast doch sicher noch etwas zu tun«, sagte Georg und ließ den Satz in der Luft hängen.

In der Ferne ertönte plötzlich ein Knacken, und dann dudelte das Radio auch schon los.

»Ich glaube, unsere Stromstunde ist heute etwas früher!« Rosa rappelte sich auf. Unschlüssig stand sie noch einen Moment im Zimmer. »Ich gehe in die Küche und versuche mal, etwas aus diesem trockenen Kartoffelpulver zu zaubern«, sagte sie möglichst heiter. »Kommst du mit? Und wollen wir dabei etwas Musik hören?«

Gespannt beobachtete sie Georg. Aber er nickte tatsächlich und stand schwerfällig auf. Dann sagte er: »Das wäre schön. Musik hilft wirklich.«

»Du meinst, wenn nicht gerade ich singe«, erwiderte Rosa.

Georg lachte leise. Und da war sie wieder, die Leichtigkeit.

*

Georg Klinger war schon wieder nicht erschienen.

Lore stand vor der »Ruine« und wusste nicht weiter. Dabei war sie so optimistisch gewesen, als dieser Amerikaner ihr erzählt hatte, sein Freund habe genau hier, in dieser Kneipe, einen gewissen Georg Klinger kennengelernt. Sie hatte ein richtig gutes Gefühl gehabt! Und dieses Gefühl hatte sich noch verstärkt, als sie am Winterfeldtplatz bei der Kneipe angekommen war. Sie war ihr nämlich gleich besonders vorgekommen. Die »Ruine« befand sich in einem Hinterhaus, dessen vorderer Teil zerbombt worden war, aber seine Außenmauern standen noch rund um eine Art skurrilen Garten, in dem Menschen in der lauen Sommernacht beieinandersaßen. Das Ganze hatte sofort einladend auf Lore gewirkt, es war typisch für das Berlin, das sie bereits kannte.

Voller Zuversicht hatte sie sich unter die Menschen gemischt und herumgefragt. Aber hier kannte niemand diesen Georg Klinger. Nur die hagere Wirtin, die Lore anschließend ständig taxierte, erinnerte sich an einen merkwürdigen jungen Mann, der immer auf einen Block kritzelnd in einer Ecke gesessen und manchmal sogar noch nach Feierabend im »Ruine«-Biergarten sitzen geblieben war.

»Ein ganz merkwürdiger Bursche, hat mit fast keinem geredet«, hatte die Wirtin Lore mitgeteilt. »Aber seit der Blockade hab ich den Burschen nicht mehr gesehen, tut mir leid, junges Fräulein.«

Und nun stand Lore hier, vor der Kneipe, und wusste schon wieder nicht weiter. Nicht zum ersten Mal stellte sie sich die Frage, ob es nicht besser wäre, ihre Suche einzustellen und sich auf das zu konzentrieren, was sie hatte, und wenn nicht durch die Familie, nach der sie sich so sehnte, dann eben irgendwie anders in Berlin heimisch zu werden. Es blieb ihr auch nicht viel anderes übrig, wenn sie weiter einen Platz zum Schlafen und etwas zu essen haben wollte. Tagsüber, so lautete die Vereinbarung, die sie mit ihren Freundinnen Helga und Erika getroffen hatte, bemühte sie sich, die Gastfreundschaft der beiden Schwestern zu vergelten, indem sie im Berliner Umland auf Hamsterfahrten ging. Da kam sie also sowieso nicht dazu weiterzusuchen.

Immerhin war es den beiden jungen Frauen zu verdanken, dass Lore mittlerweile wusste, wie sie sich verhalten musste, wenn sie beim Hamstern von der Ostberliner Polizei oder den Militärs erwischt wurde. Die Schwestern hatten ihr beigebracht, wie sie diesen Männern den Kopf verdrehte, sodass sie sie bald wieder gehen ließen. Sie war bisher immer mit einem Schreck davongekommen, kein einziges Mal hatte sie zu irgendeiner Wache gemusst. Einmal war ihr allerdings sämtliche Beute abgenommen worden, das war ärgerlich gewesen. Sie musste jeden Tag etwas aus dem Umland mitbringen: Kartoffeln, Karotten oder eben alles andere, was die Bauern aus Brandenburg illegalerweise gegen Westgeld herausrückten. Es war nämlich wegen des extrem guten Wechselkurses im Osten sehr beliebt.

Lore bemühte sich stets, nicht daran zu denken, dass das Geld, das sie in den letzten Tagen reichlich dafür genutzt hatte, von Robert, dem Amerikaner, geklaut war. Sie schämte sich noch immer für ihr Handeln. Andererseits war sie dadurch bisher nicht gezwungen gewesen, weitere moralisch fragwürdige Aktionen vorzunehmen.

Langsam wurde das Geld allerdings knapp und Lore brannte der Magen schon vor Unbehagen über die Fragen, die sich ihr dann stellen würden. Wie tief wollte sie noch sinken?

Lore seufzte in die frische Nachtluft hinein. Es war schon spät, sie sollte es für heute wohl gut sein lassen. Georg Klinger würde ja doch nicht auftauchen. Der Hinweis dieses Amerikaners war eine Sackgasse, sie musste es sich eingestehen. Besser war es, sie ginge früh nach Hause und bekäme zur Abwechslung so viel Schlaf, dass sie morgen, wenn sie sich bei Sonnenaufgang aus dem Haus stahl, nicht so gerädert war.

Ihre Beine fühlten sich bleiern an, als sie sich in Bewegung setzte. Die Berliner U-Bahn fuhr wegen des fehlenden Stroms nur bis sechs Uhr abends, sie musste also den ganzen Weg laufen. Zu den beiden Schwestern in Charlottenburg würde sie sicher eine gute Stunde unterwegs sein …

Es hatte am frühen Abend ein leichtes Gewitter gegeben und der Berliner Asphalt war übersät von kleinen Pfützen. Lore bemühte sich, nicht ins Wasser zu treten. Nur der Mond spendete ein fahles Licht, die Straßenlaternen waren ausgeschaltet. Alle Fenster in den Häusern waren dunkel, nur hier und da flackerte milde das Licht einer Kerze.

»Lore?«

Sie hielt mitten in der Bewegung inne.

Oh Gott, sie kannte diese Stimme! Es war Robert, der Amerikaner. Hastig blickte Lore sich um, und tatsächlich, dort hinten, beschienen vom Kerzenlicht auf den Tischen einer Kneipe, konnte sie seine Silhouette erkennen.

Lore packte ihr Köfferchen und rannte davon.

»Lore! Warte!«

Roberts Stimme verhallte auf der menschenleeren Straße. Lore meinte, Schritte zu hören, die schneller wurden. Ihr Atem ging stoßweise und sie stolperte in eine Pfütze. Jetzt waren ihre Füße pitschnass. Ihre Schuhe machten merkwürdige Geräusche, als sie hastig weiterlief.

Er rief noch einmal nach ihr, aber Lore wollte nicht hören. Die Vorstellung, ihm gegenübertreten zu müssen, ließ sie immer schneller laufen. Er hatte sicher längst bemerkt, dass sie ihn beklaut hatte.

Wenig später war sie auf einem einsamen, stockfinsteren Platz angekommen. Um sie herum herrschte Stille, nur ihr eigener keuchender Atem war zu hören. Gott sei Dank! Sie hatte ihn abgehängt.

Dennoch eilte sie sicherheitshalber weiter.

Erst als sie vor dem Haus der Schwestern innehielt, dämmerte ihr, dass er möglicherweise etwas über Friedrich oder Georg Klinger erfahren und ihr deshalb nachgerufen hatte.

Wütend biss sie sich auf die Lippen.

Jetzt war sie, blind vor Angst, einfach fortgerannt, und hatte sich ihre einzige Möglichkeit genommen, mit ihrer Suche voranzukommen!

Da hatte sie sie also. Die Antwort darauf, welche Prioritäten sie mittlerweile gesetzt hatte. Und wie tief sie schon gesunken war.

*

Ruth sah sich kritisch in dem Laden um. Hinten war die Wand schwarz vor Schimmel, vermutlich weil eines der Fenster zerborsten und nur mit Pappe zugeklebt worden war und die Feuchtigkeit von draußen hereindrang. Das Ganze sprach nicht gerade für eine gute Luftzirkulation. Sollte sie hier ihre geliebten Bücher hinstellen? Allein der Gedanke daran bereitete Ruth Unbehagen.

Ihr Blick wanderte über den staubigen Boden bis zu dem großen Schaufenster, das zwar viel größer war als das in der Kufsteiner Straße, dafür aber gelblich angelaufen. Man konnte zwar hinausschauen, doch alles, was auf der Straße passierte, sah aus, als hätte es einen trüben Farbanstrich.

Ruth war mitten in Charlottenburg, in der Nähe des Ku'damms, und vor dem Fenster herrschte reger Betrieb. Ein junges Mädchen mit goldenem Haar lief mit hochgeklapptem Kragen und eiligen Schritten die Straße entlang. In der einen Hand hielt sie einen kleinen Koffer, in der anderen einen Bund Möhren, die sie vermutlich gehamstert hatte.

Ruth riss sich von dem Anblick los und widmete sich wieder dem jämmerlichen Zustand des Ladens. Auch neben dem Schaufenster war ein Schimmelfleck.

Hinter ihr räusperte sich vernehmlich der Vermieter, ein kleiner glatzköpfiger Mann, dessen Hemd ein paar fragwürdige Flecken aufwies.

»Was ist jetzt?«, fragte er ungehalten. »Gefällt Ihnen der Laden? Ich habe noch einige weitere Interessenten. Ihr Mann sollte sich also recht schnell entscheiden, ob er mieten will oder nicht.«

Ruth musste sich redlich bemühen, nicht die Augen zu verdrehen. Die Besichtigung war ein echter Reinfall, dabei war sie auf dem Weg hierher so guter Dinge gewesen! Die Gegend war perfekt, es gab genügend Laufkundschaft. Das hatte Ruth Hoffnung gemacht. Doch schon vor der Haustür, während sie auf den Vermieter wartete, war ihr aufgefallen, dass der Laden von außen vollkommen schäbig aussah – das zugeklebte Fenster sprach Bände. Und als der Vermieter kam, wurde es noch schlimmer.

»Sie hatten doch gesagt, Sie sind von einer Buchhandlung?«, hatte der Mann misstrauisch geschnarrt und sie gemustert. »Wo ist denn dann der Ladenbetreiber?«

»Ich bin die Ladenbetreiberin«, hatte Ruth kühl geantwortet. Und dann hatte sie tatsächlich mit dem Vermieter darüber diskutieren müssen, ob sie sich den Laden überhaupt anschauen dürfe – schließlich werde nur an einen Mann vermietet. Bis Ruth zähneknirschend ihren Bruder als männliches Familienmitglied vorgeschoben hatte. Sie hatte keine Ahnung, ob sie Georg später dazu bewegen konnte, den Mietvertrag zu unterschreiben und sich auf diese Art ins Familienunternehmen einzubringen, aber so stolz sie auch war – sie wollte nichts mehr als einen größeren Laden.

Nur dass dieser hier ungefähr das Gegenteil von dem war, was sie sich für ihr Familienunternehmen vorgestellt hatte. Leider war es das erste und einzige Ladengeschäft gewesen, auf das sie bei ihrer

Suche bisher gestoßen war – durch eine Zeitungsannonce im *Tagesspiegel.*

»Also die anderen Interessenten«, hob der Vermieter wieder mit seiner unangenehmen Stimme an, doch Ruth unterbrach ihn mitten im Satz. Sie wagte zu bezweifeln, dass es bei der derzeitigen wirtschaftlichen Lage in Berlin allzu viele Interessenten gab.

»Die zerbrochene Scheibe dahinten«, sagte sie. »Können Sie die noch austauschen?«

»Das würde ich ja gerne, Frau Hohmann, aber …«, der Vermieter zupfte unbehaglich an seinem Anzug herum, »Materialien für solche Details sind im Augenblick nirgendwo zu beschaffen. Nun, das wissen Sie ja selbst.«

Natürlich war Ruth das bekannt. Es fehlte zu sehr am Nötigsten, als dass über die Luftbrücke irgendwelche anderen Güter als Nahrungsmittel herübergeflogen werden konnten. Die einzige Ausnahme bildete das Papier für die Berliner Zeitungen. Denn dass eine geschickte Informationspolitik von entscheidender Bedeutung war, hatten die West-Alliierten längst verstanden. Schließlich versuchten die Sowjets mit ständigen Manipulationsversuchen und Lockrufen, die Westberliner auf ihre Seite zu ziehen – etwa durch die Aussicht auf Ostberliner Lebensmittelkarten, wenn man sich dazu bereit erklärte, in den sowjetischen Teil der Stadt überzuwechseln.

»Also, meine anderen Interessenten«, setzte der Vermieter wieder an.

»Ich lasse Ihren anderen Interessenten gerne den Vortritt bei diesem Laden«, sagte Ruth höflich, aber bestimmt. »Sollten Sie noch etwas anderes im Angebot haben, das etwas größer und besser instand ist, dann melden Sie sich gerne. Sie haben ja die Adresse meiner Buchhandlung.«

Und damit drehte sie sich um und machte sich auf den Weg zum Ausgang.

Der Vermieter schnappte erschrocken nach Luft.

»Aber, Frau Hohmann, der Preis für diesen Laden ist unschlagbar«, versuchte er sie noch aufzuhalten.

Doch Ruth schüttelte entschieden den Kopf. Sie hatte kein Interesse an einem Schnäppchen, darum ging es ihr nicht.

Ohne noch weiter auf die erbärmlichen Versuche des Vermieters einzugehen, trat Ruth hinaus auf die Straße und atmete tief ein.

Draußen lag alles in einem diesigen Grau. Der Herbst näherte sich allmählich.

Ruth seufzte. Sie wusste, was sie zu tun hatte. Bisher hatte sie es vermieden, aber jetzt musste sie über ihren Schatten springen und ihre Schwägerin um Hilfe bitten. Allein kam sie einfach nicht weiter. Im Gegensatz zu Ruth kannte Rosa nämlich jeden, verstand sich mit jedem und wusste alles, was in der Nachbarschaft passierte. Rosa würde sich sicher wie besessen durch den Kiez fragen und in kürzester Zeit jedes freie Eckchen in Schöneberg oder den umliegenden Stadtteilen ausfindig machen.

*

Rosa fühlte sich fahrig. Zum Backen hatten sie gerade nichts mehr da und sie wusste nicht, wie sie sich sonst ablenken sollte. In der Wohnung war es gespenstisch still, nicht einmal Georg war zu Hause. Er traute sich nach Rosas Zuspruch tatsächlich wieder häufiger hinaus. Rosa fand, dass sich zwischen ihnen langsam eine Freundschaft entwickelte – immerhin hatten sie schon ein paarmal gemeinsam Musik gehört! Georg mochte zwar am liebsten Jazzmusik, die Rosa als chaotisch und wenig melodiös empfand, aber wenn sie dafür nicht allein in der Wohnung hocken musste, war ihr alles recht. Wenn er jetzt nur hier wäre! Dann müsste sie nicht allein in der Küche sitzen und auf Ruth warten. Sie wartete sehnsüchtig auf ihre Schwägerin.

Dabei drängte die Zeit, wenn sie Ruth noch mit ihren Neuigkeiten überraschen wollte. Schließlich mussten sie bald los, die Kundgebung am Reichstag würde in Kürze beginnen, und danach hätte Ruth sicher keinen Kopf mehr für das, was Rosa mit ihr besprechen wollte. Immerhin würde diese Kundgebung eine ziemlich große und wahrscheinlich aufregende Veranstaltung werden. Die Berliner hatten allmählich die Schnauze voll von den politischen Ereignissen in Berlin, die sich immer mehr zuspitzten. Erst gestern hatte der *Tagesspiegel* von einem russischen Putsch in Berlin berichtet. Vor drei Tagen war es SED-nahen Demonstranten gelungen, ins Neue Stadthaus in der Parochialstraße einzudringen, wo die Berliner Regierung tagte, und es war zu gewaltsamen Ausschreitungen gekommen. Die Stadtverordneten hatten das Haus fluchtartig verlassen müssen. Und die Sowjets hatten es umstellt und ließen seitdem niemanden mehr hinein. Das war das Ende der gemeinsamen Stadtregierung von Ost und West gewesen und ein Versuch der Sowjets, den Berlinern die ihnen zugesicherte Demokratie und Selbstverwaltung zu nehmen – so sahen es zumindest viele Bewohner des Westteils, aber auch die im Osten.

Heute war unter dem Leitspruch »Berlin ruft die Welt« zum Protest gegen die sowjetische Vereinnahmung aufgerufen worden.

Das war alles sehr aufregend, aber nicht der Grund dafür, dass Rosas Füße unter dem Küchentisch wippten.

Sie konnte es kaum erwarten, Ruth die fantastischen Neuigkeiten zu erzählen! Diesmal würde sie Augen machen, da war sich Rosa sicher …

Da, endlich, der Schlüssel im Schloss! Wenig später linste Ruth auch schon in die Küche.

»Hallo! Ist alles in Ordnung?« Sie sah sich um, die Stirn in Falten gelegt, als erwartete sie, irgendwo in einer Ecke auf eine unangenehme Überraschung zu stoßen.

Jetzt musste Rosa schnell sein, Ruth hatte sich zwar den Mantel ausgezogen, aber sie sah nicht so aus, als hätte sie vor, für ein Gespräch mit Rosa länger in der Küche zu bleiben.

»Ich habe einen Laden für uns gefunden!«, platzte Rosa heraus.

Das war vielleicht nicht der eleganteste und feierlichste Einstieg, aber der Ausdruck in Ruths Gesichts gab ihr recht: Sie hatte ihre volle Aufmerksamkeit auf sich gelenkt.

Ruth kam sofort ein paar Schritte in die Küche hinein. »Wo denn? Wie hast du ihn gefunden? Können wir ihn besichtigen?«

In ihren Augen stand ein Leuchten.

»Ja, gleich morgen.«, erwiderte Rosa.

Dass Ruth so begeistert reagierte, verstärkte ihre eigene Aufregung. Sie wusste, dass sie den perfekten Laden gefunden hatte. Ruth würde staunen!

»Ich hab es von einer Freundin gehört. Der Laden ist direkt in der Goltzstraße. Goltzstraße zwölf, um genau zu sein. Er ist groß und hell, und der Preis ist ebenfalls äußerst …«

Rosa brach mitten im Satz ab. Etwas stimmte nicht. Ruths Gesicht war bei ihren Worten hart geworden, geradezu verschlossen. Sie stand stocksteif neben dem Küchenstuhl. Ihr Mund war zu einem dünnen Strich zusammengepresst.

»Das geht auf keinen Fall«, sagte Ruth hart. »Sag den Termin wieder ab.«

Und damit drehte sie sich um und verließ die Küche.

Rosa stand der Mund offen, so perplex war sie. Dann erst fasste sie sich.

»Warte mal! Ruth!«

Aber ihre Schwägerin war schon im Flur verschwunden.

Rosa blinzelte rasch gegen die Tränen an, die ihr in die Augen geschossen waren. Sie hatte sich so auf diesen Moment gefreut, und dann das! Ruth konnte so kalt sein. Rosa verstand einfach nicht, was sie falsch gemacht hatte.

Entschlossen schob sie ihren Stuhl zurück und folgte ihrer Schwägerin in deren Zimmer. Dort war sie gerade dabei, irgendwelche Unterlagen auf ihrem Schreibtisch zu ordnen. Finster schaute sie auf, als Rosa den Raum betrat.

»Du kannst doch nicht einfach gehen! Du schuldest mir eine Erklärung, finde ich.« Rosa versuchte, möglichst ruhig zu klingen. »Was passt dir an meinem Laden nicht? Du hast ihn ja noch nicht einmal gesehen!«

Ruths Augen blitzten wütend auf.

»Es ist nicht *dein* Laden«, fuhr sie Rosa an. »Und es wird auch niemals deiner sein. Aber das kannst *du* natürlich nicht verstehen!« Ruth spuckte ihr die Worte beinahe entgegen.

»Nein, das ist wirklich nicht zu verstehen«, gab Rosa aufgebracht zurück. »Der Laden wäre absolut passend. Er ist nicht weit von uns entfernt und groß genug.«

»Natürlich, das ist alles, was dich interessiert«, sagte Ruth so leise und bitter, dass Rosa eine Gänsehaut bekam. »Keine Sekunde machst du dir Gedanken darüber, was für eine Vergangenheit der Laden haben könnte. Du denkst, man könnte sich einfach nehmen, was einem gefällt, oder? Egal, ob es einem zusteht oder nicht! Du machst einfach weiter, als wäre nie etwas passiert!«

»Ich verstehe absolut nicht, wovon du redest.«

Ruth lachte trocken auf. »Natürlich nicht, und du machst dir auch keine Mühe, es zu verstehen! Oder hast du etwa nachgefragt, was das früher für ein Laden war? Du hast die Vergangenheit einfach vergessen, nicht wahr? Du und deine BDM-Freundinnen, ihr alle! Ihr wacht nachts nicht schlaflos auf! Euch geht es gut.«

Rosa war so verwirrt, dass sie einen Moment lang sprachlos in der Zimmertür stand.

»Was hat das denn mit unserem Buchladen zu tun?«, brachte sie schließlich heraus.

Doch Ruth hatte sich bereits erhoben, sie sah geradewegs durch Rosa hindurch. »Es ist spät, ich gehe jetzt zu der Versammlung.«

Und schon rauschte sie an Rosa vorbei, der nichts anderes übrig blieb, als entsetzt dabei zuzusehen, wie Ruth mit wehendem Rock den Wohnungsflur entlangeilte. Erst da bemerkte sie, dass Georg neben der Tür stand und sie nicht minder erschrocken musterte. Hatte er etwa die ganze Unterhaltung mit angehört?

Schnell drehte Rosa sich weg, weil ihr immer noch die Tränen in den Augen standen. Das war so unfair! Natürlich war sie damals beim Bund Deutscher Mädel gewesen, wer außer Ruth, die mit ihren achtzehn Jahren damals nicht beitreten musste, war das nicht gewesen? Aber war das nicht Schnee von gestern? Rosas Abzeichen waren verbrannt und alles vergessen, was sie damals, als sie noch jung und naiv gewesen war, vielleicht gedacht oder getan hatte.

Wie in Trance nahm sie wahr, dass die Wohnungstür ins Schloss fiel. Rosa lugte in den Flur und stellte überrascht fest, dass Georg immer noch dort stand und ziemlich betroffen dreinschaute.

Rosa wischte sich wütend ihre Tränen weg. In dieser Familie musste sie ständig etwas einstecken. Das war so gemein!

»Du darfst Ruth das alles nicht übel nehmen«, sagte Georg so leise, dass Rosa ihn kaum verstand, obwohl um sie herum Stille herrschte. Nur Ruths Schritte im Treppenhaus waren zu hören.

Jetzt wurde Rosa fast ein wenig böse auf Georg, der seine Schwester verteidigte, obwohl sie im Unrecht war.

Er schüttelte schnell den Kopf. »Nein, nein, so meine ich das nicht! Du kannst es nicht wissen, aber der Laden, den du da ausgesucht hast, hat eine Vergangenheit, an die Ruth sich noch immer erinnert. Es ist lange her …« Georg seufzte und sein Blick ging an Rosa vorbei, als versuchte er selbst, sich an etwas zu erinnern. »In dem Laden war früher mal eine Buchhandlung«, sagte er dann. »Unsere Familien waren befreundet. Die Tochter des Inhabers war Ruths beste Freundin. Es war eine jüdische Familie und der Buchhandlung wurde übel mitgespielt. Wir haben diese Familie nie wiedergesehen.«

Langsam begann Rosa zu verstehen. Sie ging nachdenklich ein paar Schritte auf und ab.

»Du meinst, Ruth ist wütend, weil ich ihr vorgeschlagen habe, eine Buchhandlung an dem Ort zu eröffnen, wo Schreckliches passiert ist?«

»Wäre das nicht verständlich?«, erwiderte Georg und schaute sie ernst an.

Das Licht aus der Küche fiel genau auf sein Gesicht. Seine Augen waren etwas dunkler als Friedrichs, fiel Rosa plötzlich auf. Es war auch ein dunkleres Blau als das von Ruths Augen. Und im Gegensatz zu ihr blickte er sie jetzt freundlich an.

»Wir alle müssen weiterleben mit dem, was wir getan oder nicht getan haben«, sagte Georg. »Aber einfach darüber hinwegzugehen … so zu tun, als wäre nie etwas passiert, und die Orte, an denen sich Gräueltaten zugetragen haben, einfach neu zu besetzen … Ich könnte das nicht und Ruth sicher auch nicht.«

»Das erklärt tatsächlich einiges.« Rosa musste zugeben, dass sie besser hätte recherchieren sollen. Das hieß aber nicht, dass Ruths Verhalten nicht trotzdem respektlos und gemein gewesen war!

Aber Georg hatte recht: Das Ganze war ein heikles Thema. Rosa selbst hatte keine Probleme, mit der Vergangenheit abzuschließen, sie fand, dass das nötig war, um optimistisch in die Zukunft blicken zu können. Ruth hingegen war vier Jahre älter und hatte die Zeit damals als junge Erwachsene erlebt. Sie war schon damals nicht gerade begeistert gewesen von Rosas und Friedrichs Engagement in der Hitlerjugend.

»Ich werde noch einmal mit ihr reden«, sagte Rosa leise.

»Mach das.« Georg lächelte sie an und Rosa wurde warm ums Herz. Es tat gut, dass in der Klinger-Familie jemand auf ihrer Seite stand. Und dass sie nicht allein in der Stille dieser Wohnung hatte zurückbleiben müssen, in der ihre Ohren noch von dem Streit mit Ruth dröhnten.

»Musst du nicht auch los?«, fiel ihr jetzt ein. Schließlich hatte auch Georg zu der Versammlung gehen wollen, genau wie Ruth und Rosa. Aber das Gespräch mit Ruth hatte ihr jede Energie genommen.

Georg wirkte unschlüssig. »Kommst du nicht mit?«

»Nein, ich ... werde mir das Ganze später im Radio anhören«, sagte Rosa und versuchte, nicht zu betrübt zu klingen.

Georg sah sie einen Moment lang an.

»Ach, dann bleibe ich auch hier«, sagte er schließlich leichthin. »Vielleicht haben wir Glück und sie schalten den Strom sogar pünktlich an. Immerhin soll die Versammlung ja für alle Berliner zu hören sein.«

Georg war bereits in der Küche verschwunden und zog sich geräuschvoll einen Stuhl heran. Und auf Rosas Gesicht breitete sich trotz allem ein leichtes Lächeln aus.

*

Lore wusste, dass ganz Berlin heute bei der Kundgebung am Reichstag sein würde. Und nicht nur die Berliner Zivilbevölkerung, sondern auch die Vopo, die Ostberliner Volkspolizei, und die sowjetischen Militärs. Sicher würde es zu irgendeiner Auseinandersetzung kommen, die Stimmung war seit dem Beginn der Blockade sowieso schon geladen.

Und Lore hatte richtiggelegen: Die Militärs waren beschäftigt, nie war der Grenzübertritt so leicht zu bewerkstelligen gewesen wie heute. In der S-Bahn im sowjetischen Sektor fanden kaum Kontrollen statt, und an der Grenze zu Brandenburg hatte sie schnell einen kleinen unbewachten Schleichweg zu den Brandenburger Äckern gefunden.

Das war gut, denn heute war der Tag, an dem Lore ungern gesehen werden wollte. Es war der Tag, an dem sie sich endlich genug zu essen organisieren würde.

Wobei sie beschlossen hatte, es nicht als Diebstahl zu bezeichnen. Schon damals, in den Hungerwintern, hatte der berühmte Kardinal Frings aus Köln das Gebot »Du sollst nicht stehlen« in seiner Silvesteransprache relativiert und die Parole ausgegeben, dass jeder Einzelne sich in der Not das nehmen dürfe, was zum Erhalt seines Lebens notwendig sei. Das »Organisieren« oder unerlaubte Hamstern von existenziellen Gütern nannten viele Leute seitdem »Fringsen«.

Sie würde also nicht klauen, sondern fringsen.

Ein paar Kartoffeln hatte sie schon aus der weichen Ackererde gegraben und in dem Beutel verstaut, den sie sich eigens dafür aus einem alten Bettlaken genäht hatte. Jetzt blickte sie sich um, um zu überprüfen, was es hier sonst noch zu ergattern gab. In der Ferne sah sie ein paar Menschen über das Feld stromern. Anscheinend hatte sie nicht als Einzige diesen genialen Einfall gehabt.

Aber mehr Kartoffeln traute sie sich vorerst nicht zu holen, besser war es, sie verschwand von hier, bevor der Bauer sie entdeckte.

Lore stiefelte durch den Schlamm zurück zu einem kleinen Feldweg und von dort aus direkt zu den Bahnschienen. Wohin sollte sie sich als Nächstes wenden?

Für einen Moment blieb sie stehen und atmete tief ein. Die Luft war hier frisch, der Himmel klar und der Blick so weit. In Berlin versperrte immer ein Haus, eine Ruine, die Sicht.

Irgendwo zwitscherte heiter ein Vogel, als gäbe es keine Sorgen. Es tat gut, sich einen Moment dieser Idylle hinzugeben. Das war fast wie Lesen, wie das Abtauchen in einen Roman.

Dann aber riss das Geräusch eines sich nähernden Zuges Lore aus ihrer Trance.

Tatsächlich, dahinten fuhr tuckernd ein Güterzug auf sie zu.

Lore beschirmte ihre Augen. Wenn sie das richtig sah, hingen an der Lok mehrere große Waggons, bis oben hin beladen mit Kohlen.

Lore dachte rasch nach. Lohnte sich das Risiko? Es war erst September und die Temperaturen waren noch mild, aber der Winter kam schneller, als man dachte, und dann war jedes Brikett, das sie sich jetzt schon sichern konnte, ein echter Gewinn, ob zum Selbstverbrauchen oder zum Tauschen. Rasch ging Lore ihre Möglichkeiten durch. Wenn sie auf den Waggon sprang, war das riskant, und sie würde nur ein paar Kohlen in ihre Tasche stopfen können. Es wäre hilfreich, wenn sie …

»Du denkst darüber nach, oder?«, fragte eine Stimme.

Lore schrak zusammen.

Neben ihr stand, wie aus dem Nichts, ein junger Mann, nicht viel älter als sie selbst, und lächelte sie verschmitzt an. Dann zeigte er auf den sich nähernden Zug.

»Wir könnten uns zusammentun«, sagte er.

Hinter ihm konnte Lore einige andere Menschen erkennen, die sich ebenfalls den Bahnschienen näherten. Diese Kohlen wollte wohl keiner so einfach ziehen lassen.

Der Zug kam immer näher, und wenn sie handeln wollten, mussten sie es rasch tun. Lore maß den Zug mit den Augen – er fuhr nicht allzu schnell –, dann betrachtete sie den jungen Mann. Er sah recht sympathisch aus mit seinen wirren schwarzen Haaren, den warmen braunen Augen.

»Ich springe rauf und werfe die Kohlen runter, du rennst nebenher und fängst sie auf, bevor jemand anders sie sich schnappt. Danach teilen wir halbe-halbe«, bot sie an.

»Abgemacht.« Der junge Mann hielt ihr die Hand hin und sie schlug ein.

»Du musst mir hochhelfen«, sagte Lore angespannt. Der Zug war fast bei ihnen.

»In Ordnung. Ich werfe dich.«

Sie duckten sich gemeinsam hinter die Böschung, damit der Lokführer sie nicht sofort entdeckte.

Als der Kopf des Zuges ratternd vorbeigefahren war, machten sie sich bereit.

»Wehe, du lässt mich fallen!«, warnte Lore ihn, als er sie um die Taille fasste.

Der erste Wagen war beinahe schon vorüber, das Rattern klang ohrenbetäubend.

»Keine Sorge, ich kann gut werfen«, antwortete er, und im nächsten Moment war auch schon der zweite Kohlewagen bei ihnen und der junge Mann gab ihr einen guten Schubs.

Keuchend landete Lore am Rand des Wagens und zog sich am kühlen Metall nach oben. Sie hatte keine Zeit durchzuatmen. Rasch vergewisserte sie sich, dass der junge Mann nebenherrannte, dann begann sie, ihm die Kohlen zuzuwerfen. Er hatte sein Hemd ausgezogen und fing die Stücke im Laufen geschickt auf. Als er keines mehr tragen konnte, warf Lore noch ein paar weitere Kohlen nach unten, damit auch die anderen Menschen welche zum Aufsammeln hatten. Bis sie beschloss, dass es nun reichen musste – sonst käme der Lokführer noch auf den Gedanken, den Zug wegen der Störenfriede anzuhalten –, und hinuntersprang.

Der junge Mann wartete bereits auf sie. Ein paar Kohlen mussten ihm auf die Brust gefallen sein, er hatte überall schwarze Striemen. Beide keuchten von der Anstrengung.

»Das hat gut geklappt!«

Der Mann zeigte auf den beachtlichen Kohlehaufen. Er kniete sich auf den Boden und begann, die Kohlen aufzuteilen.

»Aber dein Hemd sieht jetzt furchtbar aus«, bemerkte Lore.

Der junge Mann zuckte nur mit den Schultern. »Das war's wert.«

»Ist aber ziemlich auffällig. Wenn du in eine Kontrolle der Vopo gerätst, wissen die doch auf den ersten Blick, was du gemacht hast!«

Er zuckte wieder mit den Schultern und grinste. »Ich wohne im Osten, da sind die nicht so streng. Ich heiße übrigens Egon.«

Er hielt ihr abermals seine Hand hin. Jetzt war sie, genau wie Lores, dreckverschmiert. Lachend schlug sie ein.

»Ich muss jetzt los«, sagte Egon und richtete sich auf. »Bin sowieso eher ein Einzelgänger. Aber es war mir eine Freude, mit dir Geschäfte zu machen.«

»Gleichfalls.«

Ein wenig traurig war sie schon, dass er gleich wieder abzog.

Egon hatte sich fast umgedreht, da fiel Lore ein, dass sie ganz vergessen hatte, ihre übliche Frage zu stellen. Ja, es nervte sie selbst mittlerweile, aber es war wichtig, dass sie diese Routine beibehielt. Auch weil sie sonst ja nur jämmerlich wenig tun konnte, um bei ihrer Suche voranzukommen.

»Eine Frage noch«, hielt sie ihn auf. »Du kennst nicht zufällig einen Friedrich Klinger?«

Egon lächelte sie an. Er hatte zwei niedliche Grübchen in den Wangen. »Friedrich Klinger? Wie von der ›Buchhandlung Klinger‹? Na klar, wir Kollegen kennen uns natürlich untereinander. Echt traurig, was mit ihrem Geschäft passiert ist.«

Lore stand vor Überraschung der Mund offen. Hatte sie das gerade richtig verstanden?

»Hättest du wohl nicht gedacht, dass ich Buchhändler bin, was?«, fragte Egon verschmitzt.

Lore wusste nicht, was sie antworten sollte. Zum ersten Mal war sie absolut sprachlos. Konnte das wahr sein? Hatte sie wirklich ihren Vater gefunden?

Kapitel 3

Herbst 1948

Ruth wusste, dass es eine der lästigen Eigenschaften ihrer Schwägerin war, dass sie niemals aufgab. Aber dass Rosa ihr nun schon seit Tagen zu beinahe jeder Tages- und Nachtzeit im Flur, in der Küche und vor dem Badezimmer auflauerte, raubte Ruth den letzten Nerv. Rosa wollte unbedingt eine Aussprache über ihren Streit neulich. Dabei war Ruth ja schon längst nicht mehr wütend wegen ihres unbedachten Vorschlags!

Natürlich, ihre Schwägerin hatte mit ihrer Idee, ausgerechnet diesen Laden anzumieten, an eine alte Wunde gerührt, die Ruth nicht antasten wollte und die sie, wenn sie ehrlich war, immer verdrängte: das, was damals mit ihrer Freundin Gitty Maybach geschehen war, mit ihr und ihrer Familie. Dieses Unaussprechliche, an dem sie alle eine Mitschuld trugen, die niemals zu verzeihen sein würde. Wie skandalös, wie unfassbar respektlos wäre es, wenn Ruth jetzt genau dort, wo ihrer Freundin alles genommen worden war, ihren eigenen Traum verwirklichen würde.

Aber vielleicht hatte Rosa ja recht, das Leben ging weiter, und sie hatte zumindest Besseres zu tun, als noch ewig über den Streit mit Rosa zu brüten. Konnten sie den nicht einfach vergessen? Und war das nicht genau das, was Rosa auch sonst immer tat? Einfach gute Miene machen und so tun, als wäre nie etwas gewesen?

Aber Rosa schien das anders zu sehen und hatte offenbar beschlossen, die Sache direkt hier, in der Klinger'schen Buchhandlung, anzusprechen, wo Ruth ihr nicht entkommen konnte.

Es war gerade niemand im Laden, und Rosa machte keine Anstalten, von der Theke wegzutreten. Sie schaute Ruth unablässig mit ihren großen Augen an. Wie ein kleiner Hundewelpe, schoss es Ruth durch den Kopf. Aber genau so war Rosa: Man konnte sie treten, so viel man wollte, sie ließ einem trotzdem keine Ruhe, wollte spielen und sah einen treuherzig an.

»Ich will mich doch nur entschuldigen«, sagte Rosa zum wiederholten Male.

Das überraschte Ruth. Sie hätte nicht gedacht, dass ihre Schwägerin jemals verstehen würde, wie grausam ihr Vorschlag gewesen war. Eine Sekunde lang sah Ruth das Gesicht ihres Bruders vor sich, Friedrich, wie er höhnisch gelacht hatte, damals in der Goltzstraße. Die Flammen hatten ihn amüsiert, ihn und seine Freunde, obwohl das Lebenswerk anderer Menschen darin ausgelöscht wurde. Und Ruths Vater hatte nichts unternommen, um Gittys Vater zu helfen, wie es ein Kollege und Freund eigentlich hätte tun sollen. Sie waren schuldig, vor allem Friedrich und Ruths Vater. Aber jetzt waren beide nicht mehr da.

»Lass es uns einfach vergessen«, sagte Ruth. Sie hatte eigentlich hart und entschieden klingen wollen, damit Rosa endlich aufhörte, aber herausgekommen war es nur irgendwie müde. Und bei Gott, das war sie auch!

Ihr Sohn Peter wurde durch die mangelhafte Ernährung zunehmend kränklicher, das machte Ruth Sorgen, und auch an ihr zehrte die unerträgliche Lebenssituation. Außerdem hatte sie nach dem Laden, den sie besichtigt hatte, kein weiteres Ladengeschäft mehr gefunden. Nur zwei Anzeigen hatte sie entdeckt und keine der beiden war optimal gewesen. Die Suche war enttäuschend und zeitraubend. Und wenn die Hoffnung langsam schwand, dass alles besser werden würde, dann waren auch die sonstigen Widrigkeiten schwerer zu ertragen.

Die Demonstration, die neulich vor dem Reichstag stattgefunden hatte, hatte ja gerade erst wieder gezeigt, wie angespannt die

Lage in Berlin war. Die Stimmung war eigentlich gut gewesen. Ernst Reuter, Berlins Bürgermeister, der von den Sowjets als solcher nicht anerkannt wurde, hatte eine bewegende Rede gehalten, in der er die Völker der Welt dazu aufrief, Berlin nicht im Stich zu lassen. Und dann hatte es plötzlich Schüsse gegeben und die versammelte Menschenmenge war panisch in alle Richtungen davongestoben. Bei einer Auseinandersetzung zwischen der Polizei und dem sowjetischen Militär war ein Fünfzehnjähriger zu Tode gekommen und einige Demonstranten waren verletzt worden.

Ruth war zum Glück mit einem Schrecken davongekommen. Doch langsam wurde ihnen allen klar, dass dieser Konflikt, der auf dem Berliner Boden ausgetragen wurde, so bald nicht gelöst sein würde. Vielleicht würde diese unsägliche Blockade noch den ganzen Winter und das nächste Jahr andauern … kaum auszudenken, was das für die »Buchhandlung Klinger« bedeuten würde!

Nein, Ruth hatte wirklich keine Nerven, jetzt noch weiter mit Rosa zu diskutieren.

Die aber ließ sich einfach nicht davon abhalten.

»Ich wusste nicht, dass in der Goltzstraße einmal eine Buchhandlung war«, sagte Rosa jetzt. »Ich hätte den Laden niemals vorgeschlagen, wenn mir klar gewesen wäre, was dort geschehen ist. Und was es dir bedeutet.«

Ruth seufzte schwer. Nun gut, ihre Schwägerin hatte es vielleicht wirklich nicht verdient, so hart behandelt zu werden.

»Lass uns nicht mehr darüber reden. Von meiner Seite aus gibt es nichts zu verzeihen und meine Worte tun mir leid. Ich war ungerecht«, sagte Ruth nach kurzem Zögern. Sie hoffte, dass sich das Thema mit dieser knappen Erklärung endlich erledigt hatte.

Und tatsächlich nickte Rosa und der verletzte Ausdruck verschwand aus ihren Augen.

»Das ist nett, dass du das sagst. Und ich gebe zu, dass ich mich besser informieren hätte müssen. Ich bin als Kind ein paarmal an der Buchhandlung der Maybachs vorbeigelaufen. Die Auslagen waren immer so schön. Aber Vater wollte nicht hineingehen, das weiß ich noch, und so hab ich den Laden in den Jahren danach wohl einfach übersehen. Ich habe einen Fehler begangen, Ruth, das gebe ich zu. Aber ich will es jetzt besser machen.«

Ruth nickte, sie hatte sich schon umgedreht. Wo waren nur die Kunden, wenn man sie einmal brauchte? Ob sie wohl das Schaufenster umgestalten sollte? Sie könnte Rosas Hilfe in Anspruch nehmen, jetzt, wo sie schon einmal da war.

Aber dann sagte Rosa etwas, dass Ruth abrupt aus ihren Überlegungen riss.

»Als Friedensangebot und um dir zu zeigen, wie ernst ich es meine, habe ich eine Überraschung für dich.« Rosas Augen leuchteten, als hätte es den Streit zwischen ihnen nie gegeben. »Du wirst es nicht glauben«, jubelte sie. »Aber ich habe schon wieder einen neuen Laden für uns gefunden!«

»Ach tatsächlich?« Ruth runzelte die Stirn. Diesmal würde sie sich nicht so vorschnell freuen. Wer wusste schon, wo bei diesem Laden der Haken war.

»Und es gibt keinen einzigen Haken!«, rief Rosa aufgeregt, als hätte sie Ruths Gedanken gelesen.

»In den Räumlichkeiten war früher einmal ein Bekleidungsgeschäft, und zwar kein jüdisches«, schob Rosa hastig hinterher. »Der Laden liegt ein Stück entfernt von hier, am Fasanenplatz in Wilmersdorf – ganz in der Nähe vom Ku'damm, ist das nicht fantastisch?« Ihre Stimme überschlug sich fast. »Wir können ihn übermorgen besichtigen!«

Erst langsam drangen Rosas Worte in Ruths Bewusstsein. Konnte es wirklich sein, dass ihre Schwägerin diesmal ein Goldstück gefunden hatte?

Rosa beugte sich über die Theke und senkte verschwörerisch die Stimme.

»Wusstest du«, sagte sie, »dass Heinrich Mann in der Fasanenstraße gewohnt hat? Ha, du wusstest es nicht!«, rief Rosa dann wie ein übermütiges Kind. »Ich dachte mir, dass dir das gefallen würde. Schließlich liebst du diesen Heinrich Mann, so trocken seine Bücher auch sein mögen. Der ›Zauberberg‹ und diese ›Buddenbooks‹ – puh, aber über Geschmäcker …«

»Das war *Thomas* Mann«, korrigierte sie Ruth.

»Egal. Der war da bestimmt mal zu Besuch!« Rosa lächelte ihre Schwägerin gewinnend an und sah schon wieder aus wie ein Hundewelpe.

Jetzt konnte Ruth es nicht mehr unterdrücken: Auch an ihren Lippen hatte ein Lächeln zu zupfen begonnen.

*

Der Laden war perfekt! Genau das, wovon Ruth geträumt hatte! Rosa sah es in Ruths Augen, in ihrer Miene, die so viel weicher geworden war. Als wäre eine Last von ihr abgefallen, als sie die kleine Stufe zu dem Ladengeschäft am Fasanenplatz genommen hatte und in den Verkaufsraum getreten war. Es schien sie nicht einmal allzu sehr aufzuregen, dass der Vermieter vornehmlich mit Georg sprach, den sie sicherheitshalber zur Besichtigung mitgenommen hatten. Das war jetzt schon das zweite Mal, dass er sich aus dem Haus traute, dachte Rosa stolz. Aber diesmal wirkte er weniger verunsichert.

»Und wieso wollen Sie ausgerechnet in diesen Krisenzeiten einen Laden anmieten? Ich beschwer mich ja nicht, was weg ist, ist weg, aber wundern tut's mich schon«, sagte der Vermieter gerade zu dem leicht überforderten Georg.

Rosa musste lächeln. Ihr Schwager räusperte sich und warf Ruth einen hilflosen Blick zu. Die aber war damit beschäftigt, mit fachmännischer Miene die hintere Wand zu begutachten. Vermutlich rechnete sie im Kopf schon aus, wie viele Bücherregale dort hinpassen würden. Mehr als in ihren alten Laden, dachte Rosa zufrieden. Der Raum hatte hohe Decken und war großzügig und offen geschnitten. Vorn gab es, das fand Rosa ganz besonders entzückend, eine Art Podest vor dem kleineren der beiden Schaufenster. Dort ein Sitzarrangement in den luftigen Raum zu stellen würde sicher sehr hübsch aussehen, dachte Rosa. Das Podest strukturierte den Raum und das Sitzarrangement würde dem Ganzen etwas Herrschaftliches verleihen. Man musste natürlich aufpassen, dass der Laden, gerade wegen seiner Größe, nicht ungemütlich wurde. Vielleicht könnte man da etwas mit Farbe machen, wenn es denn welche gäbe…

Jetzt kam Rosa ins Träumen, aber in dem Moment hatte Ruth sich berappelt und sprang Georg bei. Sie erklärte dem Vermieter auf ihre kühle Art, warum Bücher in Krisenzeiten so wichtig seien und dass sie sich für den Laden eine große Zukunft versprächen, wenn die Blockade erst beendet sei und die Wirtschaft in Berlin endlich wieder einen Aufschwung erfahre.

Es klang bei Ruth so, als wäre das ein Naturgesetz, und Rosa sah, dass der Vermieter ihrer Schwägerin immer interessierter lauschte.

Dann wandte er sich wieder an ihren jüngeren Bruder: »Also, Herr Klinger, was sagen Sie, gefällt Ihnen der Laden? Von mir aus können Sie ihn gerne haben.«

»Nun«, Georg warf Ruth einen Blick zu, dann Rosa. Beide nickten. »Wir nehmen ihn«, sagte er und klang mit einem Mal tatsächlich so, als wäre er der Inhaber der Buchhandlung. Da er so groß war, schaute er von oben auf den Vermieter herab und sah dabei ganz geschäftsmäßig aus. »Den Preis würde ich allerdings gern noch einmal nachverhandeln.«

Rosa musste schmunzeln. Ihr war in den letzten Wochen klar geworden, dass sie Georg unterschätzt hatte. Sie hatte ihn immer als Friedrichs unscheinbaren Zwilling gesehen, schüchtern und verträumt. Aber Georg konnte durchaus anders, wenn die Situation es erforderte.

Nach einigem Hin und Her, in das sich schließlich auch Ruth

einmischte, hatten sie sich auf einen Preis geeinigt, und das Geschäft wurde mit einem Handschlag besiegelt, wie es in Berlin üblich war.

»Herr und Frau Klinger«, wandte sich der Vermieter nun sichtlich zufrieden an Georg und Rosa. »Es war mir eine Freude, mit Ihnen Geschäfte zu machen!«

Georg war bei den Worten des Vermieters leicht errötet, korrigierte ihn aber nicht.

Natürlich, dachte Rosa, der Mann musste denken, sie wären verheiratet, Herr und Frau Klinger, schließlich hieß Ruth mit Nachnamen anders. Bei der Vorstellung, sie und Georg wären ein Paar, musste Rosa lächeln – was für eine sonderbare Idee.

Doch kurz darauf verging ihr das Lächeln. Herr und Frau Klinger …

Das hätten Friedrich und sie sein sollen, die hier mit Ruth standen. Und plötzlich fiel Rosa auf, dass sie schon länger nicht mehr an Friedrich gedacht hatte. Sie war so mit der Suche nach einem Laden, mit Georg und Ruth beschäftigt gewesen, dass sie ihren Ehemann vergessen hatte! Ihren Ehemann, an den sie doch jeden Tag einen Gedanken schicken wollte, für den Fall, dass er noch lebte. Wie hatte das nur passieren können?

Rosa biss sich auf die Lippen und nahm nur am Rande wahr, wie Ruth Georg noch die Vorzüge des Lagers in den hinteren Räumen erläuterte. Wie in Trance verließen alle drei schließlich den Laden.

Draußen schüttelten sie dem Vermieter noch einmal die Hand. Rosa bemühte sich, sich nicht anmerken zu lassen, wie schwer ihr das Herz plötzlich geworden war.

Doch dann sah sie das Lächeln in Ruths Gesicht, das Ruth so selten trug und das sie so jung aussehen ließ, wie sie eigentlich war.

Und mit einem Mal wurde Rosa klar, dass sie heute auf keinen Fall traurig sein durfte. Es war ein herrlicher Herbsttag, mit goldenen Blättern, die auf dem Fasanenplatz lagen, und sie hatten gerade einen neuen, einen großen Schritt für ihre Zukunft getan.

Falls Friedrich noch lebte, würde er ihre Unachtsamkeit verzeihen! Das hier war schließlich ein bedeutsamer Moment für seine ganze Familie. Ein Moment, der sie zusammenschweißen würde.

Sie saßen bis spät am Abend in der Küche und schmiedeten Pläne für den neuen Laden. Sogar Elisabeth freute sich, als sie ihr davon erzählten. Und als Rosa dann im Bett lag, war sie sich sicher, dass sie recht gehabt hatte. Dass die ganze Familie jetzt an einem Strang zog, würde Friedrich gefallen. Es war das erste Mal seit dem Krieg, so kam es Rosa vor, dass die Klingers wirklich in eine gemeinsame Zukunft blickten, auch wenn nur noch wenige von ihnen übrig waren.

*

Noch nie in ihrem Leben war Lore so aufgeregt gewesen – zumindest nicht auf diese Art aufgeregt.

Würden die Klingers sie bei sich aufnehmen? Was würde ihr leiblicher Vater sagen, wenn sie an seine Tür klopfte?

Lore schlich schon seit geraumer Zeit im Treppenhaus der Klingers herum und traute sich nicht, an der Wohnungstür zu schellen.

Was, wenn man sie gleich wieder wegschicken würde? Dann wäre ihre ganze Suche umsonst gewesen, die Hoffnung, an die sie sich geklammert, die sie die Einsamkeit hatte erdulden lassen. Was wusste sie schon über Friedrich Klinger und seine Familie? Vielleicht hatten sie ja gar kein Interesse an ihr!

Unten fiel eine Tür ins Schloss und Lore zuckte zusammen. Kurz darauf klackte ein Gehstock auf die Treppen, tock tock tock, und der weiße Schopf eines alten Mannes erschien auf dem Treppenabsatz. Lore fragte sich, ob das vielleicht ihr Vater sein könnte. Aber nein, er war zu alt, das Gesicht des Mannes war runzelig und wettergegerbt. Lore trat zur Seite, damit er an ihr vorbeikam. Doch der Alte musterte sie misstrauisch.

»Junget Fräulein, wat stehste hier rum wie bestellt und nich abjeholt?«

»Ich … also, ich besuche jemanden«, sagte Lore und deutete vage auf die Wohnungstür der Klingers.

»Na, denn mach hin oder mach ’nen Abgang«, grummelte der Mann und humpelte mit seinem Gehstock weiter.

Lore biss sich auf die Lippen.

Na gut, dass sie sich nicht bei dem erkundigt hatte, ob hier die Klingers wohnten. Um ihr Wohnhaus zu finden, hatte sie die ganze Nachbarschaft befragen müssen. Egon, der junge Buchhändler, den sie beim Hamstern getroffen hatte, konnte ihr nämlich nur die Adresse des alten Klinger-Ladens nennen. Von der Ruine mit den zerborstenen Seitenmauern aus hatte sie sich bis hierhin durchgekämpft.

»Klinger«, stand auf einem Messingschild an der Tür.

Na los, feuerte Lore sich selbst an. Klingel schon! Hinter der unscheinbaren Holztür wartete schließlich nichts Geringeres als ihre Zukunft.

Seit sie wusste, dass sie die Klingers nicht nur gefunden hatte, sondern dass sie auch echte Buchhändler waren, konnte sie ihr Glück kaum fassen. Ausgerechnet sie, die Bücher so schätzte und am liebsten den ganzen Tag nichts anderes machen würde als lesen, gehörte zu einer Buchhändlerfamilie!

Lore zögerte nicht länger, sie klingelte.

Hinter der Tür blieb es still, dann meinte sie, Schritte zu hören.

Sie straffte die Schultern und umklammerte den Griff ihres Koffers fester. Gleich würde es so weit sein!

Und tatsächlich, die Tür wurde einen Spaltbreit geöffnet und eine hübsche junge Frau sah ihr entgegen.

»Ja bitte?«

War das etwa ihre Schwester? Die Frau war blond wie Lore, allerdings waren ihre Haare etwas heller als ihre und am Kopf zu einem Kranz geflochten.

»Sind Sie Frau Klinger?«, fragte Lore und wunderte sich selbst, dass ihre Stimme so schüchtern klang. Aber das hier war natürlich auch ein bedeutsamer Moment. Und ihr fiel auf, dass sie sich bei all der Aufregung nicht wirklich darauf vorbereitet hatte. Sollte sie gleich mit der Tür ins Haus fallen? Oder lieber nicht? Die junge Frau, die da vor ihr stand, wusste ja vermutlich nichts von ihr.

»Ja, die bin ich«, sagte die Frau jetzt. »Rosemarie Klinger, aber du kannst mich Rosa nennen.«

Sie strahlte Lore an, als wäre sie ein Gast, den sie schon erwartet hatten, nicht jemand völlig Fremdes, der an diesem Abend einfach vor ihrer Tür stand.

»Ich suche Friedrich Klinger«, sagte Lore tapfer.

Es war wohl am besten, hatte sie beschlossen, wenn sie mit ihrem Vater zunächst unter vier Augen sprach. Sie kannte nur den Brief ihrer Mutter und wusste nicht, wie Friedrich Klinger überhaupt zu ihr stand. Und der Brief ihrer Mutter war nicht nett gewesen … Im Grunde genommen hatte sie darin ja nur Geld gefordert. Vielleicht musste Lore Friedrich Klinger erst beweisen, dass sie anders war als ihre Mutter, dass sie … eine gute Tochter sein könnte.

Aber das Strahlen im Gesicht der jungen Frau namens Rosa war bei ihren Worten verloschen, das Lächeln, das sie jetzt im Gesicht trug, wirkte nur noch höflich.

»Egal, ob du den jungen oder den alten Friedrich Klinger suchst, du wirst sie beide hier nicht finden«, sagte sie.

»Rosa, wer ist da?«, rief eine andere Frauenstimme von hinten.

Rosa öffnete den Mund, um zu antworten, schloss ihn dann aber wieder und schaute zu Lore. »Ja, wer bist du überhaupt?«

»Oh, entschuldige.« Lore streckte der jungen Frau ihre Hand hin. »Mein Name ist Lore Wagner, und ich weiß nicht, ob ich den jungen oder den alten Friedrich Klinger suche, aber auf jeden Fall den, dem die ›Buchhandlung Klinger‹ gehört. Also, *gehört hat*. Vor dem Krieg.«

Sie merkte, dass sich Rosa bei ihren Worten sichtlich entspannte, ihr Lächeln wurde wieder herzlicher.

»Dann meinst du den alten Friedrich Klinger. Aber komm doch einfach kurz herein.«

Rosa trat zur Seite und gab den Blick auf einen dunklen Flur frei. Aus einem Zimmer zur Linken drang ein gelblicher Lichtschein, der Rest der Wohnung lag in Dunkelheit.

Lore folgte Rosa, dem Licht entgegen, das, wie sie feststellte, von drei Kerzen auf einem Küchentisch herrührte, um den eine ganze Familie saß und gerade zu Abend aß. Im Halbdunkel des Zimmers konnte Lore einen jungen Mann erkennen, groß gewachsen und mit dunklem Haar, neben ihm einen kleinen Jungen, der sie neugierig musterte, während ein Butterbrot in beachtlicher Geschwindigkeit in seinem Mund verschwand. Daneben saß eine ältere Dame, die Lore misstrauisch beäugte. Und auf der anderen Seite stand eine junge brünette Frau, die der älteren überaus ähnlich sah. Sie hatte auch die gleichen klaren blauen Augen, Mutter und Tochter, eindeutig.

»Entschuldigung«, stotterte Lore. »Ich sehe ja, dass ich störe, ich kann ein andermal wiederkommen.«

»Ach nein«, sagte Rosa schnell und schob einen Schemel her, den sie an die Ecke des Tisches rückte. »Setz dich doch, wir haben ja noch Platz.«

Das stimmte zwar nicht, aber immerhin war Rosa nett und einladend. Vielleicht gab es ja doch eine Chance, in diese Familie aufgenommen zu werden.

Lore setzte sich. Ihr Blick begegnete dem des kleinen Jungen.

»Du hast einen Männermantel an«, stellte der Junge fest.

»Ja, ich weiß«, erwiderte Lore und zupfte an ihrem Mantelaufschlag. »Ich habe keinen anderen bekommen. Es war so kalt, da musste ich auf dem Schwarzmarkt was tauschen.«

Der Junge nickte fachmännisch. »Ich weiß, wie das ist. Auf dem Schwarzmarkt kriegt man nie, was man will. Tante Rosa hat mal was Selbstgenähtes gegen Margarine getauscht, weil sie einen Kuchen backen wollte. Aber dann war es gar keine Margarine, sondern Wagenschmiere. Ich habe die ganze Nacht gekotzt.«

Dann widmete der kleine Junge sich mit Hingabe seinem zweiten Butterbrot.

»Still, Peter«, ermahnte ihn die ältere Frau. Sie musterte Lore wieder kritisch.

»Also, das ist Lore Wagner. Sie sucht den alten Friedrich, hat sie gesagt«, übernahm Rosa das Wort.

Lore beobachtete angespannt, ob einer der Klingers bei der Erwähnung ihres Namens irgendeine Regung zeigte – vielleicht hatten sie von ihr oder ihrer Mutter bereits gehört?

Aber alle schauten sie nur abwartend an.

»Nun, dann habe ich schlechte Nachrichten für dich, denn unser Vater weilt nicht mehr unter den Lebenden«, sagte die andere junge Frau und schaute Lore mit ihren hellen blauen Augen an.

Lore musste ihre Finger zu Fäusten ballen, um nicht irgendeinen unbedachten Laut von sich zu geben. Ihr Vater war also tot? Mein Gott, die ganze Suche war umsonst gewesen! Sie würde ihn nie kennenlernen.

Jetzt schossen ihr Tränen in die Augen, ihre Kehle fühlte sich trocken an.

Hastig bohrte sie ihre Fingernägel noch fester in ihre Handballen. Sie musste sich beruhigen. Noch war nicht alles verloren. Sie durfte es sich mit ihrer neuen Familie nicht verderben.

»Was wolltest du denn von ihm?«, fragte die junge Frau. Sie klang nüchtern und schien Lores Enttäuschung nicht zu bemerken. Nein, das hier musste ihre Schwester sein, dachte Lore plötzlich.

»Ich … also, meine Mutter kannte ihn«, begann sie langsam.

Die ältere Frau – war das also die Frau ihres Vaters? – setzte sich auf.

»Na, das kann ich mir denken«, murmelte sie, mit Bitterkeit in der Stimme.

Lores Schwester warf der Frau einen warnenden Blick zu, dann schaute sie wieder zu Lore.

Doch der hatte die erste Reaktion der Familie jeden Mut geraubt. Sie spürte, dass sie hier mit ihrer Geschichte nur Abneigung ernten würde. Hatte nicht Friedrich Klinger seine Familie betrogen, indem er mit Lores Mutter eine Liebschaft begann? Ja, das wurde Lore mit einem Mal klar. Warum sollten die Klingers auch nur ansatzweise freundlich reagieren, wenn sie die Wahrheit erzählte?

Aber irgendetwas musste sie sagen, jetzt, wo sie nun einmal hier saß.

»Also, meine Mutter war Schriftstellerin«, hob Lore an und die Worte kullerten aus ihrem Mund, als wären sie nicht eine Mischung aus Wahrheit und Lüge, sondern ihre wirkliche Geschichte. »Und sie kannte Friedrich Klinger von einer Lesung in seiner Buchhandlung, zu der er sie vor vielen Jahren eingeladen hatte. Die beiden blieben lose in Kontakt, und da ich schon immer Buchhändlerin werden wollte, hat er meiner Mutter versprochen, dass ich später bei ihm in die Lehre gehen könnte. Ja, und jetzt bin ich achtzehn, und hier bin ich«, schloss sie, ein wenig atemlos.

Hatte sie unglaubwürdig geklungen? Etwas Besseres war ihr auf die Schnelle nicht eingefallen, zumindest nichts, was der Wahrheit auch nur im Entferntesten entsprach. Sie liebte Bücher ja tatsächlich! Und Buchhändlerin zu werden war ihr Traum.

Doch die Klingers musterten sie nur stumm. Nicht einmal Rosa schien etwas zu sagen zu haben, sie warf der anderen jungen Frau allerdings einen auffordernden Blick zu.

»Ruth?«, fragte sie leise.

Doch die zuckte nur die Schultern.

»Wenn die Zeiten besser wären, könnten wir eine Auszubildende wohl gebrauchen«, sagte sie langsam. »Aber momentan können wir leider keine Angestellten bezahlen.«

Damit schien die Sache für die Frau namens Ruth erledigt zu

sein, denn sie wandte sich dem kleinen Jungen zu und schob ihm ein Glas Milch hin.

»Ich würde auch umsonst arbeiten«, hörte Lore sich selbst sagen.

Ruth schaute sie wieder an, taxierte sie mit ihren kühlen Augen.

»Das geht nicht, das ist unlauter, und unlautere Dinge machen wir nicht«, sagte sie dann kategorisch und brachte Rosa, die den Mund zu einer Erwiderung geöffnet hatte, mit einem strengen Blick zum Schweigen.

»Aber komm ruhig erneut auf uns zu, wenn die Zeiten besser sind«, wandte sich Rosa an Lore.

»Ich sollte besser gehen«, sagte Lore heiser und stand auf. Keine Sekunde länger konnte sie hier sitzen, ohne in Tränen auszubrechen.

»Hast du einen Ort zum Schlafen?«, flüsterte Rosa ihr an der Tür zu. Die junge Frau wirkte ehrlich besorgt, doch selbst das konnte Lore nicht trösten. Sie nickte nur, auch wenn es nicht ganz stimmte.

»Komm doch mal bei uns im Laden vorbei«, sagte Rosa zum Abschied.

Lore schaffte es irgendwie, noch einmal zu nicken. Hinter ihr schloss sich die Tür der Klingers mit einem leisen Klicken. Es war die Tür zu dem, was Lore sich im Leben am meisten gewünscht, was sie sich am meisten erhofft hatte.

Kapitel 4

Winter 1948/1949

Ruths kühnster Traum war wahr geworden. Der neue Laden war einfach fantastisch!

Und jetzt zahlte es sich endlich aus, dass Ruth schon vor Monaten damit begonnen hatte, aus Ladenauflösungen neue Regale zu kaufen und in dem kleinen zusätzlichen Zimmer, das sie in ihrem Wohnhaus auf halber Treppe besaßen, zu bunkern. Sie hatte inzwischen einige davon zum Fasanenplatz bringen lassen, und obwohl ein neuer Anstrich nach wie vor fehlte, konnte sich der Laden schon allmählich sehen lassen: Der Boden war frisch gebohnert, dafür hatte Ruth gesorgt, und glänzte, und die wenigen Regale standen zwar leer, aber in verheißungsvoller Erwartung der Schätze, die sie bald bergen würden, an den Wänden. Sogar eine erste Kiste mit Büchern hatte Ruth schon herbeigeschafft. Das war vielleicht etwas übereilt, aber sie konnte es einfach nicht erwarten, das erste Buch ins Regal zu stellen. Noch betrieben sie den Laden in der Kufsteiner Straße weiter. Bald würden sie ihn aber wieder an Rosas Vater übergeben, der bereits nach neuen Mietern suchte.

Vor der kostbaren Bücherkiste saß jetzt Peter und mampfte eine Tafel Schokolade.

Anfangs war Ruth schockiert gewesen, als sie bemerkt hatte, dass Peter Hersheys Schokolade in seinem Schulranzen versteckte. Einen schrecklichen Moment lang hatte sie befürchtet, ihr Sohn hätte sie in einem dieser PX-Läden für die amerikanischen Besatzungssoldaten geklaut. Dann aber hatte er ihr von »Onkel Wackelflügel« erzählt, einem US-Piloten, den er und seine Freunde kennengelernt hätten, als sie nach der Schule beim Flughafen Tempelhof am Zaun gestanden und den Flugzeugen beim Starten und Landen zugeschaut hätten. Wie so viele Kinder faszinierten auch Peter die brummenden Maschinen.

Der amerikanische Pilot hatte den Kindern versprochen, bei seinem nächsten Anflug Süßigkeiten abzuwerfen. Und als Erkennungszeichen wollte er mit den Flügeln seines Flugzeugs wackeln. Er hatte sein Versprechen gehalten und viele andere Piloten waren seinem Beispiel gefolgt. Mittlerweile hatte die *Operation Little Vittles* den Berliner Kindern schon einige Tonnen Schokolade beschert – eine gute Ablenkung in dem immer kälter werdenden Winter. Neuerdings wurden sogar ganze Kindergruppen mit der sogenannten »Kinder-Luftbrücke« nach Westdeutschland zu Gastfamilien oder Verwandten gebracht, damit sie sich ein wenig vom Alltag der Berliner Blockade erholen konnten. In Westdeutschland war die Nahrungsmittelknappheit nämlich mittlerweile schon fast Geschichte.

»Peter, Vorsicht mit den Fingern!«

Gerade noch rechtzeitig hatte Ruth bemerkt, dass der neugierige Peter mit seinen Schokoladenfingern in den Karton griff. Dabei lag ein besonders kostbares Buchexemplar darin, das auf keinen Fall beschädigt werden durfte. ›Die größere Hoffnung‹ der jungen und talentierten Autorin Ilse Aichinger, veröffentlicht im Amsterdamer Bermann-Fischer Verlag, war nicht leicht zu bekommen gewesen. Und Herr Hagenbrink hatte schon Interesse daran geäußert. So missmutig der alte Mann sonst auch wirkte, er war ein Verehrer guter Literatur.

Vorsichtig zog Ruth den Karton aus dem Weg.

Eigentlich war der leere Laden wirklich kein Ort für Peter. Der hatte inzwischen die Schokolade aufgegessen und kickte das glitzernde Papier, das er zu einer Kugel zusammengerollt hatte, durch den Raum.

Vor dem Fenster rieselten ein paar dicke Schneeflocken auf den Asphalt – der erste Schnee des Jahres. Im Nu war die glitzernde Kugel vergessen und Peter drückte seine Nase am Schaufenster platt.

Ruth warf ebenfalls einen Blick nach draußen. Der Fasanenplatz war heute, an einem Samstag, gut besucht. Pärchen schlenderten Arm in Arm unter den kahlen Bäumen entlang, die rund um den Platz standen, eine Gruppe Kinder rannte lachend über die Wiese in der Mitte. Weihnachten rückte immer näher, und obwohl es in Berlin natürlich nicht allzu viel zu kaufen gab, merkte man hier die Nähe zum Ku'damm, denn auf dem Fasanenplatz tummelten sich zahlreiche Menschen, die auf dem Weg zu den Geschäften dort waren. Allein dadurch würde die neue Klinger'sche Buchhandlung um einiges besser besucht sein als die in der Kufsteiner Straße. Und herrschaftlicher wirkte es hier auch: In der Fasanenstraße standen viele unbeschädigte Häuser und sie war so breit, dass man gleich ein ganz anderes Gefühl hatte. Die Gegend war also perfekt für den Laden. Rosa hatte recht behalten. Und im Sommer würde dieses grüne Stadtviertel mit seinen zahlreichen Bäumen wunderschön aussehen. Gegenüber gab es sogar ein Café, vor dem die Menschen dann sicher sitzen würden, was den Platz noch mehr beleben würde.

Die Ladentür gab ein knarzendes Geräusch von sich. Erst jetzt sah Ruth, dass ihre Mutter vor der Buchhandlung stand. Elisabeth hatte ihren Mantel gegen die Kälte hochgeschlagen und einen dicken Schal um den Hals geschlungen.

»Warte«, Ruth eilte zur Tür und half ihrer Mutter, sie zu öffnen.

Elisabeth hielt sich nicht damit auf, Ruth oder ihren Enkel zu begrüßen. Sie war sofort voll auf den Laden konzentriert und musterte ihn mit strenger Miene.

»Darf ich draußen spielen, Mutti?«

Peter ergriff die Gelegenheit, da die Tür nun ohnehin offen stand. Ein kühler Wind fegte herein, vermischt mit ein paar Schneeflocken.

Ruth nickte geistesabwesend. Es war das erste Mal, dass ihre

Mutter den Laden sah, und für einen kurzen Moment beschlichen sie Zweifel, ob er ihr wohl gefallen würde. Sicher, man merkte auf den ersten Blick, was hier einmal möglich sein würde. Aber perfekt war er natürlich trotzdem nicht.

Nach einer Minute der stummen Musterung sah die ältere Frau zu ihrer Tochter und nickte.

Ruth atmete erleichtert auf.

»Ein Anstrich wäre allerdings nötig«, stellte Elisabeth fest, wie immer mit kühler Stimme. Dann aber sagte sie etwas, das Ruth überraschte: »Das habt ihr gut gemacht, du und Rosa.«

»Danke«, sagte Ruth. Sie wusste sehr wohl, dass der Laden vor allem auf Rosas Kappe ging, doch das schmälerte das Lob ihrer Mutter nicht. Ruth hatte längst eingesehen, dass sie Rosas Hilfe, wenn sie denn sinnvoll war, besser annehmen sollte. Wenn so etwas Gutes dabei herauskam, wäre sie dumm, wenn sie es nicht täte!

Elisabeth trat zum Schaufenster und strich über die Scheibe. Ja, jetzt sah Ruth es auch, da war ein wenig Schimmel in den Fugen, auch darum musste sie sich kümmern. Man konnte aber nicht viel dagegen unternehmen. In Berlin war es zugig und kalt geworden und außerdem feucht. Und heizen konnte man schlecht. Längst waren an mehreren Orten in Berlin Wärmestuben eingerichtet worden, wo sich die Berliner an den Nachmittagen sammelten, denn für die Wohnhäuser reichten die wenigen Kohlen kaum.

Aber Elisabeth schaute gar nicht zum Schimmel, sondern auf den Bürgersteig, wo Peter stand, die Hand ausgestreckt, und sich Schneeflocken auf die Haut rieseln ließ.

»Ist dieses Mädchen noch einmal aufgetaucht?«, fragte sie.

Ruth wusste wegen des beunruhigten Ausdrucks auf Elisabeths Gesicht, von wem ihre Mutter sprach. Sie meinte Lore, die junge Frau, die neulich bei ihnen geklingelt hatte.

»Sie war zweimal im Laden in der Kufsteiner Straße«, erwiderte Ruth.

Elisabeth hatte nach Lores Besuch kein Wort mehr über das Mädchen verloren, aber es war deutlich gewesen, dass ihr die junge Frau nicht geheuer war. Auch Ruth traute seit dem Krieg niemandem mehr, und sie wusste nicht ganz, ob sie dem Mädchen glauben sollte, obwohl es eigentlich harmlos wirkte. Lore war im Laden recht zurückhaltend gewesen, hatte sich die Bücher angeschaut, Fragen gestellt und war wieder gegangen, als sie merkte, dass sie Ruth nicht erweichen konnte, ihr doch noch eine Chance zu geben.

»Sie sucht nur Arbeit.«

Ruth beobachtete Peter, der sich bückte, um das bisschen Schnee, das auf dem Bürgersteig gelandet war, zu einer Kugel zu formen.

»Dein Vater hat mich in so vielem nicht mit einbezogen«, sagte Elisabeth bitter. »Man konnte sich nicht auf ihn verlassen. Das konnte man nie. Ich habe das aber erst spät in unserer Ehe verstanden. Deshalb vertraue ich auch niemandem, der ihn gekannt hat.«

Ruth hatte keine Ahnung, was sie dazu sagen sollte. Sie wusste wenig über die Ehe ihrer Eltern. In ihrer Kindheit und Jugend war Friedrich Klinger immer ein guter Vater für sie gewesen, der sie unterstützte, sie im Laden mitarbeiten ließ, auch wenn er ihren Bruder Friedrich oft vorgezogen hatte. Er hatte sie überredet, Willi Hohmann zu heiraten, nicht nur weil er in ihm einen würdigen Nachfolger für die Buchhandlung sah – Willi war tüchtig und kam aus einer Kaufmannsfamilie –, sondern auch weil Willi Ruth seit ihrer Kindheit ein guter und treuer Freund gewesen war. Und er hatte ihr versprochen, dass sie später den Laden führen würden, sie und Willi, sollte Friedrich, der sich nie recht dafür interessiert hatte, aus irgendeinem Grund darauf verzichten. Es war nicht die Schuld ihres Vaters, dass nichts daraus geworden, dass alles anders gekommen war.

Aber dann hatte sein Verhalten der Familie Maybach gegenüber dafür gesorgt, dass Ruth ihn mit gänzlich neuen Augen sah. Er hatte nichts unternommen, um seinem vermeintlichen Freund zu helfen, er hatte nur zugeschaut wie alle anderen. Wie so viele Buchhändler hatte er die Macht der Worte, die Macht des Wissens nicht für etwas Gutes eingesetzt. Friedrich Klinger hatte sich stattdessen geduckt und geschehen lassen, was geschehen war.

Ruth seufzte.

»Am besten ist es also, dieses Mädchen nicht in der Buchhandlung anfangen zu lassen«, sagte Elisabeth.

»Keine Sorge, Mutter. Wir haben sowieso kein Geld dafür, und wie es aussieht, wird sich das auch so bald nicht ändern.«

Und das stimmte leider wirklich. Statt dass sich die Lage zwischen den Besatzungsmächten allmählich wieder entspannte, hatte sie sich sogar noch weiter zugespitzt. Die Sowjets kontrollierten nun alle Grenzübergänge mit unerbittlicher Härte, und die Wahlen, die in den nächsten Tagen in Berlin stattfinden sollten, waren für die Sowjetzone verboten worden.

Elisabeth nickte und wandte sich von der Fensterscheibe ab.

»Ich nehme Peter mit nach Hause, dann kannst du in Ruhe hier weiterarbeiten«, sagte sie.

Ruth schaute sie überrascht an. Mehr noch als ihr Blick zeigte dieses Angebot, dass Elisabeth ihre neuen Geschäftsräume guthieß und ebenfalls glaubte, dass daraus etwas werden konnte. Warmer Stolz erfüllte Ruth.

Ihre Mutter schlang den Mantel enger um sich und griff nach der Türklinke.

»Die Tür musst du dringend reparieren«, sagte sie streng.

Kurz darauf war Ruth allein im Laden. Zufrieden sah sie sich um. Es war so weit. Sie würde nun das erste Buch ins Regal stellen.

*

Noch vor Monaten hätte Rosa das nicht einmal zu träumen gewagt. Doch jetzt war es wirklich wahr: Hier saß sie, umgeben von flackerndem Kerzenschein, lauschte der Jazzband auf der Bühne und sah dabei zu, wie Georg mit den Beinen wippte. Sie hatte sich schon gewundert, dass es gar nicht so schwierig gewesen war, ihn zu diesem Ausflug zu überreden. Dabei hatte sie sich auf eine lange Diskussion eingestellt, als sie ihm vorschlug, sich einmal diese neue Jazzkneipe »Die Badewanne« anzusehen. Er hatte sofort zugesagt und jetzt wusste sie auch, wieso. Seine Wangen waren leicht gerötet, sein Haar zerzaust und er konnte seinen Blick kaum von der Bühne abwenden. Er schien Jazz wirklich zu mögen.

Obwohl Rosa selbst diese Musik zunächst ja eher als unmelodisch empfunden hatte, gefiel sie ihr nun ebenfalls. Der Klang des Saxofons war warm und schmolz förmlich in ihr Herz, der Kerzenschein, die leuchtenden Augen der Menschen und die ausgelassene Stimmung der tanzenden Paare, das alles hatte etwas so Heiteres und Unbeschwertes, dass auch Rosa sich ganz leicht und warm fühlte.

Dabei hatte sie in den letzten Tagen immer wieder so einen melancholischen Anflug verspürt. Das hatte angefangen, als ihr klar geworden war, wie sehr sie bereits begonnen hatte, ihren Friedrich zu vergessen. Es war so lange her, dass sie ihn gesehen, dass sie ihn gekannt hatte, da war es vermutlich normal, dass sie nicht mehr jeden Tag an ihn dachte. Das schmerzte. Er sollte jetzt hier sein, hier mit ihr und seinem Bruder.

Stattdessen war er irgendwo verschwunden oder tot – auch wenn Rosa das noch immer nicht glauben konnte.

Jedenfalls hatte sie plötzlich den Einfall gehabt, Georg zum Ausgehen zu überreden. Und jetzt saß sie hier und hatte tatsächlich endlich ein besseres Gefühl. Auch wenn sie an Friedrich dachte.

Die Jazzband auf der kleinen Bühne kündigte eine kurze Pause an.

»Soll ich uns noch was zu trinken holen?«

Georg hatte sich auf seinem Stuhl zu Rosa gedreht. Das Licht der Kerze, die auf ihrem Tisch stand, flackerte in seinen Augen.

»Auf jeden Fall!«

Alkolat schmeckte gar nicht schlecht, wie Rosa festgestellt hatte.

Natürlich, ein echtes Bier war das nicht, aber sie mochte eigentlich alles, was süß war. Und von dem Getränk fühlte sie sich angenehm erhitzt. Das und der Zigarettenrauch, der in der Luft schwebte, machte sie ein bisschen schwindelig, auf eine wohlige Art und Weise.

Schon war Georg zurück und stellte ihr ein großes Glas vor die Nase, gefüllt mit einer trüben Flüssigkeit. Leise ließ er sein Glas gegen ihres klirren, es war fast nicht zu hören bei all dem Stimmengewirr. Sie tranken beide einen Schluck und schwiegen. Aber es war kein unangenehmes Schweigen. Es war, wie sie neulich schon festgestellt hatte: Zwischen Georg und ihr reifte eine echte Freundschaft, da konnte man auch einmal seinen Gedanken nachhängen, ohne reden zu müssen. Das war eine neue Erfahrung für Rosa. Mit ihren Freundinnen plauderte sie meist einfach drauflos, wenn sie zum Beispiel gemeinsam in einem Café saßen.

»Es ist toll, mal wieder auszugehen«, sagte Georg schließlich. »In den letzten Jahren habe ich viel Zeit in Kneipen wie dieser verbracht. Oder einfach auf der Straße, beim Rumstromern«, fügte er hinzu.

»Ich hätte dich gar nicht für einen Kneipengänger gehalten«, erwiderte Rosa überrascht. Sie hatte sich immer gefragt, wohin Georg jede Nacht verschwand – aber dass er allein in irgendeiner Kneipe dem Alkohol frönte, das passte gar nicht zu ihm.

Georg schüttelte den Kopf, auf seinem Gesicht lag ein Lächeln.

»Nicht so, wie du jetzt denkst. Ich mag die Gesellschaft, Menschen um mich herum, die ich beobachten kann, ohne dass mich jemand bedrängt oder Ansprüche an mich stellt. Dann bin ich dabei und doch nicht dabei.«

Das klang schon eher nach Georg.

»Ich habe alles, was ich gesehen habe, aufgeschrieben«, fügte er hinzu. »Ich weiß, das ist vielleicht nutzlos, aber so hatte ich das Gefühl, ich könnte wenigstens irgendwie an der Welt teilhaben, auf meine Art.«

»Das ist doch nicht nutzlos!«, widersprach Rosa vehement. »Du kommst aus einer Buchhändlerfamilie! Wie kannst du da denken, dass es keinen Sinn machen würde, etwas aufzuschreiben?«

Georg zuckte die Schultern. »Meine Familie ist eher zupackend. Du kennst ja Ruth. Und unser Vater war genauso. Mit meinen Träumereien konnte noch nie jemand so recht etwas anfangen.«

»Nun, ich schon«, erwiderte Rosa. Eigentlich hatte sie es nur gesagt, um ihn aufzuheitern. Aber jetzt merkte sie, dass es tatsächlich stimmte. Sie war überzeugt davon, dass Georg auf seine ruhige Art einiges Interessante zu sagen hatte. »Du bist sicher ein guter Schriftsteller.«

Georg schaute verlegen auf den Tisch.

Es war schade, dachte Rosa, dass er so unsicher war und selbst nicht glaubte, dass er ein guter Schriftsteller sein könnte. Ob Friedrich wohl Verständnis für seinen etwas ungewöhnlichen Bruder gehabt hatte?

Rosa wusste überhaupt nichts über das Verhältnis der beiden Brüder. So gemein es vielleicht klang, aber weder sie noch Friedrich hatten sich damals groß um Georg geschert – völlig zu Unrecht, wie sie jetzt wusste!

»Woran denkst du?« Georg schaute sie an. Es war so dunkel hier, dass seine Haare fast schwarz wirkten.

»An Friedrich«, gab Rosa zu. Jetzt, wo sie so offen sprachen, sah sie keinen Grund, nicht freiheraus zu sagen, was sie dachte. Vielleicht bildete sie es sich nur ein, aber es wirkte, als würde Georg leicht zusammenzucken.

»Denkst du … denkst du auch manchmal noch an ihn?«, fragte Rosa vorsichtig.

Doch Georg sah nicht aus, als hätte er darauf eine besonders gute Antwort. Er schaute sie nur weiter an, während im Hintergrund eine Gruppe Mädchen lachte.

»Ja natürlich«, sagte er dann zögerlich.

»Und glaubst du«, Rosa musste vor ihrer nächsten Frage tief durchatmen, »glaubst du, du würdest merken, wenn er … nicht mehr da wäre? Weil ihr doch Zwillinge seid. Meinst du, du würdest es spüren, wenn er …«

»Wenn er tot wäre?«, vervollständigte Georg ihren Satz. Er runzelte die Stirn und seine Hand wanderte unruhig zu der Kerze in der Mitte des Tisches.

»Ehrlich gesagt«, er zögerte, »die Antwort ist Nein. Ich habe vor langer Zeit aufgehört, irgendetwas zu spüren. Erst jetzt kommt es mir so vor, als würde ich langsam wieder aufwachen. Als hätte ich geschlafen, die ganze Zeit. Aber von Friedrich … Ich wünschte, ich könnte dir irgendetwas dazu sagen, Rosa, aber das kann ich nicht. Selbst wenn ich in den letzten Jahren etwas mehr bei mir gewesen wäre. Er und ich, wir hatten nie ein enges Verhältnis. Solche Zwillinge, wie du es dir vielleicht vorstellst, waren wir nicht.«

»Das weiß ich doch«, beeilte sich Rosa zu sagen. »Ihr seid ja so unterschiedlich gewesen.«

»Das stimmt.« Georg sah mit einem Mal verschlossen aus, als hätte ein unangenehmer Gedanke ihn gestreift. Rosa dachte schon, er würde jetzt bestimmt das Thema wechseln, stattdessen sagte er: »Ich war mit vielem nicht einverstanden, was Friedrich gedacht und getan hat, und er wiederum konnte mit mir nicht viel anfangen.«

Rosa wusste nicht so recht, was sie dazu sagen sollte.

»Womit warst du nicht einverstanden?«, fragte sie schließlich doch. Aus irgendeinem Grund war sie sich aber nicht sicher, ob sie die Antwort überhaupt wissen wollte.

»Zu dir war er bestimmt anders«, sagte Georg ausweichend. »Und es ist ja auch lange her. Lass uns nicht weiter darüber sprechen, das verdirbt uns sonst den Abend.«

Da mochte er recht haben. Rosa hatte das Gefühl, dass die Stimmung an ihrem Tisch irgendwie angespannt geworden war. Da kam es gerade sehr gelegen, dass die Band wieder zu spielen begann.

»Na gut«, sagte Rosa. »Wenn das so ist, musst du aber mit mir tanzen.«

Georg warf einen Blick zur Tanzfläche, dann zu Rosa. Sein Gesichtsausdruck war köstlich.

»Bitte nicht!«, stöhnte er. »Dann lass uns lieber weiter über unangenehme Dinge sprechen.«

»Tja, zu spät.« Rosa grinste. Sie stand bereits und streckte Georg ihre Hand entgegen.

Er schaute sie so gequält an, dass sie noch breiter grinsen musste. »Na komm!« Sie wedelte auffordernd mit ihrer Hand vor seinem Gesicht herum.

Und tatsächlich, mit einem übertriebenen Ächzen erhob er sich und ließ es zu, dass sie seine Hand nahm und ihn ins Gedränge zog.

Die Musik war jetzt viel tanzbarer geworden als zuvor. Der Saxofonist spielte nicht mehr weich und schmelzend, sondern blies sich beinahe die Seele aus dem Leib. Der Rhythmus fuhr einem direkt in die Beine. Die Tanzfläche – eigentlich waren nur ein paar Tische zur Seite geschoben worden – war brechend voll. Rosa begann sofort, schwungvoll zu wippen, sie konnte gar nicht anders, und auch Georg zappelte unruhig herum.

Rosa lächelte in sich hinein. Vermutlich sahen sie merkwürdig aus, jetzt, wo sie seine Hand zum Tanzen auf ihre Taille legte. Er war so viel größer als sie und wirkte verlegen und unsicher. Wahrscheinlich konnte er gar nicht tanzen. Aber das machte nichts.

Rosa begann einfach, sich zu bewegen, drängte ihn sanft nach links und rechts, zog ihn vor und zurück. Und obwohl er dabei fast über seine Füße stolperte, bemühte er sich, ihr zu folgen. Im schummrigen Licht konnte sie nicht viel sehen. Aber dass seine Wangen gerötet waren, schon. Seine Lippen hatte er konzentriert zusammengepresst. Er sah furchtbar niedlich aus.

»Du musst dich nicht so anstrengen, mach einfach irgendwas«, rief Rosa ihm über die Musik hinweg zu.

Und tatsächlich, nachdem das erste Lied geendet hatte, wurde er etwas lockerer. Er führte sie sogar in eine etwas ungeschickte Drehung und Rosa wirbelte lachend herum.

Sie hatte viel zu lange nicht mehr getanzt!

Jetzt begann auch Georg, sichtlich Spaß an der Sache zu entwickeln. Mit einem jungenhaften Grinsen im Gesicht drehte er sie immer weiter im Kreis herum und schwang seine Beine. Nicht nur einmal stießen sie fast mit einem anderen Pärchen zusammen. Aber die Blicke der anderen waren Rosa egal. Sie tanzte so schnell, dass alle Farben vor ihren Augen verschwammen und dass sie nur noch ihr eigenes Lachen spürte, wie es in ihrer Brust blubberte.

Überrascht schaute sie auf, als die Band ihr letztes Lied ankündigte. War es schon so spät?

Georg und sie atmeten vom vielen Tanzen noch immer schwer, als eine langsamere Melodie einsetzte.

»Den letzten Tanz nehmen wir auch noch mit«, entschied Rosa und legte Georgs Hand wieder auf ihre Hüfte. Für einen schwungvollen Tanz war dieses Lied nicht geeignet. Sie wiegten sich einfach hin und her.

Es fühlte sich schön an, so mit Georg zu tanzen. So ausgelassen er sich eben noch dem Rhythmus hingegeben hatte, jetzt war auch er ganz ruhig. Aus den Augenwinkeln nahm Rosa wahr, dass sich die Kneipe allmählich leerte. Nur drei andere Pärchen tanzten noch hier, in der Mitte der »Badewanne«, zur sanften Musik.

Es musste wirklich schon spät sein. Und so fühlte sich Rosa auch: wie in einem Traum, irgendwie unwirklich und ein wenig so, als würde sie schweben.

Georgs Augen leuchteten. Sie lächelte und er lächelte zurück. So gelöst, so offen hatte sie ihn noch nie erlebt. Wenn das kein gutes Zeichen für dieses neue Jahr war, das vor wenigen Tagen erst begonnen hatte!

»Ich würde gern mal etwas von dir lesen«, sagte Rosa.

Georg wurde rot, wandte sich aber nicht ab wie sonst immer, wenn ihm etwas unangenehm war.

»Wenn du das wirklich willst«, antwortete er leise.

»Aber klar!« Rosa war vielleicht nicht ganz so büchervernarrt wie Ruth, aber das hieß nicht, dass sie es nicht ab und zu genoss, zwischen den Deckeln eines Buches abzutauchen. »Ich kann mir nicht vorstellen, dass irgendetwas, was du schreibst, mir nicht gefallen würde.«

Vielleicht war es das Licht der Kerzen, jedenfalls hatte Rosa das Gefühl, dass Georgs Augen heller leuchteten. Auch sein Griff um ihre Taille war fester geworden.

Leiser Applaus erklang, und erst da merkte Rosa, dass das Lied schon vorbei war. Georg ließ sie los.

»Wir sollten wohl besser nach Hause«, sagte er, die Tanzfläche war inzwischen leer.

Wieso nur war die Stimmung zwischen ihnen auf einmal so betreten?

Rosa hatte das Gefühl, sie wären beide aus einem tiefen Schlaf erwacht und wüssten nun nicht, wie sie mit dem Wachsein umgehen sollten.

Schweigend holte Georg ihre Mäntel von der Garderobe.

Draußen war es bitterkalt. Doch die frische Luft kühlte Rosas erhitzte Wangen.

»Vielleicht gibt es Strom, wenn wir zu Hause sind«, sagte sie, als sie auf die Nürnberger Straße hinaustraten.

»Vielleicht«, murmelte Georg. »Dann könnte ich noch etwas schreiben.«

»Über unseren Ausflug?«, fragte Rosa neugierig. Sie zitterte in der Kälte und überlegte, sich bei Georg unterzuhaken. Aber er wirkte schon wieder etwas verschlossener.

Er schaute sie an, ein leichtes Lächeln auf dem Gesicht. »Unbedingt!«

Und dieses Lächeln zwischen ihnen machte die merkwürdige Stimmung von eben schnell wieder vergessen.

*

Lore sah sich unsicher in der Buchhandlung um. Sie hatte nicht damit gerechnet, dass Rosa und Ruth sie hineinbitten würden, und jetzt stand sie hier, inmitten von einigen unausgepackten Kisten, und fühlte sich etwas befangen. Streng genommen war es Rosa gewesen, die sie hereingebeten hatte. Lore hatte sich den neuen Laden der Klingers nur kurz von außen anschauen wollen, aber Rosa hatte sie vor dem Schaufenster stehen sehen und sie gleich herzlich nach drinnen eingeladen.

»Ich will nicht stören«, hatte Lore gestottert, aber Rosa hatte strahlend abgewinkt.

»Ach was, du kannst sagen, wie du es findest, eine weitere Meinung ist immer gut«, hatte sie gezwitschert und Lore die Tür aufgehalten.

Ruth schien nicht ganz so begeistert über den unerwarteten Besuch. Sie schaute misstrauisch zu ihnen herüber, als Rosa ihren Gast nun herumführte.

»Und hier kommt dann unser Sesselarrangement hin«, erklärte Rosa und zeigte auf eine kleine Erhöhung vor dem rechten Schaufenster. »Aber Ruth und ich können uns nicht einigen, wie die Sessel aussehen sollen. Ruth möchte einen von den alten, die wir bereits haben, dazukaufen. Aber das passt doch gar nicht mehr in diese Zeit! Plüschsessel! Ich denke, leicht und klar strukturiert, das wird jetzt modern sein. Und Farben! Etwas Helles, etwas Frisches! Nicht so schwere dunkle Farben. Was ist gegen modern einzuwenden, Ruth?«, wandte sich Rosa nun an die andere Frau.

Ruth packte gerade eine Kiste Bücher aus und schaute unwillig zu ihnen herüber.

Ihre Schwester, schoss es Lore wieder durch den Kopf. Sie versuchte, Ruth unauffällig zu mustern, während sich diese einen kurzen Schlagabtausch mit Rosa lieferte. Ruth sah Lore überhaupt nicht ähnlich. Sie waren beide groß gewachsen, aber im Gegensatz zu Lore war Ruth eher kräftig gebaut. Sie hatte ein rundliches Gesicht, aus dem ihre blauen Augen hervorstachen und in dem eine gewisse Strenge lag. Und ihre Haare waren kastanienbraun.

»Also, was denkst du, Lore, wer hat recht, Ruth oder ich?«, fragte Rosa und Lore zuckte zusammen.

»Ich weiß nicht«, erwiderte sie überrascht. »Ich denke, alles ist gut, was einladend wirkt. Wenn es zu edel aussieht, fühlen sich manche Leute vielleicht ausgeschlossen, und dann trauen sie sich gar nicht in den Buchladen hinein. So geht es mir zumindest oft«, fügte sie hinzu.

Und nicht nur ihr. Auch Erika und Helga, die beiden Schwestern, bei denen Lore im Augenblick noch wohnte, mochten Bücher, würden eine Buchhandlung aber nur ungern betreten. Buchläden haftete noch immer etwas Elitäres an. Dorthinein ging nur, wer sich die teuren Bücher leisten konnte. Aber die Verlage boten inzwischen ja immer wieder günstigere Bücher an. Dennoch hielt sich das Vorurteil hartnäckig, Bücher seien nur für reiche Leute und sowieso keine passende Beschäftigung für die arbeitende Bevölkerung. Dabei gab es doch nichts Besseres als Lesen!

Während Rosa bei Lores Worten nachdenklich genickt hatte, schaute Ruth sie nur unbewegt an.

»Ich denke, man sollte Literatur für alle Bevölkerungsschichten anbieten«, fuhr Lore tapfer fort. »Für Kinder, aber auch für ärmere Leute. Und am besten ganz unterschiedliche Literatur, den wirklich ernsten Stoff genauso wie Ramschhefte. Damit einfach für jeden etwas dabei ist. Aber ich kenne mich ja nicht so gut damit aus«, fügte sie schnell hinzu, als Ruth empört schnaubte.

»Na, Kinderbücher findest du doch auch wichtig, Ruth, oder?«, sagte Rosa beschwichtigend.

»Und was liest du so?«, fragte Ruth die fremde junge Frau nach einem kurzen Moment des Schweigens. Lore hatte sofort das unangenehme Gefühl, dass Ruth sie prüfen wollte. Ihre blauen Augen fixierten sie regelrecht.

Schnell ließ Lore den Blick über das bereits fertig bestückte Regal hinter Ruth schweifen. Und tatsächlich, sie fand sofort einen vertrauten Buchrücken.

»›Die Hundeblume‹ habe ich erst vor Kurzem gelesen«, sagte Lore und zeigte auf die Prosasammlung von Wolfgang Borchert.

Ihre Freundin Erika hatte vor einigen Monaten tatsächlich einmal eine Buchhandlung betreten – und war prompt falsch beraten worden. Zumindest empfand sie es so, da sie eigentlich am liebsten Abenteuerromane oder Romanzen wie ›Vom Winde verweht‹ las und stattdessen mit dem Erzählband von Borchert nach Hause gekommen war. »Das ist doch nicht spannend. Ein echter Fehlkauf«, hatte Erika genörgelt. »Was für langweilige, deprimierende Geschichten!«

Lore aber hatte das Buch verschlungen und inzwischen bereits mehrfach gelesen. Es spiegelte genau ihre Gefühle wider. Es war, als hätte dieser Borchert ihrem Innersten eine Stimme gegeben.

»Wir sind die Generation ohne Bindung und ohne Tiefe. Unsere Tiefe ist Abgrund. Wir sind die Generation ohne Glück, ohne Heimat und ohne Abschied. Unsere Sonne ist schmal, unsere Liebe grausam und unsere Jugend ist ohne Jugend«, zitierte Lore aus dem Kopf. »Ich fand es großartig!«, fügte sie noch hinzu.

Ruth nickte, sie schien zufriedener als zuvor. »Du verstehst also durchaus etwas von Literatur. Ich war auch sehr angetan von den Erzählungen. Es gibt noch einen weiteren Erzählband von Borchert, aber den haben wir leider nicht da. Wenn der Laden wieder läuft, werde ich das Buch für dich bestellen.«

»Das ist … sehr nett«, sagte Lore und wägte ihre nächsten Worte gut ab. »Ich habe allerdings nicht genug Geld für ein Buch. Ich bin noch immer arbeitslos.«

Es war ihr unangenehm, das einzugestehen. Dabei hatte sie überall gesucht. Aber selbst die Bügeleisenfabrik, in der die Schwestern arbeiteten und die zurzeit gar nicht schlecht lief, da die Luftbrücke jetzt auch Produkte gen Westen transportierte, die sich dort großer Beliebtheit erfreuten, konnte gerade keine neuen Arbeiterinnen gebrauchen. Und Helgas und Erikas Mutter beharrte darauf, einen zahlungskräftigeren Untermieter aufzunehmen, als Lore es war ... Sie steckte also wieder einmal in Schwierigkeiten, und die Anschaffung neuer Bücher stand ganz gewiss nicht auf ihrem Programm, so traurig das auch war.

In Rosas Augen sah sie Mitleid aufleuchten. Ruth nickte nur schlicht.

Da klopfte es von außen an die Fensterscheibe und alle drei Frauen sahen gleichzeitig auf die Straße.

Lores Herz setzte kurz aus: Vor dem Fenster stand Robert in seiner GI-Uniform und winkte ihnen zu.

»Kennst du diesen Herrn?«, fragte Rosa.

»Ich ...«

Wie sollte sie das leugnen? Robert fixierte sie durch die Fensterscheibe. Jetzt bedeutete er ihr, dass sie nach draußen kommen solle.

Lores Handflächen fühlten sich schwitzig an, aber sie bemühte sich, den Klingers gegenüber nicht durchscheinen zu lassen, wie unangenehm ihr das alles war. Wieso musste er hier auftauchen? Welch unglücklicher Zufall das war! Sie hatte so gebetet, dass sie ihm nie wieder begegnen würde.

»Oh, ein alter Bekannter vom Schwarzmarkt«, sagte sie leichthin. »Ich werde ihn fragen, was er will. Vielen Dank, dass ihr mir euren Laden gezeigt habt! Ich freue mich schon auf die Eröffnung.«

Sie zwang sich, den beiden noch ein Lächeln zuzuwerfen und möglichst gelassen zur Ladentür zu schlendern. In den Taschen ihres Mantels waren die Hände allerdings zu Fäusten geballt und ihre Knie fühlten sich zittrig an.

Schnell schloss sie die Ladentür hinter sich und trat ein paar Schritte auf den Fasanenplatz hinaus. Jetzt musste sie sich wohl der Unterhaltung mit Robert stellen. Wenn sie wieder wegrannte, würde das vor Ruth und Rosa sehr merkwürdig wirken.

Lore konnte Roberts Gesichtsausdruck schwer einschätzen, als er sie anschaute. Instinktiv verschränkte sie die Arme vor der Brust.

»Ich habe dich überall gesucht«, sagte er und kam einen Schritt auf sie zu, ehe er unsicher stehen blieb.

Sie sahen einander schweigend an.

»Es tut mir furchtbar leid«, gab sich Lore schließlich einen Ruck. Es war wie ein Pflaster abreißen. »Du hast bestimmt gemerkt, dass ich etwas von deinem Geld genommen habe. Aber ehrlich, ich wollte das nicht! Ich weiß nicht, warum ich es getan habe. So bin ich normalerweise nicht und ich schäme mich furchtbar dafür.«

Robert hob die Hand, um ihren Redefluss zu unterbrechen.

»Ist schon okay«, sagte er.

»Okay?«, fragte Lore verblüfft. Wie konnte das in Ordnung sein, was sie getan hatte? Nervös biss sie sich auf ihre Lippe. Aber tatsächlich, er wirkte überhaupt nicht wütend.

»Ich weiß, du hast es nicht böse gemeint. Du warst in Not, das waren wir alle mal. Glaub mir, mir haben Leute schon ganz andere Dinge gestohlen«, sagte Robert.

»Was denn?«, fragte Lore misstrauisch.

»Na ja, sagen wir mal so, wer tief schläft, dem kann man beinahe alles unter dem Hintern wegklauen.« Roberts Augen blitzten auf. »Alles, bis auf die Unterhose!«

»Ehrlich?«

»Okay, das war bei uns in der Kaserne und ein Spaß unter Kumpels, aber trotzdem …«, gab er dann zu. »Du musst dir jedenfalls keine Sorgen machen, ich bin dir nicht böse. Schwamm drüber, wie ihr Deutschen sagt.«

Lore trat unsicher von einem Bein auf das andere. Sie wusste nicht, wie sie mit dieser Situation umgehen sollte. Wenn er nicht wütend war, was wollte er dann von ihr? Irgendetwas musste er schließlich wollen, oder etwa nicht?

Aus dem Augenwinkel sah sie, dass Rosa sie durch das Schaufenster beobachtete. Ruth war schon wieder mit den Büchern beschäftigt.

»Warum bist du mir dann gefolgt?«, fragte Lore schließlich.

»Na, um dir zu sagen, wo du die Klingers finden kannst. Aber du hast es ja schon selbst herausgefunden.« Robert zeigte lächelnd auf den Laden. »Und wenn ich ehrlich bin, wollte ich dich einfach wiedersehen«, fügte er dann noch verlegen hinzu.

Das war schmeichelhaft, aber die Dinge hatten sich aus Lores Perspektive nicht geändert: Sie hatte kein Interesse an einem Amerikaner. Was wohl Ruth und Rosa dachten, wenn sie sie hier so stehen sahen? Hoffentlich vermuteten sie nicht dasselbe wie alle anderen! Lore, das Ami-Flittchen. Mit einem gut zehn Jahre älteren Amerikaner. Was hatte sie mit so einem wohl zu besprechen? Und dann schaute er sie auch noch so freundlich an …

Sie trat noch einen Schritt von ihm weg. Robert war inzwischen wieder ernst geworden.

»Ehrlich«, sagte er leise. »Wenn du in Schwierigkeiten bist, helfe ich dir gerne.«

»Ich bin nicht in Schwierigkeiten«, erwiderte Lore mürrisch.

Dabei stimmte das gar nicht … Wo sollte sie unterkommen, wenn die beiden Schwestern ihre Mutter nicht mehr milde stimmten? Wo sollte sie Arbeit finden? Es gab so viele drängende Fragen, dass »Schwierigkeiten« ein viel zu schwaches Wort dafür war.

»Ich möchte dir helfen«, wiederholte Robert. »Hier, nimm bitte wenigstens meine Adresse.«

Er hielt ihr einen Zettel hin, den Lore widerstrebend entgegennahm. »Komm vorbei, wenn du was brauchst. Ich könnte … ich könnte dir sogar einen Job verschaffen, denke ich.«

»Das ist nett, aber mir geht es wirklich gut«, antwortete Lore und in diesem Moment fiel ihr auf, dass Rosa in der geöffneten Ladentür lehnte. Wie lange stand sie dort schon? Hoffentlich hatte sie nicht alles mit angehört!

Robert schien Lores veränderte Haltung zu bemerken.

»Hat mich gefreut, dich wiederzusehen«, sagte er und hob die Hand. »Melde dich – jederzeit.«

Und dann ging er mit einem kurzen Nicken in Rosas Richtung einfach davon. Erst als er in die nächste Straße einbog, atmete Lore auf.

Doch die Erleichterung währte nur kurz, denn schon stand Rosa neben ihr.

»Bist du in Schwierigkeiten, Lore?«

Dass jeder ihr heute diese Frage stellte! Als stünde es ihr auf der Stirn geschrieben.

»Nein, alles ist gut«, wehrte Lore ab.

Aber Rosa sah sie nur mitleidig an.

»Komm noch mal rein, hier ist es ja viel zu kalt«, bestimmte Rosa und zog sie mit sich.

Im Laden der Klingers fühlte Lore sich noch beklommener als zuvor.

*

»Ich denke, das ist eine gute Entscheidung«, sagte Rosa und schaute Ruth mit beinahe strenger Miene an, so wenig streng sie auch sonst wirkte. Aber Ruth würde ihre Meinung nicht ändern, sie war ja kein Unmensch! Es war in Ordnung, dass das junge Mädchen, das so unbedingt Buchhändlerin werden wollte und neuerdings ständig bei ihnen auftauchte, vorübergehend in ihrem zusätzlichen Zimmer wohnte. Das Zimmer auf halber Treppe – ohne Küche und ohne Bad, dafür musste sie die Toilette im Treppenhaus benutzen – stand jetzt, wo sie es als Lager nicht mehr brauchten, sowieso leer.

Rosa hatte es einfach nicht über sich gebracht, Lore auf die Straße zu setzen, nachdem sie ihnen von ihrer Situation erzählt hatte: Sie war mutter-, wohnungs- und arbeitslos in Berlin, was definitiv zu viel für Rosas weiches Herz gewesen war. Sie hatte gar nicht anders gekonnt, als Lore sofort jede Hilfe anzubieten, die die Klingers auch nur aufbringen konnten, und auch Ruth davon überzeugt, dass man dem Mädchen helfen sollte.

Aber Lore war nicht sofort auf Rosas Angebot eingegangen. Sie schien zäh zu sein, etwas, das Ruth unweigerlich Respekt abnötigte: Das Mädchen hatte unumwunden abgelehnt und sich davongemacht.

Ein paar Wochen später allerdings war Rosa ihr abermals auf der Straße begegnet, Lore war durch die Gegend gestromert, offensichtlich ohne Bleibe. Da hatte Rosa das Mädchen wieder zu ihnen eingeladen und Lore hatte endlich zugestimmt.

Jetzt standen Rosa und Ruth in dem kargen Gästezimmer und schauten sich um. Es war nicht gerade eine gemütliche Unterkunft, aber besser als nichts. Daran ließ sich nun kaum mehr etwas ändern, Lore würde jeden Moment hier auftauchen.

»Ich werde ihr noch eine Decke raussuchen«, murmelte Rosa vor sich hin. »Hier ist es echt kalt.«

Es war tatsächlich ein bitterkalter Winter und den Menschen in der Stadt ging allmählich das Brennmaterial aus. Stadtbäume wurden abgeholzt und Parkbänke geklaut, während die Bahnen nach Grunewald immer voll waren, wo die Berliner Holz sammelten. Und nach wie vor verkrochen sich viele in die Wärmestuben, die überall in Berlin eingerichtet worden waren. Auch wenn es selbst dort nicht gerade kuschelig war. Ingrid, die Mutter von Peters Freund Lutz, hatte berichtet, dass im Amerika-Haus, einer der Zehlendorfer Wärmestuben, neulich so wenig Kohle vorhanden gewesen war, dass man kurzerhand den ›Zauberberg‹ von Thomas Mann wie ein Stück Presskohle in den Ofen geschoben hatte. Tiefer konnte man wahrlich nicht sinken!, dachte Ruth bitter.

Ingrid arbeitete in ihrer Ostberliner Bäckerei doppelte Schichten, um wenigstens mit den dortigen Essensrationen über den Winter zu kommen. Andere bissen einfach die Zähne zusammen. Doch etliche Berliner waren in diesem Winter bereits verhungert oder erfroren.

Gleichzeitig herrschte weiterhin große Hoffnung und die Nachrichten aus Westdeutschland gaben auch guten Grund dazu: Wenn die Blockade erst einmal überstanden wäre, würde sicher alles besser werden.

Erst vor Kurzem hatte in der Charlottenburger Soorstraße eine Filiale des Wolfsburger Volkswagenwerkes aufgemacht. Drei »Käfer« waren mit der Luftbrücke zur Ansicht nach Berlin geschafft worden – ein ziemlich verrücktes Unterfangen, wenn man bedachte, dass Kohle eigentlich viel notwendiger war. Und doch waren die Berliner über diesen Vorboten des Wohlstands begeistert. In der ersten Woche nach der Filialeröffnung gingen bereits tausend Bestellungen ein!

Auch für die Klinger'sche Buchhandlung waren das gute Nachrichten. Wenn die Leute genug Geld für ein Auto hatten – dann würden sie ja wohl auch Bücher kaufen! Ruth hatte gemeinsam mit Rosa beschlossen, dass sie ihren neuen Laden bald eröffnen wollten. Er war schließlich fast fertig renoviert. Wenn Ruth daran dachte, dass es wirklich in Kürze so weit sein würde, schlug ihr Herz vor Aufregung höher.

»Ruth?« Georg klopfte an der schlichten Holztür, die das kleine Gästezimmer vom Treppenhaus trennte, und streckte seinen Kopf herein.

Ihr Bruder war so groß, dass er kaum durch den niedrigen Türrahmen passte. Sein Blick huschte sofort zu Rosa. Ruth war schon aufgefallen, dass er für Rosas bezauberndes Aussehen durchaus anfällig war – heute trug sie ein adrettes Kleid mit abgesetztem schwarzem Kragen, ihr war auf der Straße sogar schon dafür hinterhergepfiffen worden. Auch jetzt war es offensichtlich, wie er hastig wieder wegschaute, leicht verlegen. Hoffentlich würde das nicht zu Problemen führen, dachte Ruth. Immerhin verbrachten die beiden neuerdings viel Zeit miteinander, – sie tranken gemeinsam Kaffee in der Küche oder gingen aus. Rosa schien Georg in ihr Herz geschlossen zu haben. Dass sie in ihm aber mehr als ihren Schwager sah, wagte Ruth zu bezweifeln.

Auch jetzt schenkte Rosa Georg nur ein unverbindliches Lächeln, genauso herzlich, wie sie es jedem zuteilwerden ließ, und eilte dann aus dem Raum, vermutlich um die besagte Decke zu holen.

Georg sah ihr kurz nach und bückte sich dann, um in den niedrigen Raum zu treten.

»Man munkelt, dass die Blockade bald aufgehoben wird«, sagte er zu Ruth. »Es sollen bereits Verhandlungen zwischen den Besatzern begonnen haben.«

»Was du nicht sagst.« Sofort war jeder Gedanke an das unglückselige Liebesleben ihres kleinen Bruders vergessen. »Und zu wann, weiß man das schon?«, fragte Ruth aufgeregt.

Georg schüttelte den Kopf. »Nein, tut mir leid, das ist alles, was ich gehört habe. Aber stell dir mal vor: Es wird endlich wieder Strom geben! Endlich wieder genug zu essen. Und Kohlen!«

Sie schwiegen und blickten beide aus dem schmutzigen Fenster, durch das man in den engen Hinterhof schauen konnte. Frau Schuster von gegenüber klopfte gerade einen großen Teppich aus. Kleine Staubwolken stoben in die kalte Luft.

»Wo hast du das eigentlich aufgeschnappt?«, fragte Ruth.

Georg schaute zu Boden. »Ich war ein paarmal beim *Tagesspiegel*«, sagte er schließlich. »Ich habe da etwas geschrieben und Rosa hat es gelesen. Sie meinte, ich …«

Georg verstummte und Ruth zog eine Augenbraue hoch. »Was meinte sie?«

»Ich schreibe da jetzt eine Kolumne, also, wenn alles gut läuft«, platzte Georg heraus.

Ruth war verblüfft. Ihr Bruder, ein Journalist? Andererseits passte es natürlich zu ihm, und dass er nicht ewig nur in seinem Zimmer herumsitzen würde, hatte sie auch vermutet. Ihre Mutter hatte schon so manches ernste Wort mit ihm geredet. Aber Ruth hätte nie gedacht, dass Georg sich das trauen würde. Er, der so schüchtern war, dass er oft den Mund kaum aufbekam – ein Schriftsteller?

Sie würde gern einmal lesen, was ihr Bruder schrieb. Doch sie kam nicht mehr dazu, den Gedanken auszusprechen, denn an der Tür ertönte gerade ein leises Klopfen. Dort stand Lore, wie immer in ihrem viel zu großen Herrenmantel, die Haare zu einem unordentlichen Zopf gebunden.

Ruth hatte nie wirklich darauf geachtet, aber jetzt fiel ihr auf, wie unglaublich jung das Mädchen wirkte, wie es da stand, groß gewachsen zwar, aber mit diesen immer noch kindlichen Augen. Und wie verloren es wirkte.

Mein Gott, dachte Ruth, nun werde ich auch noch sentimental!

»Komm rein«, sagte sie und zeigte in den Raum.

Ruth wusste nicht, wie sie das fremde Mädchen begrüßen sollte. Wie immer in solchen Situationen fühlte sie sich schrecklich linkisch. Georg war da nicht gerade eine große Hilfe.

Aber Lore machte es ihr leicht. Sie kam einfach herein, stellte ihren Koffer neben das Bett und schenkte Ruth ein Lächeln.

»Ich kann euch gar nicht genug danken! Du ahnst nicht, wie viel mir das bedeutet. Ich will mich unbedingt erkenntlich zeigen.«

Ruth wollte schon den Kopf schütteln, doch da fiel ihr ein, dass sich die Lage ja möglicherweise bald ändern würde. Zumindest wenn das, was Georg erzählte, stimmte. Der Laden würde in ein paar Tagen fertig werden und dann bald öffnen …

»Vielleicht kannst du uns wirklich helfen«, sagte sie langsam.

Kapitel 5

Frühjahr 1949

Es war Schicksal gewesen. Da war sich Rosa sicher. Genau an dem Tag, an dem sie endlich alles für die feierliche Eröffnung der Buchhandlung vorbereitet hatten, rollten die ersten Lastwagen nach Berlin.

Es war ein strahlend sonniger Maitag und sie hatten gerade die letzten Bücher in den neuen Laden geschleppt. Danach saßen sie gemeinsam in der Sonne auf dem Fasanenplatz, rauchten und malten sich ihre Zukunft aus. Was mit dem neuen Laden, der in diesen Minuten noch still und dunkel am Rande des Platzes lag, alles möglich sein würde! Sogar Georg hatte sich an dem Gespräch beteiligt, und Lore, der Ruth erlaubt hatte, beim Umzug zu helfen, hatte über das ganze Gesicht gestrahlt, als hätte sie nie einen schöneren Tag erlebt.

Und als die Nachricht den Fasanenplatz erreichte, dass die Blockade nach langen, zähen Verhandlungen endlich aufgelöst worden sei und schon jetzt neue Versorgungsgüter über die Grenzen rollten, hatte der Tag für sie alle tatsächlich nicht mehr schöner werden können.

Kurz darauf trafen die ersten Büchersendungen ein.

Zittrig und mit weichen Knien standen Rosa und Ruth wenige Tage später an ihrer frisch glänzenden Schaufensterscheibe und warteten auf ihre ersten Kunden.

Ruth hatte vor Aufregung rote Flecken am Hals, auch wenn sie ansonsten natürlich eine unbeeindruckte Miene zur Schau stellte.

Rosa hingegen fühlte sich, als würde sie gleich vor Vorfreude explodieren.

Die Minuten strichen zäh dahin, während auf dem Fasanenplatz langsam das Leben erwachte. Rollläden wurden hochgezogen, die ersten Geschäfte öffneten ihre Türen. Und bald darauf tummelten sich auch schon die Passanten auf der Straße und ein leichter Frühlingswind ließ die Markise, die Rosa erstanden hatte, vor ihrem Schaufenster flattern.

Ruths Hände bebten, als sie die Ladentür öffnete.

Ingrid war ihre erste Kundin.

»Ach nee, is das schön!«, rief sie mit strahlendem Gesicht und schaute sich dann neugierig um.

Aber Rosa hatte kaum Zeit für einen ausgedehnten Plausch. Schon betraten weitere Kunden den Verkaufsraum, die den neuen Laden in Augenschein nehmen wollten. Es war kein riesiger Ansturm, aber die Buchhandlung war stets ausreichend gefüllt, und Rosa stellte sich an die Tür, um jeden zu begrüßen und in einen kleinen Schwatz zu verwickeln.

Eigentlich merkwürdig, dachte sie, dass sie mit ihrer Schwägerin früher so schlecht zusammengearbeitet hatte. Hier klappte es wie am Schnürchen: Rosa plauderte und Ruth übernahm dann die fachliche Beratung. Als wären sie schon lange gut eingespielt gewesen.

Ruth lächelte ihr sogar hin und wieder zu.

Und als Ruth ihr dann sogar ein erstes Verkaufsgespräch zugestand, hatte Rosa das Gefühl, dass sie mit diesem Laden tatsächlich ein besseres, ein goldenes Kapitel ihrer gemeinsamen Geschichte aufgeschlagen hatten.

Allerdings brachte Rosa dieses Verkaufsgespräch ganz schön ins Schwitzen. Sie kannte sich doch nicht so gut aus mit Büchern und Ruth warf ihr immer wieder prüfende Blicke zu. Aber am Ende zog Frau Schumann zufrieden von dannen, und das war ja das Wichtigste. Sie hatte sich etwas Spannendes, aber auch etwas Romantisches gewünscht, und am liebsten sollte es in Amerika spielen. Zum Glück besaßen sie im Laden eine hübsche Ausgabe von ›Der Große Gatsby‹, die Rosa ihr empfehlen konnte.

Am Ende des Tages war Rosa schweißgebadet, aber glücklich. Und Ruth schrieb leise summend etwas in ihr Kassenbuch.

Doch das war inzwischen eine gute Woche her und mit jedem Tag waren immer weniger Kunden in ihren Laden gekommen. Rosa hatte keine Ahnung, warum sie die Buchhandlung mieden. Es hatte doch alles so gut angefangen!

Heute war ein besonders deprimierender Tag. Draußen schien die Sonne, und auf dem Fasanenplatz spielten Kinder. Aber hier drinnen herrschte Stille. Ruths Gesichtsausdruck war in den letzten Tagen langsam wieder verbissen geworden.

Rosa grübelte schon den ganzen Morgen darüber, was schiefgelaufen war, und ließ prüfend den Blick durch den Verkaufsraum schweifen.

Sie hatten wirklich ihr Bestes gegeben und sogar ein wenig Farbe kaufen können, sodass zumindest die Wand mit den Schaufenstern in frischem Weiß erstrahlte. Und nach einigem Suchen hatte Rosa auch neue Sessel für die Sitzgruppe aufgetrieben. Sie waren nicht ganz so leicht und filigran, wie Rosa sie gern gehabt hätte, aber dafür gefielen sie auch Ruth. Mit dem Stoff in frischen und leuchtenden Frühlingstönen passten sie viel besser in den Laden als die alten. Frau Saalmann hatte die Sessel in höchsten Tönen gelobt, bevor sie es sich in einem davon gemütlich eingerichtet hatte – und am liebsten gar nicht mehr aufgestanden wäre, so kam es Rosa vor.

Auch jetzt saß Frau Saalmann als einzige Kundin auf der Empore und tat so, als würde sie in einem Buch lesen. In Wirklichkeit spähte sie aber nach draußen. Dorthin, wo viel mehr Leben herrschte als hier.

Über die Straße kam Georg auf die Ladentür zu. Sofort wurde

Rosa das Herz viel leichter. Welch ein Glück, dass er vorbeischaute! Jetzt erst merkte sie, dass sie dringend etwas Ablenkung von der düsteren Stimmung brauchte, die Ruth und sie fest im Griff hatte.

Dass Georg manchmal bei ihnen im Laden auftauchte, war wie ein Lichtstreif und zeigte, wie sehr er sich in den letzten Monaten verändert hatte. Auch wenn er immer noch schrecklich schüchtern war und im Laden meistens nur verlegen in einer Ecke stand, traute er sich doch endlich, mehr aus sich herauszukommen und vor allem mehr aus sich zu machen.

Rosa hatte von Anfang an gewusst, dass in ihm ein guter Beobachter, ein guter Schriftsteller steckte. Denn war das nicht oft dasselbe? Sie war vom ersten Wort an, das sie von ihm gelesen hatte, begeistert gewesen. Er schrieb so treffend, so witzig! Auf prägnante Art fasste er das Berliner Alltagsleben in kleinen Anekdoten, in genauen Beobachtungen zusammen. Rosa hatte ihn dazu überredet, seine Kurzgeschichten an eine Zeitung zu senden. Und siehe da, seit Kurzem erschien im *Tagesspiegel* regelmäßig eine Kolumne von ihm. Seitdem traute Georg sich viel mehr nach draußen, er berichtete ihr von dem, was er erlebt hatte, und fragte sie um Rat, ob sich dieses oder jenes für eine Geschichte eignen würde.

Die Tür zum Laden stand offen, sodass Georg einfach hereinspazieren konnte. Rosa war ihm schon ein paar Schritte entgegengegangen. Sie konnte gar nicht anders, als ihn anzustrahlen.

Er wirkte atemlos, unter dem Arm trug er die neueste Ausgabe des *Tagesspiegel*.

Rosa nahm sie ihm ab und schlug den Regionalteil auf. Georgs Kolumne prangte auf der Titelseite, darunter ein Foto von ihm.

Er schaute sich unbehaglich im Laden um, wollte offenbar schnell von dieser Sensation ablenken.

»Ist Lore nicht da?«, fragte er, als wäre das jetzt wichtig.

»Nein, sie ist auf Arbeitssuche«, antwortete Rosa geistesabwesend, während sie stolz den Artikel überflog.

Ruth hatte Lore, die in den ersten Wochen in der Buchhandlung mitgeholfen hatte, nun endgültig weggeschickt. Sie fühlte sich einfach nicht gut damit, jemanden unentgeltlich zu beschäftigen, vor allem wenn so wie im Augenblick gar keine Arbeit anfiel.

Lore hatte sich natürlich vehement gewehrt. Sie wollte etwas zurückgeben, wenn sie schon in der Kammer auf der Treppe wohnen durfte. Doch bis auf die gelegentliche Kinderbetreuung von Peter, die sie Lore manchmal übertrug, ließ Ruth sich nicht erweichen.

Aber obwohl Rosa das junge Mädchen in ihr Herz geschlossen hatte, interessierte sie das heute reichlich wenig. Viel wichtiger war doch Georgs Artikel!

»Schau nur, Georg ist auf der Titelseite«, rief sie Ruth zu.

Ruth erwachte aus ihrer missmutigen Starre und beugte sich ebenfalls über Georgs Artikel. Er hatte über das Berliner Nachtleben geschrieben und darüber, wie es sich durch die Luftbrücke verändert hatte. Viele Begegnungen waren erst dadurch möglich geworden, dass alle so nah zusammengerückt waren, vieles war nun wieder wie vorher und hatte sich doch verändert in dieser Zeit.

»Sehr gut«, lautete Ruths knappes, aber treffendes Urteil. Sie warf ihrem Bruder ein Lächeln zu.

Rosa platzte beinahe vor Freude. Es wäre so schön, wenn die Familie wieder zusammenfinden würde. Dass Ruth die Fähigkeiten ihres jüngeren Bruders endlich anerkannte, war ein Schritt in die richtige Richtung.

»Das hast du wie immer toll geschrieben«, wandte Rosa sich an Georg und las dann laut vor: ›*Doch erst im Dunkeln zeigte sich, wie wichtig das Bügeln, das Kochen, das Schreiben, das Kartenspiel für uns alle ist. Und das mit einer Klarheit, die sonst nur dem Tageslicht eigen ist.*‹ Das gefällt mir besonders«, sagte Rosa lächelnd. »Ich wusste doch, dass du unsere Strom-und-Gas-Runden vermisst!«

Sie stieß Georg mit dem Ellbogen an und er errötete leicht bei ihren Worten.

»Jetzt ist aber genug mit dem Lob«, erwiderte er.

»Ach was, junger Mann, Sie können sich ruhig ein bisschen loben lassen«, kam es von Frau Saalmann. Die ältere Frau schien ihre Ohren überall zu haben. »Ich habe schon mehrere Nachbarn über Sie reden hören. Ihre Kolumne ist in aller Munde! Die Berliner fühlen sich von Ihnen verstanden.«

Frau Saalmann nickte gewichtig und wandte sich dann wieder dem Buch auf ihrem Schoß zu. Heute hatte sie sich ›Erloschenes Feuer‹ von der englischen Autorin Vita Sackville-West bestellt.

»Eigentlich bin ich ja gekommen, um zu fragen, ob ich euch etwas zum Mittagessen bringen kann«, sagte Georg.

Ruth winkte sofort ab. »Nein, ich brauche nichts. Ich muss über Mittag dringend weiterarbeiten. Die Kataloge der Verlage werden immer umfangreicher. Ich komme kaum hinterher. Es ist nicht leicht, die richtigen Neuerscheinungen auszuwählen. Zumal unsere finanziellen Mittel begrenzt sind.« Damit ging sie zum Verkaufstresen zurück.

Georg schaute Rosa fragend an.

»Wollen wir rasch ins Café gegenüber?«, sagte sie. »Da war ich noch nie.«

Bildete sie es sich nur ein oder musterte ihre Schwägerin sie und Georg wachsam? Doch im nächsten Moment klappte Ruth auch schon ihr Kassenbuch auf und vertiefte sich darin.

Rosa war es sowieso egal. Sie freute sich immer, wenn sie Zeit mit Georg verbringen konnte. Seit er ein gefragter Schriftsteller war, kam er viel seltener nach Hause. Außerdem hatte sie Hunger – und neuerdings gab es in Berlin viel mehr zu essen.

Im Café gegenüber saßen ein paar Menschen an den Tischen und ließen sich die Sonne ins Gesicht scheinen. Leises Klappern von Geschirr vermischte sich mit dem fröhlichen Plaudern der Café-Besucher. Genauso hatte Rosa sich das vorgestellt, jetzt, wo Berlin wieder frei war und die Gründung einer Bundesrepublik

Deutschland kurz bevorstand. Es würde ein neues Land sein, eines, das endlich einen eigenen Weg gehen konnte. Auch wenn es in Berlin noch immer schmerzlich spürbar war, dass es ein geteiltes Land sein würde.

Georg wirkte leicht nervös. Dabei war er in ihrer Gegenwart oft schon viel lockerer geworden. Sie hatten immer wieder gemeinsame Ausflüge unternommen. Neulich waren sie im Kino gewesen und einmal hatte Georg sogar Karten für das Brecht-Stück ›Mutter Courage und ihre Kinder‹ im Deutschen Theater ergattern können.

An den Abend in der Jazzkneipe, wo sie wild getanzt hatten, erinnerte sich Rosa besonders gern. Aber immer wenn sie allein in ihrem Zimmer saß, über einer Stickarbeit brütete, kamen ihr auch die Worte in den Sinn, die Georg damals gesagt hatte. Dass Friedrich vielleicht ein anderer gewesen sei, als sie denke. Dass er zu anderen anders gewesen sei als zu ihr. Was hatte Georg damit gemeint?

Rosa hatte sich bisher nicht getraut, ihn noch einmal danach zu fragen. Wenn sie ehrlich war, wusste sie nicht, ob sie die Antwort überhaupt hören wollte.

Seitdem dachte sie wieder häufiger an Friedrich und wie wenig sie ihn doch eigentlich gekannt hatte. Im Grunde wusste sie nicht, ob sie einander nicht furchtbar fremd sein würden, wenn er plötzlich wieder vor ihr stünde …

Vielleicht war heute eine gute Gelegenheit, Georg noch einmal auf die Sache mit Friedrich anzusprechen? Warum eigentlich nicht?

Rosa öffnete schon den Mund, schloss ihn dann aber wieder.

Georg wirkte so gelöst, so glücklich, wie er ihr da gegenübersaß und gerade begann, seinen Pfannkuchen zu zerschneiden. Rosa hatte ebenfalls einen Pfannkuchen mit Apfelmus bestellt, das hatte sie schon lange nicht mehr gegessen. Zumindest kein so leckeres Apfelmus, aus echten, frischen Äpfeln.

Nein, sie wollte die heitere Stimmung nicht zerstören. Denn das würde doch unweigerlich geschehen. Es war damals in der Kneipe ja auch so merkwürdig gewesen, als sie über Friedrich gesprochen hatten. Lieber wollte sie den Moment noch kurz genießen.

Also langte Rosa ebenfalls zu. Georg wirkte etwas verdutzt, als sie den Pfannkuchen in Windeseile verdrückte und sich sogar noch etwas von seinem Teller stibitzte.

»Hast du mir gar nicht zugetraut, dass ich so viel essen kann, was?«, fragte Rosa grinsend und nahm einen großen Schluck Zitronenlimonade, die nach Sommer schmeckte.

»Du bist so zierlich«, sagte Georg entschuldigend, musste aber ebenfalls grinsen.

Dann schob er ihr seinen Teller hin.

»Ich habe überlegt, auch mal ein paar Berliner Anekdoten für Kinder zu schreiben«, sagte er, während sich Rosa einen weiteren Bissen in den Mund schob. »Irgendetwas, das auch ihre Lebenswelt einfängt. Was denkst du darüber?«

»Das fände ich fantastisch!«, sagte sie mit vollem Mund, deswegen kam es etwas nuschelig heraus. »Das würde Peter vielleicht zum Lesen bringen und Ruth wäre glücklich«, überlegte sie laut, während sie unwillkürlich einen Blick zum Buchladen auf der anderen Seite des Platzes warf. Gerade betrat tatsächlich ein neuer Kunde das Geschäft.

»Aber er liest doch, seit Lore ihm einen Comic mitgebracht hat«, sagte Georg schmunzelnd.

Auch Rosa lächelte. Peter war gar nicht mehr aus seinem Zimmer herausgekommen, dabei war der Comic auf Englisch gewesen. Weiß Gott, wo das Mädchen das Heft aufgetrieben hatte! Ruth hatte sich zunächst entsetzlich darüber aufgeregt. Das sei furchtbarer Schund, hatte sie gewettert, und Georg und Rosa hatten sich darüber amüsiert. Es war so typisch für Ruth, dass sie immer das Haar in der Suppe sah und nicht die Suppe selbst. Dabei konnte Peter mit dem Comic immerhin lesen üben und noch dazu Englisch lernen, und Lore meinte es nur gut mit ihm. Das Mädchen bemühte sich sehr, der Familie ihre Gastfreundschaft zu vergelten.

Da es in ihrer kleinen Kammer im Treppenhaus keine Kochgelegenheit gab, luden sie Lore häufig zum Essen ein. Und auch wenn sie bei ihnen in der Küche immer verschüchtert und verloren wirkte, als wüsste sie nicht, wo sie hingehörte, sah Rosa es als ihre Pflicht an, dem Mädchen zumindest zeitweise so etwas wie eine Familie anzubieten.

Wo Lore jetzt wohl wieder unterwegs war, um Arbeit zu finden? Die Arbeitslosigkeit war nach der Luftbrücke in Berlin sogar noch gestiegen. Wahrscheinlich war das einer der Gründe dafür, dass ihr Buchladen nicht so gut lief, wie sie es sich erhofft hatten.

Rosa schaute noch einmal zu der Buchhandlung hinüber und stellte zufrieden fest, dass der Kunde sich noch immer mit Ruth zu unterhalten schien. Wenn sie erst einmal einen Literaturliebhaber in ihren Fängen hatte, ließ sie ihn selten gehen, ohne dass er ein Buch erstanden hatte. Man würde es ihr kaum zutrauen, aber wenn es um Literatur ging, konnte sie reden wie ein Wasserfall.

Ob Friedrich Bücher auch so sehr geliebt hatte? Rosa musste sich eingestehen, dass sie die Antwort nicht so recht wusste. Was hatte er gelesen? Eher leichte Literatur und Abenteuergeschichten? Oder trockene Weltliteratur in dicken leinengebundenen Wälzern wie Ruth?

Sie sollte Georg endlich fragen, was er neulich gemeint hatte!

Rosa wandte sich wieder ihrem Schwager zu und bemerkte, dass er sie offenbar die ganze Zeit beobachtet hatte. Das Licht schimmerte auf seinen dunklen Haaren und ließ sie glänzen. Und seine Augen wirkten irgendwie anders als sonst.

»Sind Sie nicht der Kolumnist?«

Eine blonde Frau hatte sich vor ihrem Tisch aufgebaut und deutete begeistert auf die Ausgabe des *Tagesspiegel*, die Georg auf den Tisch gelegt hatte. Er wurde natürlich sofort rot.

»Ja, das ist er«, antwortete Rosa an seiner Stelle und konnte sich ein breites Grinsen nicht verkneifen.

»Ich bin eine große Bewunderin Ihrer Zeilen. Ihre Geschichten wirken immer so lebensecht. Sagen Sie, darf ich mich kurz zu Ihnen setzen? Ich würde mich gern ein bisschen mit Ihnen unterhalten.«

Die Frau hatte sich schon einen Stuhl herangezogen. Georg wirkte völlig verdattert. Und trotzdem lächelte er sie freundlich an. Dabei plapperte sie ununterbrochen weiter.

Nun gut, dann würde aus dem Gespräch über Friedrich wohl wieder nichts werden, dachte Rosa. Aber merkwürdigerweise war sie darüber gar nicht enttäuscht, sondern eher erleichtert.

Vielleicht frage ich lieber Ruth, dachte Rosa. Immerhin hatten sie ja im Laden viel Zeit zu zweit, da würde sich schon eine Gelegenheit ergeben.

*

Nur wenige Kilometer weiter, mitten am Ku'damm und in einem viel zu schicken Café, saß Lore und fühlte sich unwohl. Hier gab es Kellner in Livreen, die herumrannten, einem gestärkte Servietten auf den Schoß legten und den leeren Teller unter den Fingern wegzogen – und auch sonst war alles furchtbar steif. Im »Café Schilling« war die Kundschaft alt und reich und an den Wänden hingen prunkvolle Gemälde. Der Kuchen allerdings war lecker, das musste Lore zugeben.

»Es gefällt dir nicht«, stellte Robert fest. Er saß ihr gegenüber am Tisch und hatte sie die ganze Zeit erwartungsvoll angesehen. Überhaupt schaute er sie viel zu häufig an, Lore war das unangenehm. Nicht zum ersten Mal verfluchte sie sich selbst, dass sie diesem Treffen überhaupt zugestimmt hatte. Es war doch klar, dass das keine gute Idee war! Er kam nur auf falsche Gedanken … Aber sie hatte sich nicht anders zu helfen gewusst.

»Ich dachte, es würde dir gefallen«, sagte Robert entschuldigend. »Berlin war früher berühmt für seine Kaffeehauskultur, und das hier ist so ein alter, ehrwürdiger Laden wie aus vergangenen Zeiten. Lass uns gehen, wenn dir das lieber ist.«

Er hatte sich schon halb erhoben.

»Nein, nein«, hielt Lore ihn zurück. Auf keinen Fall wollte sie jetzt gehen und dadurch noch mehr Aufmerksamkeit auf sich ziehen. Sie wurde ja auch so schon misstrauisch beäugt, vermutlich wegen ihrer heruntergekommenen Kleidung. Oder weil sie mit einem Amerikaner da war. »Lass uns hierbleiben, ich muss sowieso schon bald wieder los.«

»Ach so.« Er wirkte enttäuscht.

Lore biss sich auf die Lippe. Sie wusste, sie hatte falsche Erwartungen geweckt, und musste das am besten rasch richtigstellen.

Aber er sprach schon weiter, die Ellbogen lässig auf den Tisch gestützt.

»Wie ist es dir bei den Klingers ergangen? Hast du gefunden, was du gesucht hast?«

Robert wirkte ehrlich interessiert, während Lore seufzte. Es wäre unhöflich gewesen, ihn jetzt vor den Kopf zu stoßen und ihm zu eröffnen, weswegen sie wirklich hier war und dass sie im Grunde kein Interesse an ihm hatte.

Sie zuckte die Achseln. »Ja und Nein. So richtig wusste ich eigentlich nicht, was ich suche, und gefunden habe ich es bisher noch nicht.«

Das klang vage, aber mehr konnte sie ihm natürlich nicht verraten. Dabei würde sie gern mit jemandem über all das sprechen, was in den letzten Wochen geschehen war. Dass die Klingers eigentlich ihre Familie waren und sie sich nichts sehnlicher wünschte, als richtig zu ihnen zu gehören, hatte sie bisher noch niemandem erzählt. Es schien ihr zu riskant. Mitwisser verkomplizierten alles und am Ende plauderte noch irgendwer etwas aus.

Aber genau deswegen konnte sie auch niemandem – weder den Klingers selbst noch ihren Freundinnen Erika und Helga – erzählen, dass sie sich einsamer fühlte als je zuvor.

Sie war ihrem Ziel so nah und merkte gleichzeitig, wie unfassbar fern sie ihm war. Die Familie lud sie zum Essen ein und tolerierte sie, behandelte sie aber eher wie eine verarmte Bekannte, mit der man Mitleid haben musste. Ruth war auf eine kühle, abweisende Art nett zu ihr, machte aber immer wieder deutlich, wie unwichtig Lore für sie im Laden war. Und welche Möglichkeit hatte Lore schon, das zu ändern? Sie war dazu verdammt, zuzusehen und sich unnütz zu fühlen.

»Du siehst traurig aus«, bemerkte Robert.

Anfangs hatte sie angenommen, er wäre auf ein schnelles Abenteuer mit einer jungen Deutschen aus. Aber so, wie er sie jetzt anschaute, lagen in seinen Augen ehrliches Interesse und aufrichtige Anteilnahme. Konnte sie es vielleicht wagen, ihm doch ihr Herz auszuschütten?

Er würde es ja niemandem verraten, oder?

»Ich bin einsam«, gab sie zu. »Ich konnte bei den Klingers unterkommen, aber eigentlich würde ich gerne zu ihnen gehören. Ich würde gerne im Buchladen arbeiten, aber sie können sich keine Angestellte leisten. Sie sind nett, aber sie haben genug mit sich selbst zu tun«, fügte sie hinzu.

»Sie müssen dir etwas bedeuten, wenn du sie so dringend gesucht hast«, sagte Robert. »Es tut mir leid, dass sie anscheinend nicht dasselbe Interesse für dich aufbringen. Das sollten sie.«

»Nein, sie sind wirklich nett«, setzte Lore sofort zu einer Verteidigung an. »Sie wissen ja nicht, dass ich … ach, egal.« Jetzt hätte sie fast zu viel verraten! Lore fiel nicht zum ersten Mal auf, dass sie sich in Roberts Nähe ziemlich wohlfühlte. Aber das war ein trügerisches Gefühl. Sie durfte ihm nicht nachgeben.

»Du kannst mir vertrauen, Lore«, sagte Robert und griff über den Tisch, aber Lore zog rasch ihre Hand zurück. Er wirkte enttäuscht, sagte jedoch nichts dazu. Stattdessen nahm er seine Tasche auf den Schoß. »Ich habe hier etwas, das dich vielleicht ein wenig aufheitert.« Er zog ein Comicheft heraus, das er ihr über den Tisch zuschob. Gegen ihren Willen musste Lore lächeln.

Sie erinnerte sich daran, wie sie Robert vor einigen Wochen bei einer Kundgebung vor dem Schöneberger Rathaus begegnet war. Dort hatte Konrad Adenauer gesprochen, der kurz darauf der erste deutsche Bundeskanzler geworden war. Lore und zahlreiche andere Berliner hatten seinen Auftritt nicht verpassen wollen. Aufgeregt hatte sie in der Menschenmenge gestanden, den kleinen Peter an ihrer Hand. Es war eines der ersten Male gewesen, dass Ruth ihr die Aufsicht über den Jungen überlassen hatte, und Lore war mächtig stolz gewesen.

Kaum dass sie mit Peter einen guten Platz in der Menge gefunden hatte, hatte sie gemerkt, wer da neben ihnen stand: Robert. Er hatte sofort eine Unterhaltung mit Peter begonnen, der es natürlich aufregend fand, mit einem echten Amerikaner zu sprechen. Und dann hatte Robert ihnen einen Comic geschenkt, den er in seiner Tasche bei sich trug. Angeblich hatte er ihn selbst gelesen, aber Lore war das merkwürdig vorgekommen. Welcher Erwachsene las denn so etwas? Doch dann hatte sie mit Peter in dem Comic geblättert, und sie waren von der Geschichte von Tom Hawk, der mit seiner Streitaxt durch die ferne amerikanische Prärie irrte, fasziniert gewesen. Auch wenn dieser Comic ganz schön brutal war. Und auf Englisch.

Jetzt schob ihr Robert eine neue Folge dieses Comics über den Tisch.

Sie freute sich, vor allem weil sie dadurch etwas hatte, mit dem sie Peter für sich einnehmen konnte. Und trotzdem war diese liebevolle Geste wie ein Weckruf für sie. Man machte doch niemandem Geschenke, wenn man nichts als Gegenleistung dafür erwartete. Oder?

»Hör mal, Robert«, sagte sie langsam und rührte nervös in ihrem Kaffee. Echter Kaffee. Den hatte sie fast noch nie getrunken. Er schmeckte ihr allerdings auch nicht besonders. »Du bist nett, aber ich will ehrlich sein. Ich bin nicht interessiert an … was auch immer«, sagte sie ausweichend. »Alles, was ich brauche, ist etwas Geld. Ich kann den Klingers nichts für mein Zimmer bezahlen, aber ich will, dass sie mich weiter bei sich behalten, bis sie eines Tages doch eine Verwendung für mich haben. Du hattest gesagt, du kannst mir helfen?«

Robert schaute sie ernst an. »Das hatte ich dir doch versprochen«, sagte er dann. »Natürlich helfe ich dir. Ich werde einen Job für dich finden.«

»Einfach so?«, fragte Lore misstrauisch. Sie musste ihm klarmachen, dass sie nicht bereit war, seine Geliebte zu werden – egal, was er ihr dafür versprach.

Jetzt wirkte er gekränkt. »Natürlich! Ehrenwort. Ich bin nicht so armselig, dich zu erpressen. Ich mag dich und ich werde dir helfen. So einfach ist das.«

Lore runzelte die Stirn. Sie wusste, dass das nicht selbstverständlich war, dafür war sie lange genug durch die Straßen Berlins gestromert. Wenn Lore an all die unmissverständlichen Angebote dachte, die sie damals von den Männern bekommen hatte, wurde ihr noch jetzt mulmig.

»Kannst du Englisch?«, fragte Robert.

»Ja, ich glaube ganz passabel.« Immerhin war es zu etwas gut gewesen, dass sie mit Erika und Helga durch sämtliche GI-Clubs gezogen war.

»Und wie gut kennst du dich in Berlin aus?« Robert beugte sich vor.

»Sehr gut«, antwortete Lore wie aus der Pistole geschossen. Schließlich war sie monatelang durch die große, kaputte Stadt geirrt. Sie kannte hier jeden Winkel.

Robert lächelte sie an. »Na, dann habe ich wohl einen Job für dich. Willst du noch etwas Kuchen?«

*

Ruth versuchte alles, um die wenigen Kunden im Laden zufriedenzustellen und bestens zu beraten. Gerade eben hatte sie einen Mann dazu gebracht, ein paar Klassikerausgaben zu erwerben. Nachkriegsliteratur, sehr zu Ruths Missfallen auch Trümmerliteratur genannt – sie fand die junge deutsche Literatur überaus interessant –, war nicht jedermanns Sache, die meisten schwelgten lieber in der Vergangenheit. Deshalb wurden gerade die Klassiker bevorzugt herausgegeben. Die Ausgaben der Verlage Hanser und Hoffmann und Campe waren hübsch anzusehen und für die im Krieg zerstörten Privatbibliotheken ein beliebter Zuwachs: Eichendorff, Mörike, Goethe, Droste-Hülshoff, Lessing und so weiter, damit konnte man nichts falsch machen.

Jetzt war es wieder still im Laden, und Ruth musste an den Kunden denken, der neulich im Laden gewesen war. Er war schnurstracks an den Tresen marschiert und hatte sich nicht von einem Geplänkel mit Rosa aufhalten lassen. Doch Ruths Lächeln war bei seinem Anliegen leicht verrutscht und sie hatte es natürlich instinktiv abgelehnt, obwohl es sich bei diesem Mann zweifellos um einen neuen und zumindest der Kleidung nach zahlungskräftigen Kunden gehandelt hatte.

Es gab nämlich eine Sache, die gesetzlich verboten war und die sie ihren Kunden bisher verwehrt hatte. Und genau darum hatte dieser Mann sie gebeten – um Bücher aus dem Osten.

Über den Handel zwischen den Zonen hatte es immer wieder langwierige politische Verhandlungen gegeben. Im Augenblick wurden neue Abkommen abgeschlossen, doch der Verkauf von Büchern war davon nie betroffen gewesen. Deshalb verlief durch Deutschland, was den Buchhandel betraf, ein tiefer Graben: Auf beiden Seiten kamen keine Bücher der jeweils anderen Seite an. Ruth missfiel es sehr, dass sie deshalb die von ihr geschätzten Werke von Hans Fallada nicht bestellen konnte, der beim Aufbau-Verlag in Ostberlin verlegt wurde.

Als der merkwürdige Kunde seinen Bücherwunsch geäußert

hatte, hatte Ruth kurz gezögert. Doch er hatte nicht lange auf ihre Antwort gewartet, sondern schnell den Laden verlassen.

Seitdem brütete Ruth darüber, ob sich in dieser Sache nicht doch etwas machen ließe. Sie wollte keine Straftat begehen, aber gleichzeitig für ihre Kunden alles tun, was möglich war. Die Grenzen, die Deutschland spalteten, durften auf keinen Fall auch die Literatur spalten. Ruth hatte es sich zur Aufgabe gemacht, ihr Familiengeschäft wieder in den Dienst dieser Literatur zu stellen – und keinen anderen Leitstern gelten zu lassen. Daran hatte auch ihre Mutter sie stets erinnert.

»Es sollte immer um die Literatur gehen«, hatte Elisabeth einmal gesagt und dann etwas hinzugefügt, das Ruth seither nicht mehr aus dem Kopf ging. »Mach nicht denselben Fehler wie ich, Ruth. Lass dich nicht unterkriegen. Von nichts und niemandem.«

Ruth hatte genau gewusst, wovon ihre Mutter sprach. Und sie musste auch jetzt daran denken, während sie hier im Buchladen stand und weitergrübelte. Die Buchhandlung, die sie jetzt leitete, war so anders als die von damals. Und das lag nicht nur an ihrer mittlerweile modernen Einrichtung.

Wenn Ruth die Augen schloss, war es beinahe so, als wäre sie wieder dort, im Buchladen ihrer späten Jugend. Und was sie dabei spürte, war eine Enge, dieses Gefühl, ersticken zu müssen.

Schon damals hatte ihre Mutter sich für die Literatur eingesetzt, doch sie hatte nicht entschieden genug dafür gekämpft. Elisabeth wollte die verbotenen Schriften weiterhin verkaufen oder sie zumindest insgeheim behalten, um sich den Nazis nicht zu unterwerfen. Aber Friedrich hatte ihre Einwände mit einer harschen Bemerkung beiseitegefegt und Elisabeth hatte sich nicht durchsetzen können. Sie hatte den Fehler gemacht, alles zu erdulden, statt für ihre Ideale einzustehen.

Es war so lange her, und doch sah Ruth es noch genau vor sich, das verhärmte Gesicht ihres Vaters.

Ihr Vater hatte immer gekniffen, wenn es schwierig wurde, und sich viel zu schnell den Nazis gebeugt, als kurz nach der Machtergreifung die systematische Verfolgung politisch unliebsamer Schriftsteller begann. Einige Buchhändler hatten trotz allem noch mit diesen Büchern gehandelt, die von den Nazis verboten worden waren, unter der Ladentheke, ganz im Geheimen. Wenn ein Kunde hereinkam, empfahlen sie ihm zunächst die offiziell erlaubte Literatur, aber sobald man sich im Gespräch etwas besser kennenlernte, fielen entsprechende Codewörter, und sie holten aus versteckten Ecken, aus der zweiten Reihe oder sonst woher die Bücher, die die Menschen wirklich lesen wollten: Romane von Heinrich Mann, Ernst Glaeser, Erich Kästner, Tucholsky und vielen anderen, die von den Nationalsozialisten nicht geduldet wurden.

Doch Ruths Vater hatte alles seiner Angst untergeordnet.

Es war so schnell gegangen. Bei einer Bücherverbrennung im Mai 1933 landeten die Werke der verfemten Autoren auf einem Scheiterhaufen und noch im selben Jahr wurde die Reichsschrifttumskammer Goebbels Propagandaministerium unterstellt. Wer im Kulturbetrieb tätig war und sich der Kammer nicht anschloss, der durfte seinen Beruf nicht mehr ausüben. In den Verlagen wurden alle Juden entlassen, Buchhandlungen von Nicht-Ariern zerstört oder enteignet. Und alle anderen duckten sich oder flohen.

Ruth hatte das alles mitbekommen, auch wenn sie damals noch recht jung gewesen war. Und sie hatte sich geschworen, die Buchhandlung ihrer Familie nie wieder in einen anderen Dienst zu stellen als in den der Literatur. Ihre Mutter, die damals versagt hatte, wusste das.

»Hallo, Ruth!« Rosas Stimme riss sie aus ihren Gedanken. Sie hatte sich von ihren Grübeleien tatsächlich viel zu sehr ablenken lassen und nicht einmal bemerkt, dass die Registrierkasse offen stand!

Rosa schlenderte durch die geöffnete Tür herein.

»Sag mal«, sie blieb vor dem Tresen stehen und knetete unsicher ihre Hände, »ich würde gern etwas mit dir besprechen.«

»Ja, was denn?«, fragte Ruth.

Aber eine Bewegung vor dem Laden zog ihre Aufmerksamkeit auf sich. Vor ihrem Schaufenster war ein Mann stehen geblieben und linste herein. Er kam Ruth merkwürdig vertraut vor. Hatte sie dieses Gesicht nicht heute schon einmal gesehen? Ruth griff unter den Tresen und zog den Gedichtband hervor, der frisch eingetroffen war. Auf seinem Rücken war ein Foto des Mannes abgebildet.

»Mein Gott, da steht Gottfried Benn!«, flüsterte sie Rosa zu und nickte unauffällig zum Schaufenster.

Rosa drehte sich um. Doch Gottfried Benn war inzwischen hereingekommen, sah sich mit einem schnellen Blick im Laden um und ging dann zum Tresen.

Rosa stieß Ruth in die Seite und grinste.

»Herr Benn, wir freuen uns sehr, Sie bei uns begrüßen zu dürfen«, flötete sie auch schon los. Dabei hätte sie den Autor ohne Ruths Hinweis sicher nie im Leben erkannt. Ruth bezweifelte, dass Rosa jemals eines seiner Gedichte gelesen hatte.

Aber Ruth war ihr dankbar. Der hohe Besuch hatte ihr für einen kurzen Moment die Sprache verschlagen. Gottfried Benn war immerhin einer der bekanntesten Lyriker Deutschlands. Wenn er sich in ihren bescheidenen Laden verirrte, war das schon etwas Besonderes.

Rosa hatte Gottfried Benn bereits in ein lockeres Gespräch über die moderne Lyrik verwickelt. Und obwohl sie keine Ahnung von Gedichten hatte, pries sie ihm schon einige Sammlungen an, die im Regal standen – immer mit einem Seitenblick zu Ruth. Aber Rosa machte das schon gut, Gottfried Benn schien ihrem Charme jedenfalls nicht abgeneigt zu sein.

»Nun, danke für Ihre Zeit, Sie haben eine schöne Auswahl«, sagte er gerade. »Wussten Sie übrigens, dass in diesem Jahr ganze vier Bände von mir erscheinen?«

»Aber ja«, versicherte Rosa ihm hastig.

»Wir haben natürlich alles vorrätig, was lieferbar ist«, klinkte sich Ruth nun schnell in das Gespräch ein. »Die ›Drei alten Männer‹ gefallen mir sehr gut«, fügte sie hinzu und hoffte, dass es nicht zu einschmeichelnd wirkte.

»Sagen Sie«, fragte Rosa und blinzelte Benn gewinnend an. »Würden Sie uns denn ein paar Exemplare signieren? Das fänden unsere Kunden sicher wunderbar.«

Für einen Moment war Ruth sprachlos. Rosas Idee war brillant! Wenn sie handsignierte Exemplare hätten, würde sich das sicher herumsprechen und neue Kundschaft anlocken.

Gottfried Benn stimmte zu und zum Glück hatten sie noch eine ordentliche Anzahl seiner Werke hinten im Lager liegen. Als er schließlich den Laden verließ und über den herbstlichen Fasanenplatz davoneilte, konnte Ruth nicht anders, als ihrer Schwägerin zu danken.

Rosa strahlte übers ganze Gesicht. »Vielleicht können wir auch noch andere Schriftsteller hierherlocken. Ich frage Georg, ob er durch seine Arbeit nicht den ein oder anderen kennt. Das wäre doch was! Immerhin kommen manche Kunden ja mittlerweile schon allein, um mit Georg zu reden.«

Rosa begann sogleich, den kleinen Stapel, den Benn für sie signiert hatte, auf der Theke aufzubauen. Sie strahlte noch immer.

Ruth hingegen war schon wieder abgelenkt. Durch das Fenster sah sie den Kunden von neulich am Laden vorbeilaufen. Er war groß gewachsen und gegen den ersten frischen Herbstwind in einen teuren Mantel gehüllt.

Ruth trat entschlossen hinter der Theke hervor. Sie wusste jetzt, was zu tun war: Sie würde diesen Kunden für sich gewinnen! Sie würde ihm jedes Buch besorgen, das er haben wollte. Es durfte keine Grenzen mehr geben. Nicht für sie.

*

Sie saßen am Küchentisch der Klingers und Rosa bekam endlich die Gelegenheit, auf die sie die ganze Zeit gewartet hatte. Eben war Lutz' Mutter Ingrid noch hier gewesen und hatte die beiden Jungen zu einem Ausflug abgeholt. Sie wollten Kastanien sammeln gehen. Kurz hatten alle drei Frauen beisammengesessen, denn es kam in letzter Zeit selten vor, dass sie sich zu Gesicht bekamen: Ingrid arbeitete noch immer Extraschichten in der Bäckerei in Ostberlin.

»Von nüscht kommt nüscht«, pflegte sie zu sagen.

Doch kaum war Ingrid mit den beiden Jungs abgezogen, hatte Rosa ihre Schwägerin beiseitegenommen, und obwohl sie wusste, dass nun endlich der Moment gekommen war, in dem sie all ihre Fragen stellen konnte, fühlte sie sich unbehaglich.

»Du wolltest über etwas sprechen?«, fragte Ruth. Im Gegensatz zu ihrer Schwägerin redete sie nie lange um den heißen Brei herum.

Rosa legte die Hände auf die Tischplatte, um nicht nervös an ihrer Kleidung herumzuzupfen.

»Ja, das stimmt.« Sie atmete tief durch. »Georg hat neulich etwas über Friedrich gesagt, das mich zum Nachdenken gebracht hat.«

Wie zu erwarten, wirkte Ruth nicht gerade begeistert darüber, dass Rosa ihren jüngeren Bruder erwähnt hatte.

»Es ist so lange her, dass wir zusammen waren«, fuhr sie vorsichtig fort. »Und allmählich kommt es mir vor, als wüsste ich gar nicht, wer er wirklich war. Ich habe kaum eine Erinnerung an ihn. Und Georg hat gesagt, dass er anders war, als ich ihn kannte. Meinst du, ich weiß gar nicht, wer er in Wirklichkeit war?«

So, jetzt war sie raus. Die Frage, die sie am meisten belastete. Neben der natürlich, ob sie ihn je wiedersehen würde.

»Du wusstest sicher, wer er war, zumindest ein Teil von ihm.« Es war ungewöhnlich für Ruth, dass sie ihre Worte so bedachtsam wählte. Sie schaute Rosa nicht einmal an. »Er konnte witzig sein und charmant. Er hat uns immer zum Lachen gebracht. Aber er war auch begeistert von der Hitlerjugend, das weißt du ja«, sagte Ruth und sah Rosa jetzt doch an. »Er war vielleicht kein Rädelsführer, aber er hat furchtbare Dinge geschehen lassen und einfach dabei zugesehen.«

Jetzt war die Wut in Ruths Augen zurück.

»Ich wusste damals nicht, wie man das verhindern könnte. Und Friedrich wusste es auch nicht«, sagte Rosa schnell.

»Ja, du musst dich nicht rechtfertigen«, lenkte Ruth nun ein. »Du solltest Friedrich vergessen, Rosa. Er wird nicht wiederkommen, es ist egal, wie er sich damals verhalten hat.«

»Für mich ist es nicht egal«, antwortete Rosa leise. Es fiel ihr schwer, sich ihrer Schwägerin zu offenbaren.

Ruth seufzte und schaute an Rosa vorbei aus dem Küchenfenster. Draußen wurde es langsam dunkel, die Dämmerung setzte nun jeden Tag früher ein. »Na gut«, sagte Ruth resigniert. »Er war meistens freundlich zu allen, aber er konnte auch grausam sein. Er hat über viele schlecht geredet, ganz anders als du, Rosa. Seine Komplimente meiner Freundin Gitty gegenüber waren versteckte Beleidigungen. Und insgeheim hat er dafür gesorgt, dass alle erfuhren, dass sie eine Jüdin war. Als ihr Laden abgebrannt ist … hat er nur gelacht. So konnte er auch sein.«

Rosa bemerkte, dass Ruths Augen feucht geworden waren. Ruth, die nie Emotionen zeigte. In Rosas Hals bildete sich ein dicker Kloß.

Ruth räusperte sich. »Aber er konnte auch so sein, wie du ihn kanntest«, sagte sie, »es bringt also nichts, ewig darüber nachzugrübeln. Er ist tot, Rosa. Lass es dabei bewenden.«

»Ich glaube nicht, dass er tot ist«, erwiderte Rosa. »Ich kann einfach nicht loslassen«, fügte sie hinzu.

Insgeheim hatte sie schon längst beschlossen, noch einmal zum Roten Kreuz zu gehen und sich dort nach Friedrich zu erkundigen. Sie konnte nicht anders. Solange es keine Klarheit gab, würde sie das Warten nicht aufgeben.

»Vergiss ihn einfach!«, sagte Ruth entschieden und sah Rosa eindringlich an. »Schau nach vorn.«

Als ob das so einfach wäre! Wachte Ruth nicht auch manchmal nachts auf und fragte sich, wie es ihrem Mann wohl gerade, so viele Kilometer entfernt, erging?

»Du hast Willi auch nicht für tot erklären lassen.«

»Das ändert nichts daran«, sagte Ruth und ihr Gesicht wirkte schon wieder verschlossen. »Er ist tot und Friedrich ist es auch.«

Ruth hatte sich erhoben. Offensichtlich war die Unterhaltung damit für sie beendet.

*

Schon am nächsten Morgen, gerade als die Suchstelle des Roten Kreuzes in Berlin-Dahlem öffnete, stand Rosa in der Schlange der Wartenden. Sie hatte sich aus dem Haus geschlichen, bevor alle wach wurden. Nur Peter hatte sie in der Küche angetroffen, er war immer als Erster auf den Beinen. Er hatte sie mit seinen großen Augen angeschaut und gefragt, wohin sie denn gehe.

»Nur spazieren«, hatte sie geantwortet und ihm über den Kopf gestrichen.

Sie hatte sich vorgenommen, nicht nur nach Friedrich, sondern auch nach Willi zu fragen. Selbst wenn Ruth ihren Mann für tot hielt – es bestand immer noch Hoffnung, und Peter hatte es verdient, dass jemand die Suche nach seinem Vater im Auge behielt.

»Die Nächste!« Die Schlange war erstaunlich schnell vorgerückt. Nun, sie war ja auch nicht mehr so lang wie noch vor zwei oder drei Jahren. Damals war Rosa beinahe täglich hierhergekommen, wie so viele andere, die ihre Angehörigen nach dem Krieg vermissten. Jeden Tag hatte sie hier gestanden, zittrig vor Aufregung, doch sie hatte nie etwas über Friedrich in Erfahrung bringen können.

Jetzt betrat Rosa das Gebäude und ging zielstrebig auf den entsprechenden Schalter zu. Dahinter saß eine ältere Frau, die das ausgefeilte Suchsystem des Roten Kreuzes verwaltete, das sogenannte Kartei-Begegnungs-Verfahren. An den Wänden standen Regale mit zahlreichen Karteikästen, die jeweils zwei separat abgeheftete Karteikarten enthielten. Auf der Stammkarte waren die Personalien des Suchenden notiert, auf der Suchkarte alle Angaben über die Gesuchten. So konnte beim Einsortieren neuer Karteikarten schnell herausgefunden werden, ob zu einem neu eingetroffenen Gesuchten vielleicht schon jemand einen Suchauftrag erstellt hatte.

Irgendwo in diesem System existierten auch Karten für die Klingers. Nur leider war noch kein passender Heimkehrer für sie gefunden worden.

Rosa erwartete keine überraschenden Neuigkeiten, und sie sollte recht behalten.

»Wir werden Sie umgehend kontaktieren, wenn wir etwas über Friedrich Klinger oder Willi Hohmann erfahren«, schnarrte die Frau hinter dem Schalter schlecht gelaunt. Wer konnte es ihr verdenken: Sicher kamen immer noch täglich Verzweifelte, die um Nachricht von ihren Familienangehörigen flehten. Das musste nervenaufreibend sein.

Dennoch wollte Rosa endlich eine klare Aussage erhalten.

»Seien Sie ehrlich«, sagte sie und lächelte die Frau nett an, obwohl ihr gar nicht danach zumute war. »Wie wahrscheinlich ist es, dass sich die beiden hier melden? Hätten wir nicht schon längst Post aus den Gefangenenlagern bekommen müssen?«

Die Frau schaute sie einen Moment lang resigniert an und seufzte dann. »In den meisten Lagern dürfen die Gefangenen seit dem Frühjahr '46 Postkarten schreiben. Die sind zwar auf fünfundzwanzig Wörter begrenzt, trotzdem haben wir dadurch Kenntnis über den Verbleib vieler Männer erhalten. Außerdem bekommen wir Totenlisten, aber ob die vollständig sind …«

Die Frau sah jetzt ein wenig mitleidig aus. Vielleicht lag es an Rosas Gesichtsausdruck. Sie musste schon wieder hart schlucken.

»Es gibt immer noch fast drei Millionen Vermisste«, sagte die Frau. Sie klang mit einem Mal viel sanfter. »Aber wir können davon ausgehen, dass die meisten von ihnen tot sind. Hoffentlich können wir eines Tages jedem sagen, wann und wo seine Angehörigen gestorben sind. Aber das herauszufinden ist eine Mammutaufgabe, die sicher noch viele Jahre, wenn nicht Jahrzehnte dauern wird«, fügte sie hinzu.

»Danke«, sagte Rosa.

Sie war nicht gerade glücklich darüber und ihr Herz fühlte sich schwer an. Aber dennoch: Genau deswegen war sie hergekommen.

»Ich danke Ihnen für Ihre ehrlichen Worte«, sagte sie zu der Frau, die ihr zunickte und dann nach dem Nächsten in der Schlange schielte.

Rosa drehte sich um und verließ die Suchstelle.

Draußen atmete sie tief die kühle Herbstluft ein, die nach Regen roch. Das Laub zu ihren Füßen bildete einen bunten Teppich.

Sie hatte die Wahrheit gehört.

Jetzt, beschloss Rosa, war es an der Zeit, dass sie tat, was Ruth ihr geraten hatte: Sie würde nicht zulassen, dass die Erinnerung an Friedrich sie auf Schritt und Tritt verfolgte. Sie würde sich bemühen, ihn im Gedächtnis zu behalten. Aber sie würde von nun an nur noch nach vorn schauen.

Kapitel 6

Jahresanfang 1950

Lore schlenderte über den Fasanenplatz und bemühte sich, mit dem eingepackten Kuchen, den sie in den Händen trug, nicht zu stolpern. Schließlich hatte er ein halbes Vermögen gekostet – oder zumindest die Hälfte ihres bescheidenen Vermögens.

Dass sie mittlerweile ein wenig Geld besaß, auch wenn sie es immer sofort ausgab, machte sie unfassbar glücklich. Dadurch war sie in der Lage, den Klingers tatsächlich etwas zurückzugeben.

Sie wollten zwar nach wie vor kein Geld für das Zimmer auf halber Treppe annehmen, doch Lore besorgte jetzt häufiger Comics für Peter, etwas Feines fürs Familienabendbrot – und heute, zu Ruths Geburtstag, hatte sie Kuchen gekauft. Richtig guten Kuchen. Es sollte schon etwas Besonderes sein.

Lore atmete die kalte Winterluft ein und blieb einen Moment lang in der Mitte des Platzes stehen. Hier lag noch Schnee, auf den Straßen war er bereits weggeschmolzen. Über ihrem Kopf schrie eine Krähe in den hellgrauen Berliner Himmel. Bei diesem Schmuddelwetter wirkte der Fasanenplatz nicht sehr idyllisch und trotzdem mochte Lore es hier. Sie wünschte sich so sehr, sie würde endlich im Buchladen der Klingers arbeiten und jeden Tag mit einem Blick auf diesen Platz begrüßen können.

Nicht, dass ihre Arbeit schlecht war. Robert hatte tatsächlich Wort gehalten und ihr eine interessante Anstellung besorgt, die sie, das fand sie zumindest selbst, auch passabel erledigte. Robert war dafür zuständig, neu nach Berlin versetzte GIs mit den Gepflogenheiten vor Ort bekannt zu machen. Als der Krieg gerade vorbei gewesen war, hatte es dafür noch kleine Merkheftchen gegeben, in denen die amerikanischen Soldaten grob informiert, vor allem aber dazu angehalten worden waren, jeden Kontakt mit dem feindlichen Volk zu vermeiden. Es gab strenge Strafen für diejenigen, die mit den Berlinern Geschäfte machten oder auf intime Weise gegen das Fraternisierungsverbot verstießen.

Aber spätestens seit der Luftbrücke – dem Beginn der deutsch-amerikanischen Freundschaft – hatte sich einiges verändert. Die Amerikaner hatten engeren Kontakt mit der Bevölkerung aufgenommen und Robert organisierte für die Soldaten, die neu in Berlin eintrafen, Stadtführungen, bei denen Lore ihm seit Neuestem assistierte. Sie erklärte den Männern, worauf es beim Umgang mit den Berlinern ankam, brachte ihnen erste Sprachkenntnisse bei und zeigte ihnen wichtige Berliner Orte. Für jede dieser Touren wurde sie gut bezahlt.

Sie konnte sich also wirklich nicht beklagen. Auch wenn sich ihr Leben nach wie vor nicht so gestaltete, wie sie es sich vorgestellt hatte.

Doch Lore gab nicht auf und ließ keine Gelegenheit aus, den Klingers zu beweisen, dass sie an ihnen und auch an der Arbeit in ihrer Buchhandlung interessiert war.

Und heute wollte sie Ruth wenigstens ein Lächeln entlocken, indem sie ihr einen Geburtstagskuchen mitbrachte.

»Hallo, Lore!«

Lore blickte sich überrascht um. Sie hatte gar nicht gemerkt, dass sie noch immer gedankenversunken in der Mitte des Fasanenplatzes stand.

Wer hatte da nach ihr gerufen?

Auf einer verschneiten Bank, mitten in einem matschigen Haufen braunem Schnee, saß ein junger Mann mit einem Butterbrot in der Hand und winkte ihr.

Lore ging unsicher ein paar Schritte auf ihn zu. Erst als sie direkt vor ihm stand, erkannte sie ihn: Es war Egon, der Mann, mit dem sie Kohlen von einem Güterzug stibitzt hatte.

»Wusste doch, dass ich dich kenne«, sagte er und strich sich ein paar Krümel von seinem Mantel. »Und du hast mich bestimmt auch nicht vergessen, was?« Er grinste.

Wie hätte sie ihn auch vergessen sollen? Er war ja derjenige gewesen, der sie zu den Klingers geführt hatte.

Sofort fühlte Lore sich ertappt. Hatte sie damals bei dem Gespräch mit ihm irgendetwas über ihre Herkunft und ihre wahren Pläne verraten? Fieberhaft ging sie im Kopf ihr Treffen durch: Aber nein, sie hatte nur nach den Klingers gefragt. Er wusste nichts und konnte sie dementsprechend auch nicht enttarnen.

»Du wirkst nicht gerade froh darüber, mich wiederzusehen«, befand Egon, den Kopf schräg gelegt. »Dabei waren wir zusammen doch ziemlich erfolgreich.«

»Ja natürlich«, stotterte Lore. »Schön, dich zu sehen. Aber was machst du hier?« Er war Buchhändler aus Ostberlin. Warum saß er dann auf einer Bank in der Nähe des Ku'damms?

»Ich bin dabei, die Lage zu sondieren«, antwortete Egon und deutete mit dem Kinn nach rechts. »Siehst du den Laden da?«

Lore wandte den Kopf. An der Stelle war bis vor wenigen Wochen noch ein Fleischereigeschäft gewesen. Jetzt aber waren die Schaufenster verrammelt. Lore konnte sich denken, wieso. In Westberlin mussten gerade viele Läden schließen, vor allem Bäckereien, kleinere Kramerläden und sonstige Lebensmittelgeschäfte. Die Leute hier kauften ihre Waren lieber im Osten, da der Wechselkurs zwischen den beiden Währungen mit 5:1 für die Westberliner günstig war. So konnten sie sich für ihr Geld deutlich mehr leisten.

»Schade, dass der Fleischer zumachen musste«, antwortete Lore.

Egon zuckte mit den Achseln. »Stimmt«, sagte er, klang aber nicht besonders traurig.

»Die einen verlieren an den Osten, die anderen verliert der Osten.

Ich jedenfalls bin abgehauen. Ich wohne jetzt hier in der Nähe. Und den Laden da, den wollen ein Freund von mir und ich wieder auf Vordermann bringen.«

»Ach ja? Ich dachte, du wärst eher ein Einzelgänger?«, sagte Lore. Hatte er sich damals nicht mit diesen Worten verabschiedet, statt auf weitere Hamstertouren mit ihr zu gehen?

»Ja, aber so einen Laden führt man nicht alleine. Und ich war es leid, bei meinem Vater zu arbeiten. Die Ostberliner Buchhändler haben es richtig schwer. Wenn sie sich nicht dem Volksbuchhandel anschließen, werden ihnen weniger Bücher zugeteilt. Und immer die falschen.«

So interessant seine Ausführungen auch waren, Lores Gedanken waren bei einem entscheidenden Punkt hängen geblieben: Er war Buchhändler und dementsprechend wollte er natürlich nicht irgendeinen Laden hier aufmachen – sondern einen Buchladen.

»Das geht nicht«, platzte sie heraus.

»Was geht nicht?«

»Na, dass ihr einen Buchladen hier aufzieht. Es gibt doch schon einen!« Sie zeigte nach links, zur anderen Seite des Platzes, wo die Klinger'sche Buchhandlung bereits hell erleuchtet war.

»Ach, die Klingers! Stimmt ja, die kennen wir doch«, sagte Egon und kramte in seiner Manteltasche. »Willst du auch eine Zigarette?«

Lore schüttelte den Kopf, aber Egon hatte sich schon eine angezündet und blies den Rauch in das diesige Berliner Grau.

»Also, was das angeht«, sagte er gelassen, »wissen wir doch alle: Konkurrenz belebt das Geschäft. Wir werden einen anderen Schwerpunkt setzen als die Klingers, und das wird uns allen zugutekommen. Und ansonsten möge der Bessere gewinnen.«

»Dafür, dass du aus dem Osten kommst, denkst du ganz schön kapitalistisch«, sagte Lore spitz.

Egon grinste wieder. »Deshalb bin ja weggegangen, oder nicht?«

Dabei war er ihr so nett vorgekommen, als sie ihm zum ersten

Mal begegnet war! Nun, nett sah er immer noch aus. Sein Grinsen war herzlich, er hatte nichts Verschlagenes an sich. Aber seine Worte …

»Was hast du da eigentlich in der Hand?« Egon hatte sich vorgebeugt und schielte nach dem Kuchen. »Was muss ich machen, damit du mir ein Stück abgibst?« Er zwinkerte ihr spitzbübisch zu.

Lore drehte sich um. »Nichts. Das ist ein Geburtstagsgeschenk. Aber ich muss jetzt dringend los.«

Sie wollte Ruth so schnell wie möglich von dem neuen Konkurrenten berichten. Wer weiß, fiel Lore mit einem Mal auf, vielleicht war das ja gar nicht schlecht. So könnte sie eventuell sogar in Ruths Gunst steigen.

Ohne sich zu verabschieden, ging sie davon.

»He, warte mal!«, rief Egon ihr nach.

Lore musste in sich hineingrinsen. So gefährlich ein Konkurrent am Fasanenplatz auch wäre – sie konnte nichts dagegen tun, sie mochte Egon.

*

Ruth war beunruhigt. Als echte Unternehmerin scheute sie den Wettbewerb nicht, aber dass eine neue Buchhandlung ausgerechnet am Fasanenplatz ihr Kunden abspenstig machen könnte, bereitete ihr dennoch Sorgen.

Zum wiederholten Male schielte sie jetzt schon durch das Schaufenster über den Platz.

Es war nun einige Wochen her, dass Lore ihnen – und das ausgerechnet an Ruths Geburtstag! – berichtet hatte, dass ein Konkurrent plane, sich in ihrer direkten Nachbarschaft niederzulassen. Doch die Bretter, die das ehemalige Fleischereigeschäft verrammelten, waren seither nicht verschwunden und der Laden war immer noch dunkel und leer. Hatte Lores Bekannter die Räumlichkeiten nun angemietet oder nicht?

»Du machst dir zu viele Sorgen«, stellte Rosa fest.

Ruth versuchte gar nicht erst, es abzustreiten. Sie gab es ungern zu, aber in dieser Angelegenheit konnte sie einfach keinen kühlen Kopf bewahren.

Zum Glück lenkte die klingelnde Ladenglocke sie ab. Ein neuer Kunde betrat den Verkaufsraum, den Mantel eng zugeknöpft. Hinter ihm kam Herr Hagenbrink durch die Tür, und kaum dass die beiden Männer im Laden waren, schlüpfte auch noch eine Frau herein, die unruhig wirkte.

So war es doch immer: Entweder gab es gar keinen Kunden, oder sie kamen in Scharen.

Für Herrn Hagenbrink lag eine Ansichtsbestellung bereit, die Ruth kommentarlos zu ihm über die Theke schob, während Rosa den neuen Kunden – er war bereits einmal im Laden gewesen, um eines der signierten Gottfried-Benn-Exemplare zu kaufen – in ein lockeres Gespräch verwickelte. Ruth wandte sich als Nächstes der Frau zu.

Die stand vor der Verkaufstheke und musterte die Bücher hinter Ruths Rücken auf eine Art, die man wirklich nur als nervös bezeichnen konnte.

»Kann ich Ihnen helfen?« Ruth bemühte sich um ein freundliches, nicht zu aufdringliches Lächeln.

»Ich suche ein Buch mit diesem Peugeot«, sagte die Frau. Sie hatte eine schneidende, energische Stimme.

»Peugeot?« Ruth runzelte die Stirn. »Meinen Sie etwa die Automarke?«

Die Frau schüttelte ärgerlich den Kopf. »Natürlich nicht! Peugeot ist ein Detektiv. Das sollten Sie als Buchhändlerin doch wissen! Wo bin ich denn hier gelandet?«

Ruth atmete tief durch. So war das eben, wenn wieder mehr Leute in den Laden kamen. Das kannte sie von früher, es waren nicht alle Kunden einfach. Aber sie musste immer nett bleiben und herausfinden, was die Kundin eigentlich wollte – damit sie das Geschäft am Ende glücklich verließ, egal, was es Ruth gekostet hatte.

»Entschuldigen Sie vielmals«, sagte sie deswegen freundlich. »Sie suchen also einen Krimi, dessen Ermittler Peugeot heißt?«

»Ja genau«, sagte die Frau. »Haben Sie den da?«

Schon wieder schaute sie sich unruhig in dem Laden um. Ruth nahm ihren selbst angelegten Katalog zur Hand, ein ausgefuchstes System aus Karteikarten, mit dem sie sämtliche Neuerscheinungen im Blick behalten konnte.

Währenddessen dachte sie angestrengt nach. Peugeot? Von einem Detektiv mit diesem Namen hatte sie noch nie gehört. Allerdings kannte sie sich mit Kriminalgeschichten auch nur oberflächlich aus. Vielleicht trug der Ermittler ja auch einen anderen französisch klingenden Namen? Da fiel es ihr plötzlich wie Schuppen von den Augen.

»Der Detektiv, den Sie meinen, heißt Hercule Poirot! Er stammt aus einem Krimi von Agatha Christie, oder?«, fragte sie.

»Ja, Peugeot, von dieser Christie, sag ich doch!«

Statt zu widersprechen, nickte Ruth. Auch das lernte man als Buchhändlerin. Man musste dafür sorgen, dass die Kunden zufrieden waren, und nicht auf seiner eigenen Meinung beharren, egal, wie schwer es einem fiel.

»Dieses Jahr erscheint ›Der Todeswirbel‹, auf Deutsch«, erklärte Ruth. »Wir haben das Buch noch nicht hier, aber ich kann Ihnen stattdessen ›Mord auf dem Golfplatz‹ oder ›Das Haus an der Düne‹ anbieten, die sind beide mit Ihrem Detektiv. Kennen Sie die schon?«

»Nein, die nehme ich.«

Und wieder hatte sie eine Kundin glücklich gemacht. Tatsächlich wirkte die Frau jetzt schon weniger nervös, während sie dabei zusah, wie Ruth die Bücher für sie verpackte. Kaum hatte Ruth ihr das Päckchen über die Theke zugeschoben, drückte sie es an die Brust wie einen lange vermissten Freund.

Hinter dem Rücken der Kundin sah Ruth, wie Lore das Geschäft betrat. Die Wangen des Mädchens waren vom scharfen Wind, der draußen wehte, gerötet, oder vielleicht weil sie gerannt war. Ihr Blick wanderte sofort zu Ruth und leuchtete auf. Eilig kam sie zur Theke gelaufen.

»Biste in der S-Bahn geborn, junges Fräulein?«, murrte Herr Hagenbrink. Es zog durch die offene Tür, die Lore in ihrer Hast vergessen hatte zu schließen.

»Entschuldigen Sie, Herr Hagenbrink!« Sie warf dem älteren Herrn ein gewinnendes Lächeln zu.

Ruth verdrehte die Augen. Herr Hagenbrink wirkte hartgesotten, aber bei einem Lächeln von Lore oder Rosa verkniff er sich seine Sprüche.

Und das war auch besser so, sonst hätte er mit seiner stoffeligen Art den anderen Kunden vertrieben, der sich immer noch mit Rosa unterhielt. Die Frau verließ – ihre beiden Krimis fest an sich gedrückt – sowieso schon den Laden.

Lore kam atemlos vor Ruth zum Stehen.

»Es ist so weit, die ziehen da wirklich ein!«

Ruth war sofort alarmiert.

»Woher weißt du das?«

»Ich habe Egon eben auf der Straße getroffen.« Lore warf einen Blick zurück, als befürchtete sie, der junge Mann könnte sie verfolgen. »Sie wollen schon in wenigen Wochen eröffnen!«

Jetzt sah auch Ruth nach draußen. Der Winter war fast vorbei und in Berlin würde bald der Frühling Einzug halten – und die Zeiten würden endlich besser werden. In diesem Jahr hatte das »Berliner Aufbauprogramm« mit Geldern aus dem sogenannten Marshallplan begonnen, um die im Krieg zertrümmerten Gebäude wieder herzurichten. Nach und nach wurden die Fassaden und Fenster repariert und zerstörte Obergeschosse instand gesetzt. Endlich bekamen die Menschen das Gefühl, dass es aufwärts ging, und sie würden sich sicher trauen, nun auch mehr einzukaufen. Ruth fand es ärgerlich, diesen Aufschwung mit einem Konkurrenten teilen zu müssen.

»Was können wir tun?«, fragte sie, mehr an sich selbst gerichtet als an Lore.

»Nichts, Ruth, es wird schon alles gut gehen.« Und es war auch nicht Lore, die ihr geantwortet hatte, sondern Rosa, die ihren Kunden gerade verabschiedet hatte und jetzt neben Ruth am Tresen lehnte. In ihrer Hand hielt sie einen kleinen Zettel mit einer Nummer darauf.

»Ist das etwa eine Telefonnummer?«, fragte Lore neugierig.

Rosa legte den Zettel achtlos auf den Tresen. »Ja, der Kunde, der eben da war, möchte gern mit mir ausgehen. Er hat mir seine Nummer gegeben.«

»Er hat einen eigenen Telefonanschluss? Dann ist es ein guter Fang«, stellte Lore fachmännisch fest.

Aber Ruth hatte gerade keinen Kopf dafür, sich über Rosas Männerbekanntschaften Gedanken zu machen. Es war schließlich nicht das erste Mal, dass jemand ihre Schwägerin um eine Verabredung bat. Das Problem des konkurrierenden Buchladens am Fasanenplatz beschäftigte sie viel mehr.

Lore beugte sich zu Ruth vor.

»Ich habe einen Vorschlag«, sagte sie, die Stimme gesenkt. »Ich könnte Egon und seinen Freund aushorchen, um herauszufinden, was sie vorhaben. Dann wisst ihr wenigstens, wo ihr noch nachbessern könnt.«

Das klang nach einer passablen Idee, fand Ruth. Auch wenn es natürlich keine lautere Geschäftspraktik wäre …

»Auf keinen Fall«, ging Rosa dazwischen. »Ich finde, wir sollten sie nicht ausspionieren, sondern lieber von Anfang an freundschaftlich auf sie zugehen.«

Vermutlich hatte Rosa recht. Aber Ruth wollte Lores Plan nicht so schnell verwerfen.

»Wie würdest du es denn anstellen?«, fragte sie das junge Mädchen, dessen Augen freudig aufleuchteten. Im Gegensatz zu Rosa schien Lore keine moralischen Bedenken zu haben.

»Ich könnte mich dort als Mitarbeiterin bewerben«, schlug Lore vor. »Bei so einem Bewerbungsgespräch erfährt man doch immer allerlei Interessantes.«

Rosa warf Ruth einen ungläubigen Blick zu und schüttelte den Kopf.

»Ach komm schon, Rosa«, sagte Lore. »Ich mache ja nichts wirklich Schlimmes. Ich biete ihnen nur meine Hilfe an. Dass ich euch kenne, habe ich nie verschwiegen.«

Rosa seufzte, widersprach aber nicht mehr. Und damit war die Sache für Ruth entschieden.

*

»Ich weiß gar nicht, wieso wir nicht öfter ins Kino gehen«, sagte Rosa und ließ sich in den Sessel zurückfallen. Sie versank richtig in dem weichen Plüschstoff, während Georg noch herumrutschte, um eine bequeme Sitzposition zu finden. Mit seinen langen Beinen hatte er es deutlich schwerer, und als er an den Sessel vor ihm stieß, drehte sich die junge Frau aus der vorderen Sitzreihe empört um. Bei Georgs Anblick lächelte sie kokett.

Rosa musste grinsen.

»Wir können jetzt jede Woche gehen, wenn du magst«, sagte Georg. »Langsam können wir uns die Eintrittspreise ja auch wieder leisten.«

Er warf ihr ein Lächeln zu – kaum zu glauben, dass er vor einiger Zeit überhaupt nicht gelächelt hatte. Jetzt war es, als wäre es nie anders gewesen. Dass Georg seinem Bruder so ähnlich sah und doch so anders war, daran musste Rosa zum Glück nur noch selten denken. Sie hatte die bohrenden Gedanken an Friedrich abgelegt, als wären sie ein Korsett gewesen, und jetzt bekam sie endlich wieder

Luft. Sie genoss jede einzelne Sekunde. Vor allem, wenn das Leben so viel zu bieten hatte wie heute Abend.

Vorn begann in knisternden Aufnahmen der Film. Es war die neue Verfilmung von ›Anna Karenina‹. Rosa kannte den Tolstoi-Roman zwar nicht, aber Georg und Ruth liebten ihn beide. Ruth fand, man dürfe Filme erst anschauen, wenn man auch das Buch dazu gelesen habe. Aber sie war ja nicht hier und so konnte sich Rosa einfach von den Bildern davontragen lassen.

Doch Georg wand sich ständig in seinem Sessel, sodass sich ihre Knie immer wieder berührten. Es war wirklich warm in diesem Kino.

Mitten in einer pompösen Ballszene, untermalt mit fröhlicher Streichmusik, setzte Georg sich schon wieder um. Aus einem Reflex heraus legte Rosa ihm eine Hand aufs Knie. Für einen Moment trafen sich ihre Blicke im Dunkeln.

Rasch zog Rosa ihre Hand zurück, ihre Finger kribbelten. Georg lächelte leicht und schaute wieder nach vorn.

Rosa lehnte sich zurück und versuchte, sich nun wirklich auf den Film zu konzentrieren. Aber es waren so viele Figuren, dass sie den Überblick verloren hatte. Was eigentlich, wie sie merkte, gar nichts machte. Hier zu sitzen, im dunklen Kino, mit der fröhlichen Musik und Georg neben ihr, war schön genug.

Georg schaute sie hin und wieder verstohlen an. Anscheinend mochte er *›Anna Karenina‹* als Film auch weniger, als er gedacht hatte. Rosa musste sich ein Lächeln verkneifen.

Als sie aus dem finsteren Kinosaal in die kühle Nacht hinaustraten, konnten sie beide kaum Worte finden.

»Die Musik war schön«, sagte Rosa schließlich, aber Georg zuckte mit den Achseln. »Wäre es dir lieber gewesen, wenn Jazz gespielt worden wäre?«

»Vielleicht wäre ich dann eher dabei gewesen. Ich konnte mich heute nicht so recht konzentrieren«, gab Georg zu und schaute zu

Boden. »Wollen wir noch ein Bier trinken gehen?«, fragte er dann, als hätte er es eilig, das Thema zu wechseln.

Im »Berliner Kindl-Bräu« am Kurfürstendamm war trotz der kühlen Temperatur noch ziemlich viel los. Die Berliner waren ein zähes Völkchen und nutzten die ersten auch nur einigermaßen erträglichen Stunden, um wieder im Biergarten zu sitzen und sich das frisch gebraute Bier schmecken zu lassen. Jetzt, wo es endlich wieder welches gab!

Bald saßen Georg und Rosa auf einer der Bänke, eingepackt in ihre Mäntel, und nippten an zwei großen Gläsern. Schon nach wenigen Schlucken merkte Rosa, wie ihr der Alkohol die Brust wärmte.

»Am ersten Mai findet eine große Demonstration für die Wiedervereinigung statt«, brach Georg das Schweigen. »Willst du da mitkommen? Ich würde gern darüber schreiben. Und es ist ja auch eine gute Sache. Hinterher könnten wir wieder ins Kino gehen. Vielleicht kriegen wir beim nächsten Mal ja mehr mit.« Er grinste und nahm noch einen Schluck Bier.

Rosa willigte ein. Sie musste gar nicht lange überlegen. Sie fand es toll, dass Georg solche Termine immer im Blick behielt. Er las jeden Morgen die komplette Zeitung durch und hatte zu jedem Thema eine Meinung, die er ihr allerdings nie aufdrängte.

»Entschuldigen Sie!«

Georg und Rosa schauten auf.

Rosa hätte eigentlich erwartet, schon wieder einem von Georgs Bewunderern gegenüberzustehen, aber tatsächlich war es der Kunde, der neulich bei ihnen im Laden gewesen war und ihr seine Visitenkarte zugesteckt hatte – Herr Wagenschmied, fiel Rosa gerade noch rechtzeitig sein Name ein.

»Frau Klinger, welch eine Freude, Sie hier zu sehen!« Der Mann warf ihr ein gewinnendes Lächeln zu und drehte sich dann zu Georg. »Wir kennen uns noch nicht, oder? Anton Wagenschmied.« Er streckte ihm seine Hand entgegen.

Georg schaute zwischen Rosa und Herrn Wagenschmied hin und her und reichte dem Mann dann zögernd seine Hand. »Georg Klinger.«

»Ah, schön, das ist sicher Ihr Schwager?«, fragte Wagenschmied und musterte Georg aufmerksam, ehe er sich wieder an Rosa wandte. »Wenn es Ihnen hier gefällt, werte Rosemarie, würde ich Sie sehr gern auch einmal hierher ausführen.«

Ach, richtig, jetzt erinnerte sich Rosa wieder. Sie hatte tatsächlich vergessen, ihn anzurufen. Vielleicht lag es an der etwas zu glatten Art, die dieser Anton Wagenschmied an sich hatte. Er wirkte arrogant und steif, als hielte er sich insgeheim für etwas Besseres und bemühte sich nur um einen sympathischen Tonfall.

»Danke, sehr freundlich von Ihnen«, sagte Rosa diplomatisch und überlegte, wie sie aus dieser Situation schnellstmöglich hinauskäme.

Wagenschmied stand neben dem Tisch, als wäre er dort festgewachsen. Vermutlich würde er nicht gehen, bis Rosa zugesagt hatte. Und Georg saß kerzengerade und mit zusammengebissenen Zähnen neben ihr und schien alles andere als erfreut über die Begegnung.

Wie unangenehm, dass dieser Kunde so aufdringlich war!

Leider war Rosa schon ein paarmal Ähnliches passiert. Manche Menschen konnten offenbar nicht unterscheiden zwischen dem Interesse, das sie ihnen als Kunden entgegenbrachte, und echten, romantischen Absichten. Die hatte Rosa nämlich gar nicht. Bisher hatte sie noch nicht einmal darüber nachgedacht, mit einem dieser Männer auszugehen – wenn sie ins Kino wollte, konnte sie ja Georg fragen.

»Ich werde darauf zurückkommen«, sagte sie nun und bemühte sich um ein Lächeln, das sowohl freundlich war als auch signalisierte, dass sie nichts weiter hinzuzufügen hatte.

Doch Wagenschmied blieb an Ort und Stelle stehen.

Da erhob sich Georg rasch von der Bierbank. »So, ich denke,

wir müssen dringend los. Ich habe noch einen Artikel fertig zu schreiben. Einen schönen Abend Ihnen.«

Eilig stand auch Rosa auf und hakte sich bei Georg unter.

Herr Wagenschmied verzog den Mund, lupfte dann aber höflich seinen Hut. »Liebe Rosemarie, ich hoffe – auf bald!«

»Du wolltest doch nicht wirklich mit ihm ausgehen, oder?«, fragte Georg, während sie die nächtlichen Straßen entlangspazierten. Mittlerweile waren die Laternen wieder in Betrieb. Rosa vermisste fast ein wenig die Abende bei Kerzenschein. Damals hatten die Berliner Reflektoren an ihren Jacken befestigt, um in der Dunkelheit nicht gegeneinanderzustoßen. Manchmal hatte es ausgesehen, als schwirrten Glühwürmchen durch die Straßen.

»Natürlich nicht!«, antwortete sie empört.

»Er war nicht sehr sympathisch«, stellte Georg fest.

Schweigend wechselten sie die Straßenseite. Erst jetzt fiel Rosa auf, dass sie noch immer bei Georg untergehakt war. Behutsam löste sie ihren Arm von seinem.

»Würdest du denn gern einmal … ausgehen?«, fragte Georg.

Ihre Schritte hallten auf dem Asphalt wider. Ansonsten umfing sie Stille.

»Nein, wieso denn, ich bin ja versorgt.«

Warum war die Stimmung schon wieder so merkwürdig? Eigentlich war es, wenn sie mit Georg ausging, immer freundschaftlich und lustig und irgendwie vertraut. Aber manchmal wusste sie plötzlich nicht mehr, was sie sagen sollte. Das war seltsam und unangenehm.

Zum Glück waren sie fast schon zu Hause. Sie mussten schnell gelaufen sein, ohne dass sie es gemerkt hatte. Rosa war ein wenig außer Atem.

»Rosa …« Georg blieb direkt vor ihrem Wohnhaus stehen. Die Art, wie er ihren Namen aussprach, ließ ihr das Herz bis zum Hals schlagen.

»Würdest du denn …?«, fragte er, brach dann aber ab und räusperte sich. »Würdest du denn mit mir ausgehen?«

»Ich gehe doch immer mit dir aus!« Rosa lachte nervös, aber ihr Lachen klang ein wenig schrill. »Lass uns reingehen, ja?« Sie kramte nach dem Schlüssel, fand ihn endlich und steckte ihn ins Schloss. Ihre Finger zitterten in der Kälte.

Hinter ihr legte Georg eine Hand auf die Tür, bevor sie sie aufstoßen konnte.

»Gut«, sagte er und dann beugte er sich hinunter und küsste sie.

Irgendetwas explodierte heiß in ihrer Brust, als hätte sie schon immer auf diesen Moment gewartet. Und dann schien alles stillzustehen.

Das Einzige, was sie spürte, waren seine Lippen. Und dieses Gefühl …

Bis ihr plötzlich wieder einfiel, wo sie hier waren. Und wer sie waren.

Erschrocken schob sie ihn zurück.

»Georg …« Sie konnte seinen Blick nicht lesen, sein Gesicht lag im Schatten. Ihr Mund fühlte sich staubtrocken an und ihr war furchtbar kalt.

Kurz darauf öffnete er die Tür und folgte Rosa in den Hausflur.

*

»So, und du willst also bei uns im ›Büchereck‹ arbeiten?«

Ein bisschen nervös war Lore schon gewesen, als sie heute hierhergekommen war. Dabei hatte sie sich ja mit Egon verabredet, es war also kein Überfall gewesen. Doch als sie sachte gegen die Scheibe geklopft hatte, hatte nicht Egon sie hineingebeten, sondern ein groß gewachsener blonder Mann, der sie nun neugierig musterte.

»Schön, schön«, sagte er und nickte zum Fenster. »Da kommt Egon. Das können wir gleich zusammen besprechen.«

Lore warf einen Blick über die Schulter. Egon schlenderte über die Straße, die Jacke lässig über die Schulter geworfen. Der Laden der Klingers am anderen Ende des Platzes war von hier aus nicht zu sehen, die Bäume versperrten die Sicht. Aber Lore wusste, dass er dort war, und fühlte sich gleich ein wenig beobachtet.

Sie tat das hier für die Klingers, für Ruth, aber auch für Rosa, die immer so nett zu ihr war. Dennoch fühlte sie sich unbehaglich dabei, hier in der Buchhandlung der Konkurrenz zu stehen.

Wenigstens Egon wirkte unbefangen und herzlich wie immer.

»Lore! Schön, dass du mal vorbeischaust. Hat Joachim dich schon herumgeführt?«

»Sie ist gerade erst gekommen«, verteidigte sich Egons Geschäftspartner. »Ich wollte vorher noch ein paar Worte mit ihr wechseln. Schließlich hat sie sich bei uns beworben, oder etwa nicht?« Er sah Lore herausfordernd an.

»Ja, doch, auf jeden Fall!«, stammelte sie. Die Situation überforderte sie zunehmend. Eigentlich hatte sie sich das ganz einfach vorgestellt: Sie würde hier hereinkommen, die beiden Männer bei einem fingierten Bewerbungsgespräch um den Finger wickeln und schnell erfahren, was genau sie geplant hatten. Und dann würde sie gehen und kein schlechtes Gewissen haben. Schließlich hatte sie sich nur nett mit ihnen unterhalten.

Stattdessen machten Joachims bohrende Blicke sie nervös und Egons blitzende braune Augen, wenn auch auf andere Weise, ebenfalls.

Sie hätte auf Robert hören sollen! Robert, bei dem sie noch immer arbeitete und mit dem sie mittlerweile locker befreundet war. Nachdem sie ihm unmissverständlich klargemacht hatte, dass sie keinerlei romantische Interessen hegte, hatte er sich als guter Ratgeber herausgestellt. Immer wieder gingen sie gemeinsam in ein Café und ließen sich die eigentlich viel zu teuren Kuchen schmecken. Bei ihrem letzten Treffen hatte Lore ihn in ihren Plan eingeweiht, aber Robert war überhaupt nicht begeistert gewesen. Er wusste, dass sie vor allem die Klingers beeindrucken wollte, hatte sie jedoch davor gewarnt, dass die ganze Aktion vielleicht schwieriger werden würde, als sie dachte. »Bereite dich wenigstens gut vor! Sonst geht das Ganze nach hinten los«, hatte er sie beschworen. »Die beiden jungen Männer könnten schnell merken, dass du sie für dumm verkaufen willst. Und dann könnte es ungemütlich werden. Schlimmstenfalls schadest du sogar dem Ruf der Klingers.« Aber bis auf dieses Gespräch mit Robert hatte Lore sich nicht vorbereitet – sie dachte, das würde ein Kinderspiel werden.

»Komm, ich zeig dir mal das Büro hinten im Laden!«, sagte Egon und löste damit die unangenehme Spannung zwischen ihnen.

Dankbar folgte Lore ihm durch den Verkaufsraum. Joachim ließen sie am Tresen zurück.

Lore schaute sich in dem kargen Büro um. Bis auf einen schmalen Holztisch und ein paar leere Regale war noch nichts vorhanden.

»Hier wäre dann der Platz für die Büroarbeit«, sagte Egon und deutete auf den Tisch, vor dem ein ungemütlich wirkender Stuhl stand.

»Setz dich doch!« Er zog sich selbst einen Hocker heran.

Lore war etwas flau im Magen. In diesem Raum gab es kein Fenster, eine nackte Glühbirne hing von der Decke.

»Bei den Klingers ist es sicher etwas hübscher«, sagte Egon. »Haben die größere Lagerräume?«

»Äh, ich weiß nicht«, sagte Lore ausweichend. »Aber ich glaube, sie haben immer ziemlich viele Bücher vorrätig. Und das ist auch wichtig«, fügte sie hinzu.

»Soso«, antwortete Egon.

Warum nur hatte Lore das Gefühl, dass er gerade den Spieß umdrehte? Sie wollte doch ihn bei diesem Bewerbungsgespräch aushorchen und nicht andersherum!

»Wie ist denn euer Verkaufskonzept?«, fragte sie mutig. »Wie wollt ihr euren Buchladen hier im Viertel bekannt machen?«

»Wie denkst du denn, sollte unser Konzept sein?«, fragte Egon zurück und grinste sie dabei frech an. »Das hier ist ein Bewerbungsgespräch, schon vergessen?«

Lore atmete tief durch. Am besten, sie sagte einfach ihre ehrliche Meinung, viel kaputt machen konnte sie damit ja nicht.

»Ich denke, Literatur sollte für alle da sein«, antwortete sie daher selbstbewusst. »Jeder, ob arm oder reich, sollte sich in einem Buchladen wohlfühlen. Deshalb sollten auch günstigere Bücher angeboten werden. Die haben vielleicht nicht dieselbe Qualität wie die in Leinen gebundenen, aber sie können dafür sorgen, dass das Lesen in der Bevölkerung beliebter wird.«

»Du meinst eine Demokratisierung des Buches, nicht wahr?«, fragte Egon und schaute sie aufmerksam an.

Lore überkam das warme Gefühl, dass hier jemand saß, der ihr wirklich zuhörte. Das alles hatte sie auch Ruth erzählt, aber die hatte nicht annähernd so wohlwollend reagiert wie Egon.

»In wenigen Wochen kommt eine neue Art Bücher auf den Markt«, sagte er jetzt. »Der Rowohlt Verlag wird eine Reihe von sogenannten Taschenbüchern herausgeben. Solche *pocket books* gibt es schon in Amerika, davon hat sich Rowohlt inspirieren lassen. Aber die meisten in der Verlagswelt finden das furchtbar und das Feuilleton ist entsetzt. Das seien keine echten Bücher mehr und man würde die Literatur damit herabsetzen, das sind die häufigsten Argumente. Dabei könnten diese Bücher doch tatsächlich für viel mehr Menschen erschwinglich sein.«

»Sie sind also günstiger als andere Bücher?« Dass Rowohlt auf diese Idee gekommen war, wunderte Lore nicht. Die Rotationsromane dieses Verlags, die auf billigem Zeitungspapier gedruckt wurden, waren in den letzten Jahren weggegangen wie warme Semmeln.

»Ja«, sagte Egon. »Sie kosten nur eine Mark fünfzig das Stück und werden mit billiger Klebebindung hergestellt. Es gibt sogar Werbung mitten im Text.«

»Skandalös!« Lore musste nun grinsen. Dieses Gespräch machte ihr Spaß. »Also, ich finde es eine fantastische Idee. Ich würde jede Menge davon bestellen.«

»Hast du das auch den Klingers geraten?«, fragte Egon und schaute sie spitzbübisch an – jetzt war Vorsicht geboten!

»Wie die das handhaben werden, weiß ich nicht«, sagte Lore. Und das war nicht gelogen. Schließlich hatte sie noch nie etwas von diesen Taschenbüchern gehört. Aber die eher konservative Ruth hätte da sicher ihre Vorbehalte. Lore vermutete, dass sie den Taschenbüchern eher skeptisch gegenüberstand.

Egon schien ihren Gesichtsausdruck lesen zu können.

»Die verkaufen diese Billigbücher also nicht«, stellte er zufrieden fest. »Nun, ich werde deinem Rat folgen und möglichst viel davon bestellen. Unser Buchladen soll einer für jedermann werden und kein Nobelschuppen für die bessere Gesellschaft.«

Lore nickte, und obwohl er ihr in allen Punkten zustimmte, fühlte sie sich plötzlich unwohl. Als hätte sie doch etwas Verbotenes gemacht.

Egon schaute sie forschend an. Dann lächelte er wieder. »Na, dann komm, ich glaube, wir haben lange genug in dem dunklen Kabuff gesessen.«

Als sie den Verkaufsraum betraten, war Lore im ersten Moment tatsächlich geblendet von der Helligkeit. Die Sonne strahlte gleißend auf den Fasanenplatz herunter, und Egons und Joachims Laden war in Licht getaucht. Es sah schön aus, trotz der leeren Regale, das musste Lore zerknirscht zugeben. Der Holzboden war dunkel und ein wenig abgenutzt, was den Raum jedoch gemütlicher wirken ließ.

Joachim schraubte gerade an der Registrierkasse herum. Als sie zu ihm traten, schaute er auf.

»Und? Konntest du sie ein wenig aushorchen?«

Die beiden Männer begrüßten sich vergnügt.

Lore spürte sofort Wut in sich hochkochen. Hatte sie es doch gewusst!

»Ach, komm schon!« Egon stupste sie in die Seite. »Du wolltest uns doch auch nur ein bisschen ausfragen. Hör mal, lass uns Klartext sprechen: Wir können uns im Augenblick noch keine Mitarbeiterin leisten. Aber ich mag dich und ich bin sicher, dass du genau die Richtige für uns bist. Wenn uns der Geschäftsstart gut gelingt, werden wir dich einstellen.«

Lore fühlte sich ertappt, konnte sich aber ein Grinsen nicht verkneifen.

Dass die beiden jungen Männer es offenbar ernst mit ihr meinten, auch wenn sie sich heute gegenseitig etwas auf den Arm genommen hatten, schmeichelte ihr. Und sie musste zugeben, dass das ein ziemlich verlockendes Angebot war. Doch im Augenblick hatte sie ja eine Arbeit und außerdem wartete sie auf ihren Durchbruch bei Ruth – das und nichts anderes war wichtig für sie.

»Wir werden sehen«, sagte sie deshalb zögernd und Egon zwinkerte ihr zu.

*

Ruth wachte schweißgebadet auf. Es war schwül im Zimmer und die Bettdecke klebte ihr am Körper. Sie hatte das Gefühl, keine Luft mehr zu bekommen. Ein Albtraum, schon wieder ein Albtraum. Und das, nachdem sie stundenlang wach gelegen hatte. Jetzt schienen von draußen bereits erste Sonnenstrahlen ins Zimmer.

Ruth drehte vorsichtig ihren Kopf. Neben ihr lag Peter und schaute sie neugierig an.

»Hast du wieder schlecht geschlafen, Mutti?«

»Das tut mir leid – hab ich dich geweckt?«

Behutsam strich sie ihm eine Strähne aus dem Gesicht. Es tat gut, ihren kleinen Jungen zu sehen.

»Liegt es vielleicht an deinem Buch?«

Peter war ein guter Beobachter, er hatte bemerkt, dass sie nicht hatte aufhören können, darin zu lesen.

»Manchmal haben Bücher eine große Macht, das ist das Besondere an ihnen«, sagte sie. Was in diesem Buch stand, das sie nun schon die dritte Nacht um den Schlaf brachte, wollte sie Peter allerdings nicht erzählen. Eines Tages vielleicht, wenn er alt genug war.

Ruth schaute zu ihrem Nachttisch. ›Das Tagebuch der Anne Frank‹ lag obenauf. Es war vor Kurzem im Lambert Schneider Verlag erschienen, und als gute Buchhändlerin hatte Ruth natürlich einen Blick hineinwerfen wollen. Die Geschichte der versteckten Jüdin hatte ihr keine Ruhe mehr gelassen.

»Ich hatte auch mal Albträume. Von dem Bär, der Tom Hawk angegriffen hat«, erzählte Peter. »Ich konnte ihn richtig brüllen hören. Das war so schrecklich!«

Ruth nickte. Vermutlich sprach er von den Comics, die Lore ihm immer mitbrachte.

»Aber das ist nur eine erfundene Geschichte«, sagte sie. »Das musst du dir immer vor Augen führen. Und jetzt lass uns frühstücken gehen.«

Sie musste dringend aufstehen und sich ablenken. Denn das, was sie Peter gesagt hatte, traf auf die Geschichte von Anne Frank nicht zu. Ruths Albträume handelten von Mord, von Flammen und von realen Dingen, die in Wirklichkeit geschehen waren. Durch die Lektüre dieses Buches war ihr eines klar geworden: dass sie genau das machte, was sie Rosa und vielen anderen immer vorwarf. Nämlich dass sie wegliefen und die Augen verschlossen vor dem entsetzlichen Leid, das dem jüdischen Volk zugefügt worden war. Denn all diese Morde, dieses Grauen, waren geschehen, und jeder, der nichts dagegen unternommen oder auch nur nicht richtig hingeschaut hatte, hatte sich mitschuldig gemacht, auch Ruth, so jung sie noch gewesen sein mochte. Immer wieder musste Ruth an ihre Freundin Gitty denken und sie fühlte sich schuldig und zermürbt, obwohl sie nur ahnen konnte, was ihr und ihrer Familie zugestoßen war.

Eines Tages war Gitty nicht mehr da gewesen. Von Deportation hatte Ruth damals nichts gewusst, aber in der Nachbarschaft kursierten Gerüchte und irgendwann – Ruth wusste nicht mehr, wann es gewesen war – hatte sie erkannt, dass auch ihre Freundin verschleppt und ermordet worden sein musste. Spätestens als die Besatzer die Deutschen mit ihrer Schuld konfrontierten. Kurz nach dem Krieg war in allen Berliner Kinos im amerikanischen Sektor für eine Woche der kurze Dokumentarfilm »Todesmühlen« gezeigt worden, in dem Bilder aus den Konzentrationslagern zu sehen waren. Ruth hatte ihn sich angeschaut und danach wochenlang nicht schlafen können. In ihrer Brust war ein Gefühl gewesen, als presste jemand alles aus ihr heraus.

Jetzt, wo sie das ›Tagebuch der Anne Frank‹ gelesen hatte, spürte sie, dass sie unbedingt herausfinden musste, was mit Gitty passiert war. Nur wie sollte ihr das gelingen? Wo konnte sie Nachforschungen anstellen?

»Du stehst ja gar nicht auf!«, beschwerte sich Peter. Er hüpfte vor dem Bett herum. »Ich hab nichts mehr anzuziehen, Tante Rosa hat alles gewaschen. Und außerdem hab ich Hunger!«

Ruth strich ihrem Sohn noch einmal über den Kopf und suchte ihm eine Hose und ein Hemd heraus, die sich hinten im Schrank versteckt hatten.

Wenig später stand Ruth in ihrem Laden und versuchte, sich auf das zu konzentrieren, was sie heute dringend tun wollte. Noch in der Nacht hatte sie beschlossen, das Anne-Frank-Buch in vielfacher Ausführung für den Laden zu bestellen, um damit das ganze Schaufenster zu bestücken. Das Leben in Deutschland war nach diesen unaussprechlichen Gräueltaten viel zu schnell wieder in geordnete Bahnen zurückgerutscht. Als Buchhändlerin war es ihre Aufgabe, die wenigen Aufarbeitungen, die zu dem Thema bereits erschienen waren, in den Fokus zu rücken. Sie musste ihnen die Aufmerksamkeit verschaffen, die sie verdienten. Bevor alle Welt dieses Menschheitsverbrechen vergaß.

Sie beugte sich gerade über den Bestellzettel, als Lore in die Buchhandlung stürmte. Warme Luft wehte von draußen herein, kitzelte Ruth an den Knöcheln.

»Ruth, du musst unbedingt diese rororo-Taschenbücher bestellen!«, platzte Lore heraus, kaum dass sie vor dem Tresen zum Stehen gekommen war.

»Nein«, brummte Ruth und warf Lore nur einen kurzen Blick zu.

»Aber die da drüben wollen jede Menge davon verkaufen«, berichtete Lore aufgeregt. »Die Leute werden sich auf diese billigen Bücher stürzen!«

Jetzt war Ruths Interesse geweckt. »Ach, du hast also tatsächlich etwas in Erfahrung bringen können?«

Lore trippelte verlegen von einem Bein aufs andere, das machte Ruth ganz nervös.

»Nicht viel«, gab Lore schließlich zu und erzählte ihr von dem Gespräch mit den beiden Konkurrenten. »Die neuen Taschenbücher werden ein tragender Pfeiler ihres Konzepts sein. Es ist wichtig, dass wir da nicht hinterherhinken.«

Ruth dachte einen Moment über das nach, was Lore gesagt hatte. Dann zuckte sie mit den Schultern. Wenn es etwas gab, das sie heute nicht interessierte, dann waren es billige Taschenbücher für den Massengeschmack.

»Ich werde trotzdem nicht mehr davon bestellen«, entschied sie. »Ich halte nichts von diesen Büchern. Die paar Exemplare, die ich angefordert habe, werden für unsere Kundschaft reichen. Wenn sie überraschenderweise doch mehr Anklang finden, bestelle ich eben nach.«

»Meinst du nicht, dass es dann vielleicht zu spät sein könnte?«, fragte Lore und runzelte die Stirn auf eine Art, die Ruth bekannt vorkam. Wie merkwürdig, dass sie sich schon so sehr an dieses Mädchen gewöhnt hatte! Mehr noch, sie mochte es mittlerweile wirklich. Lores leicht störrische Art erinnerte sie ein wenig an sich selbst.

Aber in dieser Sache auf sie hören wollte Ruth trotzdem nicht.

»Nein, unser Laden hat ein klares Profil, das ich nicht verwässern will. Unsere Kundschaft kommt hierher, weil sie ein schönes Ambiente und schöne Bücher sucht. Billige Heftchen mit Zigarettenwerbung mitten im Roman passen nicht zu uns. In unseren Schaufenstern zeigen wir nur die erlesensten Werke. Die Leute sollen vorbeilaufen und sich wünschen, ebenfalls etwas so Schönes zu besitzen. Die Devise lautet: Leinen und keine Schmuddelheftchen.«

»Das sind doch keine Schmuddelheftchen!«, widersprach Lore vehement. »Die ersten Taschenbücher werden Romane von Kipling und Tucholsky enthalten.«

Ruth seufzte. »Das mag sein, aber ich bleibe bei meiner Meinung. Und außerdem habe ich heute anderes zu tun.«

Lore presste die Lippen zusammen und sah enttäuscht und grimmig zugleich aus. Das brachte Ruth zum Schmunzeln. Sie konnte dieses Mädchen wirklich gut leiden.

»Hallo, Ruth! Lore«, Georg war in den Laden gekommen, das Gesicht leicht verschwitzt. Er schaute sich suchend um, als hoffte er, Rosa würde hinter einem der Sessel hocken und sich gleich zu erkennen geben. Auch das noch! Schlagartig war Ruths Laune wieder im Keller. Bei ihrem Bruder und Rosa lag irgendetwas im Argen – die beiden schienen einander schon seit einigen Tagen zu meiden. Rosa tauchte nur hier im Laden auf, wenn sie sicher sein konnte, dass Georg beruflich unterwegs war, und an den Wochenenden verbrachte sie viel Zeit mit ihren Freundinnen.

»Sie ist nicht da«, brummte Ruth und wandte sich wieder ihrem Bestellzettel zu, während Lore mit hängenden Schultern am Verkaufstresen stand.

»Ich muss dann mal los zur Arbeit«, murmelte sie und wandte sich um.

»Ich begleite dich ein Stück, vielleicht ist Rosa ja nach Hause gegangen«, antwortete Georg eifrig. Er wirkte allerdings kein bisschen hoffnungsvoll, sondern eher wie ein begossener Pudel.

Ruth seufzte. Wenigstens würden heute die Ostberliner Bücher eintreffen, die sie unter der Hand bestellt hatte. Immerhin eine Sache, auf die man sich freuen konnte.

Gedankenverloren strich sie über das ›Tagebuch der Anne Frank‹.

*

Rosa fiel es zunehmend schwer, sich von Georg fernzuhalten. Es fühlte sich einfach nicht natürlich an. Sie mochte ihn so gerne, sie wollte so gern Zeit mit ihm verbringen. Erst jetzt merkte sie, wie sehr sie sich daran gewöhnt hatte, einen so guten und engen Verbündeten in ihm zu haben.

Aber es hatte seine Gründe, dass sie sich nicht mehr sehen konnten, und es war besser so. Denn das, was neulich zwischen ihnen passiert war, dieser kurze, aber alles andere als unschuldige Kuss durfte sich auf keinen Fall wiederholen.

Und so blieb ihr nichts anderes übrig, als sich von der Wohnung der Klingers, bisweilen sogar vom Buchladen, möglichst fernzuhalten. Dabei musste sie immer befürchten, dass sie Georg dennoch über den Weg lief. Er nämlich schien überhaupt nicht einzusehen, dass es vielleicht besser wäre, wenn sie sich eine Weile nicht begegneten, zumindest so lange, bis Gras über die Sache gewachsen war und sie den Kuss einfach vergessen hatten. Nein, ständig tauchte er in ihren Lieblingscafés auf oder kam in die Küche, sobald er hörte, dass sie da war. Dann aber schaute er sie nur stumm an und kurz darauf waren sie noch jedes Mal unterbrochen worden. Meistens kam Ruth herein und seufzte genervt, wenn sie die angespannte Stille bemerkte.

Eigentlich war es nicht Rosas Art, einem klärenden Gespräch auf diese Art auszuweichen. Aber in dem Fall wusste sie einfach nicht, was sie sagen, wie sie ihre Gefühle in Worte fassen sollte. Und da sowieso klar war, dass das, was neulich passiert war, niemals zwischen ihnen hätte passieren dürfen, war es dann nicht besser, das alles einfach zu vergessen? So schwer es auch fiel. Und sosehr sie ihn auch vermisste.

Heute jedenfalls war sie froh, dass sie sich etwas überlegt hatte, bei dem Georg sie auf keinen Fall aufspüren würde. Und sie freute sich auf diesen Tag sowieso schon seit Wochen! Mit ihrer alten Freundin Margot wollte sie nämlich zur feierlichen Neueröffnung des KaDeWe – des berühmten Kaufhauses des Westens – gehen. Was gab es zur Ablenkung Besseres, als durch eine gut sortierte Stoff- und Bekleidungsabteilung zu stöbern!

Dass das im Krieg zerstörte Warenhaus endlich wieder eröffnet wurde, war ein sicheres Zeichen dafür, dass es mit der Wirtschaft nun wirklich bergauf ging. Auch wenn bisher nur das Erdgeschoss und das erste Stockwerk wiederhergestellt werden konnten.

Das sah ein wenig merkwürdig aus, stellte Rosa fest, als sie die Tauentzienstraße zum KaDeWe entlangschlenderte. Wie ein Sinnbild des sich langsam erholenden Berlins: Das Erdgeschoss war prunkvoll mit Glas und Gold ausgestattet, im ersten Stock standen Menschen auf der Terrasse, dahinter leuchtete die Einkaufshalle – und darüber befand sich noch das Baugerüst.

Auf der Straße wimmelte es nur so von Menschen. Oben auf der Empore lehnten so viele Kaufhausbesucher am Geländer, dass es aussah, als würden sie jeden Moment herunterpurzeln. Und an den Eingängen drängten sich so viele Einkaufswütige, dass Polizisten den Einlass überwachen mussten.

Rosa seufzte. So würde sie ihre Freundin Margot niemals finden! Eigentlich hatten sie sich in der Stoffabteilung verabredet, denn was die beiden Freundinnen verband, war ihre Liebe zum Nähen. Ob Margot schon in dem Kaufhaus war?

Rosa beschloss, ihr Glück zu versuchen. Die Menschenmenge würde sie sicher nicht davon abhalten, dieses besondere Ereignis zu genießen! Es war ein warmer Julitag und die euphorische Stimmung vor den Eingangstüren ansteckend.

Als sie endlich an der Reihe war und die Halle betreten durfte, staunte Rosa. Drinnen war das Gedränge fast noch größer. Hinten bei der Stoffabteilung standen die Verkäufer auf den Tischen, um von dem Besucherstrom nicht zerquetscht zu werden.

Rosa musste einsehen, dass sie Margot wirklich nicht finden würde. Und ein Einkaufsspaß würde es wohl auch nicht werden. Sie wollte sich gerade schon umdrehen, als ihr jemand auf die Schulter tippte.

Es war Georg, der neben ihr stand, in ein leichtes Sommerhemd gekleidet, und zu ihr herunterschaute.

»Was machst du denn hier?«, fragte Rosa überrascht.

Georg passte so wenig in diese vollgestopfte Einkaufshalle wie sie in einen Laden für Modelleisenbahnen – von denen es in der Spielzeugabteilung des KaDeWe sicher genügend gab.

Georg sah ein wenig nervös aus, auf seiner Stirn glänzten Schweißperlen.

»Ganz schön voll hier«, rief er. Er musste laut reden, denn der Lärm war ohrenbetäubend, überall ertönten Gelächter und heiteres Geplauder.

»Warum bist du gekommen?«, fragte Rosa spitz. Dabei wusste sie die Antwort natürlich. Irgendwie musste er geahnt haben, dass sie hier sein würde. Er hatte ihr also schon wieder nachspioniert!

»Wir müssen reden«, sagte Georg. »Und du weichst mir immer aus. Hier kannst du allerdings nicht so leicht weg.«

Jetzt brach Rosa der Schweiß aus.

»Na gut, aber lass uns irgendwo hingehen, wo es weniger laut ist.« Und wo niemand sie hören konnte, dachte Rosa bei sich.

Georg zog misstrauisch eine Augenbraue nach oben.

»Versprichst du, dass du nicht wieder wegläufst?«

»Ich bin nicht weggelaufen!«, verteidigte sich Rosa sofort. Weglaufen oder nur ein wenig Zeit verstreichen lassen, bis man sich wieder in die Augen schauen konnte, war ja wohl nicht das Gleiche!

»Nenn es, wie du willst, aber ich finde, wir sollten reden«, beharrte Georg. »Über …«

»Ja, ich weiß, worüber«, unterbrach ihn Rosa und packte ihn rasch am Arm. »Lass uns gehen, ich verspreche auch, dass wir dann reden.«

Dank Georgs Größe gelang es ihnen erfreulicherweise schnell, sich einen Weg zu den Ausgängen zu bahnen. Kurz darauf standen sie schwer atmend auf der Straße.

Jetzt gab es kein Entkommen mehr. Georg heftete seinen Blick auf den Bürgersteig, während sie langsam nebeneinanderher gingen. Ohne sich abzusprechen, schlugen sie den Weg über einige kleine Querstraßen bis zur Spree ein. Erst als sie am Ufer des Flusses ankamen, hielt Rosa inne. Auf der Böschung saßen bereits zahlreiche Menschen und ließen sich die Sonnenstrahlen ins Gesicht scheinen.

Rosa setzte sich an den Fuß eines jungen Baumes und schaute einen Moment lang auf das glitzernde Wasser. Drei Schwäne schwammen nah ans Ufer, einer watschelte bereits über das trockene Gras und plusterte sich vor einem jungen Pärchen auf.

Georg räusperte sich verlegen. Seine langen Beine ragten aus dem Schatten, die Sonne blitzte auf seinen Lederschuhen.

»Ich finde es wirklich schwer auszuhalten, wenn es zwischen uns so merkwürdig ist«, sagte er leise.

Rosa schaute ihn überrascht an.

»Ich finde es auch schwer«, gab sie zu.

»Warum machen wir es dann?«, fragte er zurück.

Ihre Blicke begegneten sich, rasch schauten sie wieder weg. Wenn Rosa ihn ansah, spürte sie sofort wieder seine Lippen auf ihren. Sie durfte nicht daran denken!

»Das hätte nicht passieren dürfen, aber jetzt ist es nicht mehr rückgängig zu machen.«

»Es tut mir leid«, sagte Georg leise. »Es ist meine Schuld. Ich hätte dich nicht so überfallen dürfen. Es ist nur ...«

»Sag es nicht«, antwortete Rosa schnell. Wenn er tatsächlich mehr für sie empfand, als er sollte, dann wollte sie das auf keinen Fall hören. Dieser Kuss war ein Fehler gewesen, aber sich jetzt auch noch Gefühle füreinander einzugestehen – das wäre eine Katastrophe.

»Lass es uns einfach vergessen«, sagte sie entschieden. »Wenn wir es nur lange genug versuchen, wird es uns bestimmt gelingen. Und dann ist alles wieder wie vorher. Für Friedrich.«

Georg sah aus, als hätte er auf etwas Bitteres gebissen. Aber er nickte.

»Dann lass uns wenigstens wieder Freunde sein«, sagte er. »Schließlich habe ich sonst keine Freunde. Ich kann wirklich nicht auf dich verzichten. Wer soll sich sonst all meine Geschichten anhören?«

Jetzt musste Rosa lächeln. Wenn er schon wieder Witze machte, konnte es ja so schlimm nicht sein. Es fühlte sich gut an, wenn es zwischen ihnen wieder etwas lockerer war.

»Beste Freunde«, sagte sie lächelnd und hielt ihm ihre Hand hin.

Georg schlug ein und Rosa versuchte, das warme Gefühl seiner Handfläche zu ignorieren. In die Augen schauen konnte sie ihm immer noch nicht.

*

»Wie du siehst, läuft es fantastisch!«

Lore zuckte bei Egons Stimme zusammen. Der junge Mann stand plötzlich direkt neben ihr. Dabei hatte sie gehofft, man würde sie hier, hinter dem großen Baum am Rande des Fasanenplatzes, nicht sehen. Sie hatte nur heimlich das Treiben in Egons und Joachims Buchladen beobachten wollen, denn es gab dort allerhand zu sehen:

Die Kunden gaben sich regelrecht die Klinke in die Hand. Und das schon so kurz nach der Eröffnung!

»Hast du irgendwas verloren oder wieso stehst du da herum?« Egon grinste sie spitzbübisch an.

»Man kann hier sehr gut die Vögel beobachten«, antwortete Lore scheinheilig und sah in die Baumkronen.

Egon folgte ihrem Blick. »Genau deswegen bin ich auch aus dem Laden gekommen. Sehr schöne Vögel …«

Tatsächlich war kein einziger Vogel zu erkennen, mal abgesehen von der Taube, die einige Meter entfernt auf dem Boden herumpickte.

»Nein, im Ernst, wieso läuft euer Laden so gut?«, fragte Lore und sah wieder zum »Büchereck« hinüber. Hier drängten sich die Menschen, während sich bei den Klingers nach wie vor nur sehr wenig Kundschaft einfand.

»Das haben wir dir zu verdanken«, sagte Egon. »Es sind die Taschenbücher! Die Leute sind begeistert. Vor allem weil wir sie gleich ganz vorn in einer Auslage präsentieren, in dem unsere Kunden selbstständig stöbern können.«

Lore verschränkte die Arme. Sie wusste ganz genau, dass er sie nur ärgern wollte, und leider war es ihm auch gelungen. Dass sein Laden brummte, bereitete ihr permanent ein schlechtes Gewissen.

»Ohne deinen Rat hätte ich nicht alle verfügbaren Taschenbücher bestellt«, fuhr Egon fort. »Ich hatte natürlich auch das Gefühl, dass das eine gute Idee ist, aber du hast mich darin bestärkt. Wir haben auf Risiko gespielt und ziemlich viel Geld dafür ausgegeben. Aber jetzt sind wir der einzige Buchladen in Berlin, der noch genügend Taschenbücher vorrätig hat. Dabei hat selbst Rowohlt den Erfolg unterschätzt und viel zu wenig gedruckt. Es ist alles ausverkauft.«

Lore verdrehte die Augen. »Sei dir deiner Sache nur nicht zu sicher«, konnte sie sich nicht verkneifen zu sagen. »Der Laden der Klingers läuft nämlich auch ziemlich gut.«

»Na, wenn du das sagst.« Er schien überhaupt nicht besorgt. »Wenn unser Verkauf so weitergeht, können wir dich bald einstellen und dann ziehen wir endgültig an deinen Freunden vorbei.« Jetzt zwinkerte er ihr doch tatsächlich zu. »Mal ehrlich, das wäre doch verlockend für dich.«

Lore wollte empört etwas erwidern, doch Egon deutete hinter sie.

»Oh, da kommt auch schon die Klinger!«

Tatsächlich stapfte Ruth von der anderen Seite des Platzes her auf sie zu.

»Mit der ist nicht gut Kirschen essen, oder? Neulich kam sie zu uns in den Laden und hat eine miese Stimmung verbreitet. Ich mach mich mal besser aus dem Staub. Vielen Dank für deine Hilfe jedenfalls«, sagte Egon und war im nächsten Moment schon davongelaufen.

Lore runzelte die Stirn. Den letzten Satz hatte er doch nur gesagt, damit sie bei Ruth schlecht dastand. Die aber schien Egon nicht gehört zu haben. Ihr Gesichtsausdruck sah nicht verdrießlicher aus als sonst, als sie neben Lore stehen blieb und nun ebenfalls um den Baum herum zum »Büchereck« spähte.

»Was ist nur los mit den Leuten?«, knurrte Ruth und schüttelte den Kopf. »Es sind die Taschenbücher, oder? Sind die Menschen so ausgehungert nach Literatur, dass sie gar keinen Wert mehr auf die gute alte Leinenbindung legen?«

»Ich hab's dir doch gesagt«, rutschte es Lore heraus. Verdammt, das klang ein wenig zu patzig. Das Gespräch mit Egon hatte sie irgendwie aufgestachelt.

Aber Ruth seufzte nur resigniert.

»Ja, du hattest recht«, gab sie zu. »Das ändert trotzdem nichts an meiner Meinung. Das mit den Taschenbüchern wird sich als kurze Mode herausstellen. Und wenn nicht …« Ruth seufzte. »Jedenfalls werde ich das nächste Mal auf dich hören. Kommst du mit in den Laden? Du könntest mir bei der Dekoration des Schaufensters helfen.«

Aber ausnahmsweise hatte Lore heute keine Lust mehr auf Buchhandlungen.

»Ich muss arbeiten«, sagte sie, auch wenn das eigentlich nicht stimmte. Vielleicht würde sie einfach in ein Café gehen und mit Robert über die Ereignisse sprechen. Sie hatte das Gefühl, dass sie dringend den Kopf freibekommen musste.

Ruth sah enttäuscht aus. »Dann sehen wir uns heute Abend. Komm spätestens nach dem Essen vorbei, ich möchte mit dir reden«, sagte sie und rauschte davon, ehe Lore widersprechen konnte.

*

Es war schon später am Abend und Ruth saß in der Küche und wartete. Unruhig tippte sie mit ihren Fingern auf dem braunen Holz des Esstisches herum. Sie hatte ihre Mutter, Georg, Rosa und Lore heute Abend zu einer Besprechung herbestellt, aber außer Elisabeth, die wie immer in ihrem Zimmer saß und las, war niemand zu Hause. Dabei war es für Ruth schon schwer genug gewesen, sich überhaupt zu diesem Schritt durchzuringen.

Nachdem sie eine Woche lang darüber nachgedacht hatte, wie sie mehr über Gittys Schicksal herausfinden könnte, hatte sie nun gleich das nächste Thema in Beschlag genommen, das ihr Sorgen machte. Tagelang hatte sie sich darüber den Kopf zerbrochen, mit welchen Maßnahmen sie die Klinger'sche Buchhandlung weiter nach vorn bringen konnte. Nur hatte sie irgendwann einsehen müssen, dass ihr dabei die Ideen ausgingen. Sie musste dringend die anderen um Hilfe bitten.

Endlich waren Schritte im Flur zu vernehmen, kurz darauf kam Ruths Mutter in die Küche und setzte sich zu ihr an den Tisch.

»Warum hast du die ganze Familie hierhergebeten?«

Das war typisch für Elisabeth: Entweder sie sprach gar nicht oder sie kam direkt zum Punkt. Aber das war gut, so konnte Ruth sie immerhin ein wenig vorbereiten.

»Lore wird auch kommen«, informierte sie ihre Mutter. »Ich habe vor, sie mehr in den Buchladen einzubinden.«

Was blieb ihr auch anderes übrig? Das junge Mädchen hatte gute Ideen, den richtigen Riecher. Das machte eine geschickte Buchhändlerin aus. Und wenn ihnen das auch nur einen kleinen Vorteil verschaffte, so hatte sie nicht vor, diesen der Konkurrenz zu überlassen.

Elisabeth wirkte nicht gerade begeistert.

»Du weißt, dass mir das Mädchen nicht geheuer ist«, sagte sie.

Und daran hatten offenbar auch die letzten Monate nichts geändert, in denen Lore bei ihnen im Wohnhaus lebte. Ruths Mutter hatte das zwar toleriert, war aber immer auf Abstand geblieben.

»Ich finde, sie ist bezaubernd.« Das kam von Rosa, die gerade in der Küchentür erschienen war.

Sie ging zum Herd und setzte Wasser auf.

»Möchtet ihr einen Kaffee? Der passt gut zu der kalten Abendplatte, die ich vorbereitet habe.« Rosa nahm schon die Kanne aus dem Regal. »Hast du dich endlich entschieden, Lore eine Ausbildungsstelle anzubieten?«, fragte sie Ruth über ihre Schulter hinweg.

Elisabeth schaute ihre Tochter mit hochgezogenen Augenbrauen an. »Eine Ausbildungsstelle? Ich weiß wirklich nicht, ob wir dem Mädchen vertrauen können. Schließlich wissen wir nach wie vor nicht, wo sie herkommt und was sie eigentlich vorhat. Ihre Geschichte mit Friedrich ist äußerst halbseiden.«

»Warum bist du so misstrauisch?«, sagte Rosa und goss zischend das Wasser auf. »Sie tut dieser Familie gut, finde ich. Und allein darauf kommt es an.«

Elisabeth seufzte.

»Lore hat gute Ideen und Kontakte zur Konkurrenz«, erklärte Ruth. »Ich denke, ich werde ihr zumindest eine Aushilfsstelle geben. Wir müssen ihr etwas bieten, sonst verlieren wir sie. Dieser Egon hat ein Auge auf sie geworfen. In vielerlei Hinsicht, da bin ich sicher«, fügte sie düster hinzu.

»Wer hat ein Auge auf wen geworfen?« Jetzt stand Lore in der Tür, mit leicht zerzaustem Haar, hinter ihr Georg, dessen Blick sofort zu Rosa huschte.

»Na, dieser Egon auf dich.«

Rosa zwinkerte Lore bedeutungsvoll zu, und Ruth wäre ihr am liebsten über den Mund gefahren. Sie sollte Lore nicht auch noch bestätigen.

»Gut möglich«, Lore zuckte gleichmütig mit den Schultern, »aber mir sind solche Männer egal.«

»Na, sie hat immerhin die richtige Einstellung«, murmelte Elisabeth so leise, dass nur Ruth es hören konnte.

»Setz dich.« Ruth deutete auf den Stuhl neben sich.

Lore sah mit einem Mal verunsichert aus.

»Wollt ihr mich etwa loswerden? Hast du mich deshalb heute Abend hierhergebeten?«, fragte sie leise.

»Ach was, nicht doch!« Rosa legte dem Mädchen beschwichtigend die Hände auf die Schultern. »Ganz im Gegenteil, Ruth will dich sogar einstellen.«

Ruth fuhr wütend zu ihrer Schwägerin herum. Toll, jetzt hatte Rosa wieder einmal alles ausgeplaudert.

Lore sah Ruth mit leuchtenden Augen an. »Ist das wahr?«

»Nun, zunächst als Aushilfe. Du könntest einen Tag in der Woche fest bei uns arbeiten«, sagte Ruth. »Würdest du das machen? Hast du die Zeit dafür?«

»Aber klar, gerne!« Das Mädchen sah aus, als wüsste es nicht ganz, ob es erfreut oder enttäuscht sein sollte. Vermutlich hatte sie sich mehr erhofft als das, was Ruth ihr anbot. Aber Ruth wollte Lore keine Gelegenheit geben, ihr eine Absage zu erteilen. Deshalb streckte sie ihr rasch die Hand hin.

»Dann schlag ein. Du kannst am Wochenende gleich anfangen.«

Ohne zu zögern, legte Lore ihre Hand in ihre, auch wenn sie etwas verwirrt wirkte.

»Und jetzt setzt euch alle, ich möchte Betriebsrat halten«, verlangte Ruth. Schließlich stand Rosa noch immer am Herd und nippte an ihrem Kaffee, während Georg sich neben sie gestellt hatte.

»Oho, Betriebsrat«, spottete er leise und die Mutter zog schon wieder die Stirn in Falten, aber dann setzten sich alle.

Eine gespannte Stille breitete sich aus. Nur das leise Gluckern des frischen Kaffees war zu hören, den Rosa ihnen allen einschenkte.

»Ich möchte gemeinsam mit euch überlegen, was wir tun können, um unserem Laden auf die Beine zu helfen«, kam Ruth gleich zum Punkt.

Alle Anwesenden schauten sie überrascht an. Natürlich, niemand hatte erwartet, dass sie, die Einzelgängerin, Hilfe von anderen erbat. Aber was sollte sie auch machen? Es war einen Versuch wert, und wenn die anderen keine guten Ideen hatten, konnte sie ja immer noch allein in ihrem Zimmer weiterbrüten.

»Wir haben alles versucht: direkte Kundenansprache, signierte Exemplare, eine angenehme Raumatmosphäre. Aber das reicht offenbar nicht«, sagte sie. »Dem neuen ›Büchereck‹ rennt man die Bude ein. Aber wir können denen nicht das Feld überlassen. Gleichzeitig wollen wir unsere Ideale natürlich nicht verraten«, fügte sie schnell hinzu.

Wieder breitete sich Stille aus. Die anderen wirkten perplex.

»Was denkst du darüber, Mutter?«, wandte sich Ruth als Erstes an Elisabeth. Die hatte sich in den letzten Jahren vollkommen aus dem Ladengeschäft zurückgezogen, obwohl sie von ihnen allen die meiste Erfahrung hatte.

»Das Wichtigste sind die Stammkunden«, sagte Elisabeth. »Die sind unser Kapital. Und von den neuen Kunden sind vor allem die älteren wichtig, denn die sind zahlungskräftig. Wir müssen sie halten, um jeden Preis. Zu ihnen müssen wir eine persönliche Bindung aufbauen.«

»Das ist mir klar«, sagte Ruth leicht gereizt. Dabei wusste ihre

Mutter genau, dass Ruth in dieser Hinsicht schon seit jeher große Schwierigkeiten hatte. Es konnte eben nicht jeder so gesprächig und so beliebt bei allen sein wie Rosa.

»Wir haben viele ältere Kunden. Es wäre vielleicht gut, wenn du dich gelegentlich auch im Laden zeigen würdest, um ein paar Worte mit ihnen zu wechseln«, wandte sich Rosa nun direkt an ihre Schwiegermutter.

Noch nie hatte Ruth erlebt, dass Rosa irgendetwas von Elisabeth forderte – sie ging immer sehr vorsichtig mit ihr um.

Aber jetzt, wo sie es sagte, merkte Ruth, dass es stimmte. Rosa und sie waren noch relativ jung und viele der älteren Kunden könnten von einem Laden voller junger Frauen abgeschreckt sein.

»Du hast recht«, sagte Elisabeth leise. »Ich werde sehen, was sich machen lässt. Aber ich kann nichts versprechen, es ist sehr …«

»Schmerzlich« wollte sie wahrscheinlich sagen, sprach es aber nicht aus. Ebenso wie Ruth hatte auch Elisabeth Probleme damit, anderen Menschen ihre Gefühle zu offenbaren. Aber das war auch nicht nötig. Ruth wusste ja, dass ihre Mutter seit dem Krieg jeden Kontakt zu ihrer Buchhandlung mied. Sie wollte, nachdem der Laden zerstört worden war und sie ihren Sohn und ihren Mann verloren hatte, mit alldem nichts mehr zu tun haben. Der Laden erinnerte sie zu sehr an die Vergangenheit. Das zumindest vermutete Ruth. Sie und Elisabeth hatten nie wirklich darüber gesprochen.

Ruth nickte schnell. »Das wäre uns eine große Hilfe!«

Ihr Herz klopfte aufgeregt. Ihre Mutter würde sich tatsächlich mehr einbringen? Das hatte sie nicht zu hoffen gewagt.

»Außerdem müssen wir uns natürlich auch um die jüngeren Kunden kümmern«, fuhr Rosa fort. Sie war nun ganz in ihrem Element. »Wir müssen Stadtgespräch werden, ein Laden, über den man redet! Wie wäre es, wenn wir Lesungen mit bekannten Schriftstellern organisieren? So könnten wir neue Kundschaft gewinnen. An diese Abende würde man sich noch lange erinnern.«

»Und wie willst du diese berühmten Schriftsteller auftreiben?«, fragte Georg leise.

»Na, du könntest zum Beispiel den Anfang machen«, sagte Rosa. »Die Leute lieben deine Kolumnen. Wir könnten einen Leseabend veranstalten, an dem du sie vorliest. Oder noch besser: Du könntest unveröffentlichte Texte vortragen.«

»Ich weiß nicht …« Georg rutschte unruhig auf seinem Stuhl herum. »Ich stehe nicht so gern im Mittelpunkt, das weißt du genau.« Jetzt schaute er Rosa direkt an.

»Dann eben ein anderer Schriftsteller. Du kennst doch einige, Georg«, antwortete sie.

Georg überlegte eine Weile. Dann gab er sich einen Ruck.

»Gut, wenn ihr glaubt, dass das für die Buchhandlung hilfreich ist, bin ich dabei.«

Rosa warf Ruth einen unsicheren Blick zu, die hatte sich zu der ganzen Idee bisher noch überhaupt nicht geäußert.

»Ich denke, wir sollten es zumindest probieren«, sagte Ruth nun. »Platz genug haben wir ja im Laden und vom Café nebenan können wir sicher Stühle leihen.« Sie schaute zufrieden in die Runde. »Das sind gute Ansätze, die wir da haben.«

»Ich hätte auch noch eine Idee«, kam es von Lore, die noch immer verloren auf ihrem Küchenstuhl hockte, so leise, als traute sie sich kaum zu sprechen. Es war das erste Mal, dass das Mädchen etwas sagte, und alle am Tisch schauten sie gespannt an.

»Egon und Joachim haben die neuen Taschenbücher direkt am Eingang platziert«, erzählte sie. »Die Leute können ungestört durch die Ausgaben blättern. Ich denke, das hält sie länger im Laden. Wenn sie sich eigenständig umschauen können, meine ich.«

»Aber wie soll das gehen? Die Bücher stehen ja im Regal hinter der Theke und nur ein Buchhändler kann sie dem Kunden aushändigen«, stellte Elisabeth fest. »Wenn ein Kunde hinter die Theke käme – kaum auszudenken, wie chaotisch das wäre!«

Lore biss sich auf die Lippe und schüttelte den Kopf. »Das mag sein, aber wenn die Bücher direkt am Eingang stehen, schafft das eine Atmosphäre, die nicht ganz so steif ist«, beharrte sie.

Ruth dachte nach. Das Mädchen hatte nicht ganz unrecht. Und trotzdem … Sie wollte ihre schönen Ausgaben keinesfalls für alle zugänglich in eine Grabbelkiste legen. Nein, das war ihr doch ein wenig zu riskant.

»Ich denke, wir bleiben erst mal bei den anderen Ideen und schauen, was daraus wird«, bestimmte sie. Dann nickte sie in die Runde. »Danke, dass ihr gekommen seid und euch Gedanken macht. Und du, Lore, kannst ab jetzt jedes Wochenende mithelfen, wenn du magst. Und bei unseren Veranstaltungen natürlich auch.«

Lore ließ sich nicht anmerken, ob sie enttäuscht war, dass ihr Vorschlag auf so wenig Resonanz gestoßen war. Sie nickte.

»Danke, dass ihr mir diese Chance gebt.«

Kapitel 7

Winter 1950/1951

In Berlin war es wieder kalt geworden. Die Bäume waren kahl, der Rasen in der Mitte des Fasanenplatzes morgens mit feinem Raureif bedeckt – und Rosa hatte noch immer keine Lesung mit Georg organisiert.

Die Wochen waren im Nu verflogen, und obwohl sie ja beschlossen hatten, dass sie weiterhin Freunde sein wollten, waren sie sich möglichst aus dem Weg gegangen. Rosa konnte Georg einfach nicht anschauen, ohne an den Kuss zu denken, sosehr sie sich auch bemühte. Es war, als wäre sie sich seiner Person, seines Körpers überdeutlich bewusst, wenn er sich im selben Raum befand wie sie. Und das hielt sie nicht aus.

Doch allmählich wurde Ruth ungeduldig und fragte immer dringlicher, wann sich Rosa denn endlich um eine erste Lesung kümmern werde, und Georg warf Rosa dann hilflose Blicke zu. Am Ende war er alleine losgezogen, um geeignete Schriftsteller für ihre Lesungen aufzutreiben, und Rosa hatte ein furchtbar schlechtes Gewissen.

Das Mindeste, was sie jetzt tun konnte, war, den Abend mit ihm durchzuplanen. Deshalb hatte sie sich heute – wenn auch widerstrebend – auf eine Verabredung mit ihm eingelassen. Sie wollten sich nach Ladenschluss in der Buchhandlung der Klingers treffen. Ein neutraler Ort, wenigstens das war gut.

Rosa war den ganzen Abend schrecklich unruhig. Sie schielte schon zum fünften Mal in Folge auf die Wanduhr. Bald war es so weit.

Ruth notierte gerade die Tageseinnahmen in ihr Kassenbuch und warf ihrer Schwägerin, die ständig um das Sesselarrangement auf der Empore herumtigerte und die Sessel hin und her schob, immer wieder misstrauische Blicke zu. Es war wirklich lächerlich, dass sie dieses Treffen mit Georg so nervös machte. Dass sie sich ernsthaft miteinander unterhalten hatten, war inzwischen einige Monate her.

»Ich glaube, die Stühle stehen gut«, murrte Ruth von hinten, als Rosa schon wieder einen Sessel verrückte. »Dieses schleifende Geräusch macht mich wahnsinnig!«

»Entschuldige«, sagte Rosa. Sie nahm die Hände von der weichen Lehne und ging zum Schaufenster. Es war dunkel draußen, nur das Licht der Straßenlaternen fiel auf den feuchten Asphalt. Da entdeckte sie Georg, der über den Platz auf sie zukam.

»Ich bin gespannt, was ihr euch überlegt habt.« Ruth klappte hinter ihr das Kassenbuch zu. »Ich habe schon mit Georg gesprochen, die Lesung sollte so bald wie möglich stattfinden. Der Januar ist einer unserer umsatzschwächsten Monate, der würde sich gut anbieten.«

Ruth trat hinter der Theke hervor, genau in dem Moment, in dem Georg die Tür aufstieß.

»Bin ich zu spät?« Die Kälte hatte seine Wangen gerötet.

Rosa wischte sich die Hände nervös an ihrem Rock ab.

»Willst du nicht hierbleiben und uns Gesellschaft leisten?«, fragte sie hoffnungsvoll in Ruths Richtung.

»Ach, ihr macht das schon«, erwiderte Ruth. »Ich habe einen Stapel Prüfexemplare, die ich noch lesen will.«

Sie hatte bereits ihren Mantel an. Georg hielt ihr die Tür auf.

»Macht das Licht aus, wenn ihr geht!« Und schon war Ruth in den kalten Abend hinausgeschlüpft.

Die Tür klickte hinter ihr ins Schloss und im Laden herrschte mit einem Mal Stille. Von draußen hörte man nur ab und an ein Auto durch eine Pfütze fahren.

Georg legte sich seinen Mantel über den Arm.

»Wollen wir uns hinsetzen?«, sagte Rosa und zeigte auf die Empore.

Sie saß selten in den Sesseln, die den Kunden vorbehalten und ziemlich bequem waren. Kein Wunder, dass Frau Saalmann stundenlang darin ausharrte.

Sie setzten sich und Rosa stellte erschrocken fest, dass die Sessel ziemlich nah beieinanderstanden. Hastig rutschte sie ein Stück nach hinten.

Georg streckte seine langen Beine aus und sah sie abwartend an.

»Also, hast du schon geeignete Kandidaten für unsere Lesung gefunden?«, kam Rosa gleich zum Punkt.

»Nein, leider keine prominenten. Ich habe zwar die Adresse von Anna Seghers herausgefunden, aber sie hat noch nicht geantwortet. Ich habe ihr einen Brief geschrieben.« Georg wirkte ebenfalls nervös. »Und ansonsten kenne ich nur Journalisten, die für meine Zeitung schreiben. Aber das ist ja nicht das, was wir suchen.«

»Oh.« Irgendwie hatte Rosa gehofft, dass Georg bessere Nachrichten mitbringen würde. Dabei standen sie inzwischen schon unter großem Zeitdruck.

Georg fuhr sich mit der flachen Hand über das Gesicht. »Hör mal, Rosa, du weißt doch, dass ich schlecht darin bin, mit Menschen zu reden. Du kannst mir das nicht allein überlassen.«

Er schaute sie beinahe vorwurfsvoll an.

»Es tut mir leid«, sagte Rosa betreten. »Ich dachte, dass du die besten Kontakte hast.«

Aber Georg schüttelte vehement den Kopf. »Nein, das dachtest du nicht. Du wolltest nur keine Zeit mit mir verbringen.«

Sie sahen sich stumm an. Es war das erste Mal seit Langem, dass Rosa sich zwang, nicht wegzuschauen.

»Wieso liest du eigentlich nicht selbst?«, fragte sie schließlich leise. »Deine Texte sind so gut und die Leute würden uns die Bude einrennen.«

Georg blickte unbehaglich auf den Boden. »Allein die Vorstellung, dass so viele Menschen mir beim Lesen zuhören …«

»Aber ich wäre doch bei dir! Du wärst nicht allein!«, beharrte Rosa.

»Wärst du das?«

Rosa musste schlucken. Sie hatte ihm in den letzten Monaten nicht gerade das Gefühl gegeben, dass sie hinter ihm stand.

»Ich würde es zumindest versuchen«, antwortete sie. Es klang genauso kläglich, wie sie sich fühlte. »Ich würde dich nicht im Stich lassen. Du …« Rosa holte tief Luft. »Du könntest hier vorne sitzen und ich wäre direkt neben dir und würde dich ankündigen. Und die Beleuchtung stellen wir so ein, dass du die Gesichter der Leute nicht siehst. Dann wäre es so, als würdest du nur für mich lesen.«

Er hatte den Kopf schief gelegt und folgte ihrem Blick durch den Raum. Rosa sah es beinahe vor sich: Die Menschen, die dicht beieinander- und gespannt auf ihren Stühlen saßen. Und hier vorne, auf der Empore, wären nur Georg und sie, wie jetzt auch.

»In Ordnung«, sagte Georg. »Dann schlage ich Folgendes vor: Du gehst mit mir in verschiedene Künstlerkneipen, und wenn wir niemanden auftreiben, der sich eignen könnte, dann mache ich es selbst. Genau so, wie du gesagt hast. Aber nur, wenn du es mit mir gemeinsam durchziehst.«

Rosa war so erleichtert, dass sie aufseufzte.

»Ich bin dabei«, sagte sie begeistert. »Das wird fantastisch!«

Sie fühlte sich geradezu euphorisch. Georg, wie er hier las, was für eine Vorstellung!

»Aber zuerst musst du mit mir ausgehen«, erinnerte Georg sie. »Und keine Ausflüchte!«

Jetzt grinsten sie beide. Und eine Sekunde lang fühlte es sich genauso unbeschwert an wie früher. Es musste möglich sein!, dachte Rosa mit plötzlicher Überzeugung. Es musste möglich sein, dass sie in Georg wieder ihren besten Freund sah. Sie hatte sich nur nicht genug angestrengt. Jetzt aber würde sie nichts unversucht lassen. Sie hatte ja ohnehin keine andere Möglichkeit, so, wie es aussah.

»Dann lass uns direkt loslegen«, sagte sie lächelnd und griff nach ihrer Jacke.

*

Die Münzen fielen klirrend in den Automaten. Es waren noch nicht genug. Lore kramte in ihrer Manteltasche – kurz darauf kullerte eine weitere Münze durch den Schlitz, und die Glasscheibe ließ sich mit einem Klicken öffnen. Die beiden Stücke Erdbeerkuchen, die in der Vitrine auf sie gewartet hatten, gehörten ihr. Ihr und Robert.

Robert stand etwas weiter hinten an einem der schlichten Stehtische. Die Ellbogen hatte er aufgestützt und er sah deutlich jünger aus, als er eigentlich war. Merkwürdig, dass ihr das ausgerechnet jetzt auffiel, während sie die beiden Teller vorsichtig zum Tisch balancierte. Schließlich war sie mittlerweile schon so gewöhnt an Robert, dass sie über ihn, über sie beide, gar nicht mehr nachdachte. Und ihn auch nicht auf diese prüfende Art betrachtete.

Das war früher anders gewesen. Am Anfang ihrer Freundschaft war ihr immer sehr bewusst gewesen, dass er älter war als sie – immerhin zwölf Jahre. Sie hatte einfach nicht verstanden, was er von ihr wollte, und nicht glauben können, dass er mit einer unverbindlichen Freundschaft zufrieden war. Er wollte ihr helfen, und es juckte sie nicht, was die Leute dachten, wenn sie Lore und Robert gemeinsam sahen. Hielten sie ihn für einen Amerikaner, der eine jüngere Deutsche zu verführen versuchte? Einen gönnerhaften älteren Mann, der sich um ein gestrandetes Mädchen kümmerte? Oder doch nur für zwei Freunde, die wenig zueinanderpassten?

Dabei hätte sich ihre Freundschaft wohl kaum entwickelt und als derart beständig erwiesen, wenn es da nicht doch eine Verbundenheit zwischen ihnen gäbe. Sie fühlten sich beide irgendwie verloren hier in Berlin, in dieser Stadt, die nicht ihre war und es doch geworden war.

Mit einem leisen Klirren stellte Lore die Teller auf den Tisch. Roberts Augen leuchteten auf. Er mochte Kuchen genauso sehr wie sie.

»Du liebst diese Automaten, nicht wahr?«

Lore war nun schon zum zweiten Mal mit ihm im »Quick«, Berlins Automatenrestaurant in der Joachimsthaler Straße, nicht weit vom Laden der Klingers entfernt. Hier herrschte das revolutionäre Prinzip der Selbstbedienung. Es gab nur Vitrinen, hinter denen kleine Köstlichkeiten auf einen Münzeinwurf warteten. Die Atmosphäre war einmalig: Die Vitrinen surrten, immer wieder klirrten Münzen, und die Menschen lachten und plauderten laut an den Stehtischen, weil sie sich unbeobachtet fühlten.

»Das erinnert mich irgendwie an zu Hause«, antwortete Robert und zeigte mit der Gabel zum Kuchenautomaten. »In meiner Kindheit haben wir über so einem Restaurant gewohnt, und wenn es etwas zu feiern gab, hat meine Mutter mir immer einen Kuchen aus der Vitrine spendiert. Es ist also ein Stück Heimat für mich, hier zu sein. Dabei ist das Konzept aus Deutschland und wurde erst später in Amerika nachgemacht. Hast du nicht gewusst, oder?« Er grinste sie an.

»Vielleicht geh ich ja eines Tages nach Amerika«, erwiderte Lore. Sie hatte es nur so dahingesagt. Eigentlich wollte sie nicht nach Amerika. Sie war ja da, wo sie sein wollte.

»Du passt viel besser nach Berlin«, antwortete Robert prompt. »Und ich bezweifle, dass du hier weggehst, bevor du dein Ziel erreicht hast. Ich kenn dich mittlerweile ziemlich gut, Lore. Du gibst niemals auf.« Diesmal zeigte er mit seiner Kuchengabel auf sie.

Da hatte er wohl recht. Und trotzdem war diese Sehnsucht, die sie antrieb, manchmal schwer zu ertragen. Dabei war sie ihrem Ziel schon so nah. Auch wenn sie ihren Vater in Berlin nicht gefunden hatte, war sie den Klingers, ihrer Familie, inzwischen schon ein gutes Stück nähergekommen – immerhin durfte sie jetzt in ihrem Laden aushelfen. Doch sie fühlte sich immer noch wie ein Eindringling, ein Schmarotzer, der nicht die Wahrheit sagte und genau deswegen niemals wirklich dazugehören würde.

Nicht zum ersten Mal wünschte sie sich, sie könnte Robert einfach erzählen, wie es wirklich um sie und die Klingers bestellt war. Sich endlich einmal jemandem anvertrauen …

»Ich glaube, das ist genau das, was uns verbindet«, sagte Robert und kratzte sorgfältig die Sahne von seinem Teller. »Dieser Wunsch, irgendwo anzukommen. In Amerika habe ich mich als Sohn einer Deutschen nie richtig dazugehörig gefühlt. Und hier bin ich permanent auf der Suche. Genau wie du.«

Hinter ihnen versammelte sich kichernd eine Gruppe Frauen an einem der Stehtische. Lore beugte sich näher zu Robert.

»Und was suchst du?«, fragte sie.

»Vielleicht einen Grund zu bleiben?« Er schaute sie direkt an.

»Und, hast du schon einen gefunden?«

Für einen kurzen Moment lag eine merkwürdige Spannung zwischen ihnen. Dann zuckte Robert mit den Schultern.

»Nein. Aber ein nettes Mädchen würde da helfen. Ich habe gerade jemanden kennengelernt, musst du wissen.«

»Ach ja?«, sagte Lore etwas überrumpelt. Aber jetzt, wo sie darüber nachdachte, war es nur logisch …

»Und wie ist sie so?« Irgendwie wollte sie diese Frage gar nicht stellen.

War sie etwa eifersüchtig?

Erst nach einem Moment wurde Lore klar, was es war: Sie hatte Angst, ihren einzigen Freund hier zu verlieren.

Robert runzelte die Stirn.

»Du siehst besorgt aus«, stellte er fest. »Und hattest du vorhin nicht gesagt, dass du mir etwas erzählen willst? Irgendwas ist doch!«

Dass er ihre Gedanken so gut lesen konnte, war wohl ein weiterer Grund für ihre Freundschaft. Und es stimmte. Lore wollte ihm unbedingt von dem Familientreffen der Klingers erzählen und dass sie nun wenigstens einen Tag in der Woche in der Buchhandlung mitarbeiten durfte. Endlich konnte sie sich bei den Klingers nützlich machen. Und dann würde sie ihnen bald auch die Wahrheit erzählen können und sie würden sie als Familienmitglied akzeptieren.

»Die Klingers sind meine Familie!«, platzte es aus Lore heraus. So, jetzt hatte sie es gesagt und es fühlte sich an, als wäre eine Last von ihren Schultern genommen.

Robert schaute sie überrascht an.

Und im nächsten Moment sprudelte auch schon die ganze Geschichte aus Lore heraus.

Robert hörte aufmerksam zu und nickte immer wieder.

»Jetzt verstehe ich die Sache«, sagte er, als sie fertig war. »Und nun? Willst du es ihnen sagen?«

»Nein, ich …« Lore war für ein paar Sekunden völlig aus dem Konzept gebracht. »Ich glaube, so weit bin ich noch nicht«, sagte sie hastig. Tatsächlich spürte sie Panik aufkommen. »Ich bin ja gerade erst richtig warm mit ihnen geworden …«, schob sie hinterher.

»Du weißt, dass es nur schlimmer wird, wenn du ihnen nicht die Wahrheit sagst.« Robert schaute sie eindringlich an. »Die Wahrheit, Lore, ist immer das Beste.«

»Das weiß ich doch.« Jetzt klang sie bockig. Sie hatte es noch nie gemocht, wenn er sich wie ein väterlicher Ratgeber aufführte. Vor allem dann nicht, wenn er recht hatte.

»Mir hast du schließlich auch gesagt, dass du mich beklaut hast. Und heute sind wir die besten Freunde«, fuhr er fort. »Wenn du mich angelogen hättest, könntest du heute keinen leckeren Erdbeerkuchen essen.«

»Doch, könnte ich. Den hab ich nämlich selbst bezahlt.«

Obwohl Lore trotzig klang, musste er lächeln.

»Stimmt. Aber denk drüber nach, was ich gesagt habe. Willst du ihnen die Wahrheit für immer verschweigen? Und weiter so mit ihnen leben?«

Lores Schultern sackten nach unten.

»Ich werde darüber nachdenken«, sagte sie leise.

»Gut. Und jetzt lass uns gehen. Ich will noch tanzen.« Robert zeigte nach draußen. Es war bereits dunkel geworden, der Himmel war fast schwarz. Auf der Straße tummelten sich lachende Passanten auf dem Weg ins Berliner Nachtleben.

Lore nickte. Mittlerweile konnte sie wieder tanzen gehen, ohne an die Monate denken zu müssen, in denen sie gezwungenermaßen durch die Clubs ziehen musste, auf der Suche nach Menschen, die ihr halfen. Jetzt konnte sie es einfach tun, um Spaß zu haben.

Und morgen, ja morgen, würde sie darüber nachdenken, wie sie es anstellen könnte, den Klingers die Wahrheit zu sagen. Endlich.

*

Ruth hatte lange überlegt, wie sie herausfinden könnte, was mit Gitty und ihrer Familie geschehen war. Am Ende hatte sie sich für den einfachsten Weg entschieden. Sie hatte dem Roten Kreuz einen Brief geschickt und nachgefragt, ob man irgendetwas über den Verbleib von Gitty Maybach wisse oder eine Nachricht an die entsprechenden Stellen weiterleiten könne. Ihre Finger hatten gezittert, während sie diese Worte geschrieben hatte, vor allem bei Gittys Namen. Und in der Nacht darauf war sie von Albträumen heimgesucht worden, grauenvoller als je zuvor. Aber es hatte sich gut angefühlt, den Brief zur Post zu bringen.

Und jetzt blieb ihr nichts anderes übrig, als zu warten.

Doch das war in Ordnung, denn sie hatte in der Klinger'schen Buchhandlung schließlich genug zu tun.

Ruth war froh, dass sie ihre Familie um Hilfe gebeten hatte – so schwer es ihr auch gefallen war. Denn zumindest ein Ergebnis hatte ihre Versammlung bereits erzielt, und es war eines, das Ruth überaus wichtig war: Elisabeth nahm wieder Anteil an dem Geschehen im Laden.

Ihre Mutter, die sich jahrelang herausgehalten hatte und vor der Verantwortung geflohen war, stand nun einmal die Woche im Verkaufsraum der Buchhandlung. Und das, obwohl es sie sichtlich Überwindung kostete.

Als Ruth den Laden nach dem Krieg wiedereröffnet hatte, hatte sie sich wehmütig ihre Mutter und sogar ihren Vater herbeigewünscht. Trotz der großen Chance, die sich ihr als Geschäftsführerin bot, hatte sie doch die Zeit vermisst, als nicht sie alle Verantwortung tragen musste, sondern ihre Eltern. Ihr Vater hatte die Geschäfte zwar immer allein getätigt, aber insgeheim hatte ihre Mutter über dieses Reich der Bücher geherrscht. Die Kunden wollten mit niemandem lieber sprechen als mit ihr. Damals hatte Elisabeth noch gelacht und Scherze gemacht. Das traute man der betagten, etwas steifen Dame, die sie nun war, nicht mehr zu.

Jetzt kamen die Leute zuerst zu Ruth, sie war diejenige, die das Sagen hatte. Und ihre Mutter überwachte alles, was sie tat, mit Argusaugen, hielt sich aber ansonsten zurück. Nur dann und wann kam ein kritischer Kommentar zu ihrem Sortierungssystem, ihrer Buchhaltung, der Buchpräsentation.

Elisabeth wirkte selbst nach Wochen, in denen sie hier im Laden mitverkauft hatte, noch immer wie ein Gast und nicht wie die Seniorchefin. Doch Ruth hatte festgestellt, dass sie dankbar dafür war.

Sosehr Ruth sich immer gewünscht hatte, dass alles wieder so werden würde wie in den früheren, glorreichen Tagen der Buchhandlung – jetzt wurde ihr klar, dass sie dieses Früher in Wirklichkeit gar nicht mehr wollte. Sie wollte die Zukunft, neue glorreiche Tage, die den alten ähnlich und doch von ihr selbst bestimmt waren. Es war nicht immer schlecht, wenn sich etwas veränderte.

Und Ruth wollte selbst entscheiden, wie diese Veränderung vonstatten ging. Sie hatte befürchtet, dass ihre Mutter ihr Selbstbewusstsein ins Wanken bringen könnte. Stattdessen fühlte sie sich von Elisabeths Anwesenheit bestärkt.

Darüber hinaus bewirkte Elisabeth tatsächlich viel Gutes in der Klinger'schen Buchhandlung. Ruth hatte festgestellt, dass Kunden, die ein gewisses Alter überschritten hatten, nun in aller Regelmäßigkeit am Freitag bei ihnen vorbeischauten – eben dann, wenn Elisabeth hinter der Theke stand.

Aber ob es ihrer Mutter irgendetwas bedeutete? Ob sie glücklich darüber war? Ruth wusste ihr Schweigen schwer zu deuten.

Elisabeth ging nach ihrer Schicht einfach nach Hause und sprach die restliche Woche nicht mehr viel darüber.

Ruth wünschte, es würde ihr leichter fallen, mit ihrer Mutter ins Gespräch zu kommen. Warum konnte sie Elisabeth nicht einfach fragen, was sie empfand, wenn sie neben der Kasse stand. Aber den Mund aufmachen und diese Worte wirklich aussprechen? Ein unbeschwertes Gespräch hatte es zwischen Ruth und ihrer Mutter selten gegeben.

Eigentlich war es in ihrer Familie sowieso nicht üblich, emotionale Angelegenheiten zu besprechen. Ihre Eltern hatten, wie Ruth sich erinnerte, wenig miteinander zu tun gehabt, außer wenn es um den Laden ging. Tagsüber hatten sie dort das geschäftige Ehepaar gegeben und abends meist über Bücher geredet. Auch mit den Kindern. Ruth kannte es nicht anders. Aber sie waren nicht die Einzigen. Wer redete nach diesem Krieg schon über seine Gefühle? Und die Zeit vorher war auch nicht besser gewesen.

Unsicher schaute Ruth jetzt zu Elisabeth hinüber. Wie gern würde sie ihre Scheu überwinden. Aber die Gespräche mit ihrer Mutter waren meistens kurz und oberflächlich. Und jedes Mal hatte sie das Gefühl, sie würde an Wunden rühren, die besser unangetastet blieben.

Aber gerade war sowieso keiner im Laden – es war Mittag und die nächsten Kunden würden wohl frühestens in einer halben Stunde eintrudeln. Da konnte sie die Zeit doch für ein paar Worte nutzen …

Ruth atmete tief ein. Wieso war sie so nervös, sie fühlte sich regelrecht zittrig.

»Wie ist es für dich, wieder im Verkauf zu sein?«, fragte sie so ruhig wie möglich.

Ihre Mutter schaute sie überrascht an. Offensichtlich war sie überrumpelt von Ruths direkter Frage.

»Ich weiß, dass es dir seit dem Krieg schwerfiel, in unseren Laden zu kommen. Dass dich alles daran erinnert, wie es früher einmal war … Aber jetzt, wo wir umgezogen sind …« Ruth hielt hilflos inne. Sie hatte ihrer Mutter helfen wollen, indem sie das Gespräch möglichst wortreich begann. Jetzt aber wusste sie nicht mehr, was sie sagen sollte.

Ihre Mutter schaute sie mit ihren klaren Augen an.

»Es ist besser«, sagte sie schließlich. »Alles ist neu hier und ich sehe, wie es wieder gut wird«, fügte sie hinzu. »Ich bin froh, dass ich ein Teil davon sein kann. Aber es ist dein Laden, Ruth. Und ich möchte dich nicht stören.«

»Aber du störst doch nicht!« Wie konnte ihre Mutter so etwas denken? Ruth wartete schon seit Jahren darauf, dass Elisabeth sich endlich wieder mehr für den Laden interessierte und ihr zur Seite stand. »Ich bin froh, dass du mir hilfst«, sagte sie leise.

Ihre Mutter räusperte sich. »Du bist viel stärker, als ich es jemals war, Ruth«, erwiderte die ältere Frau. »Ich konnte mich nie gegen deinen Vater durchsetzen. Du und Rosa, ihr habt das hier ganz allein geschafft.«

Ruth wurde mit einem Mal ganz warm ums Herz. So etwas hatte sie schon lange nicht mehr gespürt – kein ehrgeiziges Gefühl, kein Gefühl von Stärke, sondern eher etwas wie eine tiefe, unbeschwerte

Freude. Das Glück, dass jemand wie ihre Mutter, die ihr so viel bedeutete, stolz auf sie war.

Ruth merkte, dass sie Tränen in den Augen hatte.

In dem Moment klingelte das Glöckchen über der Ladentür. Der Postbote kam schnellen Schrittes in den Laden, legte ihr ein Päckchen mit Briefen auf die Theke und nickte ihr zum Abschied freundlich zu.

Der Bann zwischen Elisabeth und Ruth war gebrochen.

»Die Post, du solltest dich gleich darum kümmern«, sagte ihre Mutter mit der gewohnten Strenge in der Stimme.

Ruth seufzte, widersprach aber nicht. Das eben war ein Anfang gewesen. Vielleicht konnte sie ja nun häufiger solche ehrlichen Gespräche mit ihrer Mutter führen.

Das warme Gefühl blieb, auch wenn Ruth beim Anblick des Poststapels plötzlich Aufregung verspürte. Das waren aber viele Briefe heute! Konnte es sein, dass das Rote Kreuz ihr schon geantwortet hatte?

Es war unwahrscheinlich. Trotzdem klopfte Ruths Herz unruhig, während sie die Briefe überflog. Das meiste waren Rechnungen. Das Rote Kreuz war nirgendwo als Absender angegeben.

Sofort machte sich Enttäuschung in Ruth breit. Aber was hatte sie auch erwartet? Eine solche Anfrage zu bearbeiten dauerte sicherlich eine ganze Weile.

Doch dann blieb ihr Blick an einem anderen Brief hängen. Das war merkwürdig, was wollte denn die Stelle für Devisenvergehen von ihr?

Hatte sie sich etwas zuschulden kommen lassen?

Ruths Finger begannen zu zittern.

*

Das Scheinwerferlicht blendete Rosa und es war furchtbar heiß. Sie merkte, wie ihr der Schweiß ausbrach. Es war aufregender, als sie gedacht hatte, hier zu sitzen. Normalerweise hatte sie kein Problem damit, vor Leuten zu sprechen. Aber vor einer solch großen Menge an Zuschauern aufzutreten, deren Gesichter noch dazu im Dunkeln lagen, war etwas ganz anderes. Sie hatte das Gefühl, alle starrten nur sie an.

Trotzdem lächelte sie Georg aufmunternd zu. Schließlich ging es heute Abend nicht um sie, sondern um ihn. Er hatte sich tatsächlich bereit erklärt, vor Publikum aus seinen Werken vorzulesen. Und deshalb musste Rosa sich jetzt zusammenreißen und ihn unterstützen.

Obwohl ihre Stimme ein wenig zitterte, sprach sie nun ein paar einführende Worte, die sie sich auf einem kleinen Zettel notiert hatte. Das Publikum war mucksmäuschenstill. Dann hustete hinten jemand, jemand anderes räusperte sich vernehmlich. Rosa sah nervös ins Scheinwerferlicht. Redete sie vielleicht zu schnell? Sie versuchte, jemanden im Publikum auszumachen, sah aber nur eine schwarze Masse. Hinten im Laden leuchtete eine kleine Lampe und die Silhouette einer Frau war zu erkennen. Das musste Ruth sein, die natürlich bei der Theke geblieben war und die Kasse bewachte. Sofort fühlte Rosa sich etwas mutiger.

Sie beendete ihre Ansprache und nahm mit einem kleinen Lächeln den Applaus entgegen.

Wenn es für sie schon so aufregend gewesen war, wie schwierig würde es dann erst für Georg werden? Wieder warf sie ihm einen zaghaften Blick zu. Im grellen Licht des Scheinwerfers war in seinem Gesicht jede Regung zu erkennen. Aber zu Rosas Überraschung erwiderte er ihren Blick nur ruhig und ernst. Dann rückte er seine Brille zurecht, schenkte ihr ein schiefes Lächeln und begann zu lesen.

Seine Stimme klang nur am Anfang ein wenig unsicher und wurde immer fester und kräftiger, je länger er las. Er trug eine Kolumne über die Berliner Jazzszene vor, dann zwei weitere. Zwischendurch las er einen Zeitungstext, den er für Kinder geschrieben hatte. Darin ging es um den Berliner Bär, der durch die langen, verwinkelten Tunnel der U-Bahn irrte und dort allerhand seltsame Gestalten traf.

Das Publikum lachte an den richtigen Stellen und einmal musste Georg sogar mitlachen, mitten im Satz. Das war entzückend.

Ein Lächeln breitete sich auf Rosas Gesicht aus und ihr wurde ganz warm, aber von innen, nicht weil der Scheinwerfer sie anstrahlte. Den bemerkte sie nicht einmal mehr. Sie sah und hörte nur Georg.

Wer hätte gedacht, dass er seine Geschichten so gut vortragen konnte?

Dafür, dass er sich anfangs so gesträubt hatte, kam er jetzt erstaunlich gut in Fahrt. Als er die letzte Geschichte gelesen hatte, wurden im Publikum sofort Rufe nach einer Zugabe laut.

Mit einem jungenhaften Grinsen wühlte Georg in dem Blätterstapel vor ihm auf dem Tisch, zog einen weiteren Kolumnentext heraus und erfüllte den Zuschauern ihren Wunsch.

Jetzt war es endgültig um Rosa geschehen. Begeistert hing sie an seinen Lippen. Sie hätte niemals gedacht, dass er vor einer großen Zuschauermenge mit einer solchen Lässigkeit vortragen konnte. Er vermutlich auch nicht, so, wie er sich vorher gesträubt hatte.

Als Georg die letzte Geschichte beendet hatte, brandete Applaus auf, den er mit einem schüchternen Nicken – jetzt war er wieder ganz der Alte – abtat. Dann blickte er zu Rosa, deren Herz vor Freude pochte. Für einen kurzen Moment vergaß sie alles andere um sich herum, als es plötzlich ganz still wurde.

Schnell wurde ihr klar, woran das lag: Das Publikum wartete auf Rosas Einsatz. Verdammt, wie peinlich!

»Äh, haben Sie vielleicht Fragen an den Autor?«, nahm sie den Faden reichlich unelegant wieder auf.

Sofort schossen einige Arme nach oben. Zumindest glaubte Rosa das zu erkennen, denn es waren ja nur Schemen zu sehen. Sie zeigte irgendwo in die erste oder zweite Reihe.

»Ja, Sie bitte?«

Da fing im Publikum auch schon eine Frau an zu reden. Sie sprach Georg ihre größte Bewunderung aus und fragte ihn, ob er nicht einmal über seine liebsten Restaurants in Berlin berichten könne. Rosa erlaubte sich, ein paarmal tief durchzuatmen. Irgendwie musste sie ihr wild klopfendes Herz ja beruhigen.

Dann aber merkte sie, dass dieser Teil der Veranstaltung – Fragen von Fremden beantworten – Georg schon deutlich weniger lag. Er warf ihr immer wieder verzweifelte Blicke zu.

Rosa half Georg beim Antworten, wenn er nicht weiterwusste. Und nach einer Weile verkündete sie, dass es jetzt Zeit sei, die Veranstaltung zu beenden. Ein vielstimmiges Murren war zu vernehmen, aber Ruth setzte dem ein Ende, indem sie nach vorne kam, den Scheinwerfer ausstellte und das Licht im Laden wieder aufleuchten ließ.

Und tatsächlich, nach reichlichem Stühlescharren zerstreute sich das Publikum. Einige versammelten sich bei Ruth, um ein Buch zu erwerben, andere lungerten noch vor der kleinen Bühne herum, die sie auf dem Podest errichtet hatten.

Vermutlich wollten sie mit Georg reden, um ihm noch einige private Fragen zu stellen.

Aber Georg wirkte erschöpft. Kein Wunder, er hatte auf der Bühne ja wirklich alles gegeben!

Wieder spürte Rosa, wie unglaublich stolz sie auf ihn war. Nie hatte sie sich ihm näher gefühlt als in diesem Moment. Das alles hier, die erfolgreiche Lesung, die wundervolle Atmosphäre und die begeisterten Zuschauer, das hatten sie gemeinsam erreicht!

Rosa war so froh, dass sie ihrer Freundschaft noch eine Chance gegeben hatte. Wie sollte sie auch ohne diese Freundschaft, ohne Georg, leben? Die letzten Monate, in denen sie ihn zu ignorieren versucht hatte, waren ihr furchtbar grau vorgekommen. Doch seit sie in den letzten Wochen nahezu gezwungen gewesen waren, wieder mehr Zeit miteinander zu verbringen, war alles so wie früher gewesen. Nein, nicht ganz. Rosa war so glücklich wie nie zuvor. Wenn sie bei Georg war, fühlte sie sich wohl und aufgehoben. Und selbst in seiner Abwesenheit wirkte dieses Gefühl noch lange nach …

»Entschuldigen Sie, ich bin ja so begeistert von Ihren Geschichten. Ich wollte …«

Oh nein, jetzt hatte sie nur einfältig vor sich hin gegrinst und gar nicht gemerkt, dass Georg von Bewunderinnen belagert wurde. Tatsächlich warf er ihr schon wieder einen hilflosen Blick zu.

»Unser Autor muss sich jetzt ausruhen«, ging sie resolut dazwischen. Sie griff Georg am Arm und führte ihn von der Menschentraube fort.

»Willst du etwas frische Luft schnappen?«, fragte sie leise, als sie beim Ausgang waren. Die Tür stand offen, da die ersten Gäste schon in die Nacht hinausgeschlüpft waren, und kalte Luft strömte ihnen entgegen. Rosa merkte, wie sie selbst etwas ruhiger wurde.

»Meinst du, es wäre unhöflich, wenn wir einfach nach Hause gingen?«, fragte Georg. »Ich glaube, ich habe genug für heute …«

Er sah wirklich erschöpft aus. Das Haar klebte ihm an der Stirn und er war ziemlich blass.

»Ich kläre das mit Ruth«, entschied Rosa.

Zum Glück war ihre Schwägerin im Freudentaumel, weil viele der Lesungsgäste die Gelegenheit nutzten, um sich die neusten Bucherscheinungen zeigen zu lassen, und sie winkte daher nur gnädig ab: »Ja, ja, geht nur!«

Kurz darauf schlenderten sie die nächtliche Straße entlang, Rosa hatte sich in der Kälte bei Georg untergehakt. Sie war noch ganz erfüllt von dem erfolgreichen Abend.

Während sie nach den passenden Worten suchte, brach Georg schon das Schweigen.

»Es war anstrengend, aber es hat mir trotzdem Spaß gemacht.« Er klang selbst ganz überrascht.

»Ja, und du hast sicher gemerkt, wie gut dich alle fanden. Besonders bei den Damen bist du sehr beliebt.« Rosa musste lächeln, als sie an den Ansturm von Georgs Bewunderinnen dachte.

»Na, wenn das so ist … Vielleicht sollte ich es mir ja überlegen und weitermachen.« Georg strahlte sie so glücklich an, dass Rosas Herz gleich ein wenig schneller schlug.

»Pass auf, was du sagst. Ich glaube, Ruth hat Gefallen daran gefunden, dass der Laden so voll ist.«

Wieder bereitete sich Schweigen zwischen ihnen aus.

»Es tat gut, etwas für den Laden zu tun«, sagte Georg schließlich leise. »Mir liegt unsere Buchhandlung sehr am Herzen. Auch wenn ich kein Buchhändler bin …«

»Georg, du warst einfach fantastisch!«

Viel zu schnell hatten sie ihr Wohnhaus erreicht und blieben vor der Haustür stehen. Rosa fühlte sich an die Nacht vor wenigen Monaten erinnert, in der sie sich genau hier geküsst hatten. Unruhig trat sie von einem Fuß auf den anderen.

Ob Georg wohl auch daran dachte?

Im Dunkeln konnte sie seinen Gesichtsausdruck nicht erkennen, genau wie damals. Ungeschickt drückte sie sich an ihm vorbei in den Hausflur. Aber auch er kam ihr plötzlich viel ungelenker vor. Die Haustür knallte regelrecht ins Schloss.

Der Weg die Treppe bis zu ihrer Wohnungstür hinauf kam ihr unendlich lang vor, so zäh war das Schweigen zwischen ihnen.

Die Wohnung lag stockdunkel da. Elisabeth und Ruth waren noch im Laden und Peter durfte heute bei seinem besten Freund Lutz übernachten – schließlich war keiner zu Hause, der auf ihn hätte aufpassen können.

Die Stille der Wohnung verschluckte sie beinahe. Es kam Rosa unnatürlich laut vor, wie ihre Schuhe auf den Boden polterten.

Dazu klopfte Rosa das Herz beinahe bis in die Ohren. Das musste Georg doch eigentlich hören. Was war nur los mit ihr?

Sie betraten den Flur und Georg betätigte den Lichtschalter. Die Lampe schaukelte ein wenig, ihr Licht malte Muster auf den Boden.

»Danke, dass du mich so unterstützt hast. Ohne dich hätte ich das nicht geschafft«, sagte er ernst und in seiner Stimme lag Zärtlichkeit.

»Ach was, das glaube ich nicht«, wiegelte sie ab.

Jetzt standen sie nur da und schauten sich an.

»Ich bin froh, dass wir wieder Freunde sind«, sagte Georg leise.

Rosa brachte nur ein Nicken zustande. Genauso sah sie es ja auch.

»Aber eigentlich will ich mehr als das«, flüsterte Georg jetzt.

Für einen Moment schien die Zeit stillzustehen. Es gab nur sie und Georg und die Ruhe im Haus, in der Rosas Herz wie rasend klopfte. Wenn er sie so anschaute, dann konnte ihr Herz gar nicht anders.

Er trat einen Schritt auf sie zu und strich ihr sanft über die Wange, unendlich langsam, gab ihr die Chance zurückzuweichen.

Aber sie tat es nicht. Sie wusste selbst nicht, wie ihr geschah.

Stattdessen schlang sie ihre Arme um seinen Hals. Und das Nächste, was sie spürte, waren seine Lippen auf ihren und dieses mächtige Gefühl in ihrer Brust. Als würde etwas explodieren. Wie konnte sie dagegen ankommen?

Aber sie wollte es auch gar nicht, nicht heute Abend, nicht jetzt. Diesmal stieß sie ihn nicht von sich. Sie hielt ihn fest und ließ es nicht zu, dass dieser Kuss endete.

Stunden später, in seiner Kammer, als die anderen nach Hause kamen, drückte Rosa lächelnd ihr Gesicht an seine Brust. Niemand durfte sie hören und dennoch fühlte sie sich so leicht. Sie wusste, morgen würde alles anders sein. Aber jetzt war jetzt.

*

Ehrlichkeit war eine Tugend und Lore hatte fest vor, den Pfad dieser Tugend nun endlich einzuschlagen. In den vergangenen Jahren hatte sie oftmals moralisch nicht gerade einwandfreie Entscheidungen getroffen. Aber da war sie ja noch jung gewesen, und es war ihr in vielen Fällen anders kaum möglich gewesen. Doch mittlerweile war sie erwachsen, sie stand auf eigenen Beinen und war stark genug, um zu erkennen, was zu tun war. Robert hatte recht. Sie musste ihrer Familie die Wahrheit sagen, alles andere würde die Sache nur komplizierter machen. Und war nicht jetzt ein guter Moment dafür? Immerhin lief der Laden dank der vereinten Kräfte der Familie deutlich besser.

Lore atmete tief durch, als sie die Tür zur »Buchhandlung Klinger« öffnete. Ein wenig fühlte sie sich so, als hätte sie nicht genug Atem in der Lunge, so aufgeregt war sie. Wird schon schiefgehen, ermunterte sie sich selbst.

Doch irgendetwas stimmte nicht. Sie merkte es sofort daran, wie Ruth hinter der Theke stand. Ruth war sonst immer wachsam und jeden Moment bereit, ihren Kunden alle Wünsche von den Augen abzulesen. Dabei war ihr Blick stets durchdringend. Heute aber sah sie seltsam eingesunken aus. Sie hatte die Hände auf der Theke abgestützt, als müsste sie sich festhalten, und wirkte geradezu abwesend. Dass Lore eingetreten war, schien sie erst zu registrieren, als diese genau vor ihr stand.

»Ist irgendetwas passiert?«

So hatte Lore das Gespräch eigentlich nicht beginnen wollen. Nein, sie hatte sich genau überlegt, mit welchen Worten sie Ruth für ihre Lügen um Entschuldigung bitten und wie sie ihr schildern wollte, warum zum Teufel sie ihre Familie über diese so lange Zeit schamlos angelogen hatte.

»Nichts, ich … Nein, alles in Ordnung.« Ruth bemühte sich sichtlich, ihre Gedanken abzuschütteln. »Ich warte auf etwas«, fügte sie dann hastig hinzu.

Lore wusste nicht, wie sie reagieren sollte. Sie hatte Ruth noch nie so unsicher erlebt.

»Ich glaube, ich habe einen Fehler gemacht«, sagte Ruth leise. Sie schien zu zögern. »Versprichst du, dass du es niemandem verrätst?«

»Ja natürlich!«, antwortete Lore sofort.

Ruth zog einen Brief aus der Schublade unter der Registrierkasse.

Lore überflog das amtliche Dokument, verstand aber nicht wirklich, worum es da ging. Die Klingers wurden offenbar verklagt, so weit konnte sie dem Schreiben folgen.

»Was hat das zu bedeuten?«

Ruth seufzte niedergeschlagen. »Der Brief stammt von der Devisen- und Zollfahndung. Uns wird ein Devisenvergehen vorgeworfen, na ja, mehrere, um genau zu sein.«

»Und, ist da was dran?« Lore konnte sich kaum vorstellen, dass Ruth oder irgendein anderer der Klingers etwas Unrechtes getan hatten. Ruth hatte doch die höchsten moralischen Ansprüche, die es überhaupt gab! Lore musste schlucken.

»Ich fürchte, ja.« Ruth ließ geknickt die Schultern hängen. »Das ist alles meine Schuld! Ich wollte den Laden nach vorn bringen und habe deshalb mit ostdeutschen Büchern gehandelt. Das ist verboten, wenn man keine Genehmigung hat. Aber was hätte ich denn machen sollen? Ich wollte doch nur unsere Kunden zufriedenstellen!«

Langsam begriff Lore, was Ruth da eben gesagt hatte. Was, wenn sie und ihre Familie sich tatsächlich vor Gericht verantworten und am Ende sogar eine hohe Geldstrafe zahlen oder ins Gefängnis mussten?

Lores eigentliches Anliegen rückte immer mehr in den Hintergrund. Sie würde Ruth in dieser Situation definitiv nicht die Wahrheit über ihre Vergangenheit erzählen. So, wie Ruth jetzt die Hände rang, würde sie ihr vermutlich gar nicht richtig zuhören können.

»Und jetzt?«

»Ich weiß es nicht.« Ruth schaute sie verzweifelt an. »Schlimmstenfalls wird der Laden dichtgemacht.«

»Nein, das können wir nicht zulassen!«, rief Lore fassungslos. Das durfte auf keinen Fall passieren. Wo Lore doch gerade erst in die Familie aufgenommen worden war!

»Natürlich nicht.« Ruth straffte ihre Schultern. Und einen Moment sah man wieder die vernünftige, durchsetzungsfähige Ladeninhaberin durchblitzen, die sich durch nichts und niemanden erschüttern ließ. »Ich habe dem Börsenverein der Deutschen Buchhändler geschrieben. Ich bin sicher nicht die Einzige, der die Devisenfahndung im Nacken sitzt. Vielleicht können die uns weiterhelfen.«

»Bestimmt!« Lore sagte es mehr, um sich selbst zu beruhigen. »Ich bin sicher, dass alles wieder gut wird.«

Ruth atmete tief durch. »Es tut gut, darüber zu reden. Aber du darfst es niemandem verraten, ja, Lore? Das muss unser Geheimnis bleiben.«

»Ja natürlich«, sagte Lore automatisch.

»Und kannst du jetzt bitte im Laden aufpassen, während ich kurz hinten im Lager bin?«, fragte Ruth.

»Ich …« Lore zögerte. Jetzt oder nie, schoss es ihr durch den Kopf. »Ja natürlich«, hörte sie sich selbst sagen. Aber was sollte sie auch machen? Sie konnte Ruth in diesem Augenblick unmöglich mit ihren familiären Problemen konfrontieren. Nicht, wenn sie so verzweifelt wirkte.

Na gut, dann spreche ich mein Geheimnis eben das nächste Mal an, dachte Lore, während Ruth mit einem knappen Nicken im Lager verschwand. »Aufgeschoben ist schließlich nicht aufgehoben«, murmelte sie vor sich hin und schämte sich, weil sie sich erleichtert fühlte, dass sie diesem Gespräch fürs Erste entkommen war.

Kapitel 8

Herbst 1951

Monate waren ins Land gegangen, und obwohl Ruth sich ständig damit beschäftigte, hatte sie ihrer Familie noch immer nichts von dem Ärger mit der Devisenfahndung erzählt. Das Wissen um die Gefahr, in die sie die Buchhandlung gebracht hatte, machte sie unglücklich und unruhig. Sie war ständig auf der Hut. Als könnte jeden Moment ein Beamter der Devisen- und Zollfahndung bei ihnen auftauchen und sie festnehmen.

Auch jetzt fuhr sie zusammen, als Rosa plötzlich in der Tür zu ihrem Zimmer stand.

»Kommst du, Ruth? Lores Geburtstagskuchen ist fertig.«

Rasch versuchte Ruth, den Brief zusammenzufalten, den sie gerade studiert hatte. Es war das neueste Schreiben, das sie in dieser Sache erhalten hatte … In den letzten Monaten hatte sie die Devisenfahndung um einen Aufschub der Gerichtsverhandlung gebeten und auch einige Briefe mit dem Börsenverein der Deutschen Buchhändler gewechselt. Der Verein hatte ihr versprochen, sich um das Problem zu kümmern. Anscheinend lag sie tatsächlich richtig – zahlreiche Buchhändler waren mittlerweile für Devisenvergehen verklagt worden.

Es tat gut, zu wissen, dass sie mit diesem Problem nicht allein war und und dass eine Organisation hinter ihr stand, die ihr Bestes gab, um sie aus dieser gefährlichen Situation zu befreien. Auch wenn Ruth nicht so recht glauben konnte, dass es der Buchhändlervereinigung tatsächlich gelingen würde. Bald würde sicher ein neuer Brief der Devisenfahndung eintrudeln. Oder aber die Beamten stünden direkt vor ihrer Tür …

Immerhin schien dieser Brief hier doch Grund zur Hoffnung zu geben – wenn sie ihn richtig verstanden hatte.

»Was hast du da?« Rosa war neugierig ins Zimmer getreten.

»Ach nichts!« Ruth legte das Schreiben umgedreht auf das Bett.

Wenn sie Lore von ihren Problemen erzählt hatte, hieß das nicht, dass sie sich nun auch Rosa anvertraute. Ihre Schwägerin würde sie sicher nur mit gut gemeinten Ratschlägen überhäufen und ansonsten ganz betroffen schauen. Das konnte Ruth jetzt nicht gebrauchen. Sie war bisher auch allein ganz gut klargekommen und hatte starke Nerven und Durchhaltevermögen bewiesen.

Unauffällig versuchte sie, den Brief unter die Bettdecke zu schieben.

Zum Glück wurde Rosa in diesem Moment abgelenkt. Georgs Schritte waren im Flur zu hören. Sofort war ihre Schwägerin verschwunden.

Die beiden verbrachten neuerdings viel Zeit miteinander, zumindest kam es Ruth so vor. Einmal hatte sie Rosa sogar aus Georgs Kammer schlüpfen sehen. Das war erstaunlich, wo sie sich vorher doch wie die Pest gemieden hatten. Was da wohl vorgefallen war?

Sobald Rosas Schritte im Flur verklungen waren, zog Ruth den Brief wieder hervor und las ihn erneut. Aber sie hatte es eben ganz richtig verstanden. Der Geschäftsführer des Börsenvereins teilte ihr darin mit, dass er es nun endlich geschafft habe, einen Termin beim Bundesfinanzministerium in Frankfurt zu erhalten, um über das Problem der Devisenvergehen zu reden …

Konnte das vielleicht tatsächlich etwas bewirken? Oder hoffte sie wieder umsonst?

Aus der Küche hörte sie Rosa und Georg ausgelassen lachen.

Nein, heute wollte sie nicht mehr über dieses Thema grübeln. Sie dachte sowieso viel zu viel daran.

Sie war tatsächlich so mit dem Schriftverkehr über diese Katastrophe beschäftigt gewesen, dass sie ihre Anfrage an das Rote Kreuz, was den Verbleib ihrer Freundin Gitty betraf, darüber schon fast vergessen hatte. Eigentlich hatte sie fast alles, was in ihrem Leben eine Rolle spielte, vernachlässigt …

Wieder lachte Rosa in der Küche.

Ruth bückte sich und schob den Brief entschlossen in den Koffer unter ihrem Bett. Dort hatte sie schon immer alles versteckt, von dem sie nicht wollte, dass Peter oder ein anderer Familienangehöriger es fand.

Wenn man es genau nahm, versteckte sie dort auch die Dinge, die sie selbst gern vergessen wollte. Allen voran ihre zahlreichen Briefe, die den Koffer fast überquellen ließen. Als der Krieg gerade vorbei gewesen war, hatte sie ja noch manchmal an Willi geschrieben. Natürlich hatte sie diese Briefe nie abgeschickt, an welche Adresse auch? Und irgendwann hatte sie mit dem Schreiben aufgehört, es brachte ja nichts. Sie hatte sich trotzdem nicht überwinden können, diese Briefe wegzuwerfen. Stattdessen lagen sie nun tief im Koffer vergraben, und sie knisterten dort noch immer, die Gefühle und Gedanken ihrer Vergangenheit, die Einsamkeit und die Angst, die sie seitdem zu vergessen versuchte.

Aber jetzt hatte sie wahrlich keinen Nerv, auch noch an ihren toten Ehemann zu denken. Sie schob den Koffer samt dem neuen Brief rasch zurück unter das Bett.

In der Küche hatte Rosa den Tisch festlich gedeckt. Es gab zwei verschiedene Kuchen, Kaffee in ihrem guten Porzellanservice, und Rosa hatte sogar Sahne geschlagen. Peter lümmelte schon am Esstisch und schlürfte einen Kakao. Auf seiner Nase hatte er einen riesigen Sahnefleck. Rosa hatte erst neulich verkündet, dass das eine neue Tradition im Hause Klinger werden würde. An allen Geburtstagen sollte es für Peter eine riesige Tasse voller Kakao mit Sahne geben. Das konnten sie sich nun seit einigen Monaten wieder leisten.

Ruth war froh, dass die Zeit der Entbehrungen vorbei war. Nun konnte sie ihrem Sohn umso glücklicher dabei zusehen, wie er in die Höhe schoss. Er würde sicher einmal so groß werden wie sein Onkel Georg, und obwohl er noch immer schlaksig war, schien die Zeit, als seine abgemagerten Beine so dünn wie Streichhölzer ausgesehen hatten, vorbei.

Ruth strich ihm einmal über den Kopf und wischte dann mit ihrem Ärmel die Sahne von seiner Nase. Der Junge schüttelte widerwillig ihre Hand ab und Ruth musste lächeln. Er war widerspenstig, genau wie sie.

Lore saß am Kopf der Tafel und strahlte über das ganze Gesicht. Sie sah längst nicht mehr so heruntergekommen aus wie vor drei Jahren, als sie sich kennengelernt hatten. Ruth lächelte – wie die Zeit alles änderte!

Und mit einem Mal spürte sie, wie eine angenehme Ruhe und Gelassenheit sie überkam. Auch wenn sie gerade tief in Schwierigkeiten steckte, vielleicht würde sie in ein paar Jahren darüber lachen und alles wäre wieder gut. Eigentlich waren die Zeiten doch schon lange vorbei, in denen ihr jedes Problem wie ein Weltuntergang vorgekommen war!

Sie erinnerte sich noch daran, wie sie damals mit ihrem Vater über ihre Zukunft hatte reden wollen. Er hatte einfach nicht zugehört und immer nur mit Friedrich über ernsthafte Themen gesprochen. Dabei hatte sie so gern auf eine Handelsschule gehen wollen, um dort zu lernen, was auch immer nötig war, um die Buchhandlung zu leiten. Damals war sie noch jung gewesen und abgrundtief verzweifelt, weil er ihr das nicht erlaubt hatte. Und jetzt hatte sie ihr Ziel auch ohne eine weitere Ausbildung erreicht. Sie hatte damals tagelang geweint, und nachts, wenn keiner sie hörte.

Nun, vielleicht hatte ihre Mutter sie gehört. Sie sagte nicht viel, aber sie hatte ein feines Gespür. Dass mit ihrer Tochter schon seit Wochen irgendetwas nicht stimmte, schien Elisabeth sehr wohl bemerkt zu haben – sie beobachtete Ruth stets wachsam.

Auch jetzt musterte ihre Mutter sie eindringlich. Sie saß an der Tafel neben Georg, vor sich einen Teller mit einem großen Stück Kuchen. Ruth lächelte ihr zu und Elisabeths Stirn glättete sich.

»Das ist so lieb von dir, Rosa«, sagte Lore gerade überglücklich. »Meine Mutter hat mir nie einen Kuchen zum Geburtstag gebacken. Sie konnte es einfach nicht. Immer wenn sie es versucht hat, war der Kuchen innen roh und außen verbrannt.«

»Das ist bei Ruth genau das Gleiche«, erwiderte Rosa frech.

»Das kannst du doch gar nicht wissen«, widersprach Ruth sofort. »Ich habe schon seit Jahren keinen Kuchen mehr gebacken.«

Da meldete Georg sich zu Wort.

»Ich erinnere mich noch gut daran, wie du Vater mal einen Birnenkuchen backen wolltest. Das muss kurz vor dem Krieg gewesen sein. Ich glaube, du wolltest ihn zu irgendwas überreden. Der leicht angekokelte Kuchen hat jedenfalls nicht geholfen.« Georg grinste.

Was war nur mit Georg und Rosa los? Derart zu Scherzen aufgelegt kannte Ruth weder ihren Bruder noch ihre Schwägerin. Wieder musste sie daran denken, dass die beiden sich in letzter Zeit seltsam benahmen. Wie schön, dass sie so ausnehmend gut gelaunt waren. Auch das war ein Grund, warum Ruth ihnen weiterhin lieber nichts von den Schwierigkeiten des Ladens erzählen wollte – sollten sie glücklich sein, solange es ging!

Ruth merkte schon wieder, wie sich die Angst anschlich. Schnell schob sie sich einen Bissen Kuchen in den Mund.

Es klingelte. Der Kuchen, der auf der Zunge eben noch süß und weich gewesen war, verklebte ihr den Hals.

»Haben wir noch jemanden eingeladen?«, fragte Rosa, die schon aufgestanden war. »Ich gehe und öffne die Tür.«

Ruth hatte sich instinktiv ebenfalls erhoben, um Rosa aufzuhalten. Was, wenn jetzt tatsächlich doch die Polizei vor der Tür stünde? Oh Gott, wie sollte sie das den anderen erklären?

Ihr Herz raste und sie konnte sich kaum rühren. Wie erstarrt hielt sie ihre Kuchengabel in der Hand, unfähig, sie auf den Teller zu legen.

Sie hörte, wie Rosa die Tür öffnete und freundlich »Ja bitte?« fragte. Wenig später erschien Rosa wieder in der Tür, sie war blass geworden. Hinter ihr stand ein Mann, groß und dürr, mit kurz geschorenem schwarzen Haar und Augen, die tief in den Höhlen lagen. Sein Blick irrte durch den Raum, bis er schließlich Ruth fand und an ihr hängen blieb.

Ruth ließ die Kuchengabel fallen. Das Klirren zerbrach die Stille.

Das war kein Polizist, sondern ihr Ehemann. Willi war zurückgekehrt.

*

Peter war völlig verstört. Er saß stumm auf Rosas Bett, mit Tränen in den Augen, und Rosa hatte alle Mühe, ihn zu beruhigen. Dabei war sie selbst komplett durcheinander.

Der Junge hatte den fremden Mann nur angestarrt, der da auf der Türschwelle stand und die Arme ausgebreitet hatte, als wartete er nur darauf, dass alle begeistert auf ihn zustürmen würden. Ruth war ein paar Schritte nach vorn gestolpert und Rosa hatte es im Herzen wehgetan, als sie bemerkte, wie angsterfüllt Peter dabei zuschaute, wie seine Mutter auf den Mann zuwankte und sich steif von ihm in den Arm nehmen ließ.

Dann war plötzlich Bewegung in die Küche gekommen. Georg war aufgesprungen und mit ihm Elisabeth. Und Rosa war ganz schwindelig geworden, als ihr mit einem Mal klar wurde: Es war wirklich wahr! Das war keine Verwechslung, sie hatte ihn ganz richtig erkannt, als sie die Tür geöffnet hatte und dieser verhärmte Mann vor ihr stand.

Das war Willi, Ruths vermisster Mann, der genau wie ihr Friedrich im Krieg verschollen war.

Aber man hatte von Willi doch nie wieder etwas gehört und ihn deswegen für tot gehalten …

Wie war das nur möglich?

Ruth hatte sich aus seinem Griff befreit und der fremde Mann sah zu Peter hinüber, die Arme wieder weit ausgebreitet. Aber Peter war an seinem Platz sitzen geblieben und hatte ihn nur mit großen Augen misstrauisch gemustert. Er kannte diesen fremden Mann nicht, er verstand nicht, warum er seine Mutter umarmt hatte und was er hier bei ihnen wollte.

Peter schwieg auch jetzt beharrlich. Rosa musste den Jungen dringend ablenken. Sie fühlte sich hilflos, aber sie wollte ihn nicht zu seiner Mutter bringen.

Ruth war mit Willi in ihrem Zimmer verschwunden und Rosa ahnte, dass es wichtig war, dass die beiden nun einen Moment für sich hatten. Wie musste es Ruth wohl jetzt gehen?

Willi hatte die Zurückweisung seines Sohnes nicht gerade gut aufgenommen.

»Weißt du denn nicht, wer ich bin?«, hatte er den Jungen gefragt, und als Peter sich trotzig weigerte, seinen Vater auch nur anzuschauen, und sich stattdessen noch ein Stück Kuchen in den Mund stopfte, war Willi wütend aus dem Zimmer gestapft. Ehe Ruth ihm gefolgt war, hatte sie Rosa noch einen kurzen Blick zugeworfen, in dem die Verwirrung und dieselben Gefühle lagen, die auch Rosa empfand.

Woher kam Willi? Wieso war er plötzlich aufgetaucht? Was hatte das zu bedeuten?

Rosa musste sich dringend von all diesen Fragen ablenken, denn sie warfen ja noch ganz andere Fragen auf, die auch Rosa selbst betrafen … Fragen, bei denen sie sofort das Gefühl überkam, sie würde ersticken. Wenn Willi hier war, würde dann auch Friedrich wieder zurückkommen?

Aber sie durfte jetzt nicht zulassen, dass sie schwach wurde. Sie musste sich um Peter kümmern.

Die Matratze gab ein wenig unter ihr nach, als sie sich neben den Jungen setzte. Zärtlich legte sie einen Arm um ihn. Peter zuckte leicht zusammen, ehe er sich erschöpft an sie lehnte und zu ihr aufschaute. In seinen Augen standen Tränen.

»Ich will zu Mutti.«

Das waren seine ersten Worte seit Stunden gewesen.

»Ich weiß, Peterle, aber das geht jetzt nicht«, erwiderte Rosa behutsam. »Du musst deine Eltern eine Weile in Ruhe lassen. Dein Vater hat sicher eine anstrengende Reise hinter sich. Er muss sich ein bisschen ausruhen und hat deiner Mutter viel zu erzählen.«

»Das ist nicht mein Vater!«

Peter schniefte. Sein Körper zitterte in Rosas Arm. Kein Wunder, in ihrem Zimmer war es furchtbar kalt. Oder kam es ihr nur so vor? Sie jedenfalls fröstelte auch und unterdrückte den Drang, Peter noch näher an sich zu ziehen. Stattdessen versuchte sie, besonders sanft zu klingen.

»Doch, du erinnerst dich nur nicht an ihn. Du warst ja noch ein kleines Kind, als er verschwunden ist.«

Peter legte den Kopf schief, als würde er über ihre Worte nachdenken. »Lutz sagt, dass ihn sein Vater manchmal schlägt«, erwiderte er schließlich. »Ich will keinen Vater. Und diesen schon gar nicht.«

Rosa seufzte. Sie kam hier nicht weiter. »Soll ich dir aus deinem Comic vorlesen?«

Jetzt schwieg Peter wieder, die Arme verschränkt und das Gesicht finster.

»Oder wollen wir draußen spielen?«

Gut, das war ein dummer Vorschlag, es war ja schon dunkel, wie Rosa mit einem Blick aus dem Fenster feststellen konnte. Und wenn es hier drin schon so kalt war, wie würde es dann erst draußen sein? Der Herbst hatte in Berlin Einzug gehalten und durch die Straßen fegte vermutlich ein beißender Wind.

Der Junge kniff die Lippen zusammen.

»Na gut. Letzter Vorschlag. Wir backen. Was auch immer du willst!«

Endlich schaute Peter wieder auf. »Ich will Pfannkuchen.«

Es wurde ein langer Abend. In der Küche wartete bereits Georg auf sie, der unruhig mit seinen Fingern auf dem Tisch herumtippte. Der Schreck stand ihm noch ins Gesicht geschrieben. Am liebsten hätte Rosa seine Hand genommen oder sich in seine Arme geworfen.

Stattdessen drehte sie sich zum Herd um.

Georg schien sich dafür zu entschieden zu haben, alle Probleme vorerst zu verdrängen. Er schaltete das Radio an und tanzte dann so ausgelassen durch die Küche, dass Peter sich bald ein Lachen nicht mehr verkneifen konnte. Rosa versuchte unterdessen, möglichst große Pfannkuchen zu backen, die Peter dann einen nach dem anderen vertilgte. Hoffentlich verdarb er sich nicht auch noch den Magen!

Erst als der Junge vor Müdigkeit beinahe im Sitzen einschlief, trug Georg ihn zurück in Rosas Zimmer und legte ihn dort auf das Bett. Rosa deckte ihn vorsichtig zu.

»Möchtest du bei mir schlafen?«, fragte Georg sie leise.

Rosa war einen Moment lang versucht, das Angebot anzunehmen. Sie wollte jetzt nicht allein sein. Und die Stille aus Ruths Zimmer machte sie unruhig. Aber sie konnte Peter nicht unbeaufsichtigt lassen.

Georg sah die Antwort auf seine Frage in ihren Augen.

»Gut, dann schlafe ich eben hier bei euch«, sagte er entschieden. Offensichtlich hatte er gespürt, dass sie jetzt Unterstützung brauchte. Einen Halt. Sofort wurde Rosa ganz warm ums Herz.

Und dennoch … Das wäre doch furchtbar unbequem für Georg. Sie wollte schon protestieren, aber noch ehe sie den Mund aufklappen konnte, holte Georg schon die Decke aus seinem Zimmer und legte sich auf den harten Holzboden.

Rosa schüttelte ungläubig den Kopf und musste trotz allem lächeln.

Georg löschte das Licht und Rosa kroch zu Peter ins Bett, der bereits schlief.

Doch Georg und Rosa lagen noch lange wach und lauschten schweigend auf Peters Atem.

*

Seit Willi wieder da war, gab es bei den Klingers keinen Platz mehr für Lore. Das spürte sie deutlich. Sie wurde nur noch selten zum Essen in die Klinger'sche Wohnung eingeladen, und auch im Laden am Fasanenplatz hatte sich die Atmosphäre verändert. Willi war zwar erst seit einer Woche wieder zurück, aber die Familie benahm sich mit einem Mal ganz anders. Peter war geradezu stumm geworden und sah kränklich aus, Elisabeth hatte stets einen abwesenden, nachdenklichen Ausdruck im Gesicht, und Ruth und Rosa wirkten, als wären sie in einem Traum gefangen, aus dem sie nicht wirklich aufwachen konnten.

Willi ignorierte Lore. Aber in scheinbar unbemerkten Momenten musterte er sie misstrauisch. Vielleicht spürte er, dass sie kurz davor gewesen war, einen Platz in der Familie zu erhalten, und dass seine Ankunft ihr nun alle Aufmerksamkeit streitig machte.

Er war ausgerechnet an ihrem Geburtstag aufgetaucht, kurz bevor sie den Klingers endlich die Wahrheit sagen wollte. Sie hatte es sich so fest vorgenommen! War das Schicksal gewesen?

Jetzt jedenfalls war das Gegenteil eingetreten: So fern wie in den letzten Tagen hatte Lore sich der Klinger-Familie schon lange nicht mehr gefühlt.

Insgeheim hegte sie einen Groll gegen Willi, auch wenn er nichts dafürkonnte. Er hatte alles ruiniert! Dabei hatte er, wie es aussah, niemanden in der Familie wirklich glücklich gemacht.

»So kannst du das nicht sagen!«, rügte Robert sie, als sie ihre Gedanken vor ihm aussprach.

Sie saßen wieder im Automatenrestaurant, umgeben von den leuchtenden Vitrinen, die nur auf einen Münzeinwurf warteten. Während es draußen bereits bitterkalt geworden war, war es hier drinnen beinahe schwül. Das lag wohl daran, dass es wie immer sehr voll war. Hinter ihnen tuschelte ein Pärchen an einem der Stehtische, neben ihnen genoss eine kleine Familie bereits ihr zweites Stück Kuchen.

»Die Situation ist eben merkwürdig.« Robert kratzte sich nachdenklich an der Schläfe. »Wie würdest du dich fühlen, wenn dein Mann oder dein Vater plötzlich auftauchen würde, obwohl du dich mittlerweile an ein Leben ohne ihn gewöhnt hast? Außerdem ist er sicher nicht mehr der Gleiche.«

Robert hatte ja recht, wie Lore sich eingestehen musste, während sie mit düsterem Blick in ihrem Kaffee rührte – langsam kam sie doch auf den Geschmack.

»Ich fühle mich bei den Klingers nicht mehr willkommen«, sagte sie dann leise. »Und einsam.«

»Du hast doch mich«, erwiderte Robert und lächelte sie charmant an.

Ja, sie durfte jetzt nicht im Selbstmitleid versinken. Und die Atmosphäre bei den Klingers würde sich sicher bald wieder bessern.

»Wie läuft es denn eigentlich mit deiner neuen Bekanntschaft?«, fragte sie und hätte sich im nächsten Moment am liebsten selbst geohrfeigt.

Er sagte so etwas Nettes und sie stellte ihm eine indiskrete Frage, die sie nun wirklich nichts anging. Und deren Antwort sie eigentlich auch gar nicht hören wollte.

»Ach, ich weiß nicht …« Robert schaute durch das Fenster des Restaurants nach draußen. Gerade fielen die ersten Schneeflocken des Jahres auf das Berliner Pflaster, nur um gleich wieder zu zerschmelzen. »Das wird sich noch zeigen. Vielleicht bin ich nicht gemacht für eine Beziehung. Ich bin jetzt schon über dreißig und mein ganzes Leben lang von einem Ort zum nächsten gezogen. Sosehr ich mir auch wünsche, dass es anders wäre. Ich weiß gar nicht, wie man das macht, sich längerfristig binden.«

Dazu fiel Lore auch nichts ein. Konnte man tatsächlich unfähig sein, irgendwo eine Heimat zu finden? War vielleicht auch ihre eigene Hoffnung, zu einer Familie zu gehören, von Anfang an zum Scheitern verurteilt gewesen? Am Ende war sie, genau wie Robert, ein rastloser Mensch, der dazu verdammt war, immer nur umherzuziehen.

»Nein, das kann ich mir nicht vorstellen«, sagte sie hastig. »Du wirst schon deinen Platz finden. Und ich auch.«

»Na dann – prost!« Robert hob lächelnd seine Tasse und sie stießen das Porzellan klirrend aneinander.

Als Lore – von ihrem Treffen mit Robert irgendwie aufgebaut – am nächsten Tag vor der Ladentür der Klinger'schen Buchhandlung stand, überkam sie dennoch wieder die alte Beklommenheit.

Heute war ihr Arbeitstag, und doch wusste sie nicht, ob sie auch wirklich willkommen war. Da Willi seine Frau nun beim Verkauf unterstützte, schien genug Personal im Laden vorhanden zu sein.

Als Lore den Raum betrat, war Ruth gerade in ein Kundengespräch vertieft, während Willi hinter der Theke stand und einen anderen Kunden abkassierte.

Lore fand, dass Willi irgendwie kränklich aussah, als gehörte er gar nicht recht hinter den Ladentisch. Er störte die harmonische, geschäftige Atmosphäre, die Ruth und Rosa immer schufen. Seine Augen flitzten unruhig hin und her und seine Schultern hingen herab, als lastete ein schweres Gewicht auf ihm, das er einfach nicht loswurde. Offenbar stammte seine Kleidung noch aus der Zeit vor dem Krieg. Sein Hemd und seine Hose schlackerten um seinen mageren Körper. Und er wurde immer wieder von einem hartnäckigen Husten geschüttelt.

Er musste einmal ein stattlicher Mann gewesen sein, doch davon war jetzt nur noch wenig übrig. Dem Kunden, der gerade bei ihm an der Kasse stand, schien seine schwermütige Art eher unangenehm zu sein. Er hielt sich nicht lange mit einem Gespräch auf und verließ recht schnell den Laden.

Lore nutzte die Gelegenheit und schlüpfte durch die geöffnete Tür. Hinter ihr pfiff der Wind herein. Ruth schaute kurz auf. Sie sah müde aus, fand Lore.

»Du wirst heute nicht gebraucht, ich bin ja da«, kam es sofort von Willi. In seinem Blick lag schon wieder dieses Misstrauen Lore gegenüber. Als würde er denken, dass sie etwas Schlechtes im Schilde führte. Es war genau der Blick, den Lore ihr ganzes Leben lang kannte. Schon damals in der Schule hatte man ihr den zugeworfen, weil sie die Tochter einer Schriftstellerin war, die immer wieder Männerbesuch bekam, ein Mädchen, mit dem man lieber keinen Umgang pflegen sollte – und später hatten ja auch die Klingers sie misstrauisch gemustert.

Trotzig verschränkte Lore die Arme.

»Ruth hat mich heute für den Laden eingeteilt«, behauptete sie großspurig, obwohl sie mit Ruth, seit Willi aufgetaucht war, kaum ein Wort mehr geredet hatte.

»Ach ja?« Willi verzog leicht spöttisch das Gesicht und sah Peter mit einem Mal erschreckend ähnlich.

Bisher hatte Lore kaum einen Gedanken daran verschwendet, dass er ja Peters Vater war. Eigentlich sollte sie sich für den Jungen freuen. Auch wenn sie selbst ihren Vater nicht hatte finden können – jetzt hatte wenigstens Peter seinen zurückbekommen. Aber Peter tat gerade nichts zur Sache. So leicht würde sie nicht klein beigeben!

»Ich kann gewiss nützlich sein«, beharrte sie. »Ich soll die Auslagen neu sortieren.«

Hilfesuchend schaute sie sich nach Ruth um, die aber noch immer ins Gespräch mit dem Kunden vertieft war. Gerade pries sie ihm mit eindringlicher Miene ein Buch an.

Willi kräuselte die Nase. »Na gut. Wenn es sein muss. Fürs Erste.«

Weiter kam er nicht, denn in dem Moment betrat Ingrid das Geschäft und Willi straffte die Schultern. Noch bevor Lore sich der jungen Mutter zuwenden und sich nach ihrem Buchwunsch erkundigen konnte, ergriff er eifrig das Wort.

»Ich übernehme diese Kundin.« Entschieden schob er Lore beiseite.

»Nein, lass Lore das machen!«, zischte Ruth ihrem Mann zu. Sie hatte das Gespräch mit dem Kunden beendet. Der stand jetzt in der Ecke und blätterte glücklich in dem Buch, das sie ihm gegeben hatte. Ruth hatte die Hände in die Seiten gestemmt. »Ingrid und Lore haben sich neulich über die amerikanische Literatur ausgetauscht. Jetzt, wo wir Nachschub bekommen haben, können sie dieses Gespräch ja fortführen. Du solltest dich besser hinsetzen, Willi. Der Arzt hat gesagt, du musst dich schonen.«

Lore spürte, wie eine ungeahnte Welle der Dankbarkeit sie überkam. Ruth wollte sie gar nicht loswerden, sie setzte sich für sie ein! Einen Moment lang schaute Lore ihre geheime Schwester nur sprachlos an.

Willi wollte protestieren und verschränkte wütend die Arme, doch Ruth schüttelte müde den Kopf.

Und mit einem Mal wurde Lore klar, dass nicht nur sie unter Willis Verhalten litt. Offenbar ertrug Ruth seit seiner Rückkehr Qualen, die Lore gar nicht nachempfinden konnte. Vielleicht sollte sie sich lieber fragen, wie sie Ruth in dieser unerträglichen Situation unterstützen konnte, anstatt traurig darüber zu sein, dass bei den Klingers niemand mehr Interesse für sie aufbrachte …

»Ruth, du kannst mich doch nicht hier in aller Öffentlichkeit herabsetzen …«, sagte Willi gerade gefährlich leise zu seiner Frau.

Lore eilte hastig zu Ingrid hinüber, die, die Ellbogen auf die Verkaufstheke der Klingers gestützt, auf sie wartete und mit großen Augen die Auseinandersetzung zwischen Willi und Ruth verfolgte.

»Ick wollt es nich glauben, dass er wieder da ist. Kein Wunder, dass der kleene Peter so aus dem Häuschen ist«, flüsterte sie Lore zu.

Ja, dachte Lore. Wer war denn gerade nicht aus dem Häuschen?

*

Ruth konnte schon wieder nicht schlafen. Deutlich spürte sie neben sich Willis schweren Körper, der die Matratze unter sich bog – ganz anders, als wenn Peter neben ihr geschlafen hatte. Der Junge verbrachte die Nächte jetzt immer bei Rosa im Zimmer, weil er sich weigerte, seinen Vater anzuerkennen, und weil Willi ihn unter diesen Umständen nicht im Elternschlafzimmer haben wollte. Willi hatte das Zimmer für sich eingenommen. Es war jetzt nicht mehr Ruths und Peters Reich, sondern gehörte auch Willi, der wie selbstverständlich im Bett lag, den Kleiderschrank benutzte, einfach da war.

Ruth lag nachts wach und fühlte sich, als würde ihr Leben ihr wie Sand durch die Finger rinnen. Nichts war mehr so, wie sie es kannte.

Dabei hatte sie sich dieses Leben aufgebaut, so groß die Schwierigkeiten bisweilen auch gewesen waren. Und dann stand plötzlich Willi in der Tür …

Sie wusste, dass sie eigentlich dankbar sein sollte. Es war ein Wunder, dass er es geschafft hatte, zu ihnen zurückzukommen. Doch als er auf einmal vor ihr gestanden hatte, ihr Mann und doch ein ganz anderer, da hatte sie einfach nichts für ihn empfunden. Und seitdem kämpfte sie darum, irgendetwas anderes zu fühlen als nur den Schock und diese lähmende Gleichgültigkeit.

Wenn sie Willi ansah, fühlte sie schon längst nicht mehr die warme Verbundenheit, die Vertrautheit, die sie in ihrer Jugend empfunden hatte. Damals war er ihr bester Freund gewesen und es war ihr ganz folgerichtig erschienen, ihn zu heiraten. Und obwohl sie viel zu früh in ihrem Leben schwanger geworden war, was sie aus dem Konzept gebracht und ihr gezeigt hatte, dass man nicht alles im Leben planen konnte, war sie glücklich gewesen.

Aber jetzt fühlte sich ihr Herz kalt und schwer an wie ein Stein und ihre größte Sorge galt nicht Willi, auch wenn er sicher Furchtbares erlebt hatte, sondern eher Peter und dem Laden: Würde ihr kleiner Sohn mit der Situation klarkommen und irgendwann akzeptieren, dass er seine Mutter künftig mit diesem für ihn fremden Mann teilen musste? Und würde Willi bald versuchen, den Laden an sich zu reißen, sodass sie sich wieder in den Hintergrund zurückziehen musste?

Sein bestimmendes Auftreten in der Buchhandlung gefiel Ruth gar nicht. Erst neulich hatte sie ihren Mann in die Schranken weisen müssen. Er hatte Lore einfach aus dem Laden werfen wollen, was sie natürlich nicht zulassen konnte. Es war immer noch sie, die bestimmte, wer bei ihnen arbeitete und wer nicht! Das hatte zu Spannungen zwischen ihnen geführt und er war ein paar Tage lang nicht mehr in den Laden gekommen – was angesichts seines gesundheitlichen Zustandes sowieso besser war, wie Ruth fand. Schließlich ging es ihm wirklich nicht besonders gut, ein hartnäckiger Husten peinigte ihn. Er war seit dem Kriegsende in einem russischen Gefangenenlager gewesen, und auch wenn er Ruth noch nicht viel von seiner Zeit dort erzählt hatte, sah man ihm und seinem Körper an, was es ihn gekostet hatte.

Nun schien er sich langsam zu erholen und der Arzt hatte ihm bei genügend Ruhe gute Chancen ausgemalt.

Manchmal nachts, wenn sie wach in ihrem Bett lag, beobachtete Ruth ihren Mann beim Schlafen und stellte sich vor, sie könnte mit ihm einfach glücklich sein. Die Zeit zurückdrehen, sich wieder so fühlen wie früher, bevor sie sich daran gewöhnt hatte, alles selbst in die Hand zu nehmen.

Auch jetzt betrachtete Ruth sein schlafendes Gesicht. Genau wie Peter hielt er im Schlaf selten still. Doch bei ihm lag es an den Albträumen, die ihn quälten. Ruth sah es in seinem Gesicht: Seine Stirn lag in Falten, sein Mund zuckte gequält.

Auch sie hatte, seit er aufgetaucht war, immer wieder Albträume. Kein Wunder. Nicht nur dass Willi wieder da war. Nein, sie hatte auch noch immer nichts über Gitty gehört. Und obwohl die Ereignisse sich überstürzt hatten und andere Probleme jetzt im Vordergrund standen, riss Willis Auftauchen auch eine alte Wunde auf. Er hatte Gitty schließlich ebenfalls gekannt, sie waren befreundet gewesen. Und er hatte Ruth gefragt, ob sie wisse, was mit Gitty geschehen sei. Sie hatte ihm keine Antwort geben können. Seitdem hatten sie nicht mehr über die Vergangenheit gesprochen. Nicht mehr über das, was verloren war.

Was ihn wohl in diesem Augenblick verfolgte?

Bisher hatte er ihr von der Kälte im Lager erzählt, von der Hoffnungslosigkeit, von Ungeziefer und schlaflosen Nächten.

Ruth wollte die Hand ausstrecken, um ihn zu berühren.

Doch in dem Moment schlug er die Augen auf, fuhr hoch und sah sich gehetzt um.

»Hab keine Angst. Es ist alles gut, du hattest nur einen schlechten Traum.« Sie klang, als würde sie mit Peter sprechen.

Willi atmete schwer und sah sie aus riesigen, glasigen Augen an. Erst langsam beruhigte er sich und sein Blick wurde fokussierter.

»Ich hab nur geträumt«, wiederholte er Ruths Worte. »Es war nur ein Traum.«

Sie sah ihn an, sein Gesicht war im Dämmerlicht des Zimmers nur schemenhaft zu erkennen.

»Es war … es war so furchtbar, Ruth.«

Was sollte sie dazu sagen? Man hörte immer wieder schreckliche Geschichten aus den russischen Gefangenenlagern. Aber für Willi schien es besonders schlimm gewesen zu sein. Offenbar hatte man ihn fälschlicherweise für einen NS-Offizier gehalten. Er hatte auf dem Schlachtfeld durch eine Schussverletzung das Bewusstsein verloren, und als er wieder aufgewacht war, hatte er die falsche Kleidung angehabt. Ein NS-Offizier hatte ihm seine eigene Uniform angezogen, um bei der Gefangennahme besser dazustehen. Die Russen stürzten sich auf Willi und brachten ihn in ein Arbeitslager im Ural, wo er wesentlich härter behandelt wurde als andere Gefangene. Dass er zu beweisen versuchte, dass er kein Offizier war, interessierte dort niemanden. Die Postkarten, die er über das Rote Kreuz an seine Familie schicken wollte, verschwanden wie von Zauberhand. Erst als er gesundheitlich kaum mehr imstande war zu arbeiten, schickte man ihn schließlich zurück nach Deutschland.

»Wir mussten den ganzen Tag schuften, Schienen verlegen, solche Sachen. Es gab viele Unfälle und, obwohl wir medizinische Versorgung bekamen, auch immer wieder Tote«, erzählte Willi jetzt leise. »Neben dem Lager hatten sie einen Friedhof für die Gefangenen angelegt. Jeden Morgen, wenn ich aus der Baracke kam, war er das Erste, was ich gesehen habe.«

Willis Stimme brach und Ruth sah im Dunkeln, dass Tränen in seinen Augen standen. Sie spürte plötzlich eine Enge in ihrer Brust. Auch sie hatten Furchtbares erlebt. Vielleicht hatte sie dadurch die Fähigkeit verloren, Mitleid zu empfinden.

Willi tastete unter der Bettdecke nach ihrer Hand und Ruth ließ es zu, dass er seine Finger mit ihren verschränkte. Seine Hand war kalt, genau wie ihre.

»Ich bin so froh, wieder bei euch zu sein«, flüsterte er.

Ruth drückte seine Hand und beschloss, sich einfach mehr Mühe zu geben. Das war doch Willi, ihr Willi, und dass er wieder bei ihnen zu Hause war, sollte sie als Chance begreifen. Sie war nicht mehr das junge Mädchen, das einst an das Glück und die Liebe geglaubt hatte. Aber vielleicht hielt das Leben ja doch noch mehr für sie bereit, als sie dachte …

»Schlaf noch ein wenig«, sagte sie und strich Willi sanft über das Haar, genau so, wie sie es bei Peter immer machte.

Willi schloss die Augen, und bald darauf spürte Ruth, wie sein Atem wieder gleichmäßig wurde. Sie aber lag noch lange wach.

*

Wenn Willi zurückgekommen war, dann würde ja vielleicht auch Friedrich bald wieder bei ihnen auftauchen. Dieser Gedanke ging Rosa jetzt schon seit Tagen im Kopf herum. Wenn sie nur endlich Klarheit hätte!

Willi war nicht besonders gesprächig, was seine Zeit in der russischen Gefangenschaft anbelangte, aber sie hatte keine Gelegenheit ausgelassen, ihm wenigstens ein paar Einzelheiten zu entlocken. Sie musste einfach wissen, wie groß die Chance war, dass auch Friedrich zu ihnen zurückkehren würde. Das wäre für Rosa wie ein Wunder, würde sie jedoch in ebenso große Verwirrung stürzen wie ihre Schwägerin Ruth.

Am liebsten hätte sie Georg von ihren inneren Nöten erzählt. Aber da sie sich jetzt mehr um Peter kümmern musste, der noch immer völlig verstört war, konnte sie leider wenig Zeit mit Georg verbringen. Nur wenn Peter schlief, flüsterten sie manchmal nachts in Rosas Zimmer miteinander. Aber dabei vermieden sie das Thema Friedrich. Nicht einmal das, was Willi ihr erzählt hatte, hatte Rosa mit Georg besprochen. Willi durfte wohl keine Briefe aus dem Lager versenden, weil man ihn schikanieren wollte. Kein Wunder, die Sowjets dachten ja, dass er ein NS-Offizier war! Willi glaubte aber, dass sein Fall eine Ausnahme sei, dass er einfach Pech gehabt habe – denn alle anderen durften durchaus an ihre Liebsten schreiben. Aber wirklich sicher war sich Willi da nicht. Und ob Friedrich tot war oder lebte, konnte er ihr auch nicht sagen.

Also hatte sich Rosa für heute vorgenommen, wieder einmal zum Roten Kreuz zu gehen und nachzufragen. Was sollte sie auch sonst tun? Mit den Gefühlen, die sie seit Willis Rückkehr quälten, kam sie einfach nicht zurecht. Da war zum einen das Glück, das sie so intensiv mit Georg empfunden hatte. Ein so großes Glück, dass sie meinte, sie würde auf Wolken schweben. Und dann das schlechte Gewissen, weil sie Friedrich betrogen hatte. Ja, sie hatte beinahe Angst davor, dass er bald zurückkehren würde. Wie konnte sie nur so herzlos sein?

Rosa stapfte die Treppe hinunter. Sie war so in ihre Gedanken vertieft, dass sie beinahe in Georg hineingerannt wäre. Sie geriet ins Straucheln und wäre fast die Treppe hinuntergepurzelt, wenn er sie nicht festgehalten und in eine Umarmung gezogen hätte.

»Was machst du denn da?«

»Nichts. Ich … war nur in Eile.«

Georg hatte seinen Hut tief in die Stirn gezogen, seine Wangen waren gerötet. Draußen herrschte klirrende Kälte. Das neue Jahr hatte, von den Klingers in all der Verwirrung kaum bemerkt, mit reichlich Schnee und einem Kälteeinbruch begonnen.

Auf eine Silvesterfeier hatten sie diesmal verzichtet. Dafür war die Stimmung in der Familie zu merkwürdig gewesen. Stattdessen hatte Rosa mit Peter und Georg allabendlich bei heißem Kakao oder Tee in der Küche gesessen und in das Schneetreiben vor dem Fenster gestarrt.

Jetzt lüpfte Georg seinen Hut und fuhr sich kurz durch die Haare.

»Wohin willst du denn?«

Rosa biss sich auf die Lippe. Wenn sie jetzt zugab, dass sie auf dem Weg zum Roten Kreuz war, dann wusste Georg sofort, dass sie immer noch an Friedrich dachte. Andererseits kam es für Rosa nicht infrage, ihn anzulügen, weshalb sie nun zögernd mit der Wahrheit herausrückte.

Georg wirkte kein bisschen verletzt. Er setzte seinen Hut wieder auf, sagte: »Ich komme mit«, und hatte sich im nächsten Moment schon umgedreht, um vor ihr die Treppe hinunterzugehen.

»Ich weiß, dass dich das gerade beschäftigt«, sagte er. »Und auch wenn ich glaube, dass du nichts Neues erfahren wirst – du musst es wohl einfach noch einmal hören.«

Georg sah sie ernst an und Rosa hakte sich seufzend bei ihm unter.

Vor dem Gebäude des Roten Kreuzes im beschaulichen Berliner Stadtteil Dahlem war heute nicht einmal mehr eine Schlange. Seit die Hilfsorganisation eine Zeitung herausgab, mit der sie regelmäßig über Nachrichten von vermissten Angehörigen informierte, fühlten sich die meisten Menschen nicht mehr bemüßigt, sich auf der Suche nach Antworten jeden Tag ihre Füße wund zu laufen. Die Welt hatte sich seit dem Krieg schon ein paarmal gedreht und die schrecklichen Ereignisse rückten in der Erinnerung langsam in den Hintergrund. Alle wollten wieder leben und nicht in Warteschlangen stehen. Die mühsamen Zeiten sollten endlich vorbei sein, jetzt, wo man zumindest hier im Westen nicht mehr mit Lebensmittelmarken anstehen musste, um ein mickriges Stück Fett zu ergattern.

Georg blieb draußen in der Kälte stehen, während Rosa die Stufen zum Eingang erklomm. Vor der Tür seufzte sie schwer. Es schien ihr noch gar nicht so lange her zu sein, dass sie vor dem Schalter für die Vermisstensuche gestanden hatte. Und tatsächlich war die Frau hinter der Scheibe, die sie kurz darauf mitleidig musterte, dieselbe wie beim letzten Mal.

»Wissen Sie jetzt etwas Neues?«, fragte Rosa und wartete, während die Frau in ihren Unterlagen nach Friedrichs Namen suchte.

Als Rosa kurz darauf wieder aus dem Gebäude trat, stand Georg noch genauso da, wie sie ihn zurückgelassen hatte.

»Und?«, fragte er.

Rosa zuckte mit den Achseln, sie hatte ja selbst gewusst, dass er recht hatte. Was sollte ihr die Frau von der Suchstelle auch sagen? Nein, es gab nichts Neues, nein, es war leider unwahrscheinlich, dass man bald etwas über den Verbleib ihres Mannes Friedrich Klinger erfahren werde – es blieb also alles beim Alten.

Rosa fühlte sich mutlos und schrecklich machtlos.

Da nahm Georg sie einfach in den Arm und drückte sie. Rosa ließ sich in seine Umarmung sinken und atmete tief ein. Sie genoss die eisige Luft und den Geruch von Georg, den sie kaum beschreiben konnte, erdig und frisch.

Einen Moment lang standen sie einfach da, bis Georg sie auf den Kopf küsste und dann losließ.

»Für mich würde es gar nichts ändern«, sagte er leise.

»Was würde nichts ändern?«

»Na, wenn er wiederkäme«, antwortete er. »Es ist unwahrscheinlich, aber wenn er doch vor der Tür stünde, wäre es für mich nicht anders als jetzt.«

»Du meinst…« Rosa ließ die Worte in der Luft hängen. Sie hatte keine Ahnung, was er damit meinte. Aber sie musste darüber nachdenken, wie es für sie wäre, wenn Friedrich tatsächlich vor ihr stünde. Könnte sie ihn dann wieder lieben, als wäre nichts gewesen? Und könnte sie Georg einfach vergessen?

Dabei kannte sie die Antwort schon seit Langem und mehr als alles andere waren es diese Erkenntnis und ihr schlechtes Gewissen, die sie nachts nicht schlafen ließen.

Georg griff nach ihren Händen und drückte sie.

»Ich liebe dich, Rosa. Und nichts und niemand wird etwas daran ändern.«

Er klang so zärtlich, dass Rosa Tränen in die Augen schossen. Und ihr wurde das Herz so leicht, als wollte es aus ihrem Körper herausfliegen.

»Ich liebe dich auch«, flüsterte sie.

Georg hatte recht, das würde immer so bleiben.

»Wenn Friedrich zurückkommt, muss er einsehen, dass es nicht mehr wie früher ist«, sagte er. »Als wir noch Kinder waren, hat er immer alles bekommen, was er haben wollte, während ich leer ausging. Damals war mir das noch egal. Aber jetzt ist es anders. Ich werde dich nicht mehr hergeben, egal, was passiert.«

Jetzt liefen Rosa Tränen die Wangen hinunter und gleichzeitig musste sie lächeln. Sie hatte Georg noch nie so grimmig und entschlossen gesehen. Er hatte die Stirn genauso gerunzelt, wie Ruth es immer tat.

»Wenn er wirklich wiederkäme… das wäre schlimm«, sagte sie mit erstickter Stimme.

»Wir haben schon Schlimmeres erlebt, meinst du nicht?«

Rosa nickte. Sie wischte sich die Tränen aus dem Gesicht und reckte sich, um Georg auf die Wange zu küssen. Er umfasste fest ihr Gesicht und küsste sie innig zurück. Es war ein tiefer, langer Kuss, der alles besiegelte, was sie eben besprochen hatten.

*

»Darf ich das wirklich haben?«

Es war das erste Mal seit Wochen, dass Lore Peter lächeln sah. Dabei war nicht mehr dafür nötig gewesen als ein Laden voller Süßigkeiten. Warum hatte sie nicht schon früher daran gedacht!

Lore warf Robert einen dankbaren Blick zu, der aber nur mit den Achseln zuckte. Es war sein Vorschlag gewesen, Peter in einen PX-Laden mitzunehmen. Hier konnten die amerikanischen Besatzungssoldaten Süßigkeiten und Waren aus ihrer Heimat kaufen und Robert war es gelungen, auch Lore und Peter hineinzuschmuggeln. Jetzt standen sie vor einem Regal voller Hershey's-Schokoladeriegeln und anderer bunt verpackter amerikanischer Köstlichkeiten. Der Soldat, der hinter der Kasse saß, grinste, als er sah, wie Peters Augen leuchteten.

Robert zückte seinen Geldbeutel und wenig später verließen sie den Laden mit den Jackentaschen voller Naschereien.

Während sie den Bürgersteig auf dem Weg zur nächsten U-Bahn, die sie wieder zu den Klingers bringen würde, entlangschlenderten, riss Peter schon das Papier auf und verspeiste glückselig das erste Stück Schokolade. Doch drei Schokoriegel später begann seine Euphorie langsam nachzulassen. Seine Miene wurde immer finsterer, während er mit jedem Tritt in eine Pfütze zu patschen versuchte. Das Wasser spritzte nur so an seinen Hosenbeinen hoch.

Lore wurde das Herz schon wieder schwer. Aber was hatte sie auch erwartet? Natürlich konnte diese Schokolade den Jungen nicht auf Dauer vergessen lassen, was er gerade zu Hause erleben musste.

Lore, die trotz Willis Ablehnung noch immer im Laden der Klingers mitarbeiten und im Zimmer auf der Treppe leben durfte, beobachtete die Situation dort ja nun schon seit Wochen, und es schmerzte sie sehr, dass Willi seinen Sohn häufig so unfreundlich und ungerecht behandelte.

Sie konnte es kaum ertragen, das Kind so traurig und verhärmt zu sehen. Selbst wenn der kleine Peter mit seinem Freund Lutz durch die Straße rannte, wirkte er längst nicht so unbeschwert wie früher. Und die Klingers waren viel zu beschäftigt mit ihren eigenen Problemen, um dem Jungen die Aufmerksamkeit zu widmen, die er Lores Meinung nach verdient hätte.

Fast war sie ein wenig wütend geworden, als Ruth auf die Frage, ob sie und Robert mit Peter einen kleinen Ausflug machen dürften, nur müde genickt hatte. Ruth war Peters Mutter, es wäre doch eigentlich ihre Aufgabe, für sein Wohlergehen zu sorgen, statt ihn mit einem Schulterzucken an sie zu übergeben. Aber natürlich verstand sie auch, wie schwierig diese Zeiten für Ruth sein mussten …

Und Rosa war, wenn sie nicht im Laden arbeitete, ziemlich viel unterwegs, meist mit Georg. Manchmal nahmen sie Peter mit, gingen mit ihm ins Kino oder die Modelleisenbahnen im Schaufenster des Spielwarenladens am Ku'damm bestaunen. Aber oft verschwanden sie auch alleine. Wohin sie dann gingen, verrieten sie keinem.

»Komm, wir gehen noch einen Kakao trinken, bevor wir dich wieder zu deiner Familie bringen«, sagte Robert.

Er griff den Jungen an den Schultern und zog ihn sanft von den Pfützen weg. Das war gar nicht so einfach, denn in Berlin hatte es die ganze letzte Woche geregnet und das Pflaster schwamm beinahe vor schmutzigem Wasser. Auch jetzt hing der Himmel schwer und grau über ihnen.

Wenig später betraten sie ein Café, das Lore selbst noch nicht kannte, und sie war froh, sich aus ihrer klammen Jacke schälen zu können. Peter hatte überall im Gesicht Dreckspritzer, die Lore schnell mit ihrem Taschentuch zu beseitigen versuchte. Zum Glück hatte Robert diesmal kein allzu nobles Café für sie ausgesucht. Lore erinnerte sich lächelnd an ihr erstes Treffen, bei dem er gedacht hatte, er könne sie mit einem piekfeinen Kaffeehaus beeindrucken.

Wie anders alles seitdem geworden war! Damals war sie verzweifelt und auf seine Hilfe angewiesen gewesen. Lore hatte ihn nie gefragt, warum er sie eigentlich angesprochen hatte. Aber jetzt, während er Peter in ein Gespräch über die Comics verwickelte, die beide so gerne lasen, dachte sie, dass sie sich glücklich schätzen konnte, dass er nicht lockergelassen hatte. Sie war wahrlich blind gewesen und hatte nicht gleich gesehen, was für ein toller Mann er war, Altersunterschied hin oder her. Seine Nase war vielleicht etwas zu lang und er hatte schon graue Schläfen, aber er hatte ein großes Herz, und wenn er lächelte, fühlte sie sich einfach zu Hause.

Merkwürdig, dachte Lore – dieses Wort hatte sie noch nie für etwas benutzt, das in ihrer Reichweite lag.

»Und wie fandest du das Ende? Cliffhanger nennen wir Amerikaner so was«, erklärte Robert dem Jungen und zwinkerte Lore zu.

Peters Wangen waren vor Aufregung gerötet und seine Tasse Kakao stand unangetastet vor ihm. Robert hatte ihm vermutlich gerade die Handlung eines neuen Hawk-Comics nacherzählt.

»Und wie geht es weiter?«, fragte der Junge atemlos. »Was passiert dann?«

»Na, das erzähle ich dir nächste Woche, wenn wir uns wiedersehen.«

»Nächste Woche?«, fragte Lore und beugte sich vor.

»Na klar, ich habe Peter versprochen, dass wir drei nächste Woche ins Kino gehen.«

Schon wieder musste Lore lächeln. Comics und Kino waren für den Jungen fast so gut wie Schokolade, das wusste sie.

Und so hatte sie, als sie und Robert ihn wieder in der Buchhandlung ablieferten, das beruhigende Gefühl, dass sie wenigstens für eine kurze Zeit Peters Sorgen vertrieben hatten.

Das gute Gefühl schmolz allerdings schnell dahin, als sie beobachtete, wie Peter mit hängenden Schultern den Laden betrat.

»Und was machen wir jetzt?«, fragte Robert. Er und Lore waren vor der Tür der Buchhandlung stehen geblieben. »Gehen wir noch etwas trinken? Für Erwachsene?«

Lore warf einen Blick durch die Fensterscheibe. Es wurde langsam dämmrig und drinnen brannten alle Lichter. Sie sah Ruth, die gerade eines der Bücherregale sortierte und dabei sichtlich bemüht ihrem Mann Willi aus dem Weg ging. Peter ließ sich in einen der Sessel fallen und schlenkerte mit den Beinen.

Lore zögerte. Jetzt mit Robert auszugehen fühlte sich falsch an.

»Na, hast du dich vor mir versteckt?«, ertönte da eine Stimme hinter ihnen.

Robert und Lore drehten sich gleichzeitig um. Egon lehnte mit verschränkten Armen an der Hauswand und grinste sie schief an. Seine Schiebermütze hatte er tief in die Stirn gezogen, darunter quollen seine Haare hervor.

Sofort schlug Lores Herz ein wenig schneller. Sie hatte Egon nun schon eine ganze Weile nicht mehr gesehen. Einmal war er in den Laden der Klingers gekommen, als sie gerade hinter der Kasse stand, und hatte sich bei ihr beschwert, dass sie sich gegen seine Buchhandlung entschieden hatte. Obwohl er dabei gegrinst hatte, hatte sie ein schlechtes Gewissen gehabt – und eine Art Wehmut verspürt. Immerhin hatte er ihr eine echte Anstellung angeboten, während sie bei den Klingers nach wie vor einem Traum hinterherrannte, der nicht zu verwirklichen war.

Sie klang etwas patziger als beabsichtigt, als sie ihm antwortete.

»Nö, ich hab mich nicht versteckt. Ich arbeite hier!«

»Ich dachte, dass du es dir vielleicht noch mal überlegst«, erwiderte Egon sofort.

»Und ein paar Stunden in der Woche ist sie bei mir beschäftigt. Sie macht einen fantastischen Job als Fremdenführerin«, mischte sich jetzt Robert in das Gespräch ein. »Die Amerikaner lieben ihre Anekdoten über Berlin und dass sie immer die interessantesten Ecken kennt.«

Robert sah leicht angesäuert aus und beobachtete Egon mit misstrauischer Miene.

»Ach, so einen Job kann man schnell wechseln«, antwortete dieser herausfordernd.

Schon wieder klopfte Lores Herz schneller – diesmal aber, weil ihr die Situation so unangenehm war. Es kam ihr vor, als wäre sie plötzlich in einen Hahnenkampf geraten.

»Wie läuft es denn eigentlich bei euch im Laden?«, fragte sie schnell, um das Thema zu wechseln. Außerdem interessierte sie die Antwort wirklich brennend. Sie hatte seit Willis Rückkehr keine Zeit mehr gehabt, Egons und Joachims »Büchereck« zu besuchen.

»Wenn du mit mir ausgehst, verrate ich es dir …« Schon wieder grinste Egon so keck.

Lore blieb fast die Spucke weg. Egon war ja schon immer etwas draufgängerisch gewesen und eigentlich mochte Lore seine forsche Art. Aber sie hier, in der Gegenwart eines anderen Mannes, nach einer Verabredung zu fragen, kam ihr doch ziemlich dreist vor. Andererseits waren sie und Robert ja nicht liiert. Und ein wenig Ablenkung konnte wirklich nicht schaden ... Zumal sie dann erfahren könnte, was der andere Buchladen ihnen voraushatte.

»Ich überlegs mir«, antwortete sie und versuchte, ebenso frech zu grinsen wie Egon.

Robert warf ihr einen unergründlichen Blick zu und seufzte, als gäbe er sich geschlagen.

»Ich mach mich dann mal auf den Weg«, sagte er und in seiner Stimme schwang leichte Enttäuschung mit. »Wir können ja ein andermal was trinken gehen.«

Dann drehte er sich um und stapfte mit gesenktem Kopf davon.

Lore hatte mit einem Mal ein ungutes Gefühl. Wieso hatte sie vor Robert so schamlos mit Egon flirten müssen? Auch wenn Robert längst nicht mehr an einer Liebesbeziehung mit ihr interessiert war, so war es doch unhöflich.

»Ich geh dann mal rein«, sagte sie mürrisch und hatte schon die Klinke in der Hand. Es hatte zu nieseln begonnen.

»Aber unsere Verabredung steht, nicht wahr?«, rief Egon ihr nach.

Lore antwortete nicht. Sollte er ruhig noch ein wenig schmoren. Trotz ihres schlechten Gewissens musste sie grinsen.

Doch dieses Grinsen verging ihr schnell, als sie Willi entdeckte, der sie schon wieder misstrauisch musterte. Sie konnte es wohl gerade niemandem recht machen.

Kapitel 9

Frühjahr 1952

Ruth schaute auf den Brief in ihren Händen und drückte ihn dann an ihr wild schlagendes Herz.

Zum Glück war gerade keiner im Laden und konnte sehen, wie aufgelöst sie war. Als der Postbote ihr das Schreiben heute Morgen unter dem wachsamen Blick von Frau Saalmann überreicht hatte, hatten ihre Finger gezittert und sie hatte es rasch in ihrer Tasche verschwinden lassen. Nach wie vor wusste niemand von ihren Problemen mit der Devisen- und Zollfahndung. Schon gar nicht Willi! Bis jetzt war er viel zu sehr mit sich selbst, mit seiner Gesundheit beschäftigt gewesen, als dass er sich tiefer in die Angelegenheiten der Buchhandlung eingemischt hätte. Ruth fürchtete sich vor dem Tag, an dem das anders werden würde. Sobald er von ihren Problemen erfuhr, würde er ihr mit Sicherheit die Verantwortung für den Laden entziehen.

Aber ihre Sorge, dass in dem schmucklosen Kuvert ernüchternde Nachrichten auf sie warten und sie in eine echte Krise stürzen würden, hatte sich nicht bestätigt. Stattdessen verspürte Ruth eine unbändige Erleichterung. Der Börsenverein der Deutschen Buchhändler hatte ihr Problem gelöst! Das Treffen mit dem Bundesfinanzministerium, das man ihr schon im vergangenen Herbst angekündigt hatte, hatte tatsächlich Früchte getragen.

Jetzt nämlich hielt Ruth endlich die ersehnte Bestätigung der Devisen- und Zollfahndung in den Händen: Man habe alle Anklagen gegen sie fallen gelassen und schon bald werde ein neues Abkommen dafür sorgen, dass der Handel mit Büchern zwischen den beiden deutschen Staaten ohne Strafe möglich sei.

Das Glöckchen über der Ladentür bimmelte und Ruth ließ den Brief hastig unter der Registrierkasse verschwinden.

Rosa betrat freudestrahlend den Laden. In letzter Zeit wirkte es beinahe so, als leuchtete sie. Aber auch Ruth fühlte sich nun geradezu unbeschwert. Ihre Hände zitterten, ansonsten aber war es, als hätte man eine zentnerschwere Last von ihr genommen.

»Na, Ruthi, wie viele Kunden hast du heute schon glücklich gemacht?«, sagte Rosa und tänzelte beinahe zur Kasse.

Ruth musste ein Schnauben unterdrücken. Sie konnte es wahrlich nicht leiden, wenn jemand sie Ruthi nannte. Bis auf ihre alte Freundin Gitty hatte das kaum jemand gewagt.

In ihren Gedanken hörte sie Gittys Stimme wieder und sah sie vor sich stehen, als wäre es erst gestern gewesen. Noch immer hatte sie nichts über das Schicksal ihrer jüdischen Freundin in Erfahrung bringen können, sie hatte fast schon die Hoffnung aufgegeben. Dennoch fühlte es sich besser an, als es gar nicht erst versucht zu haben.

Hinter Rosa betrat Willi das Geschäft und Ruth runzelte unwillkürlich die Stirn. Normalerweise tauchte ihr Mann erst am Nachmittag hier auf. Er schlief jeden Tag, erschöpft von der Nacht, meist bis in die späten Morgenstunden, nahm Arzttermine wahr oder las in der Küche die Zeitung, um wieder auf den neuesten Stand zu kommen.

Das war Ruth nur recht. So hatte sie wenigstens einigermaßen ungestörte Vormittage, die sich anfühlten wie vor Willis Rückkehr. Nur sie oder ihre beiden Vertrauten Rosa und Lore arbeiteten dann im Laden, und damit fühlte Ruth sich wohl und sicher.

Wenn Willi in der Buchhandlung war, kam er ihr wie eine tickende Bombe vor, die jeden Moment explodieren konnte, und sie sah deutlich, dass auch Rosa und Lore Willis Anwesenheit nicht geheuer war.

Aber ihre Schwägerin war viel zu nett, um das offen anzusprechen. Auch jetzt rief sie: »Ach, Willi, wie schön, dass du heute schon da bist!«, als freute sie sich ehrlich.

Ruth beobachtete ihren Mann argwöhnisch. Was wollte er um diese Zeit in ihrer Buchhandlung? Sie befürchtete ja schon lange, dass Willi sich noch stärker in ihre geschäftlichen Angelegenheiten einmischen und seinen Anteil einfordern würde.

Ihr Vater hatte ihr immer deutlich gemacht, dass sie die Klingersche Buchhandlung nur übernehmen dürfe, wenn Friedrich sein Erbe ausschlagen und Ruth den Laden gemeinsam mit ihrem Ehemann führen würde. Schließlich war Willi auf der Handelsschule gewesen, ihr Vater hatte ihn schnell als dritten Sohn in die Familie aufgenommen. Friedrich Klinger senior hätte nie gewollt, dass Ruth seine Buchhandlung ganz allein leitete. Und Willi wusste das. Außerdem kannte Ruth ihn gut genug, um zu wissen, dass er sich auf lange Sicht nicht mit einem Zuschauerposten zufriedengeben würde.

Jetzt kam er schnurstracks zur Theke, stellte sich neben sie und blickte sich um, als hätte er schon längst die Kontrolle über den gesamten Laden übernommen.

Sofort kochte die Wut in Ruth hoch. Sie war diejenige, die hier alles im Griff hatte, und nicht er. Immer wieder ärgerte es sie maßlos, wenn er in ihre Kundengespräche hineinplatzte, ihr bei Bestellungen besserwisserische Ratschläge gab und ungefragt seine Meinung äußerte. Er war so lange fort gewesen, dass er doch überhaupt nichts über den aktuellen Buchmarkt wusste! Dabei war in der Bücherwelt einiges passiert. Neue Buchformate waren in Mode gekommen, die Verlage hatten spannende Autoren entdeckt und bedeutende Literaturpreise waren vergeben worden. Hermann Hesse hatte 1946 sogar den Nobelpreis für Literatur erhalten! All das hatte Willi verpasst.

Sie wusste, dass sie gnädiger und nachsichtiger mit ihrem Mann umgehen und ein offenes Gespräch mit ihm führen sollte. Aber irgendwie hatte sie das bisher nicht übers Herz gebracht …

In diesem Moment betrat eine Kundin den Laden und sofort schoss Willi hinter der Theke hervor, als hätte er nur darauf gewartet.

»Ah, Frau Brinkmann!«

Ruth biss die Zähne zusammen. Die Frau hieß Birkmann, und nicht Brinkmann, was Ruth natürlich wusste, da sie tagein, tagaus im Laden stand und ihre Stammkunden bestens kannte. Frau Birkmann war eine Nachbarin, die seit Georgs Lesung zu ihren treuen Kundinnen zählte. Am liebsten las sie Sachbücher, und Ruth hatte schon so manches interessante Gespräch mit ihr über die neuesten Werke geführt, die sich vorsichtig mit der Aufarbeitung der NS-Verbrechen beschäftigten. Manchmal las sie auch gern einen Roman. Sie war eine anspruchsvolle und eigenwillige Leserin, man musste also einfühlsam mit ihr umgehen.

Frau Birkmann schaute irritiert von Ruth zu Rosa und dann zu Willi, ließ sich aber nichts anmerken, obwohl er sie mit dem falschen Namen angesprochen hatte. Dann nannte sie Willi ihre Buchwünsche und er eilte zu Ruth, die hinter der Theke stand. Sein schwerer Schritt ließ die Holzdielen knarzen.

»Frau Brinkmann hätte gern ›Tauben im Gras‹, das neue Buch von Wolfgang Koeppen, als Geschenk für eine Freundin. Packst du es ihr bitte ein?«

Dann wandte er sich wieder der Kundin zu.

Ruth war außer sich vor Wut. Er erniedrigte sie vor den Augen der Kundschaft und behandelte sie in ihrem eigenen Laden wie eine drittklassige Bedienung.

Das ging so nicht weiter, sie musste dringend mit Willi reden.

Zunächst packte sie aber zähneknirschend das Buch in Papier ein, warf Frau Birkmann ein gezwungenes Lächeln zu und beobachtete dankbar, wie Rosa die Kundin am Ausgang herzlich verabschiedete.

Kaum hatte Frau Birkmann den Laden verlassen, wandte sich Ruth an Willi.

»So geht das nicht. Erst neulich hast du meine Mitarbeiterin vor unseren Kunden bloßgestellt – und jetzt das!«

Sie erinnerte sich noch gut an die Situation, als Willi ihrer Aushilfskraft Lore eine Kundin wegschnappen wollte. So etwas konnte sie in ihrem Laden nicht dulden.

Willi ging zum Angriff über. Er hatte die Arme verschränkt, die Brauen zusammengezogen. Auch seine noch immer sichtbaren Augenringe taten seiner düsteren Miene keinen Abbruch. Schon in ihrer Kindheit waren sie beide stur gewesen, sie hatten um ihre Position gestritten und sich selten von einer Meinung abbringen lassen. Aber als Ruth in der Schule gehänselt worden war, hatte Willi nie auf das Gerede der anderen gehört. Er hatte sie stets unterstützt.

Ruth seufzte. Sie war dabei, es ganz falsch anzupacken. Die Sache mit der Devisenfahndung hatte ihr doch wieder einmal bewiesen, dass man Probleme lieber mit Ruhe und Bedacht angehen sollte.

Aber Willi kam ihr zuvor. »Mir geht es schon seit einiger Zeit besser, Ruth. Der Arzt sagt, dass ich wieder arbeiten kann. Ich möchte meinen Platz hier in der Buchhandlung einnehmen.«

Ruth schnürte es die Kehle zu. Was hatte er vor?

Nun gut, sie hatte ja bereits geahnt, dass es nicht ewig so weitergehen würde wie jetzt.

»Dann sollten wir uns dringend darüber unterhalten, wo dein Platz sein könnte«, antwortete sie nüchtern und fing einen besorgten Blick von Rosa auf, die hinter Willis Rücken zu ihnen herüberspähte.

Willi räusperte sich und löste seine Arme.

»Ich weiß, wie viel dir diese Buchhandlung bedeutet. Und ich möchte dir nichts wegnehmen«, sagte er. »Aber ich will daran beteiligt sein. Genau, wie wir uns das immer vorgestellt haben. Du und ich im Laden, unsere gemeinsamen Kinder … Das war doch immer unser Traum.«

Was blieb Ruth anderes übrig, als zu nicken? Sie konnte ihm

unmöglich direkt ins Gesicht sagen, dass sie nicht mehr die junge Frau von damals war, die sich in den wildesten Träumen wiegte. Ihre Vorstellungen von der Zukunft waren längst andere geworden.

»Und dein Vater hätte das auch so gewollt«, schickte Willi hinterher.

»Wir werden einen Weg finden, der für uns beide gut ist«, presste Ruth zwischen zusammengebissenen Zähnen hervor und sie hoffte inständig, dass ihnen das auch wirklich gelang.

Sie würde niemals zulassen, dass mit der Buchhandlung etwas geschah, das sie nicht wollte. Und solange sie eine gemeinsame Lösung fanden, konnte Willi ihr den Laden nicht wegnehmen.

Wieso aber hatte sie dieses mulmige Gefühl im Magen? Als liefen die Dinge gerade schon wieder aus dem Ruder, als verlöre sie doch allmählich die Kontrolle.

Es gab kein Gefühl, das Ruth mehr verabscheute als dieses.

*

»Und, zu welchem Kompromiss seid ihr gelangt?«, fragte Rosa und beugte sich vor. Durch das Fenster blitzte die Abendsonne in die Küche der Klingers und tauchte alles in ein warmes Licht.

Rosa achtete auf jede Regung im Gesicht ihrer Schwägerin. Jetzt, wo zwischen Georg und ihr, wenn man einmal von der ständigen Geheimnistuerei absah, alles so wunderbar lief, hatte sie das Gefühl, dass sie sich wieder mehr um Ruth kümmern musste. Der verkniffenen Miene und den dunklen Augenringen nach zu schließen, schien Ruth gerade eine schwere Zeit durchzumachen. Auch an diesem Abend saß sie mit hängenden Schultern auf ihrem Stuhl und schaute düster auf das gemaserte Holz des Tisches. Ihren Kaffee hatte sie nicht angerührt, genauso wenig wie die Kekse, die Rosa gerade erst aus dem Ofen geholt hatte. Die ganze Küche roch noch nach Butter und Zucker.

»Ach, es ist einfach schwierig.« Ruth seufzte tief und sah für einen

Moment so entsetzlich müde aus, dass sicherlich hundert Jahre Schlaf nicht ausgereicht hätten, um sie wieder aufzurichten. »Er hat wohl erwartet, dass er von nun an die Leitung des Ladens übernehmen darf, aber das kann ich ihm unmöglich zugestehen«, sagte sie, nun eher grimmig. »Und ich habe es ihm auch unmissverständlich klargemacht. Wir haben uns darauf geeinigt, dass wir uns die Verantwortung künftig teilen. Wir werden die Bestellungen gemeinsam vornehmen und auch gemeinsam im Laden stehen. Willi möchte in den Verkauf miteinbezogen werden. Er wird vor allem für die männliche Kundschaft zuständig sein.«

»Na, vielleicht wäre das ja ein Gewinn für den Laden«, versuchte Rosa, ihre Schwägerin aufzumuntern. Aber sie sah schon an Ruths Gesichtsausdruck, dass diese daran zweifelte.

Und wenn sie ehrlich war, konnte auch Rosa diesen neuen Vereinbarungen nicht viel abgewinnen. Sie merkte, dass sie geradezu wütend wurde, wenn sie daran dachte, wie viel Willi seiner Frau abverlangte, wenn er ihr das, was ihr am meisten im Leben bedeutete – mal abgesehen von Peter natürlich – wegnehmen wollte.

»Du wirkst eher unglücklich«, sagte Rosa vorsichtig. Ruths missmutiger Gesichtsausdruck war schwer zu übersehen. Und das an einem so schönen Maitag wie heute! In der Küche war es angenehm warm, jetzt, wo so gutes Wetter war, und Rosas Kräuter sprossen bereits fröhlich auf dem Fensterbrett.

»Ach, ich weiß nicht. Seit Willi wieder da ist … Bevor er hier aufgetaucht ist, hatte ich zumindest kurzzeitig das Gefühl, dass ich alles wieder im Griff hätte. Ich hatte Pläne für die Zukunft. Und dann kam er! Jetzt wird mir alles aus der Hand genommen.« Ruth blies sich frustriert eine Strähne ihres braunen Haares aus dem Gesicht.

Rosa konnte ihre Schwägerin verstehen, obwohl es ihr selbst ja ganz anders ging. Sie hatte Georg, er war ihre Zukunft, auch wenn sonst noch keiner etwas davon ahnte.

»Aber du machst das doch gut«, sagte sie zu Ruth. »Du gehst die

Probleme an. Du hast immerhin einen Kompromiss mit Willi ausgehandelt. Du wirst schon sehen: Die Vergangenheit wird uns nicht mehr einholen. Was zählt, ist die Zukunft. Eine bessere Zukunft! Schau nur, wie es jetzt in Deutschland vorangeht! Bald sind wir nicht einmal mehr offiziell besetzt.«

Ruth lächelte. »Du klingst wie Georg. Er hat wohl auf dich abgefärbt.«

Oje, sie hatte offenbar etwas übertrieben. Das war natürlich auffällig, schließlich hatte sie sich früher nie für Politik interessiert. Aber mit Georg redete sie häufig über die aktuelle Lage der Bundesrepublik. Und dass das alliierte Besatzungsstatut bald mit einem Vertrag aufgehoben werden sollte, war tatsächlich eine spannende Entwicklung. Im sogenannten Deutschlandvertrag zwischen der Bundesrepublik Deutschland und den westlichen Alliierten würde der BRD stattdessen die Souveränität zugesprochen werden.

Jetzt spürte Rosa, wie sie rot wurde. War es so offensichtlich, dass sie sich heimlich fast jeden Tag mit Georg traf? Sie musste sich vorsehen. Ruth und auch die anderen Familienmitglieder durften auf keinen Fall davon erfahren. Ansonsten würden sie alle nur verletzen. Kaum auszudenken, wie Elisabeth darauf reagieren würde… Schließlich durfte das, was zwischen Georg und ihr entstanden war, ja eigentlich nicht sein. Wenn sie ihnen davon erzählten, mussten sie äußerst behutsam vorgehen. Wann und wie sie diesen Schritt gehen wollten, hatten sie allerdings noch nicht besprochen.

Rosa biss sich auf die Lippe. Ruth war schon wieder in ihre Gedanken versunken und sah versonnen aus dem Fenster.

»Macht es dir etwas aus, wenn ich mich jetzt in mein Zimmer zurückziehe?«, fragte sie. »Ich muss mich noch ein wenig um die Buchhaltung kümmern.«

»Aber nein!« Rosa warf einen Blick zur Küchenuhr, die an der Wand hing. Es war bald neunzehn Uhr – ihre und Georgs Zeit. »Ich muss sowieso los«, erwiderte sie.

Sie stand auf und strich sich über ihr Kleid. Heute hatte sie sich besonders hübsch gemacht. Georg und sie wollten tanzen gehen. Er wurde immer so niedlich verlegen, wenn er ihr dabei versehentlich auf die Füße trat. Tanzen konnte er immer noch nicht besser, aber dafür dass Rosa mit ihm zu Jazzkonzerten ging, musste er eben mit ihr auch sämtliche Tanzlokale im Berliner Osten unsicher machen. Zumindest solange man die Sektorengrenze noch passieren konnte. Zum Glück war das in Berlin derzeit noch möglich.

»Wohin gehst du denn?«

Verdammt, Rosa hatte gehofft, Ruth würde wie immer nicht nachfragen, wohin sie abends häufig verschwand.

»Ich wollte mir Ingrids neue Wohnung anschauen und ihr vielleicht etwas beim Einrichten helfen«, schwindelte Rosa rasch. Es kam ihr erstaunlich leicht über die Lippen. Vermutlich, weil diese Ausrede ja nicht ganz aus der Luft gegriffen war. Ihre gemeinsame Freundin Ingrid hatte Schöneberg nämlich schweren Herzens verlassen und sich eine Wohnung im Osten der Stadt gesucht. Peter hatte schon jetzt Sehnsucht nach ihrem Sohn Lutz, der nun nicht mehr so oft zum Spielen kommen konnte. Für Ingrid war die Situation, zwischen Ost und West pendeln zu müssen, auf Dauer nicht mehr auszuhalten gewesen. Außerdem wurde seit Neuestem gemunkelt, die DDR-Führung würde den Arbeitnehmern dort verbieten, im Westen zu leben. Jeder, der es dennoch tue, verliere seine Arbeitsstelle. Das kam für Ingrid nicht infrage. Und Rosa wollte sie tatsächlich bei der Wohnungseinrichtung unterstützen. Nur eben nicht heute …

So schwer es für Ingrid und andere Grenzgänger in der geteilten Stadt geworden war – schließlich drohte immer wieder die Grenzschließung und beide Seiten machten Druck, die Grenzgänger sollten sich entscheiden –, für Georg und Rosa war sie zumindest in einer Hinsicht ein Segen: Noch waren die Sektorengrenzen in Berlin ja offen und sie konnten sich heimlich im Osten treffen, ohne

Gefahr zu laufen, irgendwelchen Familienangehörigen oder Stammkunden in der Buchhandlung zu begegnen.

Zum Glück hatte Ruth sich bereits zur Tür umgedreht, während sie noch ein »Grüß sie von mir!« murmelte, sonst hätte sie Rosas vor Aufregung gerötetes Gesicht bestimmt gesehen. Herrje, Rosa fühlte sich wirklich wie ein verliebtes junges Mädchen! Auch nach Wochen ihrer heimlichen Treffen klopfte ihr Herz jedes Mal, wenn sie auf die Uhr schaute und der Zeiger bald auf neunzehn Uhr stand …

Mehr als verstohlene Küsse im Osten der Stadt waren natürlich kaum möglich. Immerhin schlief Peter noch in Rosas Zimmer und sie traute sich nur selten, nachts über den Flur zu Georg zu schleichen. Und dann musste sie höllisch aufpassen, rechtzeitig vor Sonnenaufgang wieder zurück zu sein. Peter würde ihr Geheimnis ganz sicher nicht für sich behalten. Das konnten sie auch kaum von ihm verlangen.

Es wäre wirklich eine Erleichterung, wenn sie ihre Liebe endlich offenbaren könnten! Schließlich wünschte sich Rosa nichts sehnlicher, als mit Georg auch in Schöneberg und in Charlottenburg ganz offen die Straße entlangspazieren zu können. Ja, am liebsten würde sie ihn heiraten! Sie hatte sich schon immer gewünscht, eine Familie zu gründen und einmal Mutter zu werden.

Nun, es würde ihnen sicher bald etwas einfallen, wie sie ihre Liebe leben konnten, ohne Ruth oder die anderen Klingers gegen sich aufzubringen, dachte Rosa, während sie in den Flur trat und sich hastig ihre Tasche über die Schulter hängte. Ein Blick in den Spiegel bestätigte ihr, was sie sowieso schon wusste: Ihre Wangen glühten.

Die drei Straßenecken bis zur Litfaßsäule, an der Georg und sie sich immer trafen, um von dort gemeinsam zur S-Bahn und damit in den Osten aufzubrechen, rannte sie beinahe – um kurz darauf mit einem langen Kuss empfangen zu werden.

Das Leben konnte so schön sein!

*

Egon stand schon wieder vor der Tür. Lore war gerade damit beschäftigt, im Lager Staub zu wischen – nicht gerade ihre liebste Aufgabe, aber in einem Buchladen gehörte das eben dazu –, als Rosa den kleinen Raum betrat.

»Dein Verehrer ist wieder da!«, sagte sie.

»Welcher Verehrer?«

»Ja genau, welcher von den vielen?«

Rosa grinste vielsagend und Lore verdrehte die Augen. Rosa zog sie seit Tagen damit auf, dass sowohl Robert als auch Egon häufig im Laden vorbeischauten. Robert kam, um einfach Hallo zu sagen oder um sie zu einem Ausflug mit Peter abzuholen. Und Egon versuchte ständig, sie zu einer Verabredung zu bewegen. Bisher hatte sie sich immer herausgeredet. Dabei hätte sie eigentlich große Lust … Aber Ruth guckte Egon immer so misstrauisch an. Und jetzt, wo Willi regelmäßig in der Buchhandlung anzutreffen war, wollte sie den Klingers keinen Anlass zu noch größerem Ärger geben.

Aber heute war Willi einmal nicht im Laden und sie würde die Chance nutzen, um wenigstens kurz mit Egon zu reden. Willi hatte sich nämlich mit Ruth auf den Weg gemacht, um sich bei den umliegenden Verlagen und Buchhandlungen als neuer »Inhaber der ›Buchhandlung Klinger‹« vorzustellen, wie er großspurig erklärt hatte. Lore hätte bei diesen Worten vor Wut platzen können. Aber Ruth hatte nur missgelaunt die Lippen zusammengepresst und sogar eingewilligt, ihren Mann zu begleiten.

Lore folgte Rosa in den Verkaufsraum, wo Egon das gut bestückte Bücherregal hinter dem Tresen begutachtete. Lore war immer wieder stolz darauf, dass sie hier arbeiten durfte, wenn auch nur einmal die Woche. Sie hatten wirklich die schönsten Bücher vorrätig.

Egon zog die Augenbrauen hoch und musterte kritisch die Sessel auf dem Podest. In einem davon saß wieder einmal Frau Saalmann und tat so, als würde sie angestrengt die kleine Schrift des Buches auf ihrem Schoß entziffern. In Wirklichkeit schielte sie zu Lore und Egon hinüber.

Egon grinste Lore frech an. »Schon etwas altbacken bei euch, oder?«

Lore hörte Rosa hinter sich entsetzt aufkeuchen.

»Aber egal. Ich habe dir ein Geschenk mitgebracht.« Mit großer Geste überreichte er ihr ein in Packpapier gewickeltes Paket. Es war offensichtlich ein Buch, das sich jedoch biegen ließ. Lore vermutete schon, dass es wohl irgendein Scherz war, den er sich für sie ausgedacht hatte, doch sie konnte nicht anders, als es gleich auszupacken.

Es war ein rororo-Taschenbuch. Das Cover sah elegant aus, in kräftigen Farben und mit einem hübschen Frauenkopf darauf. ›Das Mädchen auf der Via Flaminia‹, lautete der Titel und der Autor war ein gewisser Alfred Hayes. Lore hatte dieses Buch noch nie gesehen, aber schließlich bestellte Ruth ja nach wie vor nicht alle rororo-Ausgaben.

»Weil du doch so was hier nicht zu Gesicht bekommst«, schob Egon nach.

Es war also wirklich als Spitze gedacht! Wütend funkelte Lore ihn an.

»Dafür haben wir andere, viel schönere Bücher zu verkaufen. Trotzdem vielen Dank.«

Egon grinste. »Mit unseren Auslagen für jedermann sind wir zum Stadtgespräch geworden. Hast du gesehen, wie die Leute uns die Bude einrennen?«

»So, das reicht jetzt!« Rosa war zu ihnen getreten und starrte Egon böse an. Klein, wie sie war, baute sie sich drohend vor ihm auf. »Mir ist klar, dass du nur in unseren Laden kommst und uns beleidigst, um Lore zu beeindrucken. Aber glaube mir, so kriegt man kein Mädchen herum, du Flegel!«

Jetzt konnte Lore nicht mehr an sich halten und prustete los. Flegel? Rosa war ja richtig in Fahrt!

»Ja genau, Sie ungehobelter Hänfling!«, rief nun Frau Saalmann von ihrem Sessel aus.

Egon war tatsächlich rot angelaufen. Dass Lore das noch erleben durfte!

Jetzt klappte er den Mund auf und wieder zu wie ein Fisch im Trockenen.

»Also, ich würde sagen, heute wird das wohl nichts mehr mit unserer Verabredung. Aber du kannst ja nächste Woche wiederkommen und noch mal fragen«, sagte Lore. Es machte ihr wirklich Spaß, ihm seine Überheblichkeit heimzuzahlen.

Egon sammelte sich ohnehin schon wieder. »Nun, das werde ich machen. Auf Wiedersehen, die Damen!«

Und damit stolzierte er aus dem Laden.

»Mut hat er jedenfalls«, bemerkte Rosa schnaubend, als die Ladentür hinter ihm zufiel.

»Ich denke, ich werde nicht mit ihm ausgehen«, beschloss Lore, doch es klang überzeugter, als sie sich fühlte. Auch wenn er sich tatsächlich, wie Rosa sagen würde, flegelhaft verhalten hatte, konnte sie nicht leugnen, dass ihr Herz seit seinem Besuch etwas schneller schlug.

»Ach, weißt du, Lore … Meinetwegen musst du nicht auf diese Verabredung verzichten. Ich glaube, er mag dich wirklich – auch wenn er ein Draufgänger ist. Vielleicht solltest du es einfach versuchen?«

Lore sah Rosa verblüfft an, die ihr jetzt verschwörerisch zuzwinkerte. Sie war wieder hinter die Theke getreten und stützte sich dort entspannt mit den Ellbogen auf. Dabei war sie eben noch so wütend gewesen!

»Ich sehe ja, dass du die Männer eher auf Abstand hältst«, fuhr Rosa fort. »Dabei ist doch gar nichts falsch daran, verliebt zu sein. Du solltest dir dieses Glück nicht nehmen lassen.«

»Meinst du?« Lores Blick fiel wieder auf das Buch, das Egon ihr geschenkt hatte. Es lag jetzt in der zerknüllten Verpackung auf dem Verkaufstresen.

Sie runzelte die Stirn. Rosa hatte recht. Lore hatte sich nie wirklich für die Liebe interessiert, ihre Prioritäten hatten einfach woanders gelegen. Ihr Herz fühlte sich mit einem Mal ganz leicht an. Und doch war jetzt nicht der Moment, in dem sie Egons beständigem Werben nachgeben wollte. Schließlich musste er für sein freches Verhalten bestraft werden! Er hatte sie mit seinen Sticheleien mehr getroffen, als sie sich eingestehen wollte.

Gedankenverloren schaute sich Lore in der Klinger'schen Buchhandlung um. Rosa war schon wieder dabei, den Tresen und seine vielen Schubladen abzustauben. Sie hatte sich vorgenommen, einen kleinen Frühjahrsputz vorzunehmen. Hinter ihr ragte die Bücherwand empor, die Lore vorhin noch bewundert hatte. Jetzt sah sie plötzlich alles mit Egons Augen: Ein wenig altbacken war er schon, der ganze Laden. Gemütlich, aber vielleicht auch altmodisch und gewöhnlich. Nicht die Möbel, aber einfach das gesamte Verkaufskonzept. Die »Buchhandlung Klinger« war genau wie jeder andere Buchladen in Berlin.

Wie schön wäre es, wenn es bei ihnen genauso dynamisch zuginge wie in Egons »Büchereck«! Oder vielleicht gar noch dynamischer? Auch Egon betrieb einen klassischen Buchladen. Das Einzige, was ihn von anderen unterschied, war die Taschenbuchauslage vorne beim Eingang. Aber am besten wäre es doch, wenn die ganze Ware wie in einem Automatenrestaurant für jeden zugänglich wäre, dachte Lore. Erst gestern war sie mit Peter und Robert wieder in einem solchen Restaurant gewesen und hatte lächelnd dabei zugesehen, wie der Junge aufgeregt seine Münzen in die Schlitze schob. Wenn die Kundinnen und Kunden bei den Klingers größere Freiheiten genießen könnten, würden sie ihren Besuch in ihrer Buchhandlung bestimmt nicht so schnell vergessen. Genau wie auch Peter nicht müde wurde, von dem Automatenrestaurant zu schwärmen.

Lore runzelte die Stirn. Für einen solchen Effekt musste man natürlich radikal denken. Das Automatenrestaurant machte schließlich auch keine halben Sachen. Das Essen war dort nur auf Münzeinwurf verfügbar, eine Bedienung gab es nicht. Das war ja das Revolutionäre daran.

Ein Selbstbedienungsbuchladen, schoss es Lore plötzlich durch den Kopf. Sie sah es schon vor ihren Augen aufblitzen: eine ganze Reihe von Bücherregalen, direkt hinter den beiden Sesseln, in denen die Kunden selbstständig stöbern konnten. Sie würden Ruth und Rose nicht nach einem Buch fragen müssen, sondern einfach selbst hingehen und es aus dem Regal ziehen. So, wie es in Egons Laden mit den Taschenbüchern war, nur noch viel rigoroser.

Lore bekam eine Gänsehaut vor Aufregung. Das war es! Welch gewagter und doch großartiger Einfall!

Es würde natürlich schwierig werden, Ruth eine solche bahnbrechende Idee schmackhaft zu machen. Aber sie musste es wenigstens versuchen. Mit zitternden Fingern kramte sie in ihrer Tasche nach einem Stift und Papier. Sie würde es aufzeichnen und Ruth das Konzept dann vorstellen.

Oh, hoffentlich würde sie ihr zuhören!

*

Alles war viel schwieriger, als Ruth sich erhofft hatte. Auch Wochen nach ihrem klärenden Gespräch herrschte zwischen Willi und ihr noch immer eine eisige Kälte. Nachts lagen sie stocksteif und regungslos im Bett, und wenn Willi sie doch einmal küsste, fühlte es sich merkwürdig und fremd an. Doch das war gar nicht das Schlimmste. Ihrer Beziehung konnte Ruth Zeit geben, die konnte warten. Was aber nicht warten konnte, war ihr Laden, und dort drohte die Situation allmählich zu eskalieren.

Das jedenfalls zeigte ihr der empörte Gesichtsausdruck von Lore und Rosa, als Ruth die Ladentür an diesem Tag öffnete.

»Du musst mit ihm reden, das geht so nicht weiter!« Rosa schaute Ruth verzweifelt an. »Willi hat sich doch tatsächlich geweigert, eine Bestellung von Ost-Büchern anzunehmen. Er dulde keine Sowjetliteratur in seiner Buchhandlung, hat er lauthals verkündet. Und das vor den Kunden! Einer hat gleich ganz verschreckt den Laden verlassen. Willi ist ziemlich laut geworden.«

Auch Lore wirkte aufgebracht. Das junge Mädchen hatte sogar Tränen in den Augen.

Ruth musste sich wirklich beherrschen, um nicht vor Wut auf den schönen Verkaufstresen zu schlagen. Dabei hatte sie sich wirklich bemüht, nachsichtig zu sein und ihrem Mann Freiraum zu lassen. Sie hatte ja eingesehen, dass sie ihn in den Familienbetrieb mit einbeziehen musste. Aber da er immer wieder Kundennamen verwechselte, Bestellungen, die sie vorbereitet hatte, vergaß abzuschicken, oder die Abrechnung falsch anlegte, hatte sie ohnehin schon allmählich die Geduld verloren. Und diesen neuesten Fehltritt konnte sie ihm nun wirklich nicht verzeihen.

Ruth war nur eine Stunde weg gewesen, um Peter zu ihrer Mutter zu begleiten. Ihr Sohn sollte eigentlich den Nachmittag bei Lutz und Ingrid verbringen, doch nun hieß es plötzlich, man brauche für den Grenzübertritt einen Passierschein. Und Ruth und Peter waren direkt in eine Kontrolle geraten. Der Junge hatte bitterlich geweint, so sehr hatte er zu seinem Freund gewollt. Und als wäre das nicht nervenaufreibend genug gewesen, war sie, kaum dass sie den Laden betreten hatte, gleich ganz aufgeregt von Rosa und Lore empfangen worden.

Von Willi war nichts mehr zu sehen. Nachdem er die Kunden mit seinem merkwürdigen Verhalten verschreckt und den Lieferanten vor den Kopf gestoßen hatte, hatten Rosa und Lore ihn sich zur Brust genommen und die Lieferung gegen seinen Willen dabehalten. Willi war wütend davongerauscht und hatte die Ladentür zugeschlagen, dass es klirrte.

Das zumindest konnte Ruth dem Bericht der beiden Frauen entnehmen. Weiter waren sie nicht gekommen, denn Ruth hatte vor Wut zu kochen begonnen. Wie konnte er nur? Wenn er wiederkam, würde sie ein ernstes Wort mit ihm reden!

»Ich denke, wir sollten uns jetzt alle beruhigen«, sagte Rosa, die negative Gefühle ja nie lang aushalten konnte.

»Ich muss mich überhaupt nicht beruhigen!«, fuhr Ruth sie an. Sie konnte die Wut nämlich gerade gut gebrauchen. Diesmal musste sie Willi ein für alle Mal klarmachen, dass sie hier das Sagen hatte – er konnte sich nicht einfach einmischen und tun, was er für richtig hielt!

»Und ich mich auch nicht!«, ereiferte sich Lore. Das junge Mädchen hatte noch immer Tränen in den Augen. »Bevor das mit dem Lieferanten passiert ist, hat er nämlich meine Skizzen zerrissen! Einfach so. Dabei wollte ich sie dir heute unbedingt zeigen, Ruth. Er hatte kein Recht dazu!«

Jetzt war es Lore, die wütend mit der Faust auf die Theke schlug.

Rosa seufzte. »Immer mit der Ruhe, Lore, du kannst Ruth doch trotzdem von deinen Ideen erzählen.«

»Von welchen Ideen?«, fragte Ruth, mit einem Mal neugierig. Sie schätzte Lore mittlerweile sehr, denn das junge Mädchen hatte ein gutes Gespür für Bücher und den Umgang mit ihren Kunden, und sie hatte immer wieder brillante Ideen. Und auch wenn sie in diesem Moment keinen Sinn dafür hatte, war es doch ihre Pflicht als Arbeitgeberin, sich das Anliegen ihrer Mitarbeiterin anzuhören.

Da drang plötzlich eine zornige Männerstimme von der Ladentür her zu ihnen. »Du musst sie gar nicht danach fragen, das ist purer Humbug, was das Mädchen da wieder ausgetüftelt hat! Wenn wir solchen Spinnereien in diesem Laden Raum geben, dann können wir bald dichtmachen.«

Ruth fuhr herum. Mit verschränkten Armen und vor Wut schnaubend stand Willi in der Tür. Zum Glück war gerade kein

Kunde im Laden – die Luft war plötzlich so dick, als zöge gleich ein Gewitter herauf. Und Ruth hatte nicht vor, dieses Gewitter aufzuhalten. Im Gegenteil, sie funkelte Willi an, als könnte sie so dafür sorgen, dass er auf der Stelle vom Blitz getroffen wurde.

»Du!«, zischte sie. »Beleidige nicht meine Mitarbeiterin!«

»*Deine* Mitarbeiterin?« Willi spuckte die Worte beinahe aus. »Ich dachte, das ist unser gemeinsamer Buchladen? Ich bin dein Ehemann und damit auch der Inhaber. Das hast du hoffentlich nicht vergessen.«

Willi war so entschlossen in den Laden marschiert, dass der Boden unter seinenen Schritten ächzte, und er hatte sich direkt vor Ruth aufgebaut. Jetzt standen sie sich vor der Theke gegenüber. Willi war schon immer groß gewesen und hatte nun, da er langsam wieder zu Kräften kam, auch fast seine alte stattliche Figur zurückerlangt. Aber Ruth war ebenfalls groß und kräftig und sie war keine Frau, die sich von einem Mann einschüchtern ließ. Lore und Rosa flohen beide hinter die Theke.

»Wir klären das draußen«, bestimmte Ruth und stolzierte erhobenen Hauptes aus dem Laden.

Willi stapfte hinter ihr her wie ein wütender Elefant.

Draußen war es viel zu sonnig und heiß, als dass Ruths Wut sich abkühlen konnte. Durch das Ladenfenster sah sie Rosa, verschreckt und mit weit aufgerissenen Augen. Lore hingegen hatte trotzig die Arme verschränkt. Auf dem Fasanenplatz zu ihrer Rechten spielten einige Kinder und auf dem Bürgersteig flanierten Menschen, als wäre es ein ganz normaler Tag.

»Ruth, wir wollten doch nicht immer streiten«, sagte Willi, beinahe zerknirscht. Es wirkte, als wäre sein Ärger schon wieder verraucht. Er lehnte sich schwach gegen die Hauswand.

»Dann benimm dich nicht so unmöglich!«, erwiderte Ruth gereizt.

Willi konnte nicht einfach in ihr Leben hereinplatzen, alles kaputt machen und sich nicht um die Konsequenzen scheren. Anfangs hatte sie noch gedacht, sie beide würden das schon hinkriegen, und sie hatte sich eingeredet, dass alles halb so schlimm sei. Jetzt aber sah sie einfach kein Licht mehr in diesem verworrenen Dickicht, das ihr Leben und ihre Beziehung geworden waren.

Wieso nur musste ausgerechnet ihr das passieren? Und wieso konnte sie nicht besser damit umgehen?

»Warum konntest du nicht einfach verschwunden bleiben!«, entfuhr es Ruth. Die Worte waren ihr entschlüpft, kaum dass sie den Gedanken gedacht hatte, und sofort bereute sie es. Es war nicht seine Schuld, dass sie so verworrene Gefühle hatte.

Ruth seufzte und schloss erschöpft die Augen. Die Sonne brannte durch ihre Lider, in der Ferne lachten Kinder, ein Hund bellte. »Es tut mir leid.«

Willis Miene war hart geworden, er wirkte wie versteinert.

»Ich kenne dich nicht mehr, Ruth. Was ist aus meiner Frau geworden? Aus dem Mädchen, das ich geheiratet habe? Ich sehe eine mitleidlose Frau vor mir, die sich nur für ihr Geschäft interessiert und keine Gefühle zulässt. Du lebst dein Leben, als wäre jeder Tag ein Kampf, das ist unerträglich.«

»Mein Leben war die ganzen Jahre lang ein Kampf. Du hast keine Ahnung, was wir hier durchgemacht haben«, gab Ruth zurück.

»Und ich? Habe ich etwa nichts durchgemacht?«

Willis Stimme war wieder laut und polternd. Aber das war Ruth nur recht. Die Schuldgefühle, die sie eben noch überschwemmt hatten, verwandelten sich in echte Empörung.

Willi stieß sich von der Hauswand ab und ging einen Schritt auf sie zu. Ein junges Pärchen, das gerade an ihnen vorbeischlendern wollte, machte erschrocken einen großen Bogen um sie.

»Weißt du, was mich die Zeit in der Gefangenschaft überstehen ließ? Nur der Gedanke daran, dass ich dich eines Tages wiedersehen würde. Dich und unseren Sohn. Aber ihr beide seid wie eine eingeschworene Gemeinschaft, ihr lasst niemanden zwischen euch.«

»Lass Peter aus dem Spiel!«

Ruth hätte am liebsten vor Zorn aufgestampft. Sie war inzwischen so dicht an Willi herangerückt, dass sie seinen Geruch geradezu schmecken konnte. Er atmete abgehackt und gehetzt.

Dann zog er sie an sich, aggressiv und schnell. Ruth schlug gegen seine Brust und stieß ihn zurück gegen die Hauswand. Jetzt atmete sie ebenfalls schwer.

Willi schüttelte den Kopf, als könnte er selbst nicht fassen, was gerade passiert war.

»Was tun wir, Ruth?«, flüsterte er.

Für einen Moment schloss sie die Augen und konzentrierte sich auf das dunkle Rot, das sie durch die geschlossenen Lider sah, und auf das Vogelgezwitscher um sie herum.

»Ich weiß es nicht«, sagte sie leise. »Aber so geht es nicht weiter, Willi. Wir brauchen die Lieferungen der Ostverlage. Die Kunden wissen es zu schätzen, dass wir ihnen jedes Buch besorgen, das sie haben wollen. Und das war schon so, als es hier im Westen der Stadt noch nicht erlaubt war. Ja, das war riskant, aber es hat uns treue Kunden verschafft. Du kannst nicht einfach eigenmächtig beschließen, dass du diese Bücher nicht im Laden haben möchtest.«

»Ich hasse die Sowjets!«, entfuhr es Willi. In seinen Augen loderte wieder der Zorn. »Was sie mit mir gemacht haben …«

»Das weiß ich«, gab Ruth müde zurück. Sie sollte mehr Verständnis für ihren Mann aufbringen. Doch das konnte sie nicht. Nicht, wenn es um grundsätzliche Entscheidungen ging, die sie selbst getroffen hatte. »Aber denk daran, was die Deutschen den Sowjets angetan haben. Du bist nicht der Einzige auf der Welt, der Schmerz empfindet.«

Willi schlug wütend gegen die Hauswand. »Aber du auch nicht! Du bist furchtbar selbstsüchtig, Ruth. Als hättest nur du das Recht, Schmerz zu fühlen!«

Einen Moment lang schauten sie sich stumm und wütend an.

Die Sonne brannte in Ruths Nacken. Dann drehte Ruth sich um und ging die paar Schritte zur Buchhandlung zurück.

»Ich gehe jetzt wieder hinein und höre mir an, was Lore sich ausgedacht hat«, sagte sie eisig. »Ich möchte nicht, dass du sie auch noch vergraulst.«

»Du kannst diesem Mädchen nicht vertrauen. Ich habe ein schlechtes Gefühl bei ihr. Ich kann es nicht begründen, Ruth, aber irgendetwas sagt mir, dass sie nicht ehrlich ist«, knurrte Willi.

Noch einmal warf Ruth ihm einen vernichtenden Blick zu. Was hatten alle nur mit diesem Mädchen? Erst hatte Elisabeth ihr das Leben schwer gemacht und jetzt hatte es auch Willi auf Lore abgesehen. Dabei war sie ihr im Laden eine echte Hilfe, ganz im Gegensatz zu Willi.

»Ruth, lass uns …« Willi klang mit einem Mal so verzweifelt, dass sie kurz innehielt. »Es tut mir leid, ich … Ich will doch nur …« Er verstummte und starrte sie hilflos an. Neben der abgeblätterten gelben Farbe der Hauswand sah er plötzlich ganz verloren und traurig aus.

Aber Ruth öffnete die Ladentür und ignorierte die kleine Träne, die ihr beim fröhlichen Klingeln des Glöckchens aus dem Augenwinkel lief.

*

Rosa horchte auf Georgs Herzschlag und erlaubte sich für einen winzigen Moment, einfach glücklich zu sein. Wenn sie Georgs warme Haut an ihrer Wange spürte, konnte sie gar nicht anders, als sich in seiner Umarmung geborgen zu fühlen. Da mochte seine kleine Kammer, sein hartes Bett, in dem sie gerade lagen, noch so unbequem sein.

Es tat gut, wenigstens für einen Moment nicht an den Familienzwist zu denken, der vor wenigen Wochen einen neuen Höhepunkt erreicht hatte und seitdem bedrohlich unter der Oberfläche schwelte.

Und Georg und Rosa konnten nicht einmal mehr in den Osten fliehen, um sich wenigstens dort der Illusion einer heilen Welt hinzugeben. Denn diese heile Welt gab es im geteilten Berlin nirgendwo, hier, wo der Konflikt zwischen den Sektoren zu ständig neuen Verschärfungen führte. Seit Kurzem war den Bürgern der Bundesrepublik Deutschland der Zutritt zum östlichen Sektor der Stadt gänzlich verboten worden. Westberlinern war der Übertritt eine Weile lang noch möglich gewesen, doch seit Ende Juni konnte man keinen Passierschein mehr beantragen.

Georg räusperte sich im Schlaf und Rosa strich ihm gedankenverloren durchs Haar.

Es war furchtbar, dass sie schon wieder nicht schlafen konnte, aber wenigstens war sie bei ihm. Auch wenn sie jetzt viel weniger Zeit miteinander verbringen konnten, da sie auf ungestörte Momente in der Wohnung angewiesen waren und ständig Gefahr liefen, ertappt zu werden. Das fehlte gerade noch bei der explosiven Stimmung hier im Haus! Aber den anderen jetzt die Wahrheit über ihr Verhältnis zu Georg zu sagen, kam natürlich nicht infrage … sosehr Rosa es sich auch wünschte.

Dabei hatten zahlreiche Berliner durch die Sektorenstreitigkeiten im Augenblick viel größere Probleme. Hätte ihre Freundin Ingrid nicht sowieso schon längst kapituliert, um in den Osten zu ziehen und ihre Arbeitsstelle nicht zu verlieren, dann wäre sie spätestens jetzt dazu gezwungen worden. Im Osten wurden alle Arbeitnehmer entlassen, die noch in einem der westlichen Sektoren wohnten. Mal abgesehen davon, dass sie ja ohnehin nicht über die Grenzen kamen.

Georg räkelte sich und schob dabei versehentlich Rosas Kopf von seiner Brust. Sie sollte auch endlich versuchen zu schlafen und nicht ihre ganze Zeit damit verbringen, ihn anzuschmachten oder zu grübeln.

Dabei war es äußerst riskant, wenn sie beide einschliefen. Es konnte jederzeit passieren, dass sie nicht rechtzeitig aufwachten, um sich wieder zurück ins eigene Zimmer zu schleichen.

Rosa sah zu dem winzig kleinen Fenster, das in den Hof zeigte. In Georgs Kammer war es ja meistens finster, daher konnte sie nur erahnen, wie spät es jetzt war. Durch die Scheibe erkannte sie ein kleines Stück Sternenhimmel, es war sicher noch mitten in der Nacht. Vielleicht sollte sie das mit dem Schlafen einfach sein lassen und stattdessen etwas Leckeres für Peter backen. Dann hatte er morgen früh gleich etwas, das ihn freute.

Rosa setzte sich langsam auf und schob Georgs Arm von ihrer Schulter. Georg murmelte etwas im Schlaf und öffnete dann müde die Augen.

»Wohin gehst du?«

»In die Küche. Ich will etwas backen.«

»Ach so.« Er drehte sich auf die andere Seite und schlief einfach weiter, auf seinem Gesicht lag ein zufriedenes Lächeln.

Die Küchentür war geschlossen, was Rosa merkwürdig fand. Doch erst als sie die Klinke bereits heruntergedrückt hatte und ein schmaler Lichtspalt in der Türöffnung erschien, kam ihr der Gedanke, dass sie möglicherweise nicht die Einzige war, die nicht schlafen konnte …

Willi saß am Küchentisch, den Kopf in die Hände gestützt, und schaute müde auf, als Rosa hereinkam.

»Oh, entschuldige, ich wollte nicht stören«, stotterte sie und wich rasch wieder zurück. Dann aber hielt sie inne. Willi sah furchtbar verloren aus.

Sie hatte nie darüber nachgedacht, wie schlimm das alles für ihn sein musste. Aber wenn sie sich jetzt vorstellte, wie es wohl war, zu einer Familie zurückzukehren, die einen spüren ließ, dass sie ohne ihn viel besser gelebt hatte, wurde ihr mulmig zumute.

Einen Moment lang zögerte Rosa noch, ehe sie sich zu ihm an den Tisch setzte.

»Wie geht es dir?«, fragte sie vorsichtig.

Willi zuckte nur müde mit den Schultern. Dann schaute er sie an, und Rosa erkannte entsetzt, dass Tränen in seinen Augen standen.

»Du und Ruth, ihr werdet euch bestimmt bald wieder vertragen«, sagte sie rasch. Dabei wusste sie wirklich nicht, ob das stimmte. Konnten so tiefe Verletzungen, so tiefe Gräben, die sich über Jahre aufgetan hatten, jemals überwunden werden?

»Ihr hasst mich alle«, sagte Willi leise.

»Das stimmt nicht«, erwiderte Rosa hastig. Sie musste das Bedürfnis unterdrücken, ihn in den Arm zu nehmen. Sie wusste nicht, ob ihm das recht wäre. Doch ihn so geknickt, so verzweifelt zu sehen brach ihr das Herz. Auch wenn sie diesen Mann ja kaum kannte, er war geradezu ein Fremder für sie.

»Ich möchte doch nur wieder ein Teil dieser Familie sein.« Jetzt lag nicht mehr nur Trauer in seinen Augen, sondern auch Ärger.

»Ja, aber das braucht Zeit«, versuchte Rosa, beruhigend auf ihn einzureden. »So etwas kann man nicht erzwingen, da muss man einfach geduldig sein. Du bist in Ruths Buchladen ganz schön mit der Tür ins Haus gefallen. Das kam bei ihr nicht besonders gut an. Vielleicht solltest du ihr einfach vertrauen und warten, bis sie von selbst auf dich zugeht.«

Willi schüttelte missmutig den Kopf. »Ich werde wahnsinnig, wenn ich nichts unternehme. Ruths Vater hat mir die Verantwortung für seine Tochter und für die Buchhandlung übertragen. Ich kann nicht untätig danebenstehen und mit ansehen, wie sie alles gegen die Wand fährt.«

Jetzt war es an Rosa, wütend zu werden. Auch wenn sie ihren Zorn zu unterdrücken versuchte.

»Hier fährt niemand etwas gegen die Wand!«, platzte sie entschieden heraus.

»Das sehe ich anders«, erwiderte Willi, die Hände zu Fäusten geballt. »Sie stellt zweifelhafte Leute ein und fällt fragwürdige Entscheidungen. Hat sie dir erzählt, dass sie von Anfang an Bücher aus Ostverlagen bestellt hat? Sie hätte dafür ins Gefängnis kommen können. Mal abgesehen davon gehören diese Sowjet-Verbrecher bestraft und man sollte sie nicht auch noch unterstützen. Hier muss dringend jemand durchgreifen. Und das werde ich tun.«

Entschlossenheit stand plötzlich in seinem Gesicht und Rosa wich erschrocken zurück. Ganz sicher hatte sie mit dieser Unterhaltung nicht dafür sorgen wollen, dass er sich noch mehr auf seine Position versteifte.

»Das musst du nicht«, presste sie hervor, aber Willi schien sie gar nicht mehr zu hören.

Mit glänzenden Augen nickte er vor sich hin. Und Rosa sah keine andere Möglichkeit, als aus der Küche zu fliehen. Was hatte sie getan? Dabei hatte sie doch nur helfen wollen!

*

Dass Ruth noch einmal in Ruhe mit ihr über ihre Pläne für die Klinger'sche Buchhandlung reden wollte, wertete Lore als einen ersten Erfolg. Auch die interessierte Miene, mit der die Ladeninhaberin sie jetzt musterte – die Arme auf dem Küchentisch abgelegt, die Hände verschränkt und den Oberkörper leicht nach vorn gebeugt –, war vielversprechend.

Dabei war sie am Anfang mehr als skeptisch gewesen, als Lore ihr von ihrer neuen Idee eines Selbstbedienungsladens erzählt hatte.

Jetzt aber saßen sie hier, am Küchentisch der Klingers, und Ruth hatte offenbar über die ganze Sache nachgedacht. Und nicht nur das: Sie hatte wohl auch ihrer Mutter davon erzählt, denn Elisabeth saß rechts neben Ruth am Tisch und musterte Lore neugierig. Ihre Miene war undurchdringlich und aus ihren Augen sprach diese scharfe Intelligenz, die den Klinger-Frauen eigen war.

Lore fühlte sich wie vor einem Tribunal, als sie zu reden begann.

»Ich denke, es wäre einen Versuch wert, zumindest vorn im Laden ein paar Selbstbedienungsregale aufzustellen. So etwas gibt es in keiner Buchhandlung, und auch in keinem anderen Geschäft. Allein das würde schon Aufmerksamkeit erregen. Und ich bin fest davon überzeugt, dass es die Umsätze steigern würde. Das Automatenrestaurant, von dem ich euch erzählt habe, hat ein ähnlich revolutionäres Konzept – und da haben sie ja nicht einmal eine Kasse – und es läuft fantastisch. In den USA gibt es schon lange an jeder Ecke solche Automatenrestaurants, so begeistert waren die Amerikaner von der Idee. Ich denke, wir könnten hier in Berlin eine richtige Welle lostreten, wenn wir uns so etwas trauen«, beendete Lore ihren Vortrag und wartete dann gespannt auf die Reaktion der beiden Frauen.

Elisabeth hatte die Stirn gerunzelt.

»Das wäre ein Bruch mit den jahrhundertealten Traditionen des Buchhandels«, sagte die ältere Frau. Obwohl ihre Worte vernichtend klangen, wirkte sie keineswegs abgeneigt. Sie lächelte Lore sogar leicht zu.

Lore atmete erleichtert auf. Und das, obwohl Elisabeth sie ja zumindest am Anfang überhaupt nicht leiden konnte. Mittlerweile war die Stimmung zwischen ihr und Ruths Mutter aber zum Glück deutlich besser, und Elisabeth schien ihren Vorschlag zumindest bedenkenswert zu finden.

»Willi ist auf jeden Fall dagegen«, sagte Ruth nachdenklich. »Es tut mir leid, dass er deine Zeichnungen zerrissen hat.«

Lore nickte. Sie erinnerte sich noch gut an diesen furchtbaren Moment. »Was für eine lächerliche Idee!«, hatte Willi gepoltert und sie noch feindseliger angeschaut als sonst. »Fühl dich hier bloß nicht zu sicher«, hatte er gezischt und war dann kochend vor Wut in den Verkaufsraum marschiert.

Ruths Miene hatte sich verdüstert.

»Normalerweise würde ich auch sagen, dass die Klingers für Tradition stehen, mehr als andere Buchhandlungen in Berlin«, griff sie Lores Thema wieder auf. »Aber die Zeiten sind im Wandel und wir sollten nicht den Fehler machen, das zu übersehen. Schon gar nicht, weil familiäre Probleme uns davon ablenken.«

»Ganz gewiss nicht«, pflichtete Elisabeth ihr bei. »Aber so ein wichtiger Schritt sollte gut durchdacht sein – und dein Mann sollte dich nicht davon abhalten. Mach niemals denselben Fehler wie ich, Ruth. Wenn du eine Idee gut findest, dann kämpfe für sie.«

Elisabeths Augen funkelten. Lore war überrascht, sie hätte niemals mit einer solchen Unterstützung der strengen älteren Frau gerechnet.

»Nun, ich kann dir nicht versprechen, dass wir deine Ideen umsetzen werden«, fuhr Ruth, an Lore gewandt, fort. »Ich muss zuerst sämtliche Vor- und Nachteile abwägen. Aber ich bin nicht abgeneigt, einmal etwas Neues auszuprobieren. Ich denke, wir könnten eine solche Veränderung vielleicht gut gebrauchen. Wir werden sehen … Gib mir einen Monat Zeit.«

Und dann lächelte Ruth sie an. Es war ein ehrliches, offenes Lächeln, das sich auf Ruths strengem Gesicht so selten zeigte, und Lore ging das Herz auf. Sie hatte immer davon geträumt, dass ihre geheime Schwester sie einmal so ansehen würde. Als wären sie Verbündete. Als teilten sie ein gemeinsames Ziel.

Als Lore sich bald darauf verabschiedete, um in ihre kleine Kammer hinunterzusteigen, fühlte sie sich, als würde sie auf Wolken schweben. Endlich verspürte sie das lang ersehnte Gefühl, hier bei den Klingers angekommen zu sein. Sie sah es schon vor sich: die Selbstbedienungsregale an den Wänden der Buchhandlung, die ihre Handschrift trugen – und dann würde Lore ein gleichwertiges Mitglied der Familie Klinger sein. Der Laden würde durch ihre Idee in ganz Berlin berühmt und sie könnte Ruth und den anderen Klingers endlich gestehen, wer sie in Wirklichkeit war.

Sie hätte eine Familie und das sehnlichst herbeigewünschte Zuhause.

Vielleicht konnte sie dann ja sogar die Liebe in ihr Leben lassen und von einer echten Zukunft träumen. Von einer eigenen kleinen Familie, Kindern, die gemeinsam mit den Klinger'schen Kindern aufwachsen würden. Natürlich würde sie gleichzeitig auch weiterarbeiten. Als echte Buchhändlerin!

Lore blieb auf dem Treppenabsatz stehen. Nein, sie sollte sich nicht vorschnell von solchen Hirngespinsten forttragen lassen. Davor gab es wahrlich noch genug zu tun.

Trotzdem musste sie wieder an Rosas Worte von neulich denken. Dass sie die Liebe, das Glück zulassen sollte … Rosa hatte recht. Nur wenn man sich erlaubte zu träumen, konnten Träume auch wahr werden. Das hatte ihr das Gespräch mit Ruth und Elisabeth eben deutlich vor Augen geführt.

Lore schüttelte lächelnd den Kopf und stieg weiter die Treppe hinauf. Sie summte fröhlich vor sich hin. Sie musste unbedingt so bald wie möglich zu Robert. Wenn es jemanden gab, mit dem sie ihr Glück teilen wollte, dann war er es. Robert würde Augen machen, wenn er erfuhr, wie erfolgreich sie gewesen war!

Wieder musste Lore lächeln. Die Vorstellung, mit Egon auszugehen, kam ihr mit einem Mal völlig unsinnig vor. Warum sollte sie ihre Zeit mit jemand anderen verbringen, wenn sie doch am liebsten mit Robert zusammen war?

Abrupt blieb Lore stehen.

Sie war jetzt vor ihrer Kammer angelangt und die Tür stand offen. Hatte sie sie vorhin nicht richtig geschlossen? War sie so in Eile gewesen?

Mit pochendem Herzen betrat sie das Zimmer.

Im Raum war es düster, aber im Dämmerlicht konnte sie Willi erkennen, der sie ebenso erschrocken anstarrte wie sie ihn.

»Was machst du in meiner Kammer?«, fragte Lore.

»Diese Kammer gehört meiner Familie und ist folglich meine Kammer und nicht deine«, antwortete Willi ganz ruhig.

Lore wusste nicht, was sie tun sollte. Sie hatte ein merkwürdiges Gefühl und wäre am liebsten davongerannt.

»Komm rein und schließ die Tür«, sagte Willi, noch immer gefährlich leise.

Schlagartig fühlte Lores Mund sich staubtrocken an. Was wollte er von ihr?

Da kam Willi auf sie zu, packte sie am Arm und zog sie schließlich in die Kammer. Lore war viel zu perplex, um sich zu wehren. Hinter ihr schlug die Tür mit einem dumpfen Knall zu.

»Lass mich los!« Endlich erwachte sie aus ihrer Schockstarre, riss sich von Willi los und wich zurück.

»Jetzt wollen wir uns einmal ungestört unterhalten«, sagte Willi und lächelte freudlos. »Ich möchte wissen, was du hier für ein Spiel treibst. Und du willst doch sicher nicht, dass Ruth das mitbekommt, oder?«

»Ich spiele überhaupt kein Spiel«, stammelte Lore. Langsam dämmerte ihr, was hier los war. Willi, der ihr von Anfang an misstraut hatte, musste ihre Kammer durchsucht haben.

Panisch ging Lore im Kopf alles durch, was ihm einen Hinweis auf ihre wahre Identität liefern könnte. Aber da war nur der Brief… und den hatte sie wirklich gut versteckt. Sie hatte ihn Robert gegeben, denn sie hatte schon immer befürchtet, dass jemand den Brief in ihrer Kammer finden könnte.

»Ich sehe, dass du allmählich unruhig wirst. Glaub mir, so habe ich mich die ganzen letzten Wochen gefühlt«, sagte Willi und begann, im Zimmer auf und ab zu gehen. »Am Anfang war ich eifersüchtig auf dich, das gebe ich zu. Du hattest einen Platz in dieser Familie eingenommen, der eigentlich mir zustehen sollte. Aber mit der Zeit spürte ich, dass meine Abneigung dir gegenüber richtig war. Dass etwas mit dir nicht stimmt. Und endlich bin ich darauf gekommen, was es sein könnte.« Jetzt grinste er Lore beinahe unverschämt an. »Du siehst ihr unheimlich ähnlich, weißt du das?«

»Wem?«

Lore brachte das Wort kaum heraus, das Herz schlug ihr bis zum Hals. Ihre Finger waren schweißnass. Du musst alles leugnen, beschwor sie sich. Egal, was jetzt kommt!

»Deiner Mutter«, antwortete Willi und blieb stehen. »Mathilde, oder nicht? Ihren Nachnamen weiß ich leider nicht, aber ich würde meine rechte Hand darauf verwetten, dass sie Wagner hieß.«

»Meine Mutter hieß Erika«, presste Lore hervor, froh darüber, dass ihr so schnell eine Lüge eingefallen war. »Du musst dich also irren.«

Woher kannte er ihre Mutter? Das war unmöglich!

»Dann ist es wirklich ein merkwürdiger Zufall«, sagte Willi mit ruhiger Stimme und trat so nah an sie heran, dass er nur die Hand hätte ausstrecken müssen, um sie zu berühren. »Dein Gesicht und diese Haare … Genau wie bei dem Weibsstück, mit dem der alte Friedrich herumgeschäkert hat. Es war keine sehr glückliche Verbindung. Woher ich das weiß? Er hat mir nicht nur seine Tochter und seinen Laden anvertraut, sondern auch sein dunkelstes Geheimnis. Wenn auch nicht ganz freiwillig … Als diese Frau eines Abends bei ihm auftauchte und Geld verlangte, hat er mich eingeweiht. Damit ich die Familie beschützen kann, wenn er nicht mehr am Leben ist und seine falsche Tochter irgendwann hier auftaucht und ebenfalls Geld verlangt.«

Lore wich vor Schreck einen Schritt zurück. Jetzt hatte sie die Tür im Rücken, die Klinke bohrte sich unangenehm in ihr Fleisch.

»Ich weiß wirklich nicht, wovon du sprichst! Mein Vater hieß Arthur Müller und ist kurz nach meiner Geburt gestorben.«

Bestimmt hörte er, wie ihre Stimme bei jeder Lüge zitterte. Der Name ihres vermeintlichen Vaters kam nur gehaucht über ihre Lippen. Arthur war einer der Liebhaber ihrer Mutter gewesen, den sie später geheiratet hatte. Es war eine kurze, keinesfalls glückliche Ehe gewesen. Er war gewiss nicht ihr Vater.

»Du leugnest es also tatsächlich, ja?« Willi war jetzt so nah an sie herangetreten, dass sie seinen warmen Atem spüren konnte. Und mit der Tür im Rücken konnte sie nicht weiter zurückweichen. Lore hätte am liebsten geweint und sich zusammengekauert. Aber sie reckte das Kinn, viel mutiger, als sie sich fühlte.

»Es gibt nichts zu leugnen. Ich sage die Wahrheit.«

»Dann wird es dir sicher nichts ausmachen, wenn ich Ruth von meiner Vermutung erzähle, oder etwa doch? Vielleicht finde ich ja auch noch den ein oder anderen Beweis irgendwo in den Unterlagen der Klingers …«

»Bitte nicht!« Das war Lore entschlüpft und sofort biss sie sich auf die Lippen. Zitternd schlang sie die Arme um sich. »Es stimmt nicht und deshalb wird Ruth dir sowieso nicht glauben.«

Willi lächelte höhnisch und zuckte dann mit den Schultern. »Es ist deine Entscheidung. Entweder du verschwindest aus meinem Haus oder ich erzähle Ruth und Rosa von deiner Vergangenheit. Und glaube mir, sie werden dich für immer hassen. Entscheide dich lieber schnell.«

Damit schob Willi sie unsanft zur Seite und verließ die Kammer. Die Tür knallte hinter ihm ins Schloss.

Lore fühlte sich, als würde sie ersticken.

*

Jetzt lag er endlich vor ihr, der Brief, auf den Ruth monatelang gewartet hatte. Sie konnte es kaum glauben, dass doch noch jemand geantwortet hatte. »Internationale Suchstelle«, so lautete der Absender. Das konnte nur die Antwort auf Ruths Anfrage zu Gittys Aufenthaltsort sein. Ruth wollte endlich Klarheit haben und sich der Vergangenheit stellen.

Ihre Finger zitterten, als sie den Brief öffnete. Diesen Moment hatte sie schon so lange herbeigesehnt.

Bevor sie das Blatt Papier aus dem Kuvert zog, sah sie sich hastig um. Doch niemand war in der Nähe, sie war ganz allein in ihrem und Willis Zimmer. Zum Glück, denn wer wusste schon, wie sie reagieren würde, wenn sie diese Nachricht las? Sie hatte keine Ahnung, was die Wahrheit mit ihr machen würde. Manchmal gab es ja solche Momente im Leben, die völlig blank vor einem lagen: mit ungewissem Ausgang. Als Willi damals plötzlich in der Tür gestanden hatte, war das so ein Moment gewesen. Und jetzt eben ein weiterer.

Ruth griff nach der Lehne ihres Schreibtischstuhles und setzte sich. Fahrig fegte sie die Unterlagen auf dem Tisch beiseite – Bücherlisten und Notizen, Einträge, die sie für ihr Register im Laden noch brauchte, und Lores Skizze der Selbstbedienungsregale –, und dann breitete sie den Brief vor sich aus.

Für einen kurzen Moment schloss sie die Augen, ehe sie die ersten Worte überflog. *»Sehr geehrte Frau Klinger«,* ihr Blick sprang von Zeile zu Zeile, während ihr Herz langsam schwer wurde. *»Wir bedauern, Ihnen mitteilen zu müssen, dass wir zu der oben genannten Person keine genauen Angaben machen können.«* Ruth las hastig weiter. *»Leider sind zahlreiche Unterlagen wie Inhaftierungs- und Tötungslisten von den Nationalsozialisten zerstört worden.«*

Es folgte eine Erklärung darüber, dass die Suchstelle stetig um weitere Aufarbeitung bemüht sei. Mehrere Jahre, eher Jahrzehnte, könne das dauern, las Ruth.

Ihr Blick sprang zurück zu dem Wort »Tötungslisten«, klebte daran fest.

Was hatte sie erwartet? Tief in ihrem Inneren kannte sie die Antwort doch, sie spürte es dort, wo sie die Wahrheit über das, was in Deutschland geschehen war, vergraben hatte.

Ruth legte den Brief beiseite, ihre Sicht war verschwommen.

Sie merkte erst, dass sie weinte, als der Brief in ihren Händen nass wurde. Aber es war ein befreiendes Weinen, es war, als flösse etwas aus ihr heraus, das sie lange zurückgehalten hatte. Und das, obwohl es noch immer keine Klarheit für sie gab. Keine Neuigkeiten über Gittys Schicksal und schon gar keine Hoffnung. Aber wenigstens hatte sie jetzt die Bestätigung, die sie brauchte. Das Wissen nämlich, dass manche Dinge immer im Unklaren bleiben würden. Und es war Ruths Lebensaufgabe, zumindest das zu ertragen.

Sie würde irgendwo einen Grabstein für Gitty errichten, zu ihrem Gedenken. Das war Ruth mit einem Mal klar. Und sie würde sich an sie erinnern, an die schönen Zeiten, an die Freundschaft, die sie lange Jahre verbunden hatte.

»Ruth!«

Sie zuckte zusammen und fuhr herum.

Willi stand in der Tür, breitschultrig und groß, und schaute sie mit zusammengezogenen Augenbrauen an. »Was hast du?«

»Nichts.« Ruth wischte sich hastig die Tränen aus dem Gesicht.

»Du weinst.« Willi kam unschlüssig ins Zimmer herein. Dann stand er vor ihr und legte ihr linkisch die Arme um die Schultern, er drückte sie an sich.

Ruth ließ es geschehen und erlaubte sich sogar, sich gegen ihn zu lehnen. Es fühlte sich vertraut an, trotz allem, Willis feste Umarmung, sein Geruch.

Ruth holte tief Luft. Doch Willi war schon wieder einen Schritt zurückgewichen, seine Arme glitten von ihr herunter.

»Du hast ja immer noch diese unsinnige Skizze hier herumliegen«, stellte er fest und deutete auf Lores Zeichnung auf dem Schreibtisch. Seine Stimme klang wieder hart, als hätte ihre Umarmung gerade eben nicht stattgefunden.

Dann griff er über ihre Schulter hinweg nach dem Stück Papier, und noch ehe Ruth ihn davon abhalten konnte, zerriss er es einfach in der Luft.

»Diesen Schwachsinn brauchen wir nicht.«

Ruth klappte empört den Mund auf. Vorbei war das kurze Innehalten. Alles, was sie jetzt noch spürte, war Wut. Schon wieder versuchte er, alles kaputt zu machen.

»Ich finde die Idee gut und wir werden das genau so im Laden umsetzen«, sagte sie streng.

Dabei hatte sie ja selbst noch Zweifel, ob sie diesen Schritt wirklich wagen wollte. Aber sie würde Willi das nicht durchgehen lassen. Sie war diejenige, die bestimmte, was für den Laden gut war und was nicht, und nicht er!

»In unserer Buchhandlung wird es ganz sicher keine Selbstbedienung geben«, knurrte Willi. »Außerdem ist dieses Gör bis morgen sowieso verschwunden.«

»Das glaube ich kaum.« Ruth war aufgesprungen und baute sich vor ihrem Ehemann auf. Sie versuchte, ihn mit ihrem Blick an Ort und Stelle festzunageln. Da ließ ein Geräusch an der Tür sie plötzlich zusammenzucken.

Lore stand im Türrahmen, die Augen vor Schreck weit aufgerissen und kalkweiß im Gesicht.

»Ruth, ich muss mit dir reden«, brachte das Mädchen mit brüchiger Stimme hervor.

Willi lachte höhnisch auf. »Na, was willst du denn hier? Du versuchst wohl zu retten, was noch zu retten ist.«

Lore hatte am ganzen Körper zu zittern begonnen.

Ruth fuhr zu Willi herum. »Lass endlich Lore in Ruhe«, zischte sie. »Sie gehört zu uns, und das solltest du endlich akzeptieren.«

»Sie ist eine Lügnerin. Und ich sage dir jetzt die Wahrheit, Ruth.« Willi beugte sich ganz nah zu ihr herunter, flüsterte fast. Ruth sah ein Flackern in seinen früher so gütigen braunen Augen. »Dieses Mädchen hat sich bei euch eingeschlichen, um euch auszunehmen. Sie ist die uneheliche Tochter deines Vaters und nur hierhergekommen, um auch etwas vom Kuchen abzukriegen.«

»Du bist wahnsinnig geworden.« Ruth hätte gelacht, wenn sie nicht so wütend gewesen wäre. Was redete Willi bloß für einen Unsinn?

Doch als ihr Blick auf Lore fiel, erstarrte sie. Das Mädchen sah völlig am Boden zerstört aus, Tränen liefen ihr über das Gesicht.

»Er hat recht«, flüsterte Lore. »Aber es ist trotzdem alles ganz anders.«

Ruth schüttelte ungläubig den Kopf.

Kapitel 10

Winter 1952

Die Stimmung im Haus der Familie Klinger war so tief gesunken, wie Rosa es niemals für möglich gehalten hätte. Lores Lüge hatte allen das Herz gebrochen. Doch sie gingen, so kam es Rosa vor, auf unterschiedliche Weise mit dieser Nachricht um.

Als Rosa davon gehört hatte, war sie für einen Moment genauso entsetzt und wütend gewesen wie Ruth, die kaum noch sprechen konnte vor Zorn über den vermeintlichen Verrat.

Rosas Wut aber war rasch verpufft. Sie hatte schnell verstanden, in welch furchtbarer Notlage sich das arme Mädchen befunden haben musste. Rosa hatte Lore noch am gleichen Abend in ihrer Kammer aufgesucht, wo das Mädchen tränenüberströmt sein weniges Hab und Gut zusammenraffte. So sah niemand aus, der anderen etwas Böses wollte.

Und waren nicht auch Rosa und Georg seit Monaten dabei, ihre Familie zu belügen? Im Grunde verhielten sie sich ähnlich und diese Erkenntnis führte bei Rosa dazu, dass sie über ihren Schatten sprang und Lore in eine feste Umarmung zog. Das Mädchen ließ sich gegen sie sinken und weinte hemmungslos. All ihre Gefühle, ihre ganze Angst und ihr sehnlichster Wunsch, einfach zur Familie der Klingers zu gehören, purzelten in kurzen, tränenerstickten Sätzen aus ihr heraus. Wenig später war sie mit gepacktem Köfferchen aus dem Haus verschwunden und hatte mit niemandem darüber gesprochen, wo sie ein Obdach suchen würde.

Rosa hatte sich vorgenommen, sich bei Ruth und Willi einzusetzen, damit die beiden Lore verziehen, was ihr bisher aber noch nicht gelungen war. Mit Ruth war kaum zu reden, und Willi, der nach Lores Verschwinden tagelang mit unerträglich guter Laune durch die Wohnung stolziert war, hatte kein weiteres Wort mehr über das junge Mädchen verloren.

Nun, Rosa hatte nicht vor aufzugeben. Für heute Abend hatte sie alle in die Küche zusammengetrommelt. Sie würde etwas Leckeres kochen, um anschließend das Gespräch auf Lore zu lenken. Vielleicht konnte sie Ruth und die anderen ja doch noch überreden, sie wieder im Haus der Klingers aufzunehmen. Dass Lore ein Familienmitglied war, ließ sich nicht leugnen, und als solches hatte sie schließlich jedes Recht, bei ihnen zu leben oder zumindest nicht derart ausgestoßen zu werden. Rosa war sich absolut sicher, dass das Mädchen keine finanziellen Forderungen an sie stellen würde.

Vielleicht konnten sie heute Abend zumindest einmal gemeinsam über die Situation reden.

Wie schwierig das werden würde, wurde ihr allerdings klar, als alle am Küchentisch versammelt saßen und stumm auf ihre Teller starrten. Es half kein bisschen, dass es in der Küche – trotz des Winterwetters draußen – behaglich warm war und nach zerlaufenem Käse roch. Peter stocherte mit hängenden Schultern in seinem Essen herum und Ruth machte ein verkniffenes Gesicht, das Elisabeths düsterer Miene in nichts nachstand.

Rosa warf Georg über den Tisch hinweg einen verzweifelten Blick zu, den er ratlos erwiderte. Wenigstens, dachte sie, konnte sie sich seiner Unterstützung sicher sein. Und trotzdem erinnerte sie sein hübsches, ernstes Gesicht daran, dass auch sie ein Geheimnis teilten, das den Zusammenhalt dieser Familie in Gefahr bringen könnte.

»Darf ich aufstehen?«, fragte Peter.

Er hatte schon krachend den Stuhl nach hinten geschoben, ohne die Antwort seiner Mutter abzuwarten. Ruth nickte kraftlos, und im Nu war Peter aus der Küche gestürmt. Er hatte seinen Teller nicht einmal leer gegessen.

»So geht das doch nicht weiter«, sagte Rosa in die Stille hinein, kaum dass Peter die Wohnungstür hinter sich zugeknallt hatte.

»Das finde ich auch«, sagte Willi und nickte bedeutungsvoll. »Jetzt ist doch eigentlich alles geklärt, und trotzdem herrscht hier eine Stimmung, als wäre jemand gestorben.«

Rosa seufzte. So hatte sie sich diese Aussprache nicht vorgestellt. Ruth funkelte ihren Ehemann über den Tisch hinweg an.

»Hauptsache, du hast deinen Willen durchgesetzt«, giftete sie. »Dass wir anderen mit der Situation nicht zufrieden sind, ist doch sonnenklar.«

»Aber ich wollte unsere Familie doch nur beschützen«, gab Willi trotzig zurück.

Rosa schaute hilfesuchend zu Elisabeth und Georg hinüber. Doch die beiden saßen nur erschrocken auf ihren Küchenstühlen vor dem Fenster, durch das ein dunkler Winterabend zu erkennen war. Elisabeth hielt die Schultern in ihrem hellen Kostüm sichtlich verkrampft und Georg rang nervös seine Hände.

»Niemand hat dich darum gebeten, uns zu beschützen.« Ruth klang jetzt nur noch müde, sie schaute resigniert auf ihren Teller, auf dem immer noch ein Berg von Rosas gutem Auflauf lag.

»Du hättest es also lieber gehabt, wenn das Mädchen hiergeblieben und seine Lüge weiter aufrechterhalten hätte?«

Willi fixierte Ruth angriffslustig. Doch die schüttelte nur erschöpft den Kopf.

Für Rosa war es schwer zu ertragen, Ruth so kleinlaut zu sehen. Sie hatte das Gefühl, dass der Verrat des jungen Mädchens Ruth mehr getroffen hatte als viele der Rückschläge, die sie in den Nachkriegsjahren erlitten hatten. Ruth fiel es sowieso schwer, anderen zu vertrauen. Und jetzt hatte Lore dieses Vertrauen schlimm missbraucht.

Zu Rosas Überraschung mischte sich nun doch Elisabeth in das Gespräch ein.

»Das Mädchen hatte kaum eine andere Wahl, als uns zu belügen«, sagte sie. »Und sie kann nichts dafür, dass Friedrich ihr Vater ist. Mein Ehemann war ein schwieriger Mann, und wir sollten nicht andere für seine Fehler büßen lassen.«

Rosa schaute ihre Schwiegermutter verdutzt an. Welch eine merkwürdige Wendung – ausgerechnet Elisabeth, die Lore von Anfang an misstraut hatte, sprang dem jungen Mädchen nun bei.

Rosa hakte schnell ein: »Lore war uns immer eine große Hilfe. Ich finde es nicht richtig, sie einfach davonzujagen. Und sie hat ein gutes Herz, das hat sie uns doch längst bewiesen. Ruth, ich weiß, dass du verletzt bist. Aber kannst du nicht trotzdem versuchen, ihr zu verzeihen? Mit etwas Zeit …«

Rosa merkte, dass ihre Worte vergeblich waren. Ruths Gesichtsausdruck blieb genauso verschlossen, wie er es früher immer gewesen war.

»Sie hat uns belogen«, sagte Ruth leise. »Es ist nicht ihre Schuld, dass unser Vater ein Verhältnis mit ihrer Mutter hatte. Aber es war ihre Entscheidung, uns so lange im Unklaren zu lassen. Sie hat uns belogen, Rosa. Und das kann ich ihr nicht verzeihen, es tut mir leid.«

Rosa spürte einen Kloß im Hals. Würde Ruth mit ihr und Georg ebenso streng ins Gericht gehen, sobald sie von ihrer Beziehung erfuhr?

Mit einem Mal fühlte sie sich sehr unbehaglich. Sie sah wieder zu Georg hinüber, der ganz blass geworden war.

»Gut«, rief Willi und klatschte in die Hände. »Das haben wir also geklärt. Und jetzt sollten wir uns dringend um andere Dinge kümmern. Peters schlechte Leistungen in der Schule missfallen mir schon lange.«

Damit spielte er auf den Brief an, den der Junge neulich mit nach Hause gebracht hatte. Er war durch mehrere Prüfungen gefallen und fing auf dem Schulhof immer häufiger Streitereien mit seinen Schulkameraden an. Sie alle wussten, dass das nicht nur mit der eisigen Stimmung zu Hause zu tun hatte, sondern vor allem mit Peters nach wie vor schwieriger Beziehung zu seinem Vater. Außerdem hatte er mit Lutz seinen besten Freund verloren.

Niemand sagte etwas. Ruth starrte Willi nur böse an.

»Ja, lasst uns über andere Dinge reden. Es wird wirklich Zeit«, sagte sie und reckte trotzig ihr Kinn vor. »Ich habe beschlossen, dass wir Lores Idee trotz allem im Laden umsetzen werden.«

Willi stand vor Empörung der Mund offen. »Wie bitte? Dieses uneheliche Kuckuckskind hat euch verraten und du willst trotzdem ihre völlig verrückte Idee umsetzen? Nicht mit mir!«

Rosa sah einen kleinen Hoffnungsschimmer. Vielleicht war das ja ein gutes Zeichen? Vielleicht konnte Ruth Lore doch irgendwann verzeihen? Oder wollte sie die Regale für die Selbstbedienung nur bauen, um Willi eins auszuwischen?

»Ich finde die Idee gut«, bekräftigte Ruth ihre eigenen Worte, »und deswegen machen wir es so. Wenn wir mit Lores Idee Erfolg haben, wird das wie ein kleiner Teil der Entschädigung sein, die uns zusteht.« Es klang nicht so, als würde sie eine Widerrede dulden.

»Du bist tatsächlich verrückt geworden«, sagte Willi und schüttelte den Kopf. »Aber da mache ich nicht mit.«

»Dann machen wir es eben ohne dich«, sagte Ruth mit einer solchen Gleichgültigkeit, dass Rosa eine Gänsehaut bekam. »Alle anderen sind meiner Meinung, oder etwa nicht?«

Ruth schaute in die Runde, und da keiner von ihnen etwas erwiderte, schien Willis Niederlage besiegelt.

Zornig schob er seinen Stuhl zurück.

»Das werden wir noch sehen«, knurrte er. Dann stürmte er aus der Küche und warf die Tür hinter sich so laut ins Schloss, dass die Fensterscheiben klirrten.

In der Küche breitete sich eine unheimliche Stille aus. Elisabeth schob ihre Hand langsam über die Tischplatte und drückte die

Hand ihrer Tochter. »Lass dich niemals von einem Mann unterkriegen, Ruth«, murmelte sie.

Ruth räusperte sich.

»Das habe ich auch nicht vor«, erwiderte sie. Und dann wandte sie sich an Rosa und Georg, die betreten auf ihre Teller schauten.

»Was sagt ihr, wir bauen den Laden um, oder nicht? Ohne eure Unterstützung schaffe ich es nicht.«

Rosa konnte nicht anders, als zu nicken. »Natürlich, ich helfe dir.«

Auch Elisabeth und Georg pflichteten ihr bei.

»Lasst uns gleich morgen früh mit der Arbeit beginnen«, sagte Elisabeth. Und der Streit, der eben noch die Stimmung vergiftet hatte, verwandelte sich mit einem Mal in einen gemeinsamen Plan.

*

»Und es ist wirklich in Ordnung, wenn ich für ein paar Tage bei dir bleibe?«

Lore saß am Bettrand und blickte zu Robert auf, der lächelnd vor ihr stand.

»Ist doch klar. Natürlich! Es sei denn, es ist dir wichtig, was die Leute denken könnten, wenn du als unverheiratetes Mädchen bei einem fremden Mann übernachtest.«

Lore konnte nur müde den Kopf schütteln. Das war nun wirklich ihre geringste Sorge! Selbst wenn es sich dabei um einen Amerikaner handelte. Und für Bedenken in diese Richtung war es jetzt sowieso zu spät, sie befanden sich ja bereits in Roberts Schlafzimmer.

Robert wohnte, jetzt, wo sein Dienst geendet hatte, nicht mehr in einer Kaserne, sondern hatte vor Kurzem diese kleine Zweizimmerwohnung in der Nähe des Viktoria-Luise-Platzes in Schöneberg angemietet. Das Schlafzimmer war winzig, ebenso die Küche, und das geräumige Wohnzimmer war noch recht karg eingerichtet, aber immerhin war es sein eigenes kleines Reich. Lore war glücklich darüber, dass er sich offensichtlich entschieden hatte, vorerst in Berlin zu bleiben und nicht wie die meisten anderen GIs nach seinem Dienst gleich nach Amerika zurückzukehren.

Nachdenklich strich sie über den weichen Stoff der Bettdecke. Vor dem Fenster dämmerte es bereits und hier drinnen leuchtete nur eine kleine Lampe auf dem Nachtschrank, sodass alles in ein schummriges Licht getaucht war.

»Ich werde auf dem Sofa im Wohnzimmer schlafen«, bot Robert ihr an und er wirkte mit einem Mal sehr verlegen.

Vielleicht war es ja für ihn wichtig, was die Leute dachten? Darüber hatte Lore keine Sekunde nachgedacht, als sie sich auf den Weg zu ihm gemacht hatte.

Oder war er besorgt, was seine Freundin dazu sagen würde? Lore hatte in letzter Zeit allzu viel um die Ohren gehabt. Es war ihr überhaupt nicht in den Sinn gekommen, dass Robert ja einen Grund dafür haben könnte, noch in Berlin zu bleiben … Einen Grund, der ihm Probleme bereiten könnte, wenn sie sich hier einquartierte. Da war es dann auch egal, dass er ein Wohnzimmer hatte, wo er auf dem Sofa schlafen konnte, sodass sie zumindest nicht die Nacht in einem Zimmer verbringen mussten.

Mit einem Mal hatte sie ein furchtbar schlechtes Gewissen.

»Es tut mir leid, ich bin einfach so hereingeplatzt, das war dumm von mir«, sagte sie und wollte gerade von seinem Bett aufstehen, als er ihr beruhigend die Hände auf die Schultern legte.

»Bleib sitzen, Lore, es gibt keinen Grund, nervös zu werden.«

»Mir war nicht bewusst, dass ich dich vielleicht in Schwierigkeiten bringe, wenn ich hier bei dir auftauche. Die Leute … und deine Freundin, ich …«

»Es ist alles in Ordnung, wirklich!« Robert schaute sie eindringlich an, seine Hände lagen noch immer auf ihren Schultern. »Erzähl mir lieber in Ruhe, was passiert ist.«

Lore nickte und merkte, dass ihr schon wieder eine Träne über die Wange kullerte. Dabei war sie sicher gewesen, dass keine Tränen mehr übrig waren, nachdem sie die letzten Tage pausenlos geweint hatte. Sie hatte sich wieder bei Helga und Erika in der Badewanne einquartiert, bis deren Mutter das Ganze zu bunt geworden war und sie Lore erneut auf die Straße gesetzt hatte. Mit ihren beiden Freundinnen hatte sie nicht darüber reden können, was passiert war. Zu groß war ihre Scham gewesen. Sie hatte ihnen ja auch nie von ihrer Lüge erzählt. Robert war der Einzige, der von ihrer misslichen Lage wusste und deshalb verstehen konnte, wie unglücklich sie jetzt war. Und wie sehr sie litt. Aber alles, was geschehen war, hatte sie nur sich selbst zuzuschreiben.

Lore konnte nachvollziehen, dass Ruth sauer auf sie war und sie nie wiedersehen wollte. Und doch hatte der kalte Ausdruck in den Augen ihrer Schwester ihr tief ins Herz geschnitten und es schier in Stücke gerissen. Niemals im Leben hätte sie gedacht, dass sie irgendetwas derart verletzen konnte.

Lore fing bitterlich an zu weinen, als sie Robert von dem Gespräch mit Ruth und Willi erzählte.

»Und Ruth hat wirklich nicht eingelenkt?«, fragte er sanft, als sie mit erstickter Stimme berichtete, wie Willi sie hatte auffliegen lassen und sie schließlich die Lüge zugeben musste. Was hätte sie auch anderes tun sollen?

Eigentlich wollte sie Ruth ja von sich aus alles beichten. Das wäre vermutlich besser gewesen, als Willis Ultimatum anzunehmen. Aber er hatte sie so bloßgestellt, dass ihr gar nichts anderes übrig blieb, als ungelenk mit der Wahrheit herauszuplatzen.

»Nein, aber sie ist richtig wütend geworden. Und sie hat gesagt, dass sie mich nie mehr wiedersehen will«, berichtete Lore mit zitternder Stimme.

»Und dann bist du gegangen«, schloss Robert leise. Er setzte sich jetzt vorsichtig neben sie auf die Matratze, legte den Arm um sie und zog sie sanft an sich.

Lore ließ sich kraftlos gegen seine Schulter sinken. Es tat gut, dass er bei ihr war. Er schwieg und küsste sie auf den Kopf, als sie leise aufschluchzte.

»Wenigstens Rosa war nett zu mir«, fuhr Lore schniefend fort. »Sie hat mir vergeben, nachdem ich ihr alles erklärt habe. Bei Ruth war das anders. Aber ich verstehe sie, ich würde mir selbst auch nicht verzeihen.«

»Du bist sehr streng mit dir«, sagte Robert, nachdem er eine Weile geschwiegen hatte. »Ich habe dich in einer Situation kennengelernt, in der du auch falsch gehandelt hast. Aber mir war klar, wieso du mich damals bestohlen hast. Und bei den Klingers war es ähnlich. Du bist kein schlechter Mensch, Lore. Du hattest einfach im Leben mehr Schwierigkeiten als andere. Du musstest immer wieder für das kämpfen, was dir wichtig war. Vielleicht wird Ruth das eines Tages respektieren, wenn sie versteht, dass man nicht alle Menschen mit dem gleichen Maßstab messen darf.«

Roberts Blick ging in die kahle Zimmerecke, als würde er über seine eigenen Worte sinnieren.

»Das wäre großartig«, sagte Lore leise. »Aber ich wage es nicht zu hoffen. Ruth ist hart und unerbittlich. Ich fürchte, dass sie mir nie verzeihen wird.«

»Ja, auch das ist möglich.« In Roberts Augen spiegelte sich Lores Schmerz. Noch einmal drückte er sie sanft an sich.

In Lore stiegen neue Tränen auf, aber diesmal vor Rührung über sein Mitgefühl. Sie hätte gleich zu Robert gehen sollen, nicht erst zu Helga und Erika. Wenn es jemanden gab, dem sie vorbehaltlos vertrauen konnte, dann war das Robert.

»Und es ist wirklich in Ordnung für deine Freundin, wenn ich hierbleibe?«, wiederholte sie ihre Frage von vorhin und wischte sich die Tränen von den Wangen.

»Ich habe gar keine Freundin«, sagte Robert leichthin und Lore musste schlucken.

Sie hatte in letzter Zeit nur selten nachgefragt, wie es ihm in seinem Leben so ging, und dass er niemanden hatte, der ihr den Platz an seiner Seite streitig machen konnte, erfüllte sie mit einer merkwürdigen Erleichterung. Sie traute sich allerdings nicht nachzuhaken, warum er denn keine Freundin mehr habe, denn sie hatte Angst, er würde ihr ihre verwirrenden Gefühle sofort ansehen, was die ganze Situation ja nur noch komplizierter machen würde.

»Ich glaube, du brauchst jetzt erst mal ordentlich Schlaf«, sagte Robert, strich ihr sanft über das Haar und stand auf. »Du siehst völlig übermüdet aus.«

Lore nickte. Kein Wunder, sie hatte die letzten Tage nur geweint, jetzt fühlte es sich an, als würden ihr die Augen gleich zufallen.

»Ich bin im Wohnzimmer, wenn du mich brauchst.«

Robert lächelte ihr noch einmal zu, dann verließ er den Raum und schloss leise die Tür hinter sich. Lore blieb im Dämmerlicht auf der Bettkante sitzen und starrte vor sich hin.

Jetzt war sie wieder allein mit all den schrecklichen Gedanken in ihrem Kopf. Und egal, wie müde sie auch sein mochte, sofort sah sie Ruths wütendes Gesicht vor sich und wieder holte das Gefühl sie ein, auf ganzer Linie versagt zu haben.

Sie hatte alles verloren, was sie sich in den letzten Jahren mühevoll aufgebaut hatte. Die Familie, die sie gefunden hatte, war ihr schnell wieder abhandengekommen. Und was war mit ihrem neuen Ziel, Buchhändlerin zu werden? Auch die Buchhandlung der Klingers war nun kein Ort mehr für sie. Ohne die Familie Klinger war ihr nichts mehr geblieben!

Schon wieder kamen ihr die Tränen und ihr Herz krampfte sich vor lauter Elend zusammen.

Sie strich mit der flachen Hand über die weiche Bettdecke. Jetzt musste sie aber wirklich aufhören, sich in Schuldgefühlen und Selbstmitleid zu suhlen. Sie hatte doch in allem Übel noch einigermaßen Glück gehabt. Sie hatte Robert und einen Ort, wo sie unterkommen konnte. Und wenn sie wollte, konnte sie tatsächlich noch Buchhändlerin werden. In Egons »Büchereck« …

Entschlossen schlüpfte sie aus ihrem Rock und kroch dann unter die Bettdecke. Die war warm, weil sie so lange darauf gesessen hatte, und darunter roch es nach Geborgenheit. Erschöpft schloss Lore die Augen und dachte an Robert, der nebenan auf seinem Sofa saß. Er hatte sie nicht im Stich gelassen. Er war immer für sie da.

*

Hätte Ruth nicht auf den Rückhalt ihrer Familie bauen können, auf Elisabeth, die Willi mit Blicken erdolchte, wann immer er Ruth widersprach, auf Rosa, die stets an ihrer Seite war, und sogar auf Georg, der ihr auf seine stille Art zu verstehen gab, dass er ihre Pläne voll unterstützte – sie hätte die Situation möglicherweise nicht gemeistert.

Aber der Umbau der Buchhandlung lenkte sie ab und half ihr dabei, den Schmerz über Lores Verrat zu überwinden. Dabei war das ganze Projekt ja Lores Idee gewesen!

Dass es ausgerechnet Willi gewesen war, der Ruth die Wahrheit über das junge Mädchen offenbarte, hatte ihr Verhältnis zu ihrem Ehemann nicht gerade verbessert. Willi dachte offenbar, er hätte ihr damit einen Gefallen getan, doch da hatte er sich gewaltig getäuscht. Ruth fand die selbstgerechte Miene, die er an diesem und den folgenden Tagen zur Schau stellte, schier unerträglich. Und dass er Lores Verrat benutzt hatte, um selbst besser dazustehen, würde sie ihm niemals verzeihen.

Gerade kam Willi zur Tür der Buchhandlung herein und Ruth merkte sofort, wie sie sich versteifte. Obwohl sie schon längst mit dem Bau der Regalwand begonnen hatten, versuchte er immer wieder, das ganze Projekt zu stoppen. Ruth musste ihm jedes Mal widersprechen.

Auch jetzt warf er einen verdrießlichen Blick auf die Handwerker, die gerade ein Regalbrett festschraubten. Hinter den Männern blitzte von draußen die Sonne herein und zeigte, dass es in Berlin bereits schönster Frühling geworden war. Dementsprechend gut gelaunt waren auch die Handwerker. Wenn nicht Rosa, die aufgeregt um sie herumwuselte, sie ablenkte, pfiffen sie bei der Arbeit vor sich hin.

»Na, das geht ja gut voran«, knurrte Willi.

Gleich würde er sich wieder aufregen und anführen, dass das Ganze außerdem noch eine Stange Geld kostete. Sie hatten dieses Gespräch bestimmt schon hundert Mal geführt und Ruth hatte es satt.

Doch zu ihrer großen Überraschung seufzte Willi nur tief und sagte dann: »Hör mal, Ruth. Lass uns diesen Zwist beenden.«

Er stand jetzt direkt vor dem Tresen und schaute sie ernst an.

Aber so leicht würde sie nicht auf ihn hereinfallen! Er rechnete wohl damit, dass sie jetzt einlenkte und klein beigab. So war das schon immer gewesen. Willi tat sich schwer damit, seine Fehler einzugestehen und sich bei anderen zu entschuldigen. Auch wenn er, wie sie zugeben musste, in ihrer Jugend immer ein fairer Freund gewesen war.

Aber das war lange her, und Willi hatte im Krieg und in der russischen Gefangenschaft einiges mitgemacht und sich durchschlagen müssen. Auch bei diesem Konflikt zeigte er sich erbarmungslos.

»Ich denke immer noch, dass du einen Fehler machst«, sagte er jetzt und Ruth verschränkte die Arme. Hatte sie es doch geahnt! Sie war froh, dass sie den Tresen zwischen sich hatten.

Willi trat unruhig von einem Bein aufs andere.

»Aber ich möchte nicht, dass wir weiter wütend aufeinander sind. Wir müssen uns doch irgendwie zusammenraufen. Das sind wir Peter und unseren Kunden schuldig.«

Überrascht schaute Ruth zu ihm auf.

»Wollen wir uns wieder vertragen? Und heute Abend gemeinsam ausgehen? Nur du und ich?«

Er schaute sie so flehend an, dass es Ruth ganz eng um die Brust wurde. Sie warf einen Blick auf die Regale, wo Rosa gerade wieder mit den Handwerkern plauschte. Es sah alles so aus, wie sie es sich vorgestellt hatte: Die Empore, auf der sonst nur die Lesesessel standen, war vergrößert worden und war nun von einsehbaren Regalen gesäumt. Wenn alles gut ging, wäre die Konstruktion schon heute Abend fertig.

Vielleicht sollte sie wirklich mit Willi ausgehen … Vielleicht war es an ihr, einen Schritt auf ihn zuzugehen …

»Nur unter einer Bedingung.« Ruth trat hinter dem Tresen hervor, damit sie ihm besser in die Augen schauen konnte. Er sollte merken, dass es ihr wirklich ernst war. »Du hörst auf, das neue Ladenkonzept zu kritisieren. Der Umbau ist so gut wie fertig und wir werden die Buchhandlung schon bald neu eröffnen können. Damit musst du klarkommen. Wenn das für dich in Ordnung ist, können wir zusammen ausgehen.«

In dem Moment stürmte Peter durch die Ladentür.

»Oje, was ist denn mit dir passiert?«

Rosa war sofort zur Stelle und musterte Peters Gesicht. Ruth sah sogar von hier hinten, dass seine Wangen mit Dreck bespritzt waren. Kein Wunder, bei dem milden Wetter, das derzeit herrschte, spielten die Jungs eben wieder draußen. Peter war jetzt kein kleines Kind mehr – aber er trieb sich immer noch gern auf den Berliner Plätzen und in irgendwelchen abbruchreifen Häusern herum.

Da erst wurde Ruth klar, dass Peter ja eigentlich in der Schule sein sollte …

Sie eilte an Willi vorbei zu ihrem Sohn, der noch immer neben der Eingangstür stand.

»Was ist passiert, Peter?«

Der Junge schaute ängstlich zu Ruth, die nun seinen verlotterten Aufzug betrachtete. Seine Jacke hatte am Ärmel einen Riss bekommen, die Hose war voller Schmutzflecken.

Peters Blick huschte zu Willi.

»Mutti, ich soll nicht mehr zum Unterricht kommen«, nuschelte er so leise, dass Ruth ihn kaum verstand.

»Wie bitte?« Sie hob Peters Kinn an und sah, dass in seinen Augen Tränen standen.

»Wieso weint der Junge?«, polterte Willi, als wäre das ihre Schuld. Auch er war jetzt zum Eingang gekommen, die Arme in die Seite gestemmt.

Und dann sprudelte die ganze Geschichte aus Peter heraus. Offenbar hatte er sich in der Schule mit seinen Klassenkameraden gestritten und war deshalb für eine ganze Woche aus dem Unterricht ausgeschlossen worden. Dementsprechend aufgelöst war der Junge.

»Ach, Peterle…« Rosa zog ihn in eine feste Umarmung, doch Peter befreite sich rasch wieder und wischte sich entschieden über das Gesicht. Er war jetzt ein großer Junge, da schickte es sich nicht zu weinen.

Willi schaute seinen Sohn streng an.

»Ich habe den anderen doch bloß Geschichten erzählt«, verteidigte sich Peter trotzig. »Was kann ich dafür, dass sie davon Albträume bekommen!«

»Was denn für Geschichten? Und was hat das mit deinem Schulverweis zu tun?«

Willis grollende Stimme war laut und drohend und übertönte sogar die Handwerker, die jetzt wieder zu hämmern begonnen hatten.

Peter reckte mutig sein Kinn.

»Na, die Eltern haben sich bei unserem Lehrer beschwert, weil ihre Kinder meine Geschichten nicht vertragen haben. Deshalb wurde ich dann rausgeworfen. Dabei waren es echt gute Geschichten. Onkel Georg hat das auch gesagt.«

»Ach, hat er das?« Willi warf Ruth, die neben ihm stand, einen wütenden Blick zu. Er hatte schon wieder dieses Glimmen in den Augen. Die Handwerker hämmerten einfach weiter. Ruth war froh darüber, denn bei dem Lärm bekamen sie weniger von dieser kläglichen Szene mit.

»Ja, er wollte sie sogar aufschreiben. Es ging um Monster, die in der Berliner Kanalisation …«

»Genug jetzt!«, fuhr Willi seinen Sohn an. »Man hat dich aus dem Unterricht entfernt! Das ist nichts, worauf man stolz sein kann. Ich bin enttäuscht von dir.«

»Willi«, sagte Rosa mit sanfter Stimme. »Der Kleine hat es nicht leicht.«

»Er wird langsam zum Mann, da kann es keiner mehr leicht haben«, rief Willi aufgebracht.

Ruth stellte sich schützend vor ihren Sohn und drückte ihn an sich.

»Peter und ich gehen jetzt erst einmal mittagessen«, sagte sie ganz ruhig. »Und danach reden wir über seine Bestrafung.«

Ihre Worte klangen stark, als duldete sie keinen Widerspruch. Aber um ihr Herz war es anders bestellt. Sie fühlte sich schon wieder unglücklich. Das alles war ihre Schuld! Es gelang ihr einfach nicht, den kleinen Jungen aus all ihren Familienstreitigkeiten herauszuhalten. Sie musste sich mehr Zeit für ihn nehmen, wurde Ruth plötzlich klar. Und sie schämte sich, dass sie das nicht schon längst getan hatte.

Obwohl Willi vor Wut schäumte, sah er nur wortlos dabei zu, als sie Peter die Jacke enger um die Schultern zog und dann die Ladentür öffnete.

Draußen blinzelte der Junge in die Frühlingsluft.

»Meinst du, Vater wird nachher noch böse auf mich sein?«

Ein frischer Wind zerzauste Peters dunkles Haar und Ruth seufzte.

»Nein, gewiss nicht, ich werde mit ihm reden.«

Es war das erste Mal, dass Peter Willi seinen Vater nannte, und dass es jetzt geschah, machte Ruths Herz nur noch schwerer.

*

Rosa kicherte verschämt, als Georg ihren Hals küsste. Es war früh am Morgen und noch niemand im Laden. Trotzdem mussten sie leise sein, sehr leise. Hier hinten im Lager beim Knutschen erwischt zu werden wäre äußerst ungünstig gewesen.

Rosa befreite sich aus Georgs Umarmung, nur um noch stürmischer von ihm geküsst zu werden. Er drückte sie gegen das Lagerregal in ihrem Rücken. Etwas Staub rieselte herab und landete auf Georgs dunklem Haar. Dann machte er sich an dem Kragen ihres hübschen Sommerkleides zu schaffen. Heute war ein außergewöhnlich warmer Tag, da hatte Rosa beschlossen, ihre neueste Kreation anzuziehen. Schließlich gab es auch einen besonderen Anlass. Die Eröffnung des umgebauten Ladens stand an. Seit Wochen arbeiteten sie fieberhaft darauf hin …

Umso wichtiger war es, dass Georg jetzt nicht ihren ganzen Aufzug derangierte. Um ihre Frisur war es vermutlich schon längst geschehen. Trotzdem konnte Rosa nicht anders, als zu lächeln. Es war schön, sich so begehrt zu fühlen.

Leider hatten Georg und sie in letzter Zeit wahrlich wenig Gelegenheit gehabt, sich heimlich zu treffen. Die Situation im Hause Klinger war nach wie vor angespannt und Rosa musste sich vor allem um den kleinen Peter kümmern. Dabei konnte man jetzt wieder besser in den Ostteil der Stadt reisen. Auch wenn seit Anfang des Jahres die Straßenbahnen nur noch bis zur Grenze fuhren und man zu Fuß hinüber in die DDR laufen musste. Angeblich hing das mit den Arbeitsschutzbestimmungen zusammen. Georg und Rosa jedenfalls gingen im Osten in die Kneipen und ins Theater, sooft sie konnten. Aber das war eben nur selten der Fall.

»Gleich kommt Ruth und dann sind auch schon die ersten Gäste da«, versuchte Rosa, Georg jetzt aufzuhalten, als er sie in den Nacken küsste.

Er seufzte geschlagen, lächelte sie aber verschmitzt an. Da konnte Rosa nicht anders und zog ihn selbst noch einmal zu einem Kuss heran. Plötzlich war von draußen ein leises Klopfen zu hören und Rosa und Georg fuhren auseinander.

Rosas Herz schlug ihr bis zum Hals, ehe ihr klar wurde, dass das Klopfen so leise gewesen war, dass es nicht von der Tür des Lagers herrühren konnte.

»Ach komm, es ist bestimmt nur Frau Saalmann, die vor dem Laden wartet und schon ungeduldig mit den Hufen scharrt«, murmelte Georg in Rosas Haar.

Das Bild von Frau Saalmann, die ihren langen Hals in alle Richtungen reckte, um zu sehen, wann sie endlich aufmachen würden, brachte Rosa zum Lachen.

Trotzdem öffnete sie vorsichtig die Tür und spähte hinaus. Der Laden lag dunkel und verlassen vor ihr.

Ruth hatte es sich, wie meist in den letzten Tagen, auch heute nicht nehmen lassen, Peter zur Schule zu bringen. So konnte er zumindest auf dem Schulweg keine Dummheiten machen. Ruth war also noch nicht da.

Rosa warf einen Blick auf die Uhr an der Wand: In zehn Minuten sollte die Buchhandlung öffnen! Sie hatten wirklich die Zeit vergessen. Dabei gab es noch einiges vorzubereiten.

Im Augenblick war der Laden noch dunkel und die neuen Regale kamen kaum zur Geltung. Doch Rosa hatte viel Zeit investiert, um eine gute Beleuchtung für ihr Experiment einzurichten. Es war schließlich wichtig, dass die Sitzecke mit den Sesseln und den Regalen, die zum gemütlichen Schmökern einlud, gut ausgeleuchtet war, damit sie von der Kasse aus erkennen konnten, wenn jemand nicht pfleglich mit ihren Büchern umging oder gar etwas klaute.

Da sah sie plötzlich die Menschengruppe, die sich vor dem Laden versammelt hatte. Vorn stand tatsächlich Frau Saalmann und gleich neben ihr Herr Hagenbrink, der mit seinem Stock gegen die Ladentür klopfte. Er winkte Rosa zu, damit sie ihn auch ja nicht übersah.

Rosa schüttelte lächelnd den Kopf, zeigte auf die Uhr an der Wand und zuckte nur mit den Schultern.

Hinter ihr ging das Licht im Laden an. Georg hatte sich darangemacht, die Stühle und Sessel zurechtzurücken und alles im Laden herzurichten.

Rosa beeilte sich, ihm zu helfen, und hoffte, dass die wartenden Kunden vor dem Laden nicht darüber nachdachten, warum sie beide so früh am Morgen schon gemeinsam in der Buchhandlung waren. Oder warum Georg heute so zerzaust aussah – an ihre eigene Frisur wollte sie gar nicht denken …

Ansonsten aber konnte sie nicht aufhören, in sich hineinzugrinsen. Dass sie heute den umgebauten Laden eröffneten, hatte sich anscheinend herumgesprochen. Das würde Ruth vielleicht ein kleines Lächeln ins Gesicht zaubern und am Ende würde sie sogar Lore noch verzeihen, die sich das ganze Experiment schließlich ausgedacht hatte.

»Oh Gott, entschuldigt, ich musste noch mit dem Direktor der Schule sprechen.«

Ruth erschien abgehetzt in der Tür und schloss sie schnell hinter sich, bevor die Meute in den Laden strömen konnte. Herr Hagenbrink zog eine verdrießliche Miene und stieß mit seinem Stock wieder gegen den hölzernen Türrahmen.

»Sind wir so weit?«, fragte Ruth und sah sich um.

»Ja!«, rief Georg freudig. Er hatte gerade den letzten Deckenstrahler eingeschaltet und der Laden leuchtete nun in einem warmen gelben Licht, das zum Verweilen einlud.

Rosas Herz klopfte vor Aufregung. Gleich würden sie sehen, wie das neue Ladenkonzept beim Publikum ankam.

Noch ein letztes Mal ließ sie ihren Blick über die hohen Regale an der Seite des Verkaufsraums gleiten. Dort standen jetzt ganz offen zahlreiche Bücher, die von den Kunden herausgezogen werden konnten. Jedes Regalbrett hatte ein anderes Thema und auf jedem wurden auf handgeschnitzten Buchstützen besondere Schätze frontal präsentiert. Wenn man sich ein Buch aus diesen Regalen ausgesucht hatte, konnte man sich gleich in einen der Sessel in der Sitzecke fallen lassen.

Sie hatten viel Liebe auf die Details verwendet, und Rosa hoffte, dass das den Kunden gefallen würde. Ein bisschen mulmig war ihr dennoch zumute und sie sah, dass es Ruth nicht anders ging.

Es war ungewöhnlich, dass sie die Macht über die Bücher aus der Hand gaben. Diese Art von Selbstbedienung hatte man im Berliner Einzelhandel bisher noch nicht gesehen. Man ging nicht selbst zum Regal und nahm sich, was man wollte. Nein, die Ware wurde immer gut gesichert hinter der Theke aufbewahrt und nur die Verkäufer hatten Zugriff und überreichten sie dem interessierten Kunden. Bei der Selbstbedienung riskierten sie natürlich Fettflecke, Knicke im Papier und Diebstahl – Willi war nicht müde geworden, sie darauf hinzuweisen.

Aber bekam ihre Kundschaft damit nicht ein unvergleichliches Einkaufserlebnis, das die Menschen so schnell nicht vergessen würden?

Ruth marschierte zum Eingang, um die Tür zu öffnen.

»Na endlich«, grummelte Herr Hagenbrink und humpelte in den Laden.

»Es ist schon eine Minute nach!«, beschwerte sich Frau Saalmann, die als Zweite hereinkam. Und dahinter warteten noch einige weitere Kunden, darunter zwei, die Rosa noch nie gesehen hatte.

Den ganzen Tag über strömte immer neue Kundschaft in den Laden, um scheu in den Bücherregalen zu stöbern. Die Sessel daneben waren immer belegt. Noch nie in der Geschichte des Ladens hatten so viele Bücher an einem Tag den Besitzer gewechselt.

Ruth zeigte an der Kasse unermüdlichen Einsatz und erhielt viele Komplimente, doch ihre Miene blieb angespannt. Huldvoll nahm sie jedes begeisterte Lob über ihr neues Ladenkonzept entgegen, aber so richtig glücklich schien sie nicht.

Rosa merkte, dass auch sie selbst immer betrübter wurde. Sie hatte andere Erwartungen an den heutigen Tag gehabt. Vielleicht waren die von Anfang an zum Scheitern verurteilt gewesen. Aber sie hatte einfach gedacht, dass heute alles gut werden würde. Insgeheim hatte sie gehofft, dass Lore kommen und sich alles anschauen würde, ehe es dann zu einer tränenreichen Wiedervereinigung käme. Ja, wenn sie ehrlich war, hatte sie sich das eine ganze schlaflose Nacht lang in den schönsten Bildern ausgemalt.

Aber Lore war nicht da und Ruth wirkte so angespannt wie schon lange nicht mehr.

Auch Georg schien das zu bemerken. Ruth war gerade dabei, die Regale im Selbstbedienungsbereich wieder aufzufüllen, als er neben Rosa an die Kasse trat und stirnrunzelnd zu Ruth hinüberschaute.

»Sie ist ganz in ihrem Element und irgendwie doch nicht«, sagte er leise.

Rosa nickte nur und seufzte. Ruth, einen dicken Packen Bücher im Arm, wurde gerade von einem Kunden angesprochen und beantwortete mit ruhiger Miene seine Fragen. Für einen kurzen Moment leuchtete die Begeisterung in ihrem Gesicht auf, die dort immer zu sehen war, wenn sie von Büchern sprach. Sie schwenkte ein Buch vor dem Gesicht des Kunden herum und zeigte ihm gleich noch ein anderes.

Wieder seufzte Rosa. Es tat gut, zu sehen, dass manche Dinge so blieben, wie sie schon immer gewesen waren.

»Es besteht noch Hoffnung«, sagte Georg und tastete unter der Ladentheke nach Rosas Hand. Für ein paar Sekunden blieben sie so stehen, eng beieinander, sodass Rosa die Hitze spürte, die von Georg ausging. Und wenigstens für diesen Moment war Rosas Herz ganz leicht.

Kapitel 11

Sommer 1953

Lore stand im Schatten vor der »Buchhandlung Klinger«. Es war ein warmer Tag, ein leichter Sommerwind strich ihr um die Beine und dennoch fröstelte sie. Schon seit einer Viertelstunde verharrte sie hier und zuckte jedes Mal zusammen, wenn die Ladentür sich öffnete. Würde Ruth herauskommen, um sie zurechtzuweisen?

Dabei hatte sie sich extra so hingestellt, dass man sie vom Inneren des Ladens aus nicht sehen konnte. Doch wenn sie ehrlich mit sich war, hoffte sie insgeheim trotzdem, dass man sie entdeckte.

Bisher waren aber nur jede Menge Kunden ein und aus gegangen. Im Laden herrschte reger Betrieb. Auch wenn Lore niemand wahrnahm, konnte sie von hier aus doch gut erkennen, wie Ruth geschäftig im Laden herumwuselte und jedem die neuen Regale zeigte, um anschließend mit geschäftiger Miene zur Kasse zu gehen. Und sie sah Rosa, die mit einem Lächeln die Bücher einpackte und die Kundinnen und Kunden verabschiedete.

Lore hatte diesen Besuch in der Buchhandlung ewig vor sich hergeschoben und sich stattdessen mit langen Spaziergängen und reichlich Arbeitsschichten – sie führte noch immer junge amerikanische Soldaten in Berlin herum – abgelenkt. Dabei wollte sie dringend wissen, ob bei den Klingers wieder alles seinen gewohnten Gang ging. Auch wenn sie furchtbare Angst davor hatte, ihre glücklichen Gesichter zu sehen. Denn am Ende waren sie tatsächlich glücklich, erleichtert und erfolgreich – ganz ohne Lore.

Allerdings hatte sie nicht damit gerechnet, dass Ruth die neuen Selbstbedienungsregale wirklich genau nach ihren Vorschlägen errichten würde. Den Gerüchten, die ihr darüber zu Ohren gekommen waren, hatte sie nicht glauben können. Und so hatte sie beschlossen, sich selbst ein Bild davon zu machen.

Robert hatte ihr dringend abgeraten. Seiner Meinung nach sollte Lore die Sache erst einmal auf sich beruhen lassen und ihren Frieden mit der Vergangenheit schließen. Da sie sich so quäle, sei es vielleicht an der Zeit loszulassen, hatte er gesagt, und dass ihr das am besten gelänge, wenn sie nach vorne schaue und nicht zurück. Er war es auch, der dafür gesorgt hatte, dass sie als Fremdenführerin immer mehr Fahrten bekam, und dabei verdiente sie nicht schlecht. Längerfristig würde sie sogar in seinem Unternehmen arbeiten können. Denn jetzt, wo sein Dienst beendet war, plante er, sich mit englischsprachigen Stadtführungen selbstständig zu machen. Außerdem würde er ihr eine eigene Wohnung besorgen, auch wenn Lore am liebsten für immer bei ihm bleiben wollte. Aber daran wollte sie jetzt nicht denken.

Nein, sie war heute hergekommen, um Abschied zu nehmen. Und wenn sie sich in ein paar Minuten umdrehen und den sommerlich hellen Laden der Klingers hinter sich lassen würde, dann würde sie, so hatte sie es sich fest vorgenommen, auch die Sehnsucht, zu dieser Familie zu gehören, am Fasanenplatz zurücklassen.

Jetzt war es Zeit zu gehen.

Doch Lore konnte sich nicht von ihrer Schwester Ruth abwenden, die gerade ruhig gestikulierend mit einem Kunden sprach. Lore beobachtete, wie Ruth dem Mann ein Buch entgegenhielt. Dann schweifte Ruths Blick kurz ab, glitt über die Regale zum Schaufenster, und für eine kurze Sekunde, in der Lores Herz vor Schreck stehen blieb, sah sie ihr direkt in die Augen. Zumindest wirkte es so. Ruth starrte Lore mit undurchdringlicher Miene durch die Fensterscheibe an. Und dann schaute sie weg, als wäre nichts gewesen.

Lores Herz pochte so schnell, dass es ihr schier aus der Brust springen wollte, und ihr Mund fühlte sich trocken an.

Sie musste hier weg! Jetzt, wo Ruth sie entdeckt hatte, merkte sie, dass sie noch längst nicht bereit war, ihrer Schwester gegenüberzutreten. Diesen bohrenden Blick aus ihren Augen, diese Wut, das würde sie nicht ertragen.

Lore wollte sich schon umdrehen, als sie Peter die Straße entlangrennen sah, ausnahmsweise mit Lutz im Schlepptau, seinem besten Freund. Peter war in die Höhe geschossen, seine Beine wirkten dünner denn je, und er rannte flink wie ein Wiesel, das schwarze Haar wirbelte im Wind. Lore blieb ganz ruhig stehen, wagte kaum zu atmen. Dabei krampfte sich ihr Herz schmerzhaft zusammen. Sie vermisste den Jungen so sehr! Ob sie ihm wenigstens kurz Hallo sagen sollte?

Doch Peter sah sie nicht, er war schon bei der Ladentür angekommen, stieß sie auf und verschwand im Inneren.

Lore war nach Weinen zumute. Aber sie musste jetzt stark sein.

Entschlossen drehte sie sich um und ging ein paar Schritte, es kam ihr vor, als wögen ihre Füße mehrere Zentner. Vor ihr auf dem Fasanenplatz ging das Leben fröhlich weiter. In den Cafés saßen die Leute draußen an Tischen, plauderten und lachten, und in der Mitte des Platzes spielten Kinder zwischen den großen Bäumen Verstecken.

Dann war es eben so, dachte Lore trotzig. Es gab auch andere Wege, glücklich zu sein.

»Lore!«

Verdammt, jetzt war sie doch noch entdeckt worden!

Lore beschleunigte ihren Schritt. Sie wollte nicht mit Ruth reden, aber auch mit Rosa nicht, die da nach ihr rief.

»Warte doch mal!«

Rosa blieb keuchend neben ihr stehen, hielt sich die Seite. Immerhin standen sie jetzt nicht mehr in Sichtweite des Ladens, doch stattdessen fast vor Egons »Büchereck«. Wenn der jetzt aus seinem Laden herauskäme, wäre das Chaos komplett.

Es war ein Fehler gewesen, so lange vor der Buchhandlung stehen zu bleiben. Oder überhaupt herzukommen. Hätte sie doch auf Robert gehört! Aber jetzt war es zu spät, jetzt stand Rosa schon vor ihr und schaute sie mitfühlend an.

»Wieso bist du denn nicht hereingekommen?«, fragte sie sanft.

Lore seufzte. Rosa war unverbesserlich in ihrem Glauben daran, dass alles am Ende gut werden würde.

»Vielleicht wäre Ruth ja bereit gewesen, mit dir zu reden. Weißt du, ich glaube, da gibt es noch Hoffnung.«

Lore schaute resigniert auf den Bürgersteig zu ihren Füßen. Überall ließen Sonnenflecken das sonst so eintönige Grau aufleuchten. Aber ihr war einfach nur kläglich zumute.

»Nein, Rosa, sie hat mich gesehen und einfach wieder weggeschaut«, sagte sie leise. »Und ich will auch nicht mehr darüber reden.«

Rosa ließ enttäuscht die Schultern sinken.

»Sie braucht nur noch einen kleinen Schubs«, murmelte sie vor sich hin. »Aber sag, wie geht es dir?«

Rosa strich ihr so zärtlich über den Arm, dass es Lore ganz warm ums Herz wurde. Sie hatte nicht vergessen, wie aufgehoben man sich bei Rosa fühlen konnte.

Trotzdem zuckte sie nur mit den Schultern. »Es geht.«

»Hast du eine gute Unterkunft gefunden?«

»Ja, ich wohne bei Robert.«

Lore schämte sich nicht, es zuzugeben. Es war ihr egal, was andere von Roberts und ihrem Verhältnis halten mochten. Wenn auch sonst alles in ihrem Leben anders verlaufen war, als sie sich das gewünscht hatte, so gab wenigstens er ihr Halt und Kraft.

»Liebst du ihn?«, fragte Rosa leise.

Lore wollte schon den Kopf schütteln, aber es kam nur ein zaghaftes Nicken dabei heraus.

Rosa grinste.

»Aha«, sagte sie triumphierend.

Dabei hatte Lore das, was zwischen ihr und Robert in den letzten Jahren gewachsen war, selbst noch nicht verstanden. Obwohl sie es natürlich bemerkt hatte, so elend sie sich auch fühlte. Während der unzähligen Nachmittage, an denen er sie getröstet hatte, hatte sich ihre Verbundenheit, ihre Vertrautheit, langsam, aber sicher in etwas anderes verwandelt. Etwas, das sie wirklich glücklich machen könnte, wenn sie nur endlich den Mut finden würde, es zuzulassen.

Zwischen ihnen war, obwohl sie nun schon so lange bei ihm wohnte, bisher nichts geschehen, was über eine Freundschaft hinausging – kein Kuss, nur hin und wieder eine Umarmung. Und er hatte mit keinem Wort angedeutet, dass auch er das Gefühl hatte, dass da mehr sein könnte. Und dennoch …

Lore spürte das Lächeln, das sich auf ihrem Gesicht ausbreitete. Rosa erwiderte es strahlend.

»Weißt du, ich bin auch verliebt«, flüsterte sie Lore verschwörerisch zu. »Das ist doch das Wichtigste und alles andere wird sich sicher bald fügen.«

Lore nickte, auch wenn sie Rosa nicht unbedingt zustimmen konnte. Sie wusste ja nicht einmal, ob sie wirklich verliebt war, bei all den widerstreitenden Gefühlen, die sie verwirrten. Aber ja, nicht allein zu sein, jemanden zu haben, das war schön. Rosa hatte recht.

»Komm bald wieder und dann kriegen wir Ruth schon rum«, sagte Rosa noch einmal voller Überzeugung und umarmte Lore zum Abschied, die für einen Moment die Augen schloss.

»Bis bald«, flüsterte sie und hoffte, dass man die Lüge in ihren Worten nicht hören konnte.

Rosa lächelte traurig, winkte ihr noch einmal zu und ging dann mit ihrem wehenden blauen Kleid über den Fasanenplatz zurück zur Buchhandlung.

Erst als Rosa fast schon wieder beim Laden war, fiel Lore auf, dass sie sie gar nicht gefragt hatte, in wen sie denn eigentlich verliebt war.

Rosa hatte zufrieden ausgesehen, es musste also jemand sein, der gut für sie war.

Wieder schlich sich ein Lächeln auf Lores Gesicht. Vielleicht, dachte sie, musste sie irgendwann doch noch einmal hierherkommen, um wenigstens dieses Geheimnis zu lüften.

Jetzt aber wollte sie zurück zu Robert. Nach Hause.

*

Es war der 17. Juni und die Stadt war in Aufruhr. In Ost-Berlin herrschte der Ausnahmezustand, während die Westberliner vor ihren Radios saßen und im RIAS gebannt verfolgten, wie sich die Bürger der DDR auf der Straße einfanden, um gegen die unfairen Arbeitsbedingungen zu demonstrieren. Schon gegen acht Uhr am Morgen versuchte die Volkspolizei, den Straußberger Platz zu räumen, der gerammelt voll war mit Streikenden. Bereits in diesen frühen, von leichtem Regen diesigen Morgenstunden zeichnete sich ab, dass dieser Tag nicht gewaltfrei enden würde. Und tatsächlich, nach ersten Schlägereien rollten am Mittag sowjetische Panzer durch die Stadt und es fielen Schüsse.

In der »Buchhandlung Klinger« lief schon den ganzen Tag leise das Radio. Die Lage war unübersichtlich. Alles, was man wusste, war, dass es Schwerverletzte, wenn nicht gar Tote gab – und Zehntausende Menschen, die weiter demonstrierten.

Über alldem hatte Ruth beinahe vergessen, dass sie sich heute ja vorgenommen hatte, mittags nach Hause zu gehen, um dort auf Peter zu warten. Sie wollte ihn überraschen und den Nachmittag mit ihm verbringen, damit er nicht wie so oft alleine war. Außerdem wollte sie kontrollieren, ob er auch fleißig seine Hausaufgaben erledigte.

Peter brauchte dringend Unterstützung. Es war zwar schon hilfreich gewesen, dass sie ihn nun jeden Morgen zur Schule brachte, da er so wenigstens auf dem Schulhof keinen Streit mehr anzettelte.

Doch seine schulischen Leistungen ließen weiter zu wünschen übrig. Ruth wollte ihren Sohn eigentlich nicht unter Druck setzen. Aber natürlich wollte sie, dass er einen guten Schulabschluss erreichte und eines Tages den Buchladen, das Lebenswerk ihrer Familie, übernahm. Immer wenn sie daran dachte, ging ihr das Herz auf.

Daher hatten Ruth und Willi beschlossen, sich besser um ihren Jungen zu kümmern. Sogar Willi bemühte sich, mehr Zeit mit Peter zu verbringen, und kontrollierte jeden Abend streng seine Schulaufgaben.

Heute wollte Ruth den ganzen Nachmittag für ihren Sohn da sein.

Sie war froh, dass er noch nicht zu Hause war, als sie dort ankam. Er sollte ja auch nicht alleine essen müssen! Wobei es eigentlich merkwürdig war, wie sie mit einem Blick auf die Uhr feststellte: Eigentlich hätte er schon längst hier sein sollen. Nun gut, wenigstens konnte sie so noch schnell hören, was sich in Ost-Berlin inzwischen zugetragen hatte.

Ruth setzte sich an den Küchentisch und drehte am Radio. Sofort war wieder die aufgeregte Nachrichtenstimme des RIAS-Sprechers zu hören. Mittlerweile waren zahlreiche Verletzte in die Westberliner Krankenhäuser transportiert worden. Der Verkehr war seit dem Vormittag in der ganzen Stadt zusammengebrochen.

Schon gestern hatten sich bei dem großen Bauprojekt an der Stalinallee und beim Krankenhaus Friedrichshain zahlreiche empörte Menschen versammelt. Es hatte sich bereits abgezeichnet, dass es heute hoch hergehen würde. Aber solche beharrlichen Streiks waren ungewöhnlich.

Die Forderungen der Demonstranten hatte der RIAS schon gestern Abend gesendet. Jetzt wurde alles noch einmal wiederholt. *»Erstens, Auszahlung der Löhne nach den alten Normen. Zweitens, sofortige Senkung der Lebenshaltungskosten. Drittens, freie und geheime Wahlen. Viertens, keine Maßregelungen von Streikenden und Streiksprechern«*, dröhnte es aus dem Radio.

Ruth hoffte, dass die Ostberliner und alle anderen DDR-Bürger mit ihren Forderungen Erfolg haben würden, und am liebsten wäre es ihr natürlich gewesen, wenn diese unsägliche Teilung Berlins endlich aufgehoben würde …

Die Einwohner dieser Stadt gehörten doch zusammen! Kein Wunder, dass viele Westberliner die Grenze zu überqueren versuchten, um ihre Mitbürger im Osten bei der Demonstration zu unterstützen.

Wieder warf Ruth einen Blick auf die Uhr. Wo blieb Peter?

Er wusste natürlich nicht, dass sie auf ihn wartete, aber er hatte es doch immer recht eilig, zum Mittagessen nach Hause zu kommen – und Rosa hatte ihm heute Morgen die leckeren Pfannkuchen mit Himbeersoße angekündigt, die jetzt auch von ihr vorbereitet auf dem Herd standen.

Wie alle Kinder der Nachkriegszeit verschmähte Peter ein gutes Essen niemals. Es schmerzte Ruth, dass die Erfahrung des Hungers ihn vermutlich sein ganzes Leben lang prägen würde. Er konnte es nicht ertragen, wenn auch nur ein winziger Bissen übrig blieb, und überaß sich lieber, als dass er etwas auf dem Teller zurückließ.

Eine halbe Stunde später war Ruth mehr als besorgt. Ausgerechnet heute, wo der Aufruhr in der Stadt einen ganz verrückt machte, blieb der Junge verschwunden! Sie war ohnehin schon den ganzen Tag unruhig und zuckte bei jedem Geräusch zusammen. Was sollte sie nur tun?

Ruth kaute nervös auf ihrer Lippe herum. Am besten wäre es, sie ginge ihm entgegen. Sie konnte auf keinen Fall noch länger hier in der Wohnung bleiben und warten.

Rasch schlüpfte sie in ihre Schuhe und machte sich auf den Weg zu Peters Schule. Unterwegs spähte sie in alle Seitengassen, vielleicht kletterte er ja in irgendeiner Ruine herum. Aber erstens gab es immer weniger Ruinen in Schöneberg und zweitens war er tatsächlich nirgendwo zu sehen. Wo trieb sich der Junge nur herum?

Auch der Schulhof war leer und verwaist, nur eine andere Mutter saß auf einer der Bänke und schaute sie verschreckt an, als sie durch das Eingangstor stürmte. Mittlerweile machte Ruth sich ernsthafte Sorgen. Sie spürte, dass hier etwas nicht stimmte.

Aber was sollte sie tun, an wen sollte sie sich wenden? Ruth dachte fieberhaft nach. Ihre Hände fühlten sich schweißnass an, dabei war es ein eher kühler Tag.

Sie musste unbedingt im Laden anrufen und sich erkundigen, ob Peter vielleicht dort aufgetaucht war. Und dann schnell wieder nach Hause …

Ruths Gedanken überschlugen sich, aber ihre Füße wussten, wohin sie laufen mussten: Gegenüber der Schule stand ein Fernsprechhäuschen in knalligem Gelb. Es besaßen zwar längst noch nicht alle Berliner ein Telefon, aber zum Glück hatten sie durch ihr neues Verkaufskonzept im Klinger'schen Buchladen so viel verdient, dass auch sie sich einen Anschluss leisten konnten. Diese Tatsache lockte zahlungskräftige Kunden an, auch wenn nur selten jemand bei ihnen anrief.

Ruth schloss die Tür des Fernsprechhäuschens. Der Hörer fühlte sich in ihrer Hand ganz warm an, als sie zitternd die Münzen in den Schlitz steckte. Und als es knackte und sie Rosas Stimme am anderen Ende vernahm, hätte sie am liebsten aufgestöhnt vor Erleichterung. Rosa würde ihr sicher helfen können!

Aber Peter war nicht im Laden und sofort fühlte es sich an, als hätte sich eine feste Faust um Ruths Herz geschlossen. Sie hatte so gehofft, er wäre dort, lümmelte im Sessel und ließ sich von Rosa eine Abenteuergeschichte vorlesen.

Rosa erklärte, dass sie sich umgehend auf den Weg machen werde, um Ruth bei der Suche zu helfen. Allein wie entschieden und zuversichtlich sie dabei klang, ließ Ruth etwas Hoffnung schöpfen. Elisabeth solle in der Zwischenzeit auf den Laden achtgeben, entschieden die beiden Frauen schnell, während der Rest der Familie jeden Winkel nach Peter absuchen würde.

Ruth musste nicht lange in der leeren Wohnung der Klingers warten. Peter war zwar noch immer nicht aufgetaucht, doch Rosa und Georg stürmten zur Tür herein.

»Im Osten ist ordentlich was los«, rief Georg aufgeregt. »Dass Peter ausgerechnet heute weglaufen musste …«

Er sah besorgt aus. Ruth war nicht die Einzige, die durch die RIAS-Dauersendungen alarmiert worden war.

»Was, wenn er zu seinem Freund Lutz in den Osten gefahren ist?«, fragte Rosa leise, die Stirn gerunzelt. »Er vermisst ihn doch so. Erst vor ein paar Tagen hat er mir erzählt, wie schlimm es für ihn ist, dass er Lutz nur selten sieht.«

»Das ist unwahrscheinlich«, widersprach Georg. Er drehte unruhig seinen Hut in den Händen. »Es fährt ja gerade keine S-Bahn, er käme also nicht weit. Es sei denn, er ist schon früher aus der Schule abgehauen.«

»Stell dir vor, er ist doch losgelaufen und irrt jetzt irgendwo durch die Stadt, auf der Suche nach Lutz …«

Rosa hatte Tränen in den Augen. Georg zog sie an sich und strich ihr beruhigend über die Schulter. Es kam Ruth etwas merkwürdig vor, wie selbstverständlich ihr Bruder sich um Rosa kümmerte. Jetzt lehnte sie sich sogar an ihn.

Aber Ruth hatte viel zu viele Sorgen, um sich darüber den Kopf zu zerbrechen. Sie musste rasch handeln. Sie konnte keine Sekunde länger hier herumsitzen.

»Wir müssen ihn suchen gehen. Am besten, wir teilen uns auf. Und wir müssen Ingrid kontaktieren«, bestimmte Ruth.

Sie lief unruhig im Flur auf und ab. Rosa hingegen umklammerte fest den Riemen ihrer Umhängetasche, als bräuchte sie irgendetwas, an dem sie sich festhalten konnte.

»Ingrid hat kein Telefon und in ihrer Bäckerei gibt es auch keines, soweit ich weiß«, warf sie ein. »Georg und ich fahren zu ihr hin. Dann können wir Peter zurückbringen, falls er dort ist.«

»Aber ihr kennt euch doch im Osten gar nicht aus«, gab Ruth zu bedenken. »Und wie wollt ihr überhaupt dorthin kommen?«

»Ach, das werden wir schon schaffen«, murmelte Georg. Er hatte seinen Hut schon wieder aufgesetzt.

Ruth war erleichtert, dass die beiden tatsächlich bereit waren, dieses Wagnis auf sich zu nehmen.

»Und ich suche weiter hier die Gegend ab«, sagte sie.

»Ich komme mit!«, ertönte da Willis Stimme von der Wohnungstür her.

Da stand ihr Mann, breitbeinig und entschlossen, als wollte er sich dagegen wappnen, dass sie sein Angebot ablehnen würde. Aber Ruth nickte. Vier Augen sahen mehr als zwei. Und in diesem Moment war sie dankbar, dass Willi so schnell gekommen war.

Kurz darauf zerstreuten sie sich in alle Himmelsrichtungen.

Auch eine halbe Stunde später war von Peter weit und breit nichts zu sehen. Die Gegend rund um das Rathaus Schöneberg wirkte wie ausgestorben. Vermutlich saßen alle zu Hause vor den Radios.

»Wo spielt Peter denn gerne?«, fragte Willi nach ein paar Minuten, in denen sie nur schweigend über den Bürgersteig gestapft waren.

»Nun, überall, wo man dreckig werden kann«, antwortete Ruth verzweifelt und blieb unwillkürlich stehen. Sie war überrascht, wie jämmerlich und hoffnungslos sie klang. »Er spielt auf Plätzen, Friedhöfen … Ich habe keine Ahnung, wo Lutz und er sich eigentlich immer herumgetrieben haben.«

Jetzt konnte sie die Tränen nicht mehr zurückhalten. Hätte sie sich doch mehr um Peter bemüht! Warum hatte sie ihn nicht über seine Streifzüge durch Schöneberg befragt?

Plötzlich spürte sie Willis Arme. Er zog sie erstaunlich sanft an sich.

Einen Moment lang war sie versucht, ihn von sich zu stoßen.

Doch dann vergrub sie ihr Gesicht an seiner Brust und spürte mit einem Mal eine Geborgenheit, die sie schon lange vermisst hatte. Es tat so gut, sich fallen zu lassen.

»Er ist auch mein Sohn, Ruth. Wir werden ihn schon finden«, murmelte Willi in ihr Haar.

Ruth nickte und wischte die Tränen fort.

»Dann lass uns weitersuchen.«

*

Es würde wahrlich nicht leicht werden, in den Osten zu gelangen. Die DDR-Führung hatte kein Interesse daran, dass die Menschenmassen auch noch Unterstützung aus dem Umland oder gar aus dem Westteil der Stadt erhielten. Im Radio war berichtet worden, dass es kaum ein Durchkommen mehr gab. Wenn Rosa und Georg sich möglichst schnell einen Weg zu Ingrid bahnen wollten, mussten sie geschickt vorgehen. Zu Fuß wären sie jedenfalls furchtbar langsam und mit einem Automobil würden sie es niemals schaffen – schließlich waren die Straßen an vielen Stellen blockiert. Außerdem besaßen sie ja auch kein Auto.

Sie diskutierten darüber, während sie sich auf den Weg zur S-Bahn machten. Vielleicht fuhr ja wenigstens die wieder durch ganz Berlin.

Aber als sie an der S-Bahn-Station ankamen, informierte sie der Schaffner, dass ihre Hoffnung vergebens war.

»Da kommen Sie nicht durch, was denken Sie denn, wer das heute schon alles versucht hat«, brummte der Mann und ging zurück in sein Schaffnerhäuschen.

»Dann müssen wir eben Fahrräder nehmen«, überlegte Rosa laut. »Du hast doch ein Fahrrad und ich leihe mir eins von Ruth.«

»Gut, lass uns schnell nach Hause laufen, um sie zu holen.« Georg war nervös geworden, weil sie nun schon so viel Zeit verloren hatten. Den Weg zurück zur Wohnung rannten sie. Rosa hielt Georgs Hand fest umklammert. Mit ihm zusammen zu rennen war ein wenig wie Fliegen. Natürlich war es nicht gerade schlau, hier in Schöneberg in aller Öffentlichkeit Händchen zu halten. Aber Rosa war viel zu aufgeregt, um sich Gedanken darüber zu machen, dass jemand sie erkennen könnte.

Vor dem Haus trafen sie auf Elisabeth, die gerade ihren Schlüssel ins Schloss steckte.

Rasch ließ Rosa Georgs Hand los.

Elisabeth schaute überrascht zwischen den beiden hin und her.

»Ich dachte, du wärst im Laden?«, presste Rosa hervor. Ihr Herz schlug heftig. Hoffentlich hatte Elisabeth ihre verschlungenen Hände nicht gesehen!

Es war dumm gewesen, dass sie sich so hatte mitreißen lassen. Aber Elisabeth schien, falls sie etwas bemerkt hatte, nicht weiter darauf eingehen zu wollen. Es gab Wichtigeres zu besprechen.

»Ich lasse den Laden doch nicht offen, wenn mein Enkel verschwunden ist«, erklärte sie kühl. »Ingrid hat angerufen. Lutz ist auch fortgelaufen. Sie dachte, dass die beiden Jungs bei uns sind.«

Rosa spürte, wie Erleichterung sich in ihr breitmachte. Peter war nicht alleine! Und zum Glück waren sie nicht im Osten. Nach allem, was man hörte, fielen dort immer mehr Schüsse …

Vielleicht hatten die beiden unartigen Jungs tatsächlich nur beim Spielen die Zeit vergessen.

Elisabeth schaute sie streng an. »Ich bleibe jetzt zu Hause und ihr macht euch sofort wieder auf den Weg. Wir müssen die beiden Bengel finden, bevor es dunkel wird.«

Rosa und Georg liefen gerade die Straße hinunter, als ihnen Ruth und Willi entgegenkamen. Die beiden sahen völlig abgehetzt aus. Von Peter fehlte nach wie vor jede Spur.

Georg erzählte ihnen knapp von Ingrids Anruf. Ratlos standen sie auf dem Bürgersteig, während Passanten an ihnen vorbeieilten und ihnen neugierige Blicke zuwarfen. Der Himmel hatte merklich aufgeklart und die Blätter der Bäume wogten im Wind. Es hätte eigentlich ein schöner Tag sein können.

»Wo sind denn die Lieblingsplätze der Jungs?«, fragte Rosa. »Gibt es einen besonderen Ort, der ihnen etwas bedeutet?«

Willi schnaubte. »Das haben Ruth und ich doch schon längst durchdacht. Der Bengel könnte überall sein. Vielleicht sind er und sein Freund einfach ins Kino gegangen oder sie streunen in einem Kaufhaus herum.«

Rosa lag eine spitze Bemerkung auf der Zunge, aber sie schluckte sie hinunter. Nur weil er sich so wenig mit seinem Sohn beschäftigte, musste das ja nicht für sie alle gelten.

Willi wirkte recht mitgenommen, sein Hemd hing ihm aus der Hose.

»Der Insulaner!«, entfuhr es Georg plötzlich. »Erinnert ihr euch an den Trümmerberg? Die Schulklasse von Lutz und Peter war an seiner Namensfindung beteiligt. Da gab es doch vor zwei Jahren diesen Wettbewerb. Wisst ihr noch? Peter war ganz stolz, dass der Vorschlag seiner Klasse das Rennen gemacht hat. Der Berg ist zu Fuß von hier aus gerade noch zu erreichen – da könnten sie sein!«

Schweigen breitete sich in der Gruppe aus, nur das fröhliche Zwitschern der Vögel in den Bäumen durchbrach die angespannte Stille.

»Das ist eine gute Idee, Georg«, sagte Ruth und nickte. »Lasst uns dorthin gehen und nachsehen.«

Willi schüttelte ungehalten den Kopf. »Alle? Das ist doch unsinnig! Ich nehme mir lieber die Kinos vor. Was würdet ihr denn tun, wenn ihr Kinder wärt? Also, ich würde mich in einen finsteren Kinosaal schleichen.«

»Gut, dann such du in den Kinos und wir gehen zum Insulaner«, sagte Ruth müde und marschierte einfach los. »Kommt, lasst uns ein Taxi nehmen, ist doch egal, was es kostet!«, rief sie den anderen zu.

Wenig später saßen sie eingequetscht in einem der Taxis und ließen sich holpernd über das Kopfsteinpflaster kutschieren. Die Fahrt zum Insulaner kam Rosa unendlich lange vor. Ruth schaute angespannt aus dem Fenster, während Georg, vermutlich unbewusst, die Melodie zu *Der Insulaner verliert die Ruhe nicht* zu pfeifen begann. Dieses Lied hatte wohl jeder Berliner noch aus den Zeiten der Luftbrücke im Ohr. Damals war es häufig im RIAS gesendet worden – und zu Ruths sichtlichem Unmut begann der Taxifahrer gleich laut mitzusingen.

Rosa sog gierig die Luft ein, als sie endlich aussteigen konnten. Es kam höchst selten vor, dass sie in einem Automobil saß, auch wenn es in Berlin allmählich immer mehr davon gab. Sie war danach jedes Mal froh, wieder auf eigenen Füßen zu stehen.

Vor ihnen erstreckte sich die gewaltige Hügellandschaft des Insulaners. Der riesige Trümmerberg befand sich in Schöneberg, direkt an der Grenze zu Steglitz. Hier hatte man den Schutt der im Krieg zerstörten Stadt aufgeschüttet, fast zwei Millionen Kubikmeter insgesamt. Anschließend war alles mit Lehm und Erde bedeckt und bepflanzt worden. Jetzt tollten Kinder über die sanften Abhänge und Erwachsene saßen auf gemusterten Decken, um zu picknicken.

Wenn Rosa sich nur ebenso entspannt und glücklich gefühlt hätte! Es war beinahe absurd, so ängstlich und rastlos zu sein, während alle anderen hier einen schönen Tag verbrachten.

»Peter!«, rief Georg. Obwohl er sonst ja eher leise sprach, polterte seine Stimme über das fröhliche Geplauder der Spaziergänger.

»Wir gehen zu dem kleinen Abhang dort hinten«, entschied Ruth. Sie hatte eine Gruppe von Kindern erspäht, die über ein Stück Holz schlitterten wie bei einer Rutschbahn. Nur dass das nicht besonders gut funktionierte. Die Kinder purzelten den Abhang hinunter.

Georg zupfte Ruth am Ärmel und deutete auf zwei Jungen, die etwas abseits auf der Wiese saßen. »Schau mal, die beiden dahinten! Könnten das nicht …?«

Ruth beschleunigte ihren Schritt. »Peter!«

Jetzt sah man die zwei Jungen deutlich: Peters dunkles Haar und Lutz' blassblonde Locken. Sie hatten sie gefunden!

Peter und Lutz schauten erschrocken auf, als Ruth, Georg und Rosa näher kamen. Sie machten schuldbewusste Gesichter. Ihnen war wohl klar, dass das, was sie gemacht hatten, keine Heldentat gewesen war. Die beiden sahen aus, als hätten sie tagelang in der Wildnis gelebt. Und woher die Schokolade kam, die ihnen noch in den Mundwinkeln klebte, wollte Rosa gar nicht wissen.

Aber statt ihn auszuschimpfen, eilte Ruth zu ihrem Sohn und schloss ihn in die Arme. Es wirkte, als ob sie ihn nie wieder loslassen wollte, während Lutz peinlich berührt zu Boden starrte.

Auf dem langen Rückweg fiel das Donnerwetter dafür so gewaltig aus, dass sogar Rosa die Ohren schlackerten. Und Georg begann unbehaglich die Melodie vom *Insulaner* zu singen:

»Der Insulaner verliert die Ruhe nich,
der Insulaner liebt keen Jetue nich!
und brumm' des Nachts auch laut die viermotor'jen Schwärme,
det is Musik für unser Ohr, wer red't da vom Lärme?«

*

»Ich habe eine Wohnung für dich gefunden!«

Lore hatte Robert gar nicht kommen hören. Sie war in ihr Buch versunken gewesen, hatte sich von den Worten und dem Zwitschern der Vögel davontragen lassen. Aber jetzt setzte er sich neben sie auf die Bank am Viktoria-Luise-Platz, vor ihnen der plätschernde Springbrunnen, und schaute sie erwartungsvoll an. Roberts Augen leuchteten und die Sonne malte goldene Sprenkel auf sein Haar.

Lore wusste einen Moment lang nicht, was sie sagen sollte. Auf der Zunge lag ihr eine ehrliche Antwort – dass sie doch gar nicht wegwollte von ihm!

Aber sie schluckte es hinunter. Wie undankbar von ihr! Robert hatte sich solche Mühe gegeben, fragte seit Wochen sämtliche Freunde nach kleinen bezahlbaren Wohnungen, und jetzt, wo er so tolle Nachrichten zu verkünden hatte, zog sie einen Flunsch. Aber sie war einfach überrumpelt. Insgeheim hatte sie gehofft, das würde Ewigkeiten dauern und sie könnte einfach bei ihm bleiben. In seiner Wohnung, wo sie sich zu Hause fühlte und ihre Wunden langsam heilten. Sie müsste sich nicht damit auseinandersetzen, wie es mit ihr weitergehen würde.

»Jetzt guck doch nicht so. Die Wohnung ist nur ein paar Straßen entfernt von hier. Dann hast du sogar deinen geliebten Viktoria-Luise-Platz in der Nähe«, erklärte Robert. »Ich weiß doch, dass du auf diesen Springbrunnen nicht verzichten kannst.«

Tatsächlich war der Brunnen wunderschön und der Platz insgesamt ein kleines grünes Paradies, umschlossen von herrschaftlichen Häusern. Lore liebte es hier. Aber der Grund, warum sie nicht umziehen wollte, war ein anderer.

Würde sie nicht, wenn sie von Robert getrennt wäre, wieder ein jämmerliches Häufchen Elend werden? Dass der Viktoria-Luise-Platz in Schöneberg – so nah bei den Klingers und doch gefühlt so weit entfernt – für sie so ein himmlischer Ort geworden war, lag schließlich daran, dass sie in den Wochen mit Robert hier recht unbeschwert gelebt hatte. Die Wunde, die sie durch die Klingers davongetragen hatte, würde wohl nie ganz verheilen. Aber hier bei Robert hatte sie zur Ruhe gefunden.

»Warum schaust du denn so traurig?«, fragte er jetzt. »Das sind doch fantastische Neuigkeiten! Die Wohnung hat sogar ein eigenes Badezimmer.« Robert musterte Lore.

»Das ist toll«, sagte sie lahm und begann dann, auf ihrer Lippe herumzukauen.

Sollte sie ihm sagen, was sie fühlte? Oder würde dann alles nur kompliziert zwischen ihnen werden? Sie wusste ja gar nicht, wie er tief in seinem Innersten zu ihr stand. Würde er sie vermissen? Waren auch für ihn die Grenzen zwischen ihrer Freundschaft und etwas ganz anderem in den letzten Wochen verwischt?

Er hatte nie auch nur eine Andeutung gemacht, dass er sie gern bei sich behalten würde.

»Was ist los?«

Noch immer forschte Robert in ihrem Gesicht. Hoffentlich verriet ihre Miene nicht, was sie dachte, sonst würde er sie sicher auslachen.

Aber nein, schalt sie sich selbst, was für ein dummer Gedanke! Robert würde sie niemals auslachen. Lore war anderen Menschen gegenüber schon immer misstrauisch gewesen, das hatten ihr das Leben und ihre unstete Kindheit so beigebracht. Aber Robert hatte ihr beharrlich und in vielen Situationen bewiesen, dass er immer zu ihr halten würde.

»Ich finde es einfach schön, wie es jetzt ist«, sagte sie leise. So leise, dass sie erst glaubte, er könne sie unmöglich verstehen. Das Plätschern des Springbrunnens, das Lachen der Kinder, das alles war an diesem Platz so laut und schien ihre Worte zu überdecken.

Robert lächelte nur und griff nach ihrer Hand.

»Das fand ich doch auch«, sagte er und drückte sie sanft, nur um dann gleich wieder loszulassen.

Enttäuschung machte sich in Lore breit. Sie wünschte sich, dass er sie in den Arm nehmen würde. Aber darum bitten konnte sie ihn natürlich nicht.

Wieder biss sie sich auf die Lippen. Vielleicht sollte sie ihn einfach küssen, es darauf ankommen lassen. Dann müsste sie nichts sagen und könnte rasch herausfinden, ob da wirklich mehr zwischen ihnen war. Bei dem Gedanken daran begann ihr Herz zu rasen.

»Lore«, sagte Robert zögerlich, schwieg dann aber.

Jetzt pochte Lores Herz noch schneller, allein weil er ihren Namen wieder auf seine ganz spezielle amerikanische Art ausgesprochen hatte.

»Du weißt doch, dass es so nicht bleiben kann«, sagte Robert leise. Er schaute sie nicht an, sondern starrte auf den Boden, als gäbe es dort irgendetwas Interessantes zu sehen.

»Warum denn nicht?«, flüsterte Lore ebenso leise zurück. Jetzt schien es, als würde ihr das Herz aus der Brust springen.

Robert sah sie an.

»Weil ich etwas anderes suche als das«, sagte er schließlich. »Weil ich heiraten möchte, früher oder später, und weil du mir von Anfang an klargemacht hast, dass ich bei dir auf so etwas nicht hoffen kann. Du bist noch mit deiner Familie beschäftigt, mit der Trauer über das, was du verloren hast. Und ich helfe dir gern dabei. Aber ich kann nicht auf etwas warten, das niemals eintreten wird.«

Lore musste schlucken. Heiraten – das war so ein großes Wort, eine große Sache. Daran wollte sie jetzt eigentlich noch nicht denken, da hatte er recht. Sie wusste ja nicht einmal, was sie wirklich fühlte! Aber sie wusste auch, dass sie ihn auf keinen Fall in dem Glauben lassen konnte, dass sie nur mit der Trauer um ihre Familie beschäftigt war und dass sie etwas anderes suchte als er. Denn das hatte sich geändert.

Es hatte sich sogar so sehr verändert, dass sie auf keinen Fall zulassen konnte, dass er sie weiter so traurig anschaute.

Deshalb tat sie das Einzige, was ihr in dieser Sekunde einfiel. Sie griff mit zitternden Fingern nach seinem Gesicht und zog ihn zu einem Kuss zu sich herunter.

Erst wirkte Robert völlig verwirrt, seine Lippen waren weich, doch sein Körper versteifte sich, aber dann zog er sie fest an sich und vertiefte den Kuss, bis Lore kaum mehr klar denken konnte.

Wie ihr Herz jetzt schlug, schlug es nicht für Freundschaft. Das hier, das war etwas, das sie noch nie gespürt hatte. Es war warm, aufregend und echt. Sie wollte gar nicht mehr aufhören, ihn zu küssen.

Doch Robert schob sie schließlich sanft von sich und strich ihr unfassbar zärtlich die Haare aus der Stirn.

»Na endlich«, murmelte er. Seine Augen leuchteten und ein Lächeln lag auf seinem Gesicht.

Lore musste grinsen. Mit einem Mal fühlte sie sich, als könnte sie quer über den Platz davonfliegen.

»Ich wusste, dass wir zusammengehören«, sagte Robert und griff nach ihrer Hand. Aber anders als zuvor ließ er sie nicht gleich wieder los, sondern nahm sie wie selbstverständlich zwischen seine beiden Hände. »Ich habe schon befürchtet, du würdest es nie erkennen und ich müsste ewig schmoren. Das hätte ich nicht ausgehalten. Eigentlich«, jetzt runzelte er die Stirn. »Eigentlich halte ich es noch immer nicht aus. Gib mir lieber noch einen Kuss.«

Und Lore tat ihm den Gefallen.

Doch dann wurde Robert schnell wieder ernst, sehr ernst. Er rückte ein kleines Stück von ihr ab, und Lore spürte auf einmal eine Kälte, die sie von ihm gar nicht kannte.

»Hör mal, Lore. Ich muss sicher sein, dass du es ehrlich meinst«, sagte er. »Ich will das hier. Schon lange. Und ich halte es nicht aus, wenn ich für dich nur ein Trostpflaster bin.«

»Das bist du nicht«, sagte Lore. Wie hatte die himmelhoch jauchzende Stimmung so schnell umschlagen können?

»Ich habe einfach lange gebraucht, um zu erkennen, dass du für mich … mehr bist«, schob sie schnell hinterher.

Aber Roberts nachdenklicher Gesichtsausdruck blieb.

»Du willst also nicht nur mit mir zusammen sein, weil du deine Familie verloren hast?«, hakte er nach.

Lore spürte, wie sich in ihr alles verspannte. Ein solches Gefühl hatte sie ihm niemals geben wollen und doch befürchtet, dass er das so auffassen würde. Natürlich, sie hatte erst jetzt zu ihm gefunden, wo ihr keine andere Möglichkeit mehr blieb … Aber er war doch schon immer da gewesen, von Anfang an, hatte sich in ihr Herz geschlichen, von dem sie gar nicht wusste, dass es dafür einen Platz hatte. Sie war nie auf der Suche nach einem Mann gewesen.

»Ich habe es die ganze Zeit nicht gemerkt. Aber ich könnte niemals wieder fort von dir.«

Lore schaute ihm fest in die Augen, damit er spürte, wie ernst es ihr war. »Die Klingers haben nichts damit zu tun. Du und sie, das sind zwei völlig verschiedene Dinge. Ich vermisse sie und ich habe die Hoffnung nicht aufgegeben, dass doch noch alles gut werden wird. Aber ich will auf jeden Fall bei dir sein.«

Langsam breitete sich ein Lächeln auf Roberts Gesicht aus und Lore atmete auf.

Wieder umarmte er sie und gab ihr einen Kuss, der keine Zweifel daran ließ, dass auch er, ganz unbedingt, mit ihr zusammen sein wollte.

»Dann ziehst du also bei mir ein?«, fragte er und grinste sie an.

»Aber ich wohne doch schon bei dir«, sagte Lore überglücklich.

»Das ist besser so, denn die Wohnung, die ich dir vermittelt hätte, wäre nicht besonders schön gewesen.«

»Dann hätte ich sie sowieso abgelehnt.«

Robert lachte und zog sie noch enger an sich.

Gemeinsam schauten sie auf das Wasser des Springbrunnens, das in einer gewaltigen Fontäne in den blauen Himmel geschleudert wurde, nur um gleichmäßig wieder herunterzuplätschern. Robert hielt Lore im Arm, als würde er sie niemals wieder loslassen wollen. Und sie lehnte sich an ihn, genoss seine Wärme, die so anders war als alles, was sie kannte.

»Du bist ein großartiger Mensch, Lore. Und du solltest alles bekommen, was du dir wünschst. Nicht nur mich, sondern auch deine Familie«, murmelte er in ihr Haar und Lore schloss die Augen. Es tat gut, das zu hören. Es gab ihr Mut. Das letzte bisschen Mut, das sie vielleicht noch brauchte. Sie wollte daran glauben, dass er recht hatte. Es war zu früh, um alles aufzugeben. Wenn sie Roberts Liebe haben konnte, war sie so stark wie nie zuvor.

*

Ruth und Willi saßen sich am Tisch gegenüber, über ihnen der gelbe Lichtkegel der Küchenlampe, und schwiegen. Ruth spürte den langen Tag, der hinter ihnen lag, in den Knochen. Sie spürte die Angst und die Verzweiflung wegen Peters Verschwinden, die Aufregung über die Streiks im Berliner Osten und die Bestürzung darüber, dass dort tatsächlich Menschen sterben mussten.

Jetzt lagen Peter und Lutz – der natürlich heute nicht mehr nach Hause fahren konnte – im Bett nebenan und tuschelten vermutlich noch miteinander, obwohl sie längst schlafen sollten.

Auch Willi schien mitgenommen. Unter seinen Augen lagen dunkle Schatten, seine Haare waren zerzaust und seine Wangen wirkten ganz fahl.

Willi räusperte sich. »Es ist meine Schuld«, sagte er leise und Ruth schaute überrascht auf. »Wir haben ein schlechtes Vorbild für Peter abgegeben. Ich war stur und wollte das alles nicht sehen. Aber als er heute weggelaufen ist ... Das war wie ein Weckruf für mich. Auf einmal war mir klar, dass ich so nicht weitermachen kann.«

Ruth wusste nicht, was sie dazu sagen sollte. Willi sah so betrübt aus, dass sie das Bedürfnis verspürte, ihn zu trösten. Gleichzeitig war sie froh, dass er endlich einsah, dass auch er Fehler gemacht hatte. Seit Wochen verspürte sie dieses erstickende Gefühl, dass sie beide in einer Sackgasse gelandet waren und nur immer wütender aufeinander wurden.

»Weißt du«, Willi seufzte und schaute sie traurig an, »als ich herkam, war ich so froh, wieder bei euch zu sein, und ich wollte unbedingt schnell in mein altes Leben zurück. Aber das war viel schwieriger, als ich es mir in all den Nächten im Lager ausgemalt hatte. Ich habe sofort gesehen, dass ihr bestens ohne mich klargekommen seid. Und dass du den Laden im Griff hast. Ich ... ich konnte das nicht ertragen.«

»Wir kamen nicht immer gut klar«, sagte Ruth leise. »Wir haben gelitten, viele Jahre lang.«

»Und doch hast du unseren Sohn großgezogen, er ist bald schon ein Jugendlicher. Du hast den Laden deines Vaters nicht nur aus der Asche wiederauferstehen lassen, sondern auch erfolgreich gemacht. Dabei hätte er dir das niemals zugetraut. Und wenn ich ehrlich bin – ich auch nicht. Als ich fortging, warst du noch ein kleines Mädchen.«

Ruth schnaubte, aber sie verstand, was er ihr sagen wollte. Dabei war sie zu Beginn des Krieges längst kein kleines Mädchen mehr gewesen. Sie hatte früh lernen müssen, dass Träume allein nichts wert waren. Aber dass Willi ihre Leistungen nun endlich akzeptierte, nachdem er ihre Arbeit monatelang sabotiert hatte, erfüllte sie mit Genugtuung und Freude.

»Ich habe hart dafür gearbeitet«, sagte sie. »Und genau deswegen musste ich den Laden so verbittert gegen dich verteidigen. Es tut mir leid, Willi, dass wir aneinandergeraten sind. Aber … wenn man so hart für etwas kämpfen musste, dann kommt man aus dem Kämpfen kaum mehr heraus.«

Willi lächelte sie wehmütig an. »Siehst du, das gilt für uns beide.«

Ruth nickte. Dann schwiegen sie wieder. Nur die Küchenuhr tickte leise vor sich hin. Ansonsten lag die ganze Wohnung in Stille.

»Und jetzt?«, fragte Ruth.

»Jetzt werde ich mich verhalten, wie es sich gehört«, sagte Willi und schaute sie entschlossen an. »Ich will euch nicht aufgeben, Ruth, aber ich weiß, dass wir so nicht weiterkommen. Vielleicht … sollte ich erst einmal ausziehen?«

Ruth musste schlucken. Sie wusste, dass es nach dem Krieg zu vielen Scheidungen gekommen war, und das, obwohl Scheidungen verpönt waren. Eine solche Trennung der Eheleute war eine Katastrophe für den Ruf der Familie. Und doch sah Ruth, dass ihnen nicht viele Möglichkeiten blieben, wenn sie ihre Situation ändern wollten. Aber was würde das für Peter bedeuten? Und für sie?

Sie versuchte, in sich hineinzuhören, doch nach alldem, was geschehen war, nach den Konflikten und den Verletzungen, spürte sie vor allem eine große Leere. Wie hatte es nur passieren können, dass sie in ihrem eigenen Leben nicht mehr wusste, was sie wollte?

»Ich will nicht, dass wir uns scheiden lassen«, sagte Willi und griff über den Tisch nach ihrer Hand. »Aber ich will eine Lösung. Ich werde euch erst einmal Freiraum lassen. Nicht nur hier in der Wohnung, sondern auch im Laden.«

»Was meinst du damit?«

Jetzt begann ihr Herz heftig zu klopfen. Was wollte er damit andeuten?

»Ich kann es nicht ertragen, dass ein anderer im Geschäft den Ton angibt. Das habe ich jetzt erkannt. Und dir geht es genauso. Also können wir die Buchhandlung nicht gemeinsam führen. Sie soll ganz dir gehören, ich ziehe mich zurück.«

Ruth blieb vor Überraschung der Mund offen stehen. »Du ziehst dich zurück? Aber mein Vater …«

»Dein Vater wäre stolz auf dich«, sagte Willi entschieden und drückte noch einmal ihre Hand. »Er hat in seinem Leben immer wieder fragwürdige Entscheidungen getroffen und nicht immer mit den besten Charaktereigenschaften geglänzt. Aber er würde sicher anerkennen, was du geleistet hast. Und er würde mir die Ohren langziehen, wenn er wüsste, welche Steine ich deinem Erfolg in den Weg gelegt habe. So etwas sollte kein Mann tun.«

Jetzt spürte Ruth doch etwas, einen stechenden Schmerz, ein dumpfes Ziehen, tief in ihr. Sie merkte, wie ihr die Tränen kamen. Hier saß er vor ihr, der Mann, den sie einst geliebt und bewundert hatte. Nicht der verbitterte Kriegsheimkehrer, der sie bedrängt und in allem gestört hatte.

Sie fuhr sich hastig über die Wange.

Willi stand auf, kam um den Tisch herum und nahm sie fest in den Arm. Ruth lehnte sich an ihn und für einen Moment standen sie einfach da, im Halbdunkel der Küche, zwei Menschen, die dabei waren, endlich wieder zueinanderzufinden, auch wenn das bedeutete, dass sie ihren Weg allein gehen mussten.

»Und was willst du jetzt tun?«, fragte Ruth stockend.

Willi zuckte mit den Schultern. Auch seine Augen glänzten verdächtig. Und trotzdem wirkte er, genau wie Ruth, erleichtert.

»Ich weiß es nicht. Aber ein echter Unternehmer scheut keinen Neuanfang, das hast du doch am besten bewiesen.«

Ruth lachte tränenerstickt.

»Ich verspreche dir, dass alles, was ich tue, zum Wohle der Familie geschehen wird«, sagte er leise. »Das soll mein Leitstern sein.«

Kapitel 12

Sommer 1953

Rosa war wieder früh wach. Sie mochte diese stillen Momente, wenn sie hier mit Georg lag und das Licht noch sanft und weich durch das kleine Zimmerfenster fiel. Dann dachte sie daran, wie sehr sich doch alles verändert und was sie in ihrem Leben, so unverhofft, gewonnen hatte. Die möglichen Fallstricke und Schwierigkeiten, die da eventuell noch auf sie und ihre Familie warten mochten, kamen ihr mit einem Mal viel weniger quälend vor.

Rosa atmete tief durch. Die Luft war frisch und eine leichte Brise wehte durch das Fenster herein.

Gestern war ihr ein weiterer Stein vom Herzen gefallen: Ruth hatte ihr von ihrer Aussprache mit Willi erzählt, und allein, dass Ruth dabei ganz befreit ausgesehen hatte, hatte es auch Rosa leicht zumute werden lassen.

Umso mehr hatte sie gestern Abend darüber nachdenken müssen, dass es jetzt vielleicht auch an ihr und Georg wäre, ihrer Familie die Wahrheit zu erzählen. Sie waren viel zu lange unehrlich zueinander gewesen. Rosa war sich sicher, dass die Klingers als Familie wieder zusammenwachsen konnten, aber nur wenn endlich keine Lügen mehr zwischen ihnen standen. Sollten sie und Georg also endlich allen ihre Beziehung offenbaren? Oder war dafür jetzt ein schlechter Moment? Schließlich hatten sich Ruth und Willi zumindest vorübergehend getrennt.

Rosa suchte innerlich noch immer nach Ausreden. Und das, obwohl Elisabeth sie ja kürzlich beinahe enttarnt hatte. Georgs Mutter war schließlich Zeugin davon geworden, wie die beiden etwas zu innig von der Suche nach Peter heimgekommen waren. Aber angesprochen hatte es die ältere Frau nie und auch sonst durch nichts erkennen lassen, dass sie die Wahrheit vermutete.

Dennoch hätten sie diesen Moment gut für ein klärendes Gespräch nutzen können. Und hatten ihn doch verstreichen lassen … Rosa hatte einfach zu große Angst gehabt.

Besonders Elisabeths Reaktion machte ihr Sorgen. Rosa, so würde es Friedrichs und Georgs Mutter doch sicherlich sehen, sollte lieber ihrem ältesten Sohn die Treue halten – ob der nun verschollen war oder nicht. Dass sie stattdessen in Elisabeths jüngeren Sohn verliebt war, würde die alte Buchhändlerin sicher bedenklich finden. Vermutlich würde sie sich für ihren Jüngsten auch eine Beziehung wünschen, die nicht solche Altlasten mit sich brachte.

Wenn Rosa daran dachte, wie Ruth wohl auf die Offenbarung reagieren würde, wurde ihr erst recht übel. Ruth würde verletzt sein, das wusste Rosa. Alleine schon, weil sie sie so lange betrogen hatten.

Aber wenn Ruth und Willi jetzt einen neuen Weg gingen, dann wollte Rosa nicht diejenige sein, die sich immer noch nachts heimlich in fremde Kammern schlich, und sich endlich trauen, von der Zukunft zu träumen. Es war Zeit!

Georg regte sich und blinzelte verschlafen. Dann hob er erschrocken den Kopf.

»Es ist ja schon hell! Du musst schnell gehen, Rosa, sonst sieht uns noch jemand.«

Sie schaute Georg ernst an. Sie musste wissen, ob er bereit war, diesen Schritt mit ihr zu gehen.

»Ich will unsere Beziehung nicht länger verstecken, Georg«, sagte sie leise. »Ich will heiraten, Kinder kriegen und ein gemeinsames Zuhause mit dir.«

Georg setzte sich hin und riss die Augen auf.

»Aber das will ich doch auch!«, stammelte er verblüfft. »Ich würde dich sofort heiraten, schon heute, wenn ich könnte.«

Rosa musste lachen, so niedlich sah er aus, während er jetzt verschmitzt und gleichzeitig müde grinste. Und wie glücklich war sie über seine Worte! Wieder fühlte sich ihr Herz ganz leicht an. Ja, sie wollte und konnte nicht länger warten. In Gedanken sah sie sich schon in einem langen weißen Kleid durch das Kirchenschiff auf Georg zuschreiten.

Aber würde Ruth an ihrer Seite sein? Und Elisabeth?

»Dann lass uns endlich die Wahrheit sagen«, erwiderte sie mit fester Stimme. »Lass uns das Versteckspiel beenden.«

Georg sah sie einen Moment lang nachdenklich an, dann nickte er. »Jetzt gleich?«

Rosa biss sich unsicher auf die Lippe. »Deiner Mutter sollten wir es gemeinsam sagen. Aber würde es dir etwas ausmachen, wenn ich erst mit Ruth alleine spreche? Ich habe das Gefühl, dass sie vor allem auf mich sauer sein wird«, fügte sie hinzu. Schließlich waren sie und Ruth enge Verbündete und Freundinnen geworden, sie würde sicher besonders von Rosas Stillschweigen verletzt sein.

Georg strich ihr nur zärtlich über die Wange. Aber er nickte.

Die Möglichkeit zu einer Aussprache kam an diesem Morgen früher, als Rosa vermutet hatte.

Sie war gerade aus Georgs Kammer geschlüpft, als Ruth ihre Tür öffnete und ebenfalls aus ihrem Zimmer schlich. Ihre Blicke begegneten sich. Sofort wurde es Rosa ganz jämmerlich zumute. Ob Ruth wohl gemerkt hatte, dass sie aus Georgs Kammer kam?

Rosa hatte sich die Worte, die sie Ruth sagen wollte, gut zurechtlegen wollen. So jedenfalls sollte sie nicht davon erfahren!

Aber Ruth nickte nur in Richtung Küche.

»Wollen wir zusammen frühstücken?«, fragte sie und ging voran.

Unsicher blieb Rosa im Flur stehen. Dann war es eben jetzt schon so weit, beschloss sie. Warum es nicht gleich hinter sich bringen?

Mit zittrigen Knien folgte sie ihrer Schwägerin.

Wenig später stand Ruth bereits am Herd und setzte Wasser auf. Rosa ließ sich auf einen Küchenstuhl sinken.

»Wie geht es dir?«, fragte sie leise, um herauszufinden, in welcher Stimmung Ruth heute war – vielleicht immer noch so froh und erleichtert wie gestern oder eher missmutig, wie man sie für gewöhnlich kannte?

Aber als Ruth sich umdrehte, sah Rosa, dass sie sich umsonst Sorgen gemacht hatte.

Ruth sah ausgeschlafen aus, trotz der frühen Uhrzeit, ihre Wangen wirkten nicht mehr so fahl wie in den letzten Wochen und ihre Augen leuchteten.

»Ich konnte nicht mehr schlafen, weil ich so viele neue Ideen für die Buchhandlung habe«, sagte Ruth statt einer Antwort auf Rosas Frage.

Beschwingt goss sie heißes Wasser auf und sofort zog der Duft des frisch aufgebrühten Kaffees zu Rosa herüber. Auch nach all den Monaten, in denen sie sich wieder echten Kaffee leisten konnten, hatte dieser Geruch seinen Zauber nicht verloren. Hoffentlich, dachte Rosa, würden sie niemals vergessen, wie wertvoll es war, dass sie sich jetzt alles kaufen konnten, was sie brauchten. Sie wollte sich dieses Gefühl immer im Herzen bewahren, dass all das mühevoll erarbeitet war und dass man es jeden Tag genießen musste. Genau wie das Glück, das sie mit Georg hatte – und das früher oder später zugrunde gehen würde, wenn sie ihre Geheimniskrämerei noch weiter fortführten.

Nervös richtete Rosa sich auf.

»Das freut mich, dass du so viele Ideen hast und auch die Kraft, sie umzusetzen«, sagte sie.

Ruth hatte sich nun ebenfalls hingesetzt und nippte an ihrem Kaffee.

»Willst du gar nicht?«, fragte sie mit einem Blick auf Rosas unangerührte Tasse.

»Ich muss dir was sagen.« Jetzt war Rosa einfach herausgeplatzt.

»Ach ja?«

Ruths hochgezogene Augenbrauen machten Rosa nervös. Sie hatte das Gefühl, am ganzen Körper zu zittern.

Ruths Augenbrauen wanderten noch ein Stück höher.

»Macht dir irgendetwas Sorgen? Ich verspreche dir, dass jetzt alles besser werden wird. Willi sucht nach einer anderen Wohnung. Wir haben lange geredet und ich bin sicher, dass er das alles ernst meint. Ich kenne ihn, er steht zu seinem Wort.«

Dass Ruth sie zu beschwichtigen versuchte, entlockte Rosa ein wackeliges Lächeln.

»Nein, darum geht es nicht«, erwiderte sie und knetete nervös ihre Hände. »Ich glaube auch, dass Willi hält, was er versprochen hat. Jetzt wird bestimmt alles besser.« Unsicher schaute sie aus dem Fenster, hinter dem der Morgen klar und hell anbrach. Dann gab sie sich einen Ruck und blickte in Ruths so vertrautes Gesicht. »Es geht um Georg. Und um mich.«

So, jetzt war es fast heraus, es fehlten nur noch ein paar Worte. Ein paar kleine Worte, die alles kaputt machen konnten …

Ruth schaute sie irritiert an.

»Ich liebe ihn«, flüsterte Rosa. »Ich weiß, das hätte nicht passieren dürfen und ich habe mich auch lange geschämt, wegen Friedrich, ich meine: Wie konnte ich nur? Sein Bruder! Und es tut mir auch furchtbar leid. Du bist gewiss sauer auf mich, ganz zu Recht, aber so ist es eben. Ich liebe Georg.«

Atemlos endete sie und wartete, die Nerven zum Zerreißen gespannt, auf Ruths Reaktion.

Aber die trank nur bedächtig einen weiteren Schluck Kaffee, als hätte Rosa nichts Weltbewegendes gesagt.

»Ach so«, sagte sie schließlich. »Das erklärt einiges.« Ruth wiegte nachdenklich den Kopf hin und her. »Eigentlich hätte ich selbst darauf kommen müssen. Aber ich war so beschäftigt mit meinen eigenen Problemen.« Sie schaute Rosa ernst an. »Wie lange geht das schon so?«

»Eine Weile«, antwortete Rosa unsicher. Sie wollte nicht lügen, aber Ruth jetzt zu gestehen, wie viele Monate sie tatsächlich gelogen und sie heimlich betrogen hatten … Rosa merkte, wie ihr die Tränen kamen.

»Und ihr habt geschwiegen, weil ihr Angst davor hattet, was Mutter und ich dazu sagen würden?«, fragte Ruth nüchtern. »Wegen Friedrich und dir?«

»Ja natürlich!«

Dass Ruth noch immer so ernst, so sachlich blieb, machte es Rosa nicht gerade leichter. Würde gleich ein Donnerwetter losbrechen oder hatte sie ihre Schwägerin völlig falsch eingeschätzt?

»Und Georg liebt dich auch?«, fragte Ruth.

Rosa brachte nur ein Nicken zustande.

Ruth schüttelte den Kopf – und dann sagte sie etwas, mit dem Rosa im Leben nicht gerechnet hätte: »Rosa, das ist doch völlig in Ordnung. Ihr seid beide erwachsen und ihr habt euer Glück verdient. Ich freue mich für euch.«

Ruth griff über den Tisch und drückte ihre Hand.

Rosas Herz machte einen aufgeregten Hüpfer.

»Aber du warst doch so wütend, als Lore uns angelogen hat«, stotterte sie verlegen. »Und Friedrich …«

»Friedrich ist tot, Rosa«, unterbrach Ruth ihre Schwägerin. »Der Krieg ist seit acht Jahren vorbei. Dein Mann ist fort und du hast ein Recht darauf, dein Leben weiterzuleben. Ich bin froh, wenn du nach vorn schaust. Wir sollten ihn für tot erklären lassen und dieses Kapitel endlich schließen.«

Ruth hatte klar und entschieden gesprochen, wie immer. Und ihr ernster Gesichtsausdruck ließ keinen Zweifel daran, dass sie es auch wirklich so meinte.

»Und was ist mit Lore …?«, setzte Rosa nach.

»Lore hat gelogen, obwohl sie anders gekonnt hätte«, sagte Ruth streng. »Ihr dagegen habt euch nur versteckt, weil ihr Angst hattet. Das ist etwas ganz anderes.«

Rosa schüttelte heftig den Kopf. »Nein. Auch Lore hatte Angst. Sie hatte so viel zu verlieren! Überleg doch mal: Sie hatte niemanden in Berlin, nur uns. Und du weißt selbst, was man zu tun bereit ist, wenn einen das Schicksal in die Enge treibt«, sagte sie vorsichtig.

Sie konnte die Gelegenheit, sich noch einmal für Lore einzusetzen, einfach nicht verstreichen lassen.

»Rosa hat recht«, ertönte da Elisabeths Stimme von der Tür her und Rosa zuckte erschrocken zusammen.

Sie hatte doch nur kurz unter vier Augen mit Ruth sprechen und nicht gleich eine ganze Familienkonferenz einberufen wollen! Hoffentlich hatte Elisabeth nicht gehört, was sie Ruth anvertraut hatte. Für das Gespräch mit ihrer Schwiegermutter brauchte sie nämlich definitiv Georgs Unterstützung. Sie wollte sich Elisabeth nicht alleine stellen. Aber jetzt aus der Küche zu stürmen und sich in Georgs Arme zu flüchten kam natürlich auch nicht infrage.

Die ältere Frau trat ohnehin schon herein und legte Rosa die Hand auf die Schulter.

»Ich weiß es schon längst, Kind«, sagte sie ruhig und setzte sich an den Tisch, als wäre nichts gewesen. Dann schenkte sie sich seelenruhig eine Tasse Kaffee ein.

Rosa stand der Mund offen und um Ruths Lippen spielte ein Lächeln.

»Es war ja kaum zu übersehen«, erklärte Elisabeth. »Und dann dieses Herumgeschleiche … Ich dachte schon, ihr verstört noch den armen Peter«, fügte sie streng hinzu. »Gut, dass es nun heraus ist. Auch wenn ich es gern von Georg persönlich gehört hätte, aber geschenkt. Und was Lore betrifft: Ich finde auch, Ruth, du könntest deinen neuen Schwung nutzen, um dem Mädchen zu verzeihen.

Wir können sie gut im Laden gebrauchen. Und in der Familie«, fügte Elisabeth leise hinzu, als könnte sie ihre Worte selbst nicht ganz glauben.

Rosa war immer noch sprachlos. Damit hatte sie nun wirklich nicht gerechnet! Zitternd griff sie nach ihrer Kaffeetasse und nahm einen kräftigen Schluck.

»Wir werden sehen«, sagte Ruth ausweichend, sie sah alles andere als begeistert aus.

Immerhin, dachte Rosa, es ist ein erster Schritt. Und dann merkte sie, wie mit einem Mal alle Anspannung von ihr abfiel. Erst jetzt wurde ihr klar, dass das, wovor sie solche Angst gehabt hatte, gar nicht eingetreten war. Sie und Georg konnten endlich zusammen sein. Und niemand würde sie dafür verurteilen.

Eine Welle des Glücks überflutete sie und sie konnte ein Lächeln nicht mehr unterdrücken.

*

Lore fiel es anfangs nicht leicht, das Glück anzunehmen, das ihr so unverhofft in den Schoß gefallen war. Doch sie liebte Robert so sehr, dass sie sich bald an ihr neues Leben gewöhnte. Sie genoss es, wenn er ihre Hand nahm, während sie die Straßen entlangschlenderten, wenn er sie beim Einschlafen im Arm hielt und wenn er ihr zuhörte, egal, was sie auch zu erzählen hatte. Robert machte ihr Mut und ließ nicht locker, wenn sie Ausreden fand. So unterstützte er sie schließlich auch in ihrem Wunsch, erneut Kontakt zu den Klingers aufzunehmen, obwohl er das anfänglich ja für eine schlechte Idee gehalten hatte.

»Du solltest Ruth um eine Aussprache bitten. Die brauchst du, wenn du die Sache endlich hinter dir lassen willst.«

Robert wurde nicht müde, ihr immer und immer wieder gut zuzureden. Und Lore war ihm dankbar dafür, auch wenn sie sich in den letzten Wochen bemüht hatte, nicht allzu sehr über die Familie

Klinger nachzugrübeln. Dabei beschäftigte sie diese Angelegenheit nach wie vor sehr.

Den endgültigen Anstoß, es noch einmal zu versuchen, bekam Lore dann aber von Rosa.

Es war Ende Juli und Robert und Lore waren auf einem sommerlichen Spaziergang durch Schöneberg unterwegs, als Rosa ihnen zufällig über den Weg lief. Zumindest dachte Lore, dass es Zufall war. Später gab Rosa zu, dass sie sich absichtlich in der Gegend herumgetrieben hatte, in der Hoffnung, Lore zu begegnen.

Rosa stürmte über den sonnigen Bürgersteig auf sie zu und kam gleich zur Sache.

»Ich wollte dir sagen, dass jetzt ein guter Moment wäre, um es bei Ruth zu versuchen. Bei uns zu Hause hat sich gerade einiges geklärt. Ich glaube, sie wäre bereit, dir zuzuhören«, verriet Rosa ihr aufgeregt, nur um dann neugierig auf Lores und Roberts verschränkte Hände zu schielen. »Wann ist es denn so weit?«, fragte sie frech, und Lore merkte zu ihrer eigenen Überraschung, dass sie vor einer derart direkten Frage nicht einmal mehr zurückschreckte.

Ja, es fühlte sich ganz natürlich an, als wäre es ihnen schon immer bestimmt gewesen, ein Paar zu sein. Und hatte Lore die Idee von einer Heirat vor Wochen noch völlig abwegig gefunden, so gewöhnte sie sich langsam an den Gedanken.

Doch sie wollte Rosa nicht sofort alles auf die Nase binden. Also zuckte sie nur lässig mit den Schultern, während Robert lächelnd nickte.

»Ja, wir werden schon bald heiraten«, behauptete er großspurig, während Rosa über das ganze Gesicht strahlte.

Und dann versuchte sie Lore noch einmal zu überreden, dass sie wirklich bei Ruth vorsprechen sollte.

Es vergingen ein paar Wochen, bis Lore den Mut aufbrachte, sich auf den Weg zur »Buchhandlung Klinger« zu machen.

Wieder stand sie auf dem Platz, schielte zum Laden und fühlte dieses Beben in sich. Sie konnte von hier aus beobachten, wie Ruth mit den Kunden sprach, während Rosa hinter der Theke stand.

»Na, steht ein Familienbesuch bevor?«

Lore zuckte zusammen, als Egon neben ihr auftauchte. Den hatte sie bei allem, was in den letzten Wochen passiert war, ja schon fast vergessen.

Egon grinste. »Du bist immer noch herzlich eingeladen, bei uns zu arbeiten – Familienaufnahme gratis«, fügte er hinzu und zwinkerte ihr zu.

Lore schüttelte den Kopf. Eigentlich mochte sie ihn ja gerne, aber heute war ihr nicht nach seinen Späßen zumute. Und nach Flirten sowieso nicht mehr.

»Ich muss los«, sagte sie.

Aber Egon schlenderte einfach neben ihr her, während sie mit unsicheren Schritten zum Laden der Klingers ging.

»Na, das kann ja nicht lange dauern. Die olle Klinger wird gewiss nicht sehr gesprächig sein.« Egon blieb vor dem Klinger'schen Schaufenster stehen. »Ich warte hier auf dich und dann gehen wir aus.«

Lore wollte gerade widersprechen, als plötzlich Herr Hagenbrink hinter Egon auftauchte und ihm mit seinem Stock auf den Rücken klopfte. »Junger Mann, nun lassen Sie doch das Fräulein in Ruhe.«

»Entschuldigen Sie, ich wüsste nicht, was Sie das angehen würde.« Egon musterte Herrn Hagenbrink mit spöttischem Blick.

Da wurde die Miene des alten Mannes finster.

»Kein Benehmen, der Bengel!«, grummelte er.

»Entschuldigen Sie mal«, antwortete Egon empört.

Aber Herr Hagenbrink hatte sich schon abgewandt und stapfte zur Tür des Buchladens.

»Mann, Mann, Mann, dumm geboren, nüscht dazugelernt und

den Rest vergessen. So ham wa das gerne«, hörte Lore ihn noch schimpfen.

»Und außerdem bin ich sowieso schon so gut wie verlobt«, zischte Lore Egon noch rasch zu.

»Schade. Aber mein Angebot steht, jederzeit«, sagte er und klopfte ihr aufbauend auf die Schulter. »Viel Glück!«

Jetzt war es wieder da, das Beben. Denn Lore blieb nicht viel anderes übrig, als nun endlich zur Ladentür zu gehen. Dabei fiel ihr jeder Schritt so unendlich schwer!

Herr Hagenbrink hielt Lore die Tür auf und Rosa strahlte sie an, als sie den Verkaufsraum betrat.

Unwillkürlich suchte ihr Blick Ruth, die jetzt hinter der Theke stand und mit dem Stift etwas ins Kassenbuch schrieb. Ihre Miene war angespannt. Sie hatte Lore offenbar schon gesehen und beschlossen, sie zu ignorieren.

Rosa stieß Ruth den Ellbogen in die Seite, bis sie endlich aufschaute. Lore brach sofort wieder der Schweiß aus. Die wenigen Schritte bis zum Tresen fühlten sich wie unzählige Kilometer an, die sie mit viel zu wackeligen Knien bewältigen musste. Aus den Augenwinkeln nahm sie wahr, dass die Kunden im Laden sie beobachteten. Allen voran Frau Saalmann, die neugierig ihren Hals reckte.

»Hallo, Ruth!« Lore brachte die Worte kaum heraus, während Ruth keine Anstalten machte, irgendetwas zu erwidern.

Rosa stupste Ruth wieder an und guckte dann mit vor Aufregung geröteten Wangen zwischen den beiden Frauen hin und her.

»Ich wollte mit dir reden. Mich erklären«, fuhr Lore nervös fort.

Sie hatte das Gefühl, dass Ruth kein einziges ihrer Worte hören wollte, aber sie würde jetzt ganz sicher nicht aufgeben.

»Ich wollte euch nicht verletzen«, sagte sie leise, damit die Kunden nicht alles mitbekamen. »Das wollte ich wirklich nicht. Mein ganzes Leben lang habe ich davon geträumt, eine echte Familie zu haben. Meine Mutter war nur mit sich selbst und mit ihrer Kunst beschäftigt. Als ich erfuhr, wer mein Vater war, habe ich mir große Hoffnungen gemacht. Ich dachte, dass nun alles anders werden würde, und bin ganz allein nach Berlin gegangen. Ich habe euch gesucht und war ganz glücklich, als ich euch gefunden habe. Aber dann wurde mir klar, dass ihr ja gar nichts von mir wusstet. Und dass es für euch sicher nicht schön gewesen wäre, wenn ihr erfahren hättet, dass Friedrich Klinger euch angelogen hat. Aber ich konnte doch nicht einfach wieder gehen! Ich hatte niemanden mehr, nichts außer dieser Hoffnung, an die ich mich geklammert habe. Deshalb habe ich ebenfalls gelogen. Es ist einfach so passiert und ich schäme mich furchtbar dafür.«

Lore stockte. Ruth hatte sich nicht von der Stelle gerührt, aber sie hatte zugehört und dabei keine Miene verzogen.

»Ruth?« Rosa blickte ihre Schwägerin auffordernd an.

Ruth schüttelte den Kopf. »Entschuldigt mich bitte.« Und damit drehte sie sich einfach um und verschwand im Lager.

Zurück blieb ein drückendes Schweigen.

*

Ruth stand im Lager und lehnte den Kopf gegen die Wand. Sie brauchte einen Moment, um durchzuatmen. Das war eines der Dinge, die sie von ihrem monatelangen Kampf mit Willi gelernt hatte – sie musste ab und zu innehalten und sich etwas Zeit geben. Manchmal musste man die Fragen, die einen beschäftigten, in Ruhe durchdenken. Und das war auch in Ordnung so.

Der Augenblick, in dem das Mädchen den Laden betreten hatte, war wie ein Schock für Ruth gewesen. Sie hatte alles, was mit Lore zu tun hatte, in den hintersten Winkel ihres Herzens gedrängt. Eigentlich hatte sie gedacht, sie hätte es dort gut eingemauert, sodass Lores Anblick nichts in ihr auslösen würde.

Aber alle Gefühle waren sofort wieder da gewesen: die Enttäuschung, die Trauer, die Wut. Und erst ganz dahinter, klein und doch erkennbar, auch die Freude, Lore wiederzusehen. Denn Ruth wusste, was sie nie offen ausgesprochen hatte: Lore war ihre Schwester.

Ruth hatte sich nie eine Schwester gewünscht, sie hatte ja immer ihre beiden Brüder gehabt, die ihr – vor allem Friedrich – wie ein Klotz am Bein erschienen waren. Schließlich hatte Friedrich ihr die Buchhandlung streitig machen wollen. Aber als sie mit Lore und Rosa für die Buchhandlung gekämpft hatte, hatte sie gespürt, was es bedeutete, nicht allein zu sein und sich wirklich auf andere verlassen zu können. Dieses Gefühl hatte sie seitdem vermisst, obwohl Rosa ja noch da war.

Sollte sie Lore also verzeihen? Sollte sie akzeptieren, dass das Mädchen so hatte handeln müssen, wie es gehandelt hatte? Sollte sie einen Neuanfang auch für sie beide wagen?

Für einen Moment schloss Ruth die Augen. Wenn sie ehrlich war, wusste sie die Antwort schon längst. Aber es war trotzdem gut gewesen, im kühlen Lagerraum, umgeben von den Büchern, die sie so sehr liebte, einen klaren Kopf zu bekommen.

Jetzt war es an der Zeit, zu ihrer Entscheidung zu stehen.

Kurz entschlossen öffnete sie die Tür und trat ins helle Licht des Verkaufsraums.

Die beiden Frauen standen noch an der Theke. Rosa hatte Lore, die niedergeschlagen wirkte, einen Arm um die Schultern gelegt.

Frau Saalmann reckte in ihrem Sessel den Hals, um besser verfolgen zu können, was an der Theke passierte. Aber als Ruth ihr einen Blick zuwarf, guckte die alte Frau schnell wieder weg und tat so, als würde sie in einem Buch blättern.

Ruth musste ein Schmunzeln unterdrücken. Neuanfang hin oder her, manche Dinge würden wohl immer gleich bleiben.

Lore schaute sie flehend an und Ruth bekam sofort ein schlechtes Gewissen. Sie hatte es dem Mädchen durch ihr Weggehen nicht gerade leichter gemacht.

Aber was sein musste, musste eben sein. Und sie war noch längst nicht fertig. »Also, Lore«, sagte sie und stützte sich auf die Theke. »Wer erhält in diesem Jahr den Preis der Gruppe 47?«

»Was?« Lore blinzelte sie irritiert an.

Aber Ruth verzog keine Miene. Sie blickte das Mädchen nur auffordernd an.

Lore fuhr sich nervös durch die Haare und kaute dann hektisch auf ihrer Unterlippe herum.

»Ingeborg Bachmann«, brachte sie schließlich heraus. Das war die korrekte Antwort.

»Und welches Buch wird dieses Jahr von Ingeborg Bachmann erscheinen?«, fragte Ruth streng weiter.

»Ein Gedichtband, ›Die gestundete Zeit‹«, antwortete Lore, diesmal wie aus der Pistole geschossen. Auf ihren Wangen hatten sich vor Aufregung rote Flecken gebildet.

Ruth war äußerst zufrieden. Lore interessierte sich offenbar immer noch für Literatur, sie hatte es nicht vernachlässigt, sich mit den aktuellen Neuerscheinungen zu beschäftigen.

»Schön«, sagte sie schlicht. »Welches Buch hat dich dieses Jahr besonders überzeugen können?«

Ja, sie war unbarmherzig. Man konnte deutlich sehen, wie Lore der Schweiß ausbrach.

»›Und sagte kein einziges Wort‹. Von Heinrich Böll«, erwiderte Lore unsicher. Dann warf sie einen hilfesuchenden Blick zu Rosa, die Ruth nur fassungslos ansah und den Kopf schüttelte.

»Und welche Buchführung benutzen wir in unserem Laden?«

»Die doppelte?« Nun klang Lore verwirrt – kein Wunder.

Aber jetzt war es auch gut. Ruth hatte das arme Mädchen wahrlich genug zappeln lassen.

Ein Grinsen breitete sich auf ihrem Gesicht aus. »Das waren alles gute Antworten. Deshalb frage ich dich: Möchtest du unsere erste Auszubildende seit Neugründung des Ladens werden?«

Lore blieb der Mund vor Erstaunen offen stehen. »Ehrlich?«

Ruth nickte und spürte, wie eine große Last von ihr abfiel. Und Lores Augen begannen zu leuchten.

Ein Neuanfang, dachte Ruth. Und was für einer.

Epilog

Sommer 1958

»Hat Willi dir gesagt, was er uns zeigen möchte?« Rosa spähte neugierig nach links und rechts, während die Zwillinge an ihren Händen bereits zu quengeln begannen. Sie wollten ein Eis haben, und obwohl Georg ihnen eine Waffel mit Schokolade versprochen hatte, wenn sie bei ihrem Treffen mit Onkel Willi brav wären, nörgelten Gabi und Betty konstant weiter. Ein leichter Sommerwind wehte die Straße herauf und ließ die Kleider der Mädchen flattern. Die beiden waren so gekleidet, dass sie einander zum Verwechseln ähnelten. Da störte nur Bettys verdrießliche Miene, die ihrer Großmutter – nach der das Mädchen benannt worden war – alle Ehre machte. Rosa selbst trug ein adrettes Kostüm, natürlich selbst genäht, obwohl sie mittlerweile die Nachmittage gern nutzte, um in den vielen neuen Boutiquen am Ku'damm zu stöbern.

Manche Dinge wie die Modeliebe ihrer Schwägerin änderten sich eben nie, dachte Ruth, während sich ein Lächeln auf ihrem Gesicht ausbreitete.

Dann aber blickte auch sie die Straße hinauf. Wo blieb Willi nur?

Er hatte sie heute hierher an diesen Ort bestellt – nicht weit vom Bahnhof Zoo in Charlottenburg – und dabei sehr geheimnisvoll getan. »Ich habe eine Überraschung für euch«, hatte er gesagt und vorgeschlagen, dass auch Georg, Rosa und Lore mitkommen sollten.

Und so standen sie jetzt alle hier, an einem Sonntag, an dem sie sonst häufig bei Georg und Rosa im Garten beieinandersaßen, und warteten. Lore und Robert fehlten. Sie waren vor einigen Tagen zu einer großen Amerika-Fahrt aufgebrochen, denn Robert wollte seiner Frau und ihrer kleine Tochter Louise endlich seine Verwandten in Übersee vorstellen.

Unfassbar, dachte Ruth jetzt, wie sehr sich ihrer aller Leben in den letzten Jahren doch verändert hatte. Wie glücklich sie geworden waren.

Natürlich, es war nicht immer leicht, und Uneinigkeiten im Buchladen gehörten dazu, nicht jedes Jahr war wirtschaftlich ein Erfolg gewesen. Aber sie hatten sich gemeinsam stets zu helfen gewusst. Und spätestens jetzt, da das Wirtschaftswunder in Deutschland voll in Gang gekommen war, hatten sie wahrlich keinen Grund mehr zur Sorge. Auf das, was sie sich als Familie aufgebaut hatten, war Ruth mehr als stolz. Es hatte sich gelohnt, ihre Pläne zu verfolgen und mutig zu sein. Auch wenn sie dabei immer wieder über den eigenen Schatten springen musste.

Sie mochte sich gar nicht vorstellen, was passiert wäre, wenn sie Lore damals nicht verziehen hätte. Die Klingers wären heute nicht die Familie, die sie waren, ohne Lore, ihren Mann Robert und die kleine Louise, die Rosas und Georgs Töchter regelmäßig auf Trab hielt. Aus dem im Krieg so traurig zusammengeschrumpften Haufen war eine richtige Großfamilie geworden, und obwohl es genau deswegen manchmal ganz schön laut und unordentlich zuging, war es genau das, was Ruth nicht missen wollte.

Und wie gut, dass Willi und sie sich rechtzeitig ausgesprochen hatten. Dabei waren die letzten Jahre nicht leicht gewesen. Willi hatte sich zurückgezogen, sein eigenes Bauunternehmen gegründet und nur wenig Zeit für seine Familie übrig gehabt. Vielleicht hatte ihn die ganze Sache doch mehr verletzt, als er zugeben wollte. Er hatte sich kaum noch bei Ruth gemeldet, nur hin und wieder bei ihnen vorbeigeschaut, um Peter abzuholen. Wenig später waren die beiden regelmäßig in Willis teurem Flitzer durch die Straßen gebraust – denn Willis Geschäft lief, wer hätte es anders gedacht, natürlich bald blendend.

»Wenn du mich fragst, versucht er jetzt endlich, dich doch noch zurückzubekommen«, flüsterte Rosa ihrer Schwägerin verschwörerisch zu. »Ich habe so ein Gefühl, dass diese Aktion hier der Auftakt sein wird.«

Ruth schnaubte empört, aber irgendwie wurde sie jetzt trotzdem nervös. Wo blieb Willi nur?

Endlich, ein Brummen war zu vernehmen.

Ruth beschirmte ihre Augen und spähte in beide Richtungen. Da raste Willi auch schon in seinem frisch polierten Auto herbei und hielt mit quietschenden Reifen vor ihnen an. Auf dem Beifahrersitz saß Peter und strahlte. Eigentlich schüttelte Ruth sonst nur den Kopf, wenn Willi so angab. Aber Peters Augen leuchteten, und das ließ sie milde werden. Der Junge hatte es noch immer nicht leicht. Er war mittlerweile siebzehn Jahre alt und machte ihr mit seiner störrischen Art häufig Sorgen. Sie wünschte, er würde endlich anfangen, sich ernsthaft mit Büchern zu beschäftigen – schließlich sollte er eines Tages die Buchhandlung erben. Aber vielleicht erwartete sie auch zu viel von ihm. Wirklich glücklich wirkte er nur, wenn er mit seinem Vater durch die Stadt brauste.

»Na, dann wollen wir mal«, rief Willi und schlug die Autotür zu. Er lächelte ihr zu und Ruth spürte, wie sich etwas in ihrem Herzen bewegte.

Plötzlich sah sie ihn noch einmal mit ganz anderen Augen. Er sah gut aus, auch nach all den Jahren. Der neue Haarschnitt stand ihm und sein Anzug saß wie angegossen. Das Sonnenlicht glänzte auf seinen dunklen Haaren.

»Was willst du uns denn zeigen?«, fragte Rosa neugierig und hob sich Betty auf die Hüfte, während Georg Gabi auf die Schultern nahm.

»Das werdet ihr gleich sehen.« Willi grinste vielsagend und zog dann einen Schlüsselbund aus der Jackentasche.

Peter beobachtete seinen Vater voller Bewunderung.

Willi führte sie nun über eine Baustelle, die mit Latten abgesperrt war, zu einem Haus, das rundum eingerüstet war. In Berlin wurde noch immer überall gebaut – kein Wunder, dass Willi mit seinem Unternehmen so großen Erfolg hatte.

Nicht, dass Ruth neidisch gewesen wäre. Das Geschäft der Klingers lief ja ebenfalls hervorragend.

»Auf diese Überraschung habe ich mich schon über ein Jahr gefreut«, sagte Willi über die Schulter zu ihr.

Ruth bemerkte, dass der Schlüsselbund in seiner Hand leicht zitterte. Was auch immer er ihnen zeigen wollte, es war ihm wirklich wichtig. Wieder krampfte sich ihr Herz zusammen. In letzter Zeit sah sie häufig den Willi durchschimmern, in den sie sich vor so vielen Jahren verliebt hatte. Den Willi, der stark war, aber auch eine weiche, eine zugewandte Seite hatte.

Offiziell waren sie noch immer verheiratet. Aber sie hatten in den letzten Jahren kaum etwas miteinander zu tun gehabt. Das war für Ruth in Ordnung, sie war mit anderen Dingen beschäftigt gewesen. Und Willi hatte nie signalisiert, dass er sich etwas anderes wünschte. Oder war das heute vielleicht ein Zeichen?

Die Art, wie er sie jetzt anschaute, ließ sie jedenfalls innerlich ganz unruhig werden.

»Hereinspaziert!«, sagte Willi mit diesem Lächeln, das ihr so vertraut war, und ließ Ruth den Vortritt.

Offensichtlich war das Gebäude noch nicht fertiggestellt, aber man konnte erkennen, dass hier einmal eine hübsche Eingangshalle entstehen würde. Eine schmale Betontreppe führte in den ersten Stock. Von hier unten konnte man drei Stockwerke weit hinaufschauen. Große Fenster ließen reichlich Licht herein.

»Das ist ja hübsch«, rief Rosa begeistert. »So hell!«

Willi aber schaute nur zu Ruth. Er wirkte nervös und Ruth konnte beim besten Willen nicht erkennen, warum. Er schien auf irgendetwas zu warten.

»Hübsch«, wiederholte sie Rosas Worte und sah sich noch einmal um. Es war das perfekte Haus für einen großen Laden, viel Platz und alles neu und einladend. Wenn Ruth ein solches Gebäude besäße, dann würde sie… Sie konnte sich gerade noch zurückhalten, bevor sie in Schwärmereien versank, und schaute Willi mit hochgezogenen Augenbrauen an. Was wollte er mit diesem Baustellenbesuch bezwecken?

»Ich… ich dachte, weil Peter erwähnt hat, dass du über eine Geschäftserweiterung nachdenkst«, sagte Willi leise und lächelte sie wieder an, sodass Ruths Herz höher schlug.

Und plötzlich wurde ihr klar, was er da tat. Ruth wurde schlagartig heiß. So etwas wie dieses Gebäude hier, ein echtes Bücherparadies, ein Bücherkaufhaus auf mehreren Etagen, hatte sie sich höchstens in ihren kühnsten Träumen ausgemalt. Sich etwas Derartiges leisten zu können oder so ein Haus überhaupt in die Finger zu kriegen war ein verwegener Gedanke. Es sei denn, man hatte Beziehungen…

Willi schaute sie noch immer nervös an.

Rosa indessen jauchzte begeistert. Hätte sie nicht Betty auf dem Arm gehabt, wäre sie Willi wohl um den Hals gefallen.

»Es ist wunderschön!«, rief sie. »Man könnte ganz viele verschiedene Abteilungen einrichten – eine für Reiseliteratur, für Sachbücher, für Romane…«

Willi grinste. Dann wandte er sich an Ruth und sein Lächeln wurde weicher. »Also, Ruth, du und ich, in diesem Gebäude. Was sagst du? Darf's ein bisschen mehr sein?«

Ruth biss sich auf die Lippe. Dann schaute sie zu Peter, zu Georg und Rosa und schließlich wieder zu Willi. Ihre Blicke trafen sich, offen und ehrlich. Und Ruth lächelte zurück.